SUPERBESTSELLER

829

Dello stesso autore

A solo
Il tocco del Diavolo
La spia di vetro
Una preghiera per morire
Confessionale
La notte della volpe
Viaggio all'inferno
Il nido del falco
Il ritorno dell'aquila
L'occhio del ciclone
Nel cuore dell'uragano
Il tempio del deserto
Nel covo dei serpenti
L'angelo del destino
Patto diabolico
L'anno della tigre
Attacco al presidente
Vendetta privata
L'infiltrato
L'ira di Allah
L'ultima sfida
Atto Finale
L'eredità del Führer

JACK HIGGINS

Il volo delle aquile

SPERLING & KUPFER *economica*

Traduzione di Maria Magrini
A cura di Selida Grafica Editoriale - Milano
Flight of Eagles

I edizione «Superbestseller» Paperback febbraio 2001

ISBN 978-88-6061-427-8
86-I-08

II EDIZIONE

A mia moglie Denise,
per l'aiuto speciale che mi ha dato per questo libro.
Tra le sue numerose doti
c'è anche quella di essere un eccellente pilota...

La Manica

1997

1

Quando perdemmo il motore destro mi resi conto che eravamo nei guai. Quel viaggio era nato sotto una cattiva stella.

Mia moglie era con me da qualche giorno nella nostra casa a Jersey, nelle Isole del Canale, quando appresi che uno dei più importanti produttori di Hollywood era interessato a trarre un film da un mio libro. Questo significava tornare subito in Inghilterra a Chichester, base di collegamento con Londra. Telefonai alla società di aerotaxi da cui mi servo di solito, ma al momento non avevano alcun aereo disponibile. Tuttavia avrebbero cercato di venirmi incontro in qualche modo. Trovarono un Cessna 310, stazionato a Granville, sulla costa della Bretagna, con un pilota piuttosto anziano, un certo Dupont. Be', a caval donato... Prenotai il volo senza esitare: le previsioni meteorologiche non erano buone ma io avevo fretta. Presi posto sul sedile posteriore. Il Cessna 310 era dotato di doppi comandi e mia moglie, che è un esperto pilota, decise di sistemarsi sul sedile anteriore destro. Grazie a Dio.

Le Isole del Canale e la Manica sono soggette a banchi di nebbia che si addensano all'improvviso e coprono ogni cosa con incredibile rapidità. Fu esattamente ciò che accadde quel mattino. Decollammo da Jersey senza problemi, ma in dieci minuti l'isola fu inghiottita dalla nebbia, non solo la costa francese ma anche Guernsey.

Facemmo rotta per la costa sud dell'Inghilterra, Southampton. Dupont era sui sessant'anni, capelli grigi, un po' sovrappeso. Osservandolo mentre manovrava, notai un velo di sudore sulla fronte.

Denise si era infilata gli auricolari e me ne passò un paio. A un certo momento mi accorsi che era lei a pilotare l'aereo mentre Dupont era impegnato a parlare con il controllo del traffico aereo. Quando il vecchio pilota riprese i comandi, Denise si voltò verso di me.

«Siamo a millecinquecento metri. Sotto abbiamo nebbia fitta. Southampton è escluso e anche tutta la costa est. Puntiamo su Bournemouth, ma il tempo non promette niente di buono.»

Avendo, da bambino, evitato per un soffio la morte sotto le bombe dell'IRA a Belfast, e in svariate altre occasioni diversi anni dopo, quando militavo nell'armata irlandese repubblicana, ho imparato a prendere la vita come viene. Le risposi sorridendo sopra il rombo del motore, fiducioso nella sua perizia. Trovai la bottiglia mignon di Moët et Chandon che avevano previdentemente infilato nella cassetta bar e ne versai due dita in un bicchiere di plastica. Tutto, avevo pensato, funzionava al meglio. Ma ora tendeva al peggio.

Proprio in quell'istante il motore destro saltò. Per un attimo, con il cuore in gola, vedemmo una nuvola di fumo nero, poi più niente.

Dupont lottò freneticamente con i comandi, cercando di correggere gli sbandamenti e mantenere la rotta, ma senza successo. Cominciammo a perdere quota. Preso dal panico, iniziò a urlare in francese rivolgendosi al controllo traffico di Bournemouth, ma mia moglie gli fece cenno di calmarsi e intervenne con tutto il suo sangue freddo.

«Abbiamo combustibile forse per un'ora», comunicò. «Che cosa ci consigliate?»

Dalla torre di controllo rispose una voce di donna.

«Direi che la Cornovaglia è la scelta migliore. Non è immersa nella nebbia, a differenza di qui. Cold Harbour, un piccolo porto vicino a Lizard Point. C'è una vecchia pista d'atterraggio della RAF, ancora della seconda guerra mondiale. È abbandonata da anni ma ancora utilizzabile. Comunico la vostra posizione a tutti i servizi di soccorso. Buona fortuna.»

Ci tenemmo sui novecento metri per i successivi venti minuti. Le comunicazioni radio erano confuse, spesso sopraffatte da scariche statiche. La nebbia turbinava intorno a noi e a un certo momento cominciò a piovere forte. Dupont pareva più agitato che mai, aveva il viso imperlato di sudore. Ogni tanto parlava al microfono, ma sempre in francese, e ancora una volta Denise intervenne. Ci arrivarono diverse voci, frequenti scariche di elettricità statica. Quando intorno a noi scoppiò una tempesta di fulmini e tuoni, l'aereo cominciò a tremare.

Denise parlò alla radio con voce perfettamente controllata. «Emergenza. Tentiamo atterraggio sulla pista di Cold Harbour.»

Le scariche tacquero e risonò una voce forte e chiara. «Qui l'ente nazionale di soccorso marittimo di Cold Harbour. Parla Zec Acland. Nessuna possibilità di atterrare qui, ragazza mia. Non vedo al di là del mio naso.»

Per Dupont fu il colpo finale. Emise un rantolo, ebbe un moto convulso, poi la sua testa ricadde da un lato. L'aereo sbandò e inclinò bruscamente il muso, ma Denise afferrò i comandi e gradualmente lo riportò in assetto orizzontale. Mi chinai sul pilota privo di sensi e cercai con le dita la pulsazione della giugulare.

«Batte ancora, ma molto debolmente. Sembra un attacco di cuore.»

«Prendi il giubbotto da sotto il sedile e cerca di infilarglielo», suggerì Denise con calma. «Poi fa' lo stesso anche tu.»

Inserì il pilota automatico e indossò a sua volta il giubbotto.

«Dobbiamo lanciarci?»

«Non abbiamo scelta.» Denise riprese i comandi.

Cercai di fare dello spirito. «Non mi va di fare il bagno. Siamo in marzo e l'acqua è troppo fredda.»

«C'è poco da scherzare», ribatté Denise e chiamò: «Soccorso marittimo di Cold Harbour, dobbiamo lanciarci. Pare che il nostro pilota abbia un attacco di cuore».

La voce risonò ancora forte e chiara: «Sai quello che fai?»

«Certo. C'è solo un altro passeggero.»

«Ho già informato il servizio soccorso aeronavale, ma non possono fare molto. La motovedetta costiera di Cold Harbour è già in mare e io sono a bordo. Datemi la vostra posizione.»

Fortunatamente l'aereo era provvisto di un sistema di segnalazione della posizione via satellite e Denise lesse i dati rapidamente. «Scendo ora», annunciò.

«Perdio, hai del fegato, ragazza. Noi siamo qui, non temere.»

Mia moglie spesso parla con me dei suoi voli, così ero consapevole della difficoltà di ammarare con un bimotore in quelle condizioni e in mare aperto. L'approccio doveva avvenire con il carrello retratto e gli alettoni aperti, a una certa velocità. Un vero problema, con un motore fuori uso.

Venti leggeri e onde basse, ammarare nel vento. Vento violento e cavalloni alti, ammarare parallelamente alle creste delle onde. Ma noi non sapevamo che cosa ci aspettasse laggiù. Non vedevamo niente.

Denise abbassò la cloche e cominciammo a scendere. Io fissavo l'altimetro. Trecento metri, centocinquanta. Niente, solo nebbia. Ed ecco, a poco più di sessanta metri, la nebbia si apre, il mare è sotto di noi. Onde basse, e Denise scende nel vento.

Denise si rivelò un grande pilota. L'aereo sobbalzò, scivolò sulle onde, si fermò. L'impatto fu violento, ma lei in un attimo aprì il portello della cabina.

«Portalo con te!» mi gridò e uscì rapidamente sull'ala.

Io mi chinai a slacciare la cintura di Dupont e lo sporsi fuori dal portello. Lei si allungò per afferrarlo, poi si lasciò scivolare dall'ala nell'acqua, tirandoselo dietro. Mi calai a mia volta in mezzo alle onde. Ricordavo certi dati statistici che mia moglie mi aveva mostrato a proposito degli ammaraggi. La media del tempo concesso prima che l'aereo affondi era di novanta secondi.

Denise teneva stretto Dupont ed entrambi si allontanavano galleggiando nei giubbotti salvagente. Mentre la seguivo, e l'aereo lentamente cominciava ad affondare, mi gridò: «Oh, Dio, Tarquin è rimasto dentro!»

Qui ci vuole una piccola spiegazione. Tarquin è un orsacchiotto, ma un orsacchiotto molto speciale. Quando lo trovammo, seduto su uno scaffale in un negozietto di antiquariato a Brighton, portava il casco di volo, gli stivaletti e la tuta blu degli aviatori della RAF nella seconda guerra mondiale. Portava anche le mostrine con le ali del Royal Flying Corps della prima guerra mondiale. Aveva un'espressione enigmatica sul musetto, il che non doveva stupirci, ci informò il negoziante, perché l'orsacchiotto aveva volato molte volte nella battaglia d'Inghilterra con il suo precedente padrone, un pilota da combattimento. Era una storia un po' romanzesca, ma lì per lì ci credetti, e anche mia moglie finì per crederci, perché l'orsacchiotto aveva l'aria di uno che ha fatto molte cose e ha visto molti paesi. Comunque, diventò la sua mascotte e l'accompagnò spesso nei suoi voli. Non lo si poteva piantare in asso così.

Era in un sacchetto sul retro della cabina di pilotaggio. Non esitai: mi voltai, afferrai la maniglia del portello posteriore, l'aprii e tirai fuori Tarquin.

«Avanti, vecchio mio, ci facciamo una nuotata.»

Il freddo era terribile! Il gelo penetrava come un acido nelle ossa. Il gelo, lo sapevo, uccide. Non si dura a lungo nelle acque della Manica, come tanti piloti della RAF e della Luftwaffe avevano dovuto constatare a loro spese.

Io resistevo reggendo Dupont e Tarquin, Denise si teneva vicino a me. «Splendido ammaraggio», mi complimentai. «Manovra perfetta.»

«Credi che moriremo?» chiese, muovendosi per tenersi a galla.

«Non credo», risposi. «Direi proprio di no, se dai un'occhiata dietro di te.»

Si voltò e vide una motovedetta del soccorso marittimo che emergeva dalla nebbia. Gli uomini dell'equipaggio erano appoggiati al parapetto con le mantelle di tela cerata gialla e i giubbotti salvagente arancione. La motovedetta si fermò accanto a noi e tre uomini si tuffarono in acqua.

Dal parapetto si sporgeva un vecchio marinaio, barba e capelli bianchi, e udimmo la stessa voce che ci aveva parlato alla radio. Zec Acland. «Perdio, ce l'hai fatta!»

«Già.»

Ci issarono a bordo e allora accadde la cosa più strana. Acland guardò l'orsacchiotto che avevo in mano ed esclamò: «Mio Dio, ma è Tarquin. Dove lo avete trovato?»

Denise e io eravamo seduti nella cabina di pilotaggio, avvolti in coperte a bere un tè caldo, mentre due membri dell'equipaggio si occupavano di Dupont che era sdraiato sul pavimento. Zec Acland, seduto di fronte a noi, tirò fuori una vecchia fiaschetta d'argento e versò un liquido nelle nostre tazze.

«Rum», disse. «Vi farà bene.» In quel momento entrò un altro marinaio, energico, capelli neri, Acland in versione giovanile. «Questo è mio figlio Simeon, timoniere della *Lady Carter*.»

«Sono felice di vedervi tutti interi, gente», ci salutò con voce cordiale. «È il compenso del nostro lavoro.»

Uno dei due uomini inginocchiati davanti a Dupont gli sistemò sul viso una maschera a ossigeno e alzò gli occhi verso di noi. «È ancora vivo, ma ha bisogno urgente di cure mediche.»

«Un elicottero della Marina sta atterrando proprio in questo momento a Cold Harbour», annunciò Simeon Acland. «In un attimo vi riporterà tutti nel mondo civile.»

Diedi un'occhiata a Denise, che mi fece un cenno. «Francamente», risposi, «è stata una giornata d'inferno. Il nostro amico Dupont ha bisogno di essere ricoverato in ospedale, ma non ci sarebbe la possibilità per mia moglie e per me di pernottare qui?»

Simeon sorrise. «Be', siete arrivati al posto giusto. Mio padre gestisce la locanda *Hanged Man*, al villaggio. Di solito ha un paio di stanze libere.» Si voltò e vide l'orsacchiotto fradicio sulla panca, vicino a suo padre. «E questo cos'è?»

«È Tarquin», rispose Zec.

Una strana espressione apparve sul viso di Simeon. «Vuoi dire... Ma allora è vero! E in tutti questi anni ho sempre pensato che te lo fossi inventato!» Prese Tarquin e ne uscì un rivolo d'acqua. «Ma è tutto bagnato!»

«Non ti preoccupare», ribatté Zec, «non è la prima volta che gli capita di fare il bagno.»

Di lì a poco scorgemmo l'imbocco di una baia, ai piedi di una vallata coperta di boschi.

Fra gli alberi s'intravedevano un palazzo di pietra grigia e una trentina di casette basse. Lungo il molo erano ormeggiati diversi pescherecci. La *Lady Carter* accostò al molo, due o tre pescatori corsero ad afferrare le cime, i motori si spensero. E non ci fu che silenzio, nebbia e pioggia.

A poca distanza si udì un rombo improvviso. «Dev'essere l'elicottero», osservò Simeon. «Meglio portarlo subito a terra», ordinò, riferendosi a Dupont.

«Bene, tu pensa a lui. Io mi occuperò di loro. Un bagno caldo e un pranzo come si deve.» Prese in braccio Tarquin.

«E vogliamo anche una spiegazione!» protestai io.

«L'avrete.»

Intanto avevano sistemato Dupont su una barella. Lo fecero scendere e noi li seguimmo.

In seguito ci spiegarono che le casette, il porto e il molo erano stati costruiti da un certo sir William Chevely, verso la metà del diciottesimo secolo. Secondo la tradizione, Chevely era un contrabbandiere e il porto era una facciata per attività di ben altro genere. L'*Hanged Man* aveva finestre con inferriate e travi di legno a vista.

Zec ci fece entrare. Betsy, una donna dall'aspetto materno che trovammo dietro il banco, si prese immediatamente cura di Denise e la condusse di sopra. Io rimasi con Zec nel vecchio bar, seduto accanto al caminetto dove crepitava un gran fuoco di ceppi, confortati da un bicchiere colmo di whisky.

Zec sistemò Tarquin su uno sgabello vicino al fuoco. «Facciamolo asciugare come si deve.»

Trasse di tasca una scatola di sigarette e ne prese una. «Quell'orsacchiotto», gli chiesi, «è importante per lei?»

«Oh, sì. E anche per qualcun altro. Più di quanto possa credere.»

«Mi racconti.»

Scosse la testa. «Più tardi, quando sarà qui anche sua moglie. Che ragazza in gamba! Avete parecchi anni di differenza, vero?»

«Venticinque», risposi. «Ma dopo aver passato quindici anni insieme, ormai ci siamo adattati.»

«Si deve vivere giorno per giorno. L'ho imparato durante la guerra. Com'era facile morire in quei giorni!»

«Era in Marina?»

«Solo il primo anno, poi mi hanno destinato a pilotare la motovedetta di soccorso. Era un lavoro a tempo pieno. Navi silurate, piloti in mare in mezzo alla Manica. Così sono rimasto fuori dalla vera e propria guerra sul mare.»

Come scoprii in seguito, era una versione un po' troppo modesta per un uomo che si era guadagnato la medaglia al valor militare nell'anno in cui era in Marina, poi la croce di San Giorgio, la MBE, e quattro medaglie d'oro dell'ente soccorso marittimo per l'eccellente lavoro svolto al servizio di quella nobile istituzione.

«L'insegna della locanda», osservai, «mostra un giovane appeso per le caviglie a testa in giù. È una figura dei tarocchi. vero? Credo che significhi rigenerazione.»

«Ah, già, è stata Julie Legrande a dipingerla durante la guerra. Era la governante del palazzo e gestiva la locanda. Abbiamo dovuto restaurarla nel corso degli anni, ma è ancora quella che ha dipinto Julie.»

«Francese?»

«Sfuggita ai nazisti.» Si alzò. «È ora che anche lei si faccia un bagno caldo. A proposito, che lavoro fa?»

«Scrittore.»

«Chissà, forse la conosco.»

Gli dissi il mio nome. Si mise a ridere.

«Diamine, credo proprio di conoscerla. Lei mi ha aiutato a superare un paio di notti insonni. È un piacere incontrarla. Ora, se vuole scusarmi...» Si alzò e uscì.

Rimasi seduto a riflettere. La situazione si faceva interessante.

* * *

Pranzammo in un angolo del bar: cernia, patatine novelle, insalata; e dividemmo con Zec e Simeon una bottiglia di Chablis. C'erano dei pescatori al bancone, tre erano membri dell'equipaggio. Nel caminetto crepitava allegramente un bel fuoco. La pioggia tamburellava contro le finestre e Tarquin esalava un leggero vapore.

«Quando ero bambino mio padre mi raccontava di Tarquin, l'orsacchiotto volante», attaccò Simeon. «E io ho sempre pensato che fosse una favola.»

«Così adesso sai la verità», replicò Zec. «Farai bene ad ascoltarmi in futuro, ragazzo.» Poi si rivolse a Denise: «Mi dica come l'ha trovato».

«Da un antiquario di Brighton, l'anno scorso. Ci disse che aveva volato con il suo padrone durante la battaglia d'Inghilterra, ma non aveva nessuna prova. Mi ha sempre incuriosito il fatto che accanto alle ali della RAF porta anche quelle del Royal Flying Corps, della prima guerra mondiale.»

«Certo che le porta», replicò Zec. «È stato quando è andato in guerra per la prima volta con il padre dei ragazzi.»

Denise ripeté perplessa: «Il padre dei ragazzi?»

«Tanti anni fa, nel 1917, in Francia, ma adesso non ci pensiamo. Simeon, portaci un'altra bottiglia.» Simeon si alzò e andò al bar. Zec riprese: «Vidi per l'ultima volta Tarquin nel 1944. Stava partendo per la Francia occupata. Dopo tutti questi anni, ecco che salta fuori da un rigattiere a Brighton».

Prese una sigaretta. «Me ne offre una?» chiese mia moglie. Zec gliela accese. «Allora», continuò Denise, «Tarquin è un suo vecchio amico?»

«Può ben dirlo. L'ho tirato fuori dalla Manica già una volta. Nel 1943 era precipitato da un Hurricane. Erano aerei da combattimento davvero splendidi. Abbatterono più aerei della Luftwaffe di quanto abbiano fatto gli Spitfire.» Rifletté un attimo e quando Simeon tornò con la bottiglia il vecchio mormorò: «Era Harry, o Max? Non l'abbiamo mai saputo».

Simeon posò il vassoio. «Tutto bene, papà?» chiese con voce ansiosa.

«Chi, io?» Zec sorrise. «Mi sembra di ricordare un libro di un francese che fiutava o tastava qualche cosa, e il passato gli tornava tutto in mente...»

«Marcel Proust», gli venne in soccorso Denise.

«Bene, è quello che quel dannato orsacchiotto ha fatto con me. Mi ha riportato nel passato.» Aveva gli occhi pieni di lacrime.

Simeon versò il vino. «Su, papà, bevi un goccio, non agitarti così.»

«Nella mia camera da letto. La scatola rossa nel terzo cassetto. Vai a prenderla, figliolo.»

Simeon obbedì.

Zec mise un altro ceppo sul fuoco e quando Simeon tornò con la scatola la depose sul tavolo e l'aprì. Conteneva carte e foto.

«Alcune di queste le hai già viste, ragazzo», disse a Simeon. « Altre no.»

Passò una foto a Denise: il molo di Cold Harbour, una motovedetta attraccata, un modello molto vecchio, e Simeon sul ponte, con un berretto della Marina in testa. Ma non era Simeon.

«Ero un bel ragazzo, allora», fece Zec.

Denise si chinò verso di lui e lo baciò su una guancia. «Lo è ancora.»

«Be', non cominciare quello che non puoi finire, ragazza.» Scoppiò a ridere e passò in rassegna le foto in bianco e nero.

La locanda sembrava la stessa. C'era un'istantanea di un ufficiale, di una bruttezza simpatica, sui sessant'anni, a giudicare dall'aspetto, capelli bianchi e occhiali con montatura in acciaio.

«Il generale di brigata Munro», spiegò Zec. «Dougal Munro, professore a Oxford prima della guerra. Poi entrò nell'Intelligence Service. Il ramo chiamato Settore Operativo Speciale, SOE. Organizzato da Churchill. Mettete a fuoco l'Europa, aveva detto, e quelli lo fecero. Infiltravano agenti segreti in Francia, e altre cose del genere. Sgomberarono Cold Harbour dai civili, trasferirono gli abitanti e ne fecero una base segreta.»

Si versò altro vino e Simeon osservò: «Non me lo avevi mai detto, papà».

«Perché noi laggiù, come tutti gli altri, avevamo dovuto firmare l'impegno al segreto d'ufficio.» Tirò fuori altre foto. Una donna con il generale Munro. «Questa era Julie Legrande. Come vi ho detto, governava il palazzo e gestiva la locanda.» Un'altra foto mostrava Munro e un ufficiale, un capitano con la croce di guerra, appoggiato a un bastone. «Questo era Jack Carter, aiutante di Munro. Aveva perso la gamba a Dunquerque.»

Guardammo altre foto, poi tirò fuori una grossa busta marrone. Esitò per un attimo. «Segreto d'ufficio! Al diavolo! Ho ottantotto anni.» L'aprì.

Se le prime foto erano interessanti, queste furono una grossa sorpresa. Una mostrava una pista d'atterraggio con un aereo da combattimento notturno Junkers 88S, con la croce tedesca ben visibile sulla fusoliera e una svastica sulla coda. Il meccanico indossava la tuta nera della Luftwaffe. Da un lato si vedeva un aereo da ricognizione Fieseler Storch. In fondo c'erano due hangar.

«Che diavolo è?» chiesi.

«La pista d'atterraggio in fondo alla strada. Sì, Cold Harbour. Voli notturni per la Francia, cose del genere. S'ingannava il nemico indossando i suoi panni.»

«Non faceva tanto bene alla salute se uno veniva catturato, penso», osservò Denise.

«Se li catturavano, era il plotone d'esecuzione. Naturalmente quei piloti operavano anche con gli aerei della RAF, come questo.» Fece passare un'altra foto. «I Lysander. Brutte bestie, ma potevano atterrare e decollare anche in un campo di grano.»

Un'altra foto mostrava il Lysander, un ufficiale e una giovane donna. L'ufficiale portava l'uniforme americana, i gradi di tenente colonnello e una fila di mostrine e medaglie. Distinsi la medaglia al valore militare e la croce dell'arma aerea, la Flying Cross britannica, ma quel che più mi stupì furono le ali della RAF sulla parte destra della giacca.

«Chi era?» chiesi.

La sua risposta fu piuttosto curiosa. «Harry, credo, o forse Max. Non ne sono mai stato sicuro.»

Di nuovo lo stesso commento. Simeon era stupefatto quanto me. Stavo per domandare che cosa intendeva dire quando Denise chiese: «E la donna?»

«Molly Sobel, la nipote di Munro. Sua madre era inglese e il padre un generale americano. Ragazza in gamba, medico, aveva studiato in Inghilterra prima della guerra e lavorò a Londra durante il blitz. Veniva in aereo da Londra con Munro quando c'era bisogno di un dottore. Era tutto top secret.»

Pareva che si fosse ritirato in un suo mondo lontano. Nessuno di noi fiatava. Il fuoco scoppiettava, la pioggia scrosciava sui vetri, gli uomini al banco del bar parlottavano sottovoce.

«Papà? Tutto a posto?» s'informò Simeon.

«Mai stato meglio, ma starei ancor meglio con un bel bicchiere di rum. Stanotte mi sto togliendo un peso dal cuore, un segreto che ho serbato per tutti questi anni.» Agitò il pugno verso Tarquin. «Tutta colpa tua, dannato orsacchiotto.»

Simeon si alzò e andò al bar. Tarquin, ancora avvolto da un velo di vapore, ci fissava immobile, enigmatico.

Simeon, visibilmente preoccupato, si chinò sul padre. «Vedi, papà, io non so di che cosa si tratta, ma forse è troppo per te.»

Fu ancora Denise a intervenire e pose una mano su quella di Zec. «No, Simeon, lo lasci fare. Ha bisogno di parlarne, credo.»

Zec le strinse la mano e sorrise. «Lo dicevo che lei è una donna sveglia.» Parve raddrizzarsi.

«E allora?» lo incalzò Denise. «Il pilota... l'americano, Harry o Max, ha detto?»

«Sì, è così.»

«Ma non ha senso.»

«Ha tutto il senso del mondo.» Si adagiò allo schienale ridendo, poi aprì un'altra busta.

Altre foto, anche queste in bianco e nero. Nella prima un pilota della RAF appoggiato a un Hurricane da combattimento. Lo stesso uomo che avevamo visto prima con l'uniforme americana.

«Uno yankee nella RAF», spiegò Zec. «Ce n'era già qualche centinaio prima che l'America entrasse in guerra alla fine del '41, dopo Pearl Harbour.»

«Sembra stanco», osservò Denise restituendogli la foto.

«Be', si capisce. La foto è stata scattata nel settembre del 1940 durante la battaglia d'Inghilterra, subito dopo che aveva ricevuto la sua seconda Flying Cross. Aveva pilotato aerei da combattimento per i finlandesi nella guerra contro la Russia e gli avevano conferito una medaglia d'oro. Dopo la sconfitta della Finlandia venne in Inghilterra e si arruolò nella RAF. A quell'epoca non volevano compromettersi con gli yankee, poiché l'America era neutrale, ma un impiegato di buonsenso registrò Harry come finlandese e così lo presero.»

«Harry?» chiese Denise.

«Harry Kelso. Di Boston.» Tirò fuori un altro ingrandimento. Ancora Kelso in uniforme statunitense. «Questa è del '44.»

Le onorificenze erano stupefacenti. Due medaglie al valore, due Flying Cross, la croce di guerra francese, la legion d'onore, la medaglia d'oro al valore finlandese.

«Incredibile», borbottai stentando a crederci. «Voglio dire, mi sono sempre interessato alla seconda guerra mondiale e non ho mai sentito parlare di lui.»

«Non avrebbe potuto. Grazie a quell'impiegato, Kelso risultava finlandese e tale è rimasto per diverso tempo. E c'era un motivo. La legge sul segreto d'ufficio.»

«Ma perché?» chiese Denise.

Zec tolse un'altra foto dalla busta e la pose sul tavolo. «Per questo.»

Era una foto a colori. Kelso in uniforme, ma questa volta l'uniforme della Luftwaffe. Portava stivaletti e ampi, comodi calzoni grigio blu con larghe tasche. La corta giacca da volo con il colletto e i risvolti gialli gli dava un'aria spavalda. Aveva puntato a sinistra il distintivo d'argento di pilota e sopra brillava la croce di ferro di prima classe. Al collo portava la croce di cavaliere con foglie di quercia.

«Ma non capisco!» protestò Denise.

«È semplice. Questa me la diede Munro. Nelle altre foto ha visto lo yankee della RAF? Quello era Harry. Questo è lo yankee della Luftwaffe. Max, suo fratello gemello. Padre americano e madre tedesca, una baronessa. Così Max, nato dieci minuti prima del fratello, divenne il barone Max von Halder. Il Barone Nero, lo chiamavano nella Luftwaffe.» Mise via la foto. «Le dirò quello che so, se vuole. È una storia interessante.» Sorrise. «Anche se non tutti ci crederanno.»

Quando Zec finì di raccontare il bar era vuoto e Betsy stava chiudendo la porta dopo che gli ultimi clienti se ne erano andati. Ci portò il tè su un vassoio. Simeon aveva l'aria stupita quanto me e Denise.

Fu ancora Denise che intervenne. «Allora, tutto qui?»

«Naturalmente no.» Il vecchio sorrise ancora. «Mancano tanti pezzi del mosaico. La parte tedesca della storia. Top secret, e là io non posso aiutarvi.» Si rivolse a me: «Tuttavia uno scrittore in gamba come lei potrebbe sapere dove mettere le mani».

«È una possibilità», risposi.

«Bene, allora io me ne vado a letto», concluse il vecchio alzandosi, «e la moglie di Simeon si starà domandando dov'è finito.» Baciò Denise su una guancia. «Buonanotte, ragazza mia. Si faccia un buon sonno, se lo merita.»

Uscì e Simeon ci fece un cenno di saluto e lo seguì. Noi restammo seduti in silenzio per un po' accanto al fuoco. Fu Denise a riprendere l'argomento. «Pensavo... tu sei stato per qualche tempo in Germania, anzi hai fatto il servizio militare alla frontiera. E hai detto che avevi dei parenti tedeschi. Non mi hai anche detto che uno di loro era nella polizia o qualcosa del genere?»

«Be', non proprio. Era nella Gestapo.»

Non ne fu particolarmente scioccata. La guerra, dopotutto, era vecchia di mezzo secolo, un lontano passato per lei. «E allora ci siamo.»

«Vedremo.» La presi gentilmente per un braccio e la feci alzare. «È ora di andare a letto.»

Era una stanza piuttosto piccola con due letti gemelli e me ne stavo sdraiato senza riuscire a dormire. Fissavo lo sguardo nel buio ascoltando il suo respiro leggero. Ricordavo. Un passato terribilmente lontano.

2

La ricostruzione della parte tedesca della storia fu abbastanza semplice per me. Servizio militare nelle guardie reali a cavallo, un breve periodo nell'esercito di occupazione a Berlino, un altro periodo molto più lungo a pattugliare jeep e autoblindo da ricognizione alla frontiera della Germania dell'Est, nei giorni in cui la cosiddetta guerra fredda si andava riscaldando.

La regione che dovevamo pattugliare era tanto simile alle paludi dello Yorkshire che mi aspettavo a ogni momento di vedere Heathcliff e Cathy sbucare dalla nebbia o dalla neve o dalla pioggia torrenziale. Devo ammettere francamente che la parola «inclemente» è solo un eufemismo per definire il tempo che imperversa da quelle parti.

La frontiera in quegli anni era completamente aperta e noi avevamo il compito di arginare la marea di profughi che cercavano riparo a ovest, come pure le bande di gangster del mercato nero, di solito ex SS, che operavano dalla Germania dell'Est.

I nostri antagonisti erano reggimenti di fanteria siberiani, uomini duri. La chiamavamo seconda guerra mondiale e mezzo, ma almeno, terminato il periodo di ferma, venivamo smobilitati e tornavamo a casa. Le truppe americane che facevano il nostro lavoro nel loro settore ricevettero tre medaglie. Noi un bel niente.

Quando tornai a Leeds, mentre cercavo di mantenermi con una serie di lavori occasionali, le autorità militari mi mandarono una busta marrone con un messaggio in cui mi si ricordava che restavo un riservista per i successivi dieci anni. Mi consigliavano di entrare nell'esercito territoriale per prestare servizio durante i weekend, e quando scoprii che c'era da guadagnare, aderii ben volentieri, tanto più che pensavo di andare a lavorare a Londra. Nella capitale esisteva un reggimento territoriale, chiamato i Fucili degli Artisti, che il ministero della Difesa trasformò nel 21 SAS. Quando si presentò l'emergenza Malesia, molti si arruolarono volontari nei Malayan Scouts, che nel 1952 divennero un'unità dell'esercito regolare, il 22 SAS.

Appena arrivai a Londra, in cerca di un lavoro, presentai la mia domanda riccamente documentata al 21 SAS e fui entusiasticamente accolto come ex membro delle guardie NCO. Riempii diversi moduli, feci gli accertamenti medici di legge e infine mi trovai di fronte al maggiore Wilson, anche se, alla luce degli avvenimenti che seguirono, dubito che quello fosse il suo vero nome.

«Firma qui, caporale», mi disse, e spinse un modulo verso di me.

«Che cosa devo firmare esattamente, signore?» chiesi.

«L'impegno al segreto d'ufficio.» Sorrise allegramente. «Questo è il genere di servizio in cui entri, ragazzo.»

Esitai un attimo, poi firmai.

«Bene.» Riprese il foglio e tamponò con cura la firma.

«Devo presentarmi sabato, signore?» chiesi ancora.

«No. C'è qualche formalità da sbrigare. Mi terrò in contatto.»

Sorrise e io salutai e me ne andai.

Circa due settimane dopo ricevetti una telefonata all'agenzia di assicurazioni presso la quale stavo lavorando. Mi comunicava un appuntamento al *Yates' Wine Bar*, vicino a City Square, a mezzogiorno. Sedemmo in un angolo davanti a un pasticcio di carne con piselli e un boccale di birra chiara, mentre mi dava la cattiva notizia. Ero sorpreso che si trovasse nello Yorkshire, ma non mi diede spiegazioni.

«Il fatto è, vecchio mio, che il SAS non può assumerti. Dalla visita medica risulta una lieve imperfezione all'occhio sinistro. Anche se non l'hai indicato nel formulario, tu porti gli occhiali.»

«Be', le guardie a cavallo non hanno fatto obiezioni. Ho fatto le gare di tiro per la squadra del reggimento a Bisley. Ero un tiratore eccellente, ho la qualifica di tiratore scelto.»

«Sì, lo sappiamo. Almeno due russi sulla frontiera della Germania dell'Est potrebbero confermarlo, o meglio potrebbero farlo i loro cadaveri. D'altra parte, sei entrato nelle guardie solo perché qualche imbecille di impiegato si è dimenticato di riempire la sezione dei tuoi moduli relativa alla vista. E naturalmente le guardie non ammettono di essersi sbagliate.»

«Allora le cose stanno così?»

«Temo di sì. Mi dispiace. Un ambiente sociale e familiare così interessante... Tuo zio, sergente capo al quartier generale di Amburgo, ha un curriculum eccellente. Catturato prima di Dunquerque, è evaso tre volte dal campo prigionieri, poi fu mandato ad Auschwitz nel settore prigionieri alleati considerati pericolosi. Ne morirono più della metà.»

«Lo so.»

«Naturalmente lo hanno tenuto al quartier generale di Amburgo perché parla un eccellente tedesco. Ha sposato una vedova di guerra tedesca.»

«Be', l'amore non conosce frontiere.»

«Lo penso anch'io. Bene, famiglia interessante, e sei interessante anche tu. Nato in Inghilterra, irlandese-scozzese. Cresciuto nello Shankill di Belfast. Quello che si osa definire un protestante orangista.»

«E con questo?»

«Ma anche educato dalla cugina cattolica di tua madre a Crossmaglen. Là sono tutti dei buoni repubblicani. Devi avere dei contatti straordinari.»

«Mi scusi, signore», lo interruppi, «c'è qualche cosa che lei non sa di me?»

«No.» Sorrise beatamente. «Noi siamo molto precisi.» Si alzò. «Ora devo andare. Mi dispiace che sia andata così.» Prese l'impermeabile e se lo mise sul braccio. «Ah, un'ultima cosa. Ricordati che hai firmato l'impegno al segreto d'ufficio. C'è la prigione, per chi se ne dimentica.»

Ero veramente sconcertato. «Ma che importanza ha ora? Il reggimento non mi vuole.»

Stava per allontanarsi, ma si voltò. «E non dimenticarti che sei tuttora membro in carica delle forze armate di riserva. Potresti essere richiamato in qualsiasi momento.»

Quel che era più interessante era un contatto in Germania di cui lui non aveva fatto menzione, ma che io stesso dovevo ignorare fino al 1952. La moglie di mio zio aveva un nipote, Konrad Strasser, o almeno questo era uno dei nomi che usò nel corso degli anni. Mi fu presentato ad Amburgo nel quartiere di St. Pauli durante un ricevimento dato dai parenti tedeschi di mio zio.

Konrad era basso di statura, scuro di pelle e pieno di energie, con un eterno sorriso sulle labbra. Allora aveva trentadue anni ed era ispettore capo del dipartimento Investigazioni Criminali di Amburgo. Ci appartammo in un angolo, in mezzo al chiasso festoso della folla.

«Ti trovavi bene alla frontiera?» mi chiese.

«Non quando nevicava.»

«La Russia era molto peggio.»

«Hai combattuto là? Eri nell'esercito?»

«No, nella Gestapo, ma solo per un breve periodo, grazie

a Dio. Davo la caccia a certe canaglie che rubavano forniture militari.»

Dire che rimasi scioccato è dir poco. «La Gestapo?»

«La Gestapo aveva bisogno di investigatori abili ed esperti, così dovettero attingere alle forze di polizia di tutta la Germania e requisirono quelli che gli andavano bene. Ecco perché più del cinquanta per cento degli agenti operativi della Gestapo non erano nemmeno membri del partito nazista, compreso me. Io avevo appena vent'anni nel '40, quando mi arruolarono. Non avevo scelta.»

Non feci fatica a credergli e gli avvenimenti che seguirono dimostrarono che diceva la verità. Mi risultò subito simpatico.

Nel 1954 Wilson rientrò nella mia vita. A quel tempo facevo l'impiegato a Leeds e continuavo a scrivere romanzi scadenti che nessuno voleva. Avevo quattro settimane di ferie e decisi di trascorrerne un paio a Berlino da mio zio, che era stato trasferito temporaneamente al quartier generale.

La telefonata di Wilson fu un colpo per me. Un altro appuntamento allo *Yates' Wine Bar*, primo piano, un séparé.

«Un po' noioso per te l'impiego all'azienda elettrica.»

«È vero», ammisi, «ma è solo un'ora di lavoro al giorno. Me ne sto seduto alla scrivania e scrivo.»

«Già, ma senza molto successo», mi buttò là brutalmente. «Berlino sarà un bel diversivo.»

«Vediamo, di che cosa si tratta?»

«Partirai il prossimo martedì per passare una settimana con tuo zio. Bene, vorremmo che tu facessi qualche cosa per noi.»

«Ma, signore, ho cercato di entrare nel 21 SAS, quando lei stesso mi ha detto che ero stato escluso a causa dell'imperfezione all'occhio. Non è così?»

«Non esattamente. Devo ricordarti che in realtà hai firmato l'impegno al segreto d'ufficio e sei sempre membro delle forze armate di riserva.»

«Vuol dire che non ho scelta?»

«Dico che sei nelle nostre mani.» Estrasse una busta dalla sua cartella. «Quando sei a Berlino, prendi l'autobus e vai nella zona est. Qui ci sono tutti i particolari. Arrivato all'indirizzo indicato, prendi una busta e la riporti da noi.»

«Ma è una follia. Se non ricordo male, non si può entrare a Berlino Est con un passaporto britannico.»

«Ma la tua discendenza irlandese ti dà diritto a un passaporto irlandese. Lo troverai nella busta. Puoi andare ovunque, anche in Cina, senza bisogno di visto.» Si alzò e sorrise. «Tutto qui. Chiaro, no?»

«E come ne vengo fuori?»

«Tutto previsto.»

Si allontanò e di colpo mi resi conto che quel che pensavo non era *come ne vengo fuori*, ma *se ne vengo fuori*.

La prima sorpresa che trovai a Berlino fu che mio zio era stato ritrasferito ad Amburgo, così almeno mi riferì la portinaia del condominio in cui abitava.

«Lei è il nipote?» domandò. «Mi ha detto di farla entrare.»

Era un ambiente grigio e impersonale. Posai a terra la valigia, diedi un'occhiata in giro e sentii suonare il campanello. Quando aprii la porta mi trovai davanti Konrad Strasser.

«Salve, ti trovo bene», mi salutò.

Scovò una bottiglia di schnapps e riempì due bicchieri. «Così andrai a farti un giro turistico nella zona est, vecchio mio?»

«Mi sembri bene informato.»

«Puoi ben dirlo.»

Mandai giù la grappa. «Che cosa ci fa a Berlino un poliziotto di Amburgo?»

«Sono stato trasferito l'anno scorso. Lavoro per il BND,

Servizio Informazioni della Germania dell'Ovest. Un reparto chiamato Ufficio per la difesa della Costituzione. Abbiamo il compito di combattere le infiltrazioni comuniste nella nostra metà del paese.»

«E allora?»

Si versò dell'altra schnapps. «Questo pomeriggio vai dall'altra parte. Lascia qui il passaporto inglese, porta solo quello irlandese.»

«Che cos'è questa storia? Tu che cosa c'entri?»

«Non ha importanza. L'unica cosa che conta è che sei un corriere del 21 SAS.»

«Ma mi hanno rifiutato!»

«Be', non proprio. La cosa è un po' più complessa. Hai mai sentito il vecchio detto dell'IRA, una volta dentro mai più fuori?»

Ero stordito, ma riuscii a borbottare: «E tu, che cosa c'entri?»

Konrad tirò fuori un foglietto dal portafogli e me lo porse. «Questa è una piantina per te. C'è un bar che si chiama *Heini's*. Se qualcosa va storto, corri subito là e di' al barista che il tuo alloggio è insoddisfacente e devi traslocare subito. Parla inglese.»

«E questo che cosa dovrebbe significare?»

«Che qualcuno verrà da te. Naturalmente, se tutto funziona come si deve, te ne torni con il pullman. Sarebbe perfetto, ma la perfezione non è di questo mondo.»

«Allora ci sei dentro anche tu! Wilson e tu. Mio zio non c'è, ma tu sei qui. Che diavolo sta succedendo?»

Di colpo mi tornò in mente la mia scrivania all'ufficio di Leeds, la sala da ballo dell'*Astoria* la notte di venerdì, le ragazze con i vestitini a fiori. *Che cosa diavolo ci facevo lì?*

«Tu sei una mosca nella ragnatela, proprio come me nella Gestapo. Ti hanno tirato dentro e non puoi uscirne.» Finì la grappa e si diresse alla porta. «Io sono dalla tua parte, fratello, ricordati.» Uscì chiudendosi la porta alle spalle.

* * *

Il giro turistico ci portò al Checkpoint Charlie. Tutto era filato liscio. Sul pullman c'erano turisti di ogni parte del mondo. Al di là del posto di controllo ci fu l'ispezione della polizia di confine. Avevo i visti turistici e il passaporto irlandese. Nessun problema.

Più tardi, durante il pranzo in un vecchio albergo, le nostre guide ci avvertirono che se qualcuno si smarriva durante il giro doveva tornare in quell'albergo, da dove il pullman sarebbe ripartito alle cinque.

Nel mio caso, le istruzioni contenute nella busta marrone mi informavano che dovevo raggiungere la mia destinazione alle quattro. Restai là ad annoiarmi per un paio d'ore e alle tre e mezzo uscii e presi un taxi.

All'epoca i tedeschi della Germania dell'Est avevano una legge curiosa. La Chiesa cristiana era permessa, ma non si poteva essere membro del partito comunista e andare in chiesa, il che ovviamente intralciava ogni prospettiva di lavoro e di carriera. Dunque la comunità dei fedeli praticanti era molto esigua.

La chiesa del Sacro Nome aveva visto giorni migliori, era vecchia, umida, scalcinata, c'era persino scarsità di candele. Tre vecchi erano seduti in attesa presso il confessionale, un uomo con un impermeabile marrone era inginocchiato lì vicino, assorto in preghiera. Obbedendo alle istruzioni, mi misi anch'io in attesa. Infine venne il mio turno ed entrai nel confessionale.

Ci fu un movimento dall'altra parte della grata. «Mi perdoni, padre, perché ho peccato», dissi. Parlai in inglese.

«In che hai peccato, figliolo?»

Risposi come mi ordinavano le istruzioni nella busta. «Sono qui solo come messaggero di Dio.»

«E allora compi l'opera del Signore.»

Una busta venne spinta oltre la grata. Ci fu silenzio, la luce si spense dall'altra parte. Presi la busta e mi allontanai.

Non so quanto tempo mi ci volle per accorgermi che l'uomo con l'impermeabile marrone mi stava seguendo. Imbruniva rapidamente, cominciò a piovere e io cercai disperatamente un taxi, senza successo. Affrettai il passo, svoltando da una strada all'altra. Puntavo verso il fiume cercando di ricordare la città dei vecchi tempi. Ma a ogni angolo, quando mi voltavo a guardare, lui era lì.

Svoltai bruscamente in un vicolo e mi misi a correre. D'improvviso vidi il fiume, proseguii rapidamente lungo una fila di magazzini in disuso e mi infilai in un portone. L'uomo mi oltrepassò correndo. Aspettai nel silenzio. Nessun rumore, se non il fruscio della pioggia. Infine uscii e mi diressi verso il molo.

«Fermo. Resta immobile dove sei.»

Sbucò dall'angolo, puntandomi contro una Walther PPK.

«Che cosa diavolo succede?»

«Non tentare trucchi con me. Sappiamo benissimo tutti e due che cosa stai facendo. Sono ormai settimane che sorveglio quel vecchio bastardo nella chiesa.»

A questo punto commise un errore, avvicinandosi troppo per darmi uno schiaffo. Gli afferrai il polso destro, scattai di lato con il braccio sinistro, guardando l'altro polso. Sparò un colpo e ci avvinghiammo barcollando verso il molo. Riuscii a voltare l'arma contro di lui. Partì un altro colpo e l'uomo urlò, sempre stringendo la Walther, e piombò nel fiume. Mi voltai e corsi disperatamente, come se mi stessero inseguendo tutti i diavoli dell'inferno. Quando arrivai all'albergo il pullman era partito.

Trovai l'*Heini's Bar* un'ora dopo. Era già buio e il bar, com'era prevedibile, era vuoto. Il barista era vecchio e arcigno, con capelli grigio ferro e una cicatrice che gli solcava la guancia sinistra. Ordinai un cognac.

«Senta un po'», dissi in inglese, «il mio alloggio è insoddisfacente e devo traslocare subito.»

Sembrava tutta una storia pazzesca, ma quello annuì e rispose in inglese: «Okay, si sieda vicino alla finestra, abbiamo stufato d'agnello questa sera. Quando sarà tempo di andare, glielo farò sapere».

Mi servirono lo stufato e da bere, poi il barista comparve all'improvviso per portar via i piatti. In sala c'erano già altri cinque o sei clienti.

«Attraversi la strada verso il molo, dove ci sono le gru sul fiume. C'è una Volkswagen nera. Vada.»

Feci come mi diceva, attraversai la strada sotto la pioggia, trovai la Volkswagen. Per qualche bizzarra ragione non fui sorpreso di vedere Konrad Strasser al volante.

«Presto, andiamo», fece Konrad.

Salii a bordo. «Che cos'è, un trattamento speciale?»

«Ho deciso di venire personalmente. Qual era il tuo punteggio alla frontiera? Due russi? Bene, adesso sei un asso. Un agente della Stasi è precipitato nello Sprea questa sera.»

La Stasi era la polizia politica della Germania dell'Est.

«Non mi ha dato scelta», obiettai. Passammo per un dedalo di viuzze. «Era nei piani che venissi a prendermi tu?»

«Non proprio.»

«Una cosa rischiosa, direi.»

«Be', tu sei della famiglia. Vedi, tutta la faccenda è un po' una questione di famiglia. La frontiera, tuo zio e io, vecchio agente della Gestapo. Talvolta ci è ancora concesso un certo margine di iniziativa. Così questa sera sono venuto a prenderti. Comunque torneremo passando per un posto di controllo in una stradina secondaria. Conosco il sergente. Adesso sdraiati e cerca di dormire.» Mi passò una bottiglia. «Cognac. Serviti da solo.»

Pochi minuti dopo, sotto una pioggia torrenziale, passavamo per una zona in cui ogni casa era stata distrutta, una terra di nessuno chiusa a ovest da barriere di filo spinato. Ovviamente il muro di Berlino non era stato ancora costruito a quel tempo. C'era una palizzata rossa e bianca, due Vopos con cappotti della Wehrmacht e il fucile in spalla. Mi adagiai alla spalliera del sedile e chiusi gli occhi.

Konrad frenò e si fermò. Uno degli uomini, un sergente, si avvicinò. «Dentro e fuori, Konrad», disse. «Chi è il tuo amico?»

«Mio cugino, viene dall'Irlanda.» Konrad presentò il mio passaporto irlandese. «Ubriaco fradicio.» L'aroma del buon cognac lo dimostrava. «Ho trovato quelle sigarette americane che cercavi. Marlboro. Ne ho racimolate solo un migliaio, temo.»

«Ehi!» esclamò il sergente. Diede a Konrad il mio passaporto e prese le cinque stecche che lui gli porgeva. «Torna presto.»

La sbarra si alzò e proseguimmo per le strade illuminate di Berlino Ovest.

Nell'appartamento di mio zio, Konrad si servì un whisky e tese la mano. «Dammi la busta.»

Gliela consegnai. «Che cosa c'è dentro?»

«Non hai bisogno di saperlo.»

Volevo mostrarmi indignato, ma decisi che aveva ragione. «Vedi», soggiunsi, «volevo proprio domandartelo. Tu mi hai detto che dovevo fare da corriere per il SAS. L'incarico mi è stato dato dal maggiore Wilson, ma poi per una strana coincidenza, trovo che ci sei dentro anche tu. Com'è questa faccenda?»

«Non è una coincidenza, andiamo! Fatti furbo. Tutti i pezzi si combinano come un mosaico. Lascia che ti spieghi. Il 21 SAS è composto da dilettanti. C'è di tutto, dagli avvocati ai tassisti. Una babele di lingue. Il reggimento 22, i regolari, passa il tempo a sparare ai cinesi in Malesia o agli arabi nell'Oman e cose del genere. Quelli del 21 sono membri occasionali, come te. Tu progettavi di venire a Berlino. Lo hanno saputo. Potevi essere utile.»

«E sacrificabile?»

«Esatto, e per puro caso mi è venuto in mente che eravamo parenti.»

«Probabilmente mi hai salvato la vita.»

«Oh, figurarsi!» Si mise a ridere. «Fra pochi giorni sarai tornato alla tua discoteca preferita a corteggiare le ragazze e nessuno saprà che razza di elemento sei.»

«Allora è così? Me ne torno a casa, punto e basta?»

«Più o meno. Wilson sarà contento.» Terminò il suo scotch. «Ma fammi un piacere. Non tornare a Berlino. Questa volta saranno lì ad aspettarti.» Andò ad aprire la porta.

«Ci sarà una prossima volta?» chiesi.

«Come ti ho detto il 21 SAS usa i suoi uomini per situazioni speciali, quando gli tornano utili. Chissà.» Diventò serio. «Ti hanno respinto, privandoti, però, solo della veste sgargiante: l'uniforme, il berretto, il distintivo che dice 'Chi osa vince'.»

«Quindi non mi lasceranno andare?»

«Temo di no. Abbi cura di te.» Uscì.

Aveva ragione. Attraversai un periodo del tutto sterile, poi vennero diversi lavori, il college, l'università, il matrimonio, una brillante carriera di professore e una carriera altrettanto brillante di scrittore. Solo quando i disordini nell'Ulster si aggravarono, al principio degli anni Settanta, Wilson tornò a farsi vivo, dopo che avevo scritto un romanzo di successo sulla situazione. Era già colonnello quando lo incontrai in alta uniforme e affermava di militare nel corpo genieri, anche se ne dubitavo.

Eravamo seduti nel bar di un hotel esclusivo, nei dintorni di Leeds, e lui alzò una coppa di champagne brindando al mio successo. «Ben fatto, vecchio mio. Un gran libro, così autentico.»

«Sono lieto che le sia piaciuto.»

«Non quelle scempiaggini dei reporter televisivi e cose del genere. Tutta roba superficiale, ma tu... be', tu sai comprendere gli irlandesi. E c'è una ragione. Voglio dire, sei un protestante orangista, ma con un filone cattolico. Posizione molto utile.»

Ebbi una sensazione di déjà vu. Berlino e tutto il resto. Domandai cautamente: «Che cosa vorrebbe da me?»

«Oh, niente di speciale. So che devi andare a Dublino la prossima settimana per il lancio del tuo libro.»

«E allora?»

«Ci sarebbe molto utile che tu incontrassi una o due persone per noi.»

«Vent'anni fa», ribattei, «ho incontrato qualcuno per voi a Berlino e quasi finivo nel fiume con una pallottola nel cervello.»

«La pallottola è finita dall'altra parte. Se ben ricordo, è stato l'altro che se l'è presa. Interessante.»

«O io o lui», ribattei. «Avrebbe dovuto lasciarmi in pace.» Tirai fuori una sigaretta e l'accesi. «Che cosa dovrei fare, ripetere la scena sul Liffey invece che sullo Sprea?»

«Neanche per sogno. Niente gioco duro. Sarai solo un intermediario. Scambierai due parole con certe persone, questo è tutto.»

Mi accorsi di provare un brivido di eccitazione. «Lei dimentica che i miei dieci anni nelle forze armate di riserva sono terminati da un pezzo.»

«Quelli saranno terminati, ma hai anche firmato l'impegno al segreto d'ufficio quando sei entrato nel 21 SAS.»

«Mi hanno respinto.»

«Okay, okay, ma come ti ho detto tempo fa, la cosa non è così semplice.»

«Intende che una volta dentro non se ne esce più?» Spensi la sigaretta. «Me l'ha detto anche Konrad a Berlino. A proposito, come sta? Non lo vedo da molto tempo.»

«Bene», mi rispose. «Molto attivo. Allora, posso dire che sei disposto a collaborare?»

«Non mi sembra di avere scelta, vero?»

Vuotò la coppa di champagne. «Su, non è il caso di preoccuparsi. Un lavoretto facile, un gioco da ragazzi.»

Niente gioco duro? Un lavoretto facile? Furono cinque i viaggi per quel bastardo, bombe, fucilate, vetri nelle strade, tante, troppe, brutte notti a Belfast, fino al memorabile giorno in cui alcuni uomini armati mi scortarono all'aeroporto, consigliandomi caldamente di non tornare mai più. Effettivamente non tornai per molti anni e, cosa ancor più interessante, non ebbi più notizie di Wilson. A dire la verità un giorno scorsi sulla pagina dei necrologi del *Daily Telegraph* la sua foto che mi fissava, solo che era un generale di brigata, non un colonnello, e il suo nome non era Wilson...

L'alba sorse sulla costa della Cornovaglia sotto una fitta nebbia, mentre stavo appoggiato al piccolo balcone della camera da letto all'*Hanged Man*. Una lunga notte di ricordi. Mia moglie dormiva ancora. Mi vestii in silenzio e scesi al bar. In questo caso cercavo la parte tedesca della storia, e questo significava Konrad Strasser. Erano anni che non parlavo con lui. La morte di mio zio, e poi della zia tedesca, aveva allentato i nostri rapporti, ma io avevo il suo numero di telefono su un foglietto nel mio portafogli. Lo tirai fuori e in quel momento la porta della cucina si aprì e Zec Acland sporse la testa.

«Si è alzato presto.»

«Anche lei.»

«Non si dorme molto alla mia età. Ho appena fatto del tè.»

«Vengo fra due minuti. Vorrei fare una telefonata ad Amburgo. La metta in conto.»

«Amburgo. Anche là è presto.»

«Un altro anziano. Probabilmente anche lui non dorme molto.»

Acland tornò in cucina, io mi sedetti su uno sgabello del bar e composi il numero. Mentre aspettavo, pensai che Konrad, nato nel 1920, doveva avere settantasette anni. Sapevo che sua moglie era morta. Aveva una figlia in Australia.

Sentii sollevare il ricevitore e una voce roca disse in tedesco: «Chi diavolo è a quest'ora?»

«Il tuo cugino irlandese. Com'è Amburgo questa mattina?»

Konrad abitava a Blankensee, sull'Elba. «Nebbia sul fiume e un paio di barche in partenza.» Rise. «Lieto di sentirti, ragazzo. L'hai fatta finita con quelle dannate pazzie irlandesi, spero.» Mi chiamava ancora «ragazzo», come aveva sempre fatto.

«Finito. Adesso sono un adulto e quasi un vecchio, se ben ricordi.»

«Certo che ricordo. E ricordo anche quando hai incontrato per la prima volta tua moglie e mi hai detto che aveva venticinque anni meno di te. E io ti ho dato un anno.»

«Questo era quindici anni fa.»

«Be', anche un vecchio agente della Gestapo non può sempre aver ragione.»

Fu interrotto da un violento accesso di tosse. Aspettai che si calmasse, poi chiesi: «Ma tu stai bene?»

«Ma certo. Sangue e ferro, questo siamo noi tedeschi. Tua moglie è ancora la donna dei miracoli? Formula Uno, caccia subacquea, pilota di aerei?»

«È stata la donna dei miracoli ieri. Ci ha salvato la vita.»

«Dimmi tutto.»

Glielo raccontai.

Quando ebbi finito esclamò: «Che donna!»

«Non sottovalutarla. Potrebbe offendersi, sta' attento.»

Tossì ancora, poi chiese: «Allora, di che cosa si tratta? Una telefonata così, di punto in bianco e allo spuntar dell'alba...»

«Ho bisogno del parere di un esperto. Mi sono imbattuto in una storia sorprendente. Due gemelli, nati nel 1918, Harry e Max Kelso. Padre americano, madre tedesca, baronessa Elsa von Halder.»

«Antica aristocrazia prussiana, gli Halder.»

«I gemelli furono divisi. Harry, il minore, restò negli Stati Uniti con il nonno, ricchissimo. La baronessa nel '33 tornò in Germania con Max, dopo che il marito era rimasto ucciso in un incidente. Il suocero continuò a provvedere a lei. Max, il maggiore, divenne automaticamente barone von Halder.»

«Ho già sentito questo nome.»

«Lo credo bene. Il Barone Nero, un asso della Luftwaffe. Il fratello, anche lui pilota, si arruolò nell'aviazione militare finlandese e combatté contro la Russia, poi fu uno yankee nella RAF. Battaglia d'Inghilterra, tutta la campagna. Tante medaglie che non potresti neanche contarle.»

Ci fu un silenzio. «Che storia! Come mai non è entrata fra le leggende della seconda guerra mondiale?»

«Perché è coperta dal segreto militare.»

«Dopo tutti questi anni?»

«Ho parlato con un vecchio soldato, che non si preoccupa più del segreto. Ha ottantotto anni e mi ha raccontato quello che sa. Ma mi manca la parte tedesca della storia. Pensavo che un vecchio agente della Gestapo potesse avere accesso agli incartamenti segreti. Naturalmente capirei, se non ti fosse possibile.»

«Che cosa vorresti dire? Certo che posso!» ricominciò a tossire. «Mi piace, mi attira. Potrebbe darmi un nuovo gusto della vita, non che mi importi molto ormai. Ho i giorni contati. Cancro al polmone.»

Fu un duro colpo. Era un uomo per cui provavo un affetto sincero. «Gesù, Konrad, non dire così.»

«Perché non dovrei? Ho avuto tanto dalla vita. Sono vecchio, sto morendo, che m'importa del segreto militare? È un piacere! Almeno per una volta, in una lunga carriera nei servizi segreti, posso rivoltare la merda e fregarmene altamente. E adesso dammi dei dati, dimmi quello che sai del Barone Nero, poi mi metterò all'opera.»

Poco dopo l'aroma di pancetta fritta mi attirò nella cucina, dove Zec aveva preparato dei panini. Sedetti al tavolo, bevvi un tè carico, mangiai i panini e mi sentii il padrone del mondo.

«La telefonata è andata bene?» mi chiese.

«Sì.»

«Mi sembra sicuro.»

«Lo sono. Mio cugino è un po' come lei, Zec. Ha settantasette anni, ha visto di tutto, ha i contatti giusti.» Mi versai un'altra tazza di tè. «Era nella Gestapo durante la guerra.»

Zec scoppiò a ridere «Oh, buon Dio!»

«Mi ha detto proprio tutto quello che sa?» chiesi.

«Naturalmente no. Vediamo che cosa riesce a scoprire lei, poi vedremo di tirar fuori i pezzi mancanti.» Si alzò. «Devo andare a controllare i barili di birra. A tra poco.»

Dopo la colazione mi diressi all'estremità del molo, accesi una sigaretta e rimasi a fissare la nebbia, pensando a tutta quella storia. Dopo dieci minuti arrivò Denise, imbacuccata in un grosso maglione e un paio di jeans decisamente maschili. Portava due tazze di tè.

«Ho pensato che avresti gradito qualcosa di caldo. Ho telefonato all'aeroclub di Goodwood. Bernie Smith sta venendo a prenderci.»

«Bene.» Sorseggiai il tè e le cinsi la vita con un braccio. «Nottataccia?»

«La parte tedesca della storia. Cose che non hai mai saputo. La frontiera con la Germania dell'Est, tanto tempo fa.

L'Irlanda, i morti. Tutto è tornato a galla.» Esitai un attimo. «Ti ho accennato di quel mio cugino di Amburgo, quello che era stato nella Gestapo.»

«E allora?»

«Gli ho telefonato questa mattina presto. È ancora ad Amburgo. Con il suo passato, può avere accesso a molte cose.»

«Ed è disposto ad aiutarti?»

Feci un profondo sospiro. «Ne è felicissimo. Ha un tumore al polmone. Ha detto che il problema poteva dargli uno sprone alla vita, ma non per molto, direi.»

Si strinse a me. «Che tristezza.»

«Torniamo dentro», proposi. «Faresti bene a fare colazione. Konrad si farà vivo. Roba che scotta, la Gestapo.»

E fu così. Konrad si fece vivo, con risultati eccellenti. Purtroppo morì sei mesi dopo. Misi insieme ciò che Konrad aveva scoperto con quanto Zec mi aveva detto aggiungendovi qualche ricerca personale. Così ecco la storia: la vera e autentica storia dei due gemelli Kelso.

L'inizio

1917

3

Agosto 1917. Jack Kelso, a tremila metri sopra il fronte francese era felice come può essere felice un uomo. Ventidue anni, rampollo di una delle più nobili e ricche famiglie di Boston, avrebbe potuto terminare il suo ultimo anno ad Harvard e invece militava da due anni nel Royal Flying Corps britannico.

Pilotava un Bristol, uno dei leggendari aerei da combattimento della prima guerra mondiale, un biposto con un mitragliere sul sedile posteriore. Il sergente di Kelso, che si era preso uno shrapnel in un combattimento ravvicinato, era ricoverato in un ospedale da campo e Kelso, pilota di successo, con tanto di croce di guerra e quindici aerei tedeschi abbattuti sulle spalle, era decollato illegalmente da solo. Be', non proprio da solo, perché seduto in fondo alla cabina c'era un orsacchiotto di nome Tarquin, con tanto di casco e giubbotto di pelle.

Kelso gli diede un affettuoso colpetto sulla testa. «Bravo ragazzo», gli disse, «non lasciare che mi buttino giù.»

A quell'epoca l'ufficio di guerra britannico aveva proibito il paracadute, argomentando che il loro uso rendeva codardi i piloti. Jack Kelso, dotato di spirito pratico e per di più molto ricco, ne possedeva uno personale.

Il suo spirito pratico si estendeva anche ad altri campi. Guardarsi da attacchi provenienti dalla parte del sole. Mai oltrepassare la frontiera sopra i tremila metri.

Il grande von Richtofen aveva abbattuto una volta quattro Bristol in un giorno solo. Il pilota aveva una mitragliatrice fissa sul davanti, una Vickers. L'osservatore portava sul retro della fusoliera due cannoni Lewis a canna girevole, il che significava che l'uomo sul retro doveva provvedere a tutto il fuoco. Dopo una serie di disastri, alcuni piloti come Kelso avevano scoperto che l'aereo era manovrabile come un monoposto.

Quella mattina il tempo non era dei migliori: vento e pioggia, dense nubi temporalesche e tra il fragore e la violenza delle raffiche Kelso non si accorse neppure dell'aereo che veniva a porre termine alla sua buona fortuna. Ci fu un rombo, una raffica di mitragliatrice che lacerò il Bristol. Un proiettile lo colpì alla gamba sinistra. Poi scese al riparo della densa nuvolaglia.

Virò verso le linee britanniche, a duemila metri, poi a millecinquecento, e si accorse di un odore di bruciato. Scese a novecento metri, con le fiamme che si alzavano intorno al motore. Per un attimo passò sotto di lui una rapida visione delle trincee, i campi di battaglia delle Fiandre. Era tempo di gettarsi. Slacciò la cintura di sicurezza, afferrò Tarquin, infilandolo nella pesante giacca di pelle, poi capovolse il Bristol e si lasciò cadere. Discese a piombo per trecento metri a capofitto, tirò il cavo di spiegamento e fluttuò verso terra.

Atterrò in un cratere di granata mezzo pieno d'acqua, senza sapere da che parte della trincea si trovasse. Ma la sua buona sorte non lo aveva abbandonato. Pochi minuti dopo una pattuglia in uniforme cachi con i fucili spianati fece la sua comparsa.

«Non sparate, sono del Flying Corps», gridò.

Ci fu una raffica nelle vicinanze. Mentre un soldato gli

slacciava il paracadute, un sergente accese una sigaretta e gliela offrì.

«Ha un accento curioso, capitano», disse nel più spiccato cockney.

«Americano», spiegò Kelso.

«Bene, ce ne avete messo di tempo per arrivare», commentò il sergente. «È dal 1914 che vi aspettiamo.»

L'ospedale da campo era installato in un vecchio castello francese in mezzo a un parco rigoglioso. Il trasporto dalla linea di fuoco al castello era stato piuttosto travagliato e Jack era privo di sensi grazie alla morfina che la pattuglia di frontiera gli aveva somministrato. Si svegliò in un mondo di fiaba, una stanza fresca, lenzuola candide, porte e finestre aperte che davano su una terrazza. Cercò di alzarsi e gridò di dolore per l'improvvisa fitta alla gamba sinistra. Spostò le lenzuola e vide il pesante bendaggio. Al suo grido si aprì la porta ed entrò una giovane infermiera con l'uniforme della Croce Rossa. Capelli biondi e un viso energico, occhi verdi. Doveva avere poco più di vent'anni. Era la cosa più bella che avesse visto in vita sua. Se ne innamorò all'istante.

«Resti sdraiato», ordinò l'infermiera.

In quel momento entrò nella stanza un colonnello con le mostrine del corpo sanitario. «Problemi, baronessa?»

«No, è solo un po' confuso.»

«Non faccia così», lo ammonì il colonnello, «le ho tolto una bella pallottola da quella gamba, quindi si comporti da bravo ragazzo. Altra morfina, direi.»

Uscì e la ragazza riempì una siringa e prese il braccio destro di Kelso. «Il suo accento», osservò. «Lei è tedesca e il colonnello l'ha chiamata baronessa.»

«Questo mi è molto utile quando devo trattare con piloti della Luftwaffe.»

Fece per allontanarsi e Kelso le prese una mano. «Non

m'importa chi è, purché mi prometta di sposarmi, baronessa», e aggiunse, con voce già assonnata: «Dov'è Tarquin?»

«L'orsacchiotto?»

«Non è un orsacchiotto comune. Ho abbattuto quindici aerei e Tarquin era sempre al mio fianco. È il mio portafortuna.»

«È sul tavolo.»

Era là. Jack gli lanciò un'occhiata. «Salve, vecchio mio», borbottò a fatica e scivolò nel sonno.

La baronessa Elsa von Halder era stata sorpresa a Parigi dallo scoppio della guerra. Ventidue anni, figlia di un generale di fanteria ucciso sulla Somme, di antica aristocrazia prussiana con castello e tenuta, ormai in decadenza, e un'assoluta mancanza di denaro. Via via che i giorni passavano Kelso le riempiva la testa con le storie della sua vita privilegiata negli Stati Uniti. E scoprirono che avevano qualcosa in comune. Tutti e due avevano perduto la madre nel 1915, e in entrambi i casi per cancro.

Tre settimane dopo essere arrivato all'ospedale, adagiato su una sedia a sdraio sulla terrazza affacciata sui campi, dove molti ufficiali feriti prendevano il sole, Kelso stava scambiando qualche parola con gli altri quando la vide arrivare con un pacchetto in mano. Si fermò accanto a lui e glielo porse.

«Posta militare.»

«Aprilo per me», le chiese lui.

Dentro c'era una scatoletta di pelle e una lettera. «Ebbene, Jack, viene dal quartier generale, ti hanno conferito la medaglia al valor militare.» La tolse dalla scatoletta e la tenne sospesa. «Sei contento?»

«Certo, ma io ho già una medaglia. Quel che mi manca sei tu.» Le prese una mano. «Sposami, Elsa. Sai bene che continuerò a chiedertelo finché non mi dirai di sì.»

Finalmente decise di accettare. «Che cosa dirà tuo padre? Non dovresti parlare prima con lui?»

«Oh, ci vuole troppo tempo per scrivere negli Stati Uniti e avere risposta. E poi, insieme a tutte le sue buone qualità, mio padre è uno snob. Sarà fiero di te, e lo sarà tutta la buona società di Boston. Bando agli indugi e passiamo all'azione. C'è un cappellano militare, che può celebrare le nozze quando vogliamo.»

«Oh, Jack, ti adoro!»

«La Germania sta per perdere la guerra, Elsa. Non hai niente a cui tornare. Tutto quel che ti resta è una tenuta in rovina, e sei senza denaro. Mi prenderò cura di te, lo prometto.» Le strinse la mano. «Sarà bellissimo, credimi.»

Due giorni dopo erano marito e moglie.

La luna di miele a Parigi fu una favola. Kelso si rendeva perfettamente conto che non lo aveva sposato per amore. La ferita gli aveva lasciato una pronunciata menomazione alla gamba sinistra, che lo faceva zoppicare e che richiedeva una terapia speciale. Elsa si trasferì con lui in un ospedale della Croce Rossa a Parigi. Rimase incinta molto presto e il marito insisteva perché lei si recasse negli Stati Uniti.

«Nostro figlio dovrà nascere in patria. Non sento ragioni.»

«Potresti tornare anche tu, Jack. La tua gamba non è ancora a posto. Ho chiesto al colonnello Carstairs e mi ha detto che ti darebbe il congedo se tu lo chiedessi.»

«Che cos'hai fatto? Elsa, non devi fare mai più una cosa del genere.» Per un attimo parve un altro, il guerriero che aveva abbattuto quindici bombardieri tedeschi... E poi sorrise e tornò a essere l'affascinante Jack Kelso. «C'è ancora una guerra da vincere, amore mio, e ora che l'America è entrata in campo non ci vorrà più molto tempo. Starai benissimo negli Stati Uniti e il mio vecchio sarà felice di averti al suo fianco.»

Elsa obbedì e s'imbarcò per l'America dove Abe Kelso effettivamente l'accolse con entusiasmo. Ebbe grande successo nella vita sociale e ottenne tutto quello che poteva desiderare, soprattutto quando diede alla luce due maschietti gemelli. Il primo fu chiamato Max, come il padre di lei, il secondo Harry, come il padre di Abe.

Sul fronte occidentale, Jack ricevette la notizia per telegrafo. Militava sempre nel Flying Corps, dove aveva deciso di restare, invece che unirsi al corpo di spedizione americano. Ora era tenente colonnello, uno dei pochi vecchi aviatori ancora in campo, poiché le perdite da entrambe le parti erano state pesantissime in quello che doveva essere l'ultimo anno di guerra. E poi, improvvisamente tutto finì.

Magro e logorato, vecchio anzitempo, Jack, ancora in uniforme, entrò nella stanza dei bambini subito dopo il suo arrivo a Boston e si chinò a guardare i due piccoli addormentati. Elsa, ritta sulla porta, fissava un po' impaurita quello straniero.

«Belli», disse Kelso. «Sono proprio belli. Vieni, scendiamo da basso.»

Abe Kelso era in piedi davanti ai caminetto nel magnifico salone. Era più alto di Jack, aveva i capelli più scuri, ma gli stessi lineamenti.

«Jack, figlio mio!» Prese due coppe di champagne e ne porse una al figlio. «Non ho mai visto tante medaglie.»

«Pezzi di latta.» Jack bevve lo champagne in un sorso solo.

«È stato duro questo ultimo anno?» Abe gli riempì ancora la coppa.

«Abbastanza, anche se sono riuscito a non farmi uccidere. Tutti caduti e io no.» Un sorriso crudele si dipinse sul suo viso.

«È una cosa terribile da dire», commentò sua moglie.

«Ma è vera.» Si accese una sigaretta. «Ho visto che i bambini hanno i capelli biondi. Quasi bianchi.» Soffiò una nuvola di fumo.

«Per metà sono tedeschi.»

«Non è colpa loro. A proposito, volete il mio punteggio personale, alla fine della guerra? Quarantotto.»

Elsa si rendeva conto di quanto fosse malridotto. Abe parlò con forzata allegria: «Ebbene, Jack, adesso che cosa conti di fare? Torni ad Harvard per prendere quella laurea in legge? Poi potrai venire a lavorare in ditta».

«Vuoi scherzare! Ho ventitré anni e in trincea ho ucciso centinaia di uomini. Harvard e la ditta sono escluse. Ho il fondo fiduciario lasciatomi da mia madre. Adesso voglio godermi la vita.» Vuotò la coppa. «Scusatemi, ho bisogno del bagno.»

Uscì zoppicando e Abe Kelso versò un po' di champagne nella coppa della nuora. «Vedi, mia cara, ne ha passate tante, devi avere pazienza.»

«Non devi scusarti per lui.» Elsa posò il bicchiere. «Quello non è l'uomo che ho sposato. È rimasto laggiù in quelle maledette trincee. Non ne è mai uscito.»

Il che non era molto lontano dalla verità, perché negli anni che seguirono Jack si comportò come se non gli importasse di vivere o morire. Le sue imprese su circuiti di corse automobilistiche divennero famose. Volava ancora e per tre volte precipitò. Beveva come una spugna.

Nonostante tutto trattava la moglie con estrema gentilezza. Da parte sua Elsa recitava la parte di buona moglie, ospite brillante e mamma amorosa. Era sempre Mutti per Max e Harry, insegnava loro il francese e il tedesco e i ragazzi le erano molto affezionati. Ma il loro amore per il padre, eroe di guerra e sempre ubriaco, era ancora più grande.

Jack era riuscito a comperarsi un Bristol e lo teneva presso l'aeroclub di Rocky Farson, un altro asso dell'aria dei tempi del Flying Corps, poco fuori Boston. I gemelli compivano dieci anni il giorno in cui Jack li mise sul sedile posteriore del suo aeroplano, assicurò bene le cinture e li portò in volo. Festa di compleanno, la chiamò. I ragazzini ne furono entusiasti ed Elsa minacciò di piantarlo se avesse rifatto una cosa del genere.

Abe, come al solito, si teneva su un terreno neutrale cercando di mantenere la pace. Era dalla parte della nuora, naturalmente, perché Jack quel giorno era ubriaco. Ma poiché Jack aveva il suo patrimonio non c'era modo di controllarlo.

Vennero gli anni '28 e '29. Delusa non solo del matrimonio, ma anche dell'America, a Elsa non rimaneva che il suo sincero affetto per Abe e l'amore per i figli. I gemelli erano assolutamente identici. Capelli di un biondo chiarissimo, occhi verdi, alti zigomi tedeschi, e identici perfino voce e gesti. Non c'era né un neo né una voglia che li distinguesse. Molte volte neppure la madre riusciva a riconoscerli. E neppure Abe. Per i ragazzi era un gioco continuo scambiarsi le parti e burlarsi degli altri. Erano profondamente legati l'uno all'altro e l'unica cosa per cui litigavano era il possesso di Tarquin. Il fatto che Max, essendo nato dieci minuti prima, fosse legalmente il barone von Halder non li preoccupava minimamente.

Nell'estate del 1930 accadde la tragedia. Jack Kelso rimase ucciso quando la sua Bentley precipitò da una strada di montagna nel Colorado ed esplose in fondo a un burrone. I suoi resti furono portati a Boston dove Abe, deputato alla Camera, provvide alle onoranze funebri. Era presente tutta la crème della città, c'era persino il presidente. I gemelli, in abito nero ai lati della madre, erano tranquilli, un po' storditi, sembravano più vecchi dei loro dodici anni.

Più tardi, nella grande casa, quando tutti gli ospiti se ne furono andati, Elsa rimase in salotto a sorseggiare un brandy. Abe era in piedi accanto al caminetto.

«E adesso?» chiese. «Un triste futuro.»

«Non per me», replicò lei. «Io ho fatto il mio dovere. Sono stata per tanti anni una buona moglie, Abe, ho sopportato di tutto. Ora voglio tornare in Germania.»

«E come vivrai? La maggior parte del patrimonio lasciato a Jack dalla madre se ne è andata. È triste, ma non c'è molto per te nel suo testamento, Elsa, e tu lo sai.»

«Sì, lo so. Ma tu, Abe, sei ricco. Puoi aiutarmi tu, Abe.»

«Capisco.»

«Abe, siamo sempre stati buoni amici. Lasciami tornare a casa. Potrei restaurare la tenuta, ridare prestigio al nome della mia famiglia.»

«E portare i miei nipoti con te?» Scosse la testa. «Non se ne parla.»

«Ma sono anche i miei figli, il loro posto è con la madre. E Max è il barone von Halder. Non puoi pretendere che rinunci a questo, Abe, non sarebbe giusto. Per favore, Abe, ti sto pregando.»

Abe rimase per lunghi momenti assorto, l'aria era piena di tristezza e rimpianto. Infine parlò.

«Vedi, mi ha sempre angosciato il pensiero di quel che avrebbe fatto Max quando fosse stato in età di apprezzare il titolo. Sarebbe andato in Germania a reclamarlo, lasciandoci qui? Pensavo di avere ancora parecchi anni prima che si arrivasse a questo, ma...» Si interruppe e sospirò. «Ma con la morte di Jack e tu che vuoi andartene, non ci rimane molto tempo, vero?» Sorrise tristemente. «Hai ragione, Elsa. Max ha diritto a questa possibilità e anche tu, per aver sopportato Jack tutti questi anni. Ti aiuterò. Ma a una condizione.» Qui la sua voce divenne ferma e forte. «Harry resta qui. Non rinuncio a entrambi i miei nipoti. Non potrei sopportarlo. Ti darò quanto ti occorre per rimettere in piedi la tenuta degli Halder, ma Harry resta con me. D'accordo?»

Elsa non tentò nemmeno di discutere. «D'accordo, Abe.»

«Bene. Stabiliremo tutto più tardi a proposito delle visite, delle scuole e tutto il resto. L'unica cosa che mi preoccupa è come la prenderanno i ragazzi.»

«Parlerò io con loro.»

«No, lo farò io per primo. Sii gentile, digli di venire nel mio studio.»

Quella sera, prima di cena, quando Elsa scese in salotto, trovò Max e Harry stranamente calmi. Ma erano sempre stati così, solitari, freddi, distaccati. Amavano la loro madre, ma si rendevano conto della sua natura egoista, così gli ultimi eventi non furono per loro una sorpresa. Lei li baciò.

«Il nonno vi ha detto...»

«Certo. I ragazzi capiscono», intervenne Abe. «Hanno accettato la cosa con molta calma. L'unico problema, pare, era chi dovesse tenersi Tarquin, ma lui resta qui. Quell'orsacchiotto era con Jack in ognuno dei suoi voli.» Per un attimo parve perduto nei ricordi, poi si raddrizzò. «Champagne», ordinò. «Mezzo bicchiere a testa. Siete cresciuti abbastanza. Beviamo a noi. Saremo sempre insieme, in un modo o nell'altro.»

I ragazzi non dissero nulla, si limitarono a bere lo champagne, più vecchi della loro età, come sempre enigmatici come l'orso Tarquin.

La Germania che Elsa von Halder ritrovò era molto diversa da quella che ricordava – disoccupazione, tumulti di piazza, il partito nazista che cominciava ad alzare la cresta – ma aveva il denaro di Abe, così mise Max in collegio e si accinse a rimettere in piedi la tenuta e il prestigio dei von Halder. C'era ancora l'alta società di Berlino. Un vecchio amico di suo padre, Hermann Göring, asso di guerra della Luftwaffe, era un astro emergente del partito nazista. Amico di Hitler, aristocratico di antica famiglia, aveva davanti a sé tutte le porte aperte e Elsa, bella, ricca, innegabilmente aristocratica, divenne un fiore all'occhiello per il partito. Frequentava tutti gli alti papaveri, Hitler, Goebbels, von Ribbentrop, ed era l'ornamento dei grandi salotti.

Hitler salì al potere nel 1933 ed Elsa consentì a Max di tornare in America per sei mesi nel 1934 per stare con il nonno e il fratello, che ora frequentava da esterno l'istituto superiore. Abe fu felice di vederlo. Quanto ai due fratelli, fu come se non si fossero mai separati e nel giorno del compleanno Abe offrì loro un regalo speciale. Li condusse al club aeronautico dove il loro padre era decollato tante volte e lì trovarono Rocky Farson, un po' più vecchio, un po' più appesantito ma sempre l'antico pilota di aerei da combattimento del fronte occidentale.

«Rocky vi darà qualche lezione», annunciò Abe. «So che avete solo sedici anni, ma che diavolo! Però, non ditelo a vostra madre.»

Rocky insegnò ai gemelli i rudimenti del volo su un vecchio biplano Gresham. Il retro della fusoliera era stato allargato per potervi sistemare i sacchi della posta, così c'era abbastanza spazio perché vi si potessero infilare entrambi. Naturalmente Rocky volava anche con ciascuno dei due separatamente. E ben presto scoprì che erano piloti nati, come il loro padre. E, come il padre, chiunque dei due volasse, teneva Tarquin accanto a sé nella cabina di guida.

Gli insegnamenti di Rocky andarono molto al di là delle capacità di un semplice pilota civile. *Sempre guardarsi dal nemico che viene dal sole* era uno dei suoi motti preferiti. *Non volare mai da solo sotto i tremila metri. Non volare mai dritto in orizzontale per più di trenta secondi.*

Un giorno Abe, che era venuto a guardarli, dopo che l'aereo era atterrato osservò: «Diavolo, Rocky, è come se li stessi preparando per la guerra».

«Chissà, senatore!» Abe Kelso era entrato al Congresso. «Chissà!»

I due giovani erano così brillanti che Rocky adoperò il denaro del senatore per acquistare due biplani da addestramento Curtis e volava con ciascuno a turno per portarli a un sempre più alto grado di perizia.

Durante la prima guerra mondiale il grande asso dell'aviazione tedesca, Max Immelmann, aveva elaborato una brillante manovra che in combattimento ravvicinato gli consentiva di colpire due volte il nemico in un solo approccio. Era la famosa manovra nota come «volta Immelmann», che un tempo era stata quasi un patrimonio comune sul fronte occidentale e ora era già virtualmente dimenticata tanto dall'aviazione militare americana quanto dalla RAF.

Il pilota piombava sull'avversario, virava di un mezzo cerchio, rollava fino alla sommità della volta e scendeva in picchiata sulla testa del nemico a quindici metri. Quando Rocky terminò l'addestramento i due ragazzi padroneggiavano perfettamente la manovra.

«Sono sorprendenti, davvero sorprendenti», disse Abe a Rocky nel bar del club.

«Ai vecchi tempi sarebbero stati degli assi. Questo è uno sport per giovani, senatore. Ho conosciuto dei ragazzi dell'aviazione militare che erano stati decorati quattro volte ed erano già maggiori a ventun anni. È come essere un grande campione in qualsiasi sport. Quel tocco di genio o si ha o non si ha, e i gemelli ce l'hanno, mi creda.»

I gemelli, seduti al bar, parlavano tra loro bevendo succo d'arancia. Abe li guardava. «Credo che tu abbia ragione», replicò, «ma a che può servire? So che ci sono dei disordini in giro, ma non ci sarà un'altra guerra. Noi baderemo a impedirlo.»

«Lo spero, senatore», rispose Rocky, ma alla fin fine quello non era affar suo. Fece revisionare il vecchio Bristol, lo prese un giorno per un volo di prova e perdette il motore a centocinquanta metri.

Al funerale di Rocky, Abe tenendosi in disparte osservava i fratelli e si ricordava con un brivido che avevano lo stesso aspetto di quel giorno lontano, al funerale del padre: enigmatici, distaccati, chiusi in se stessi. Si sentì preso da uno strano presentimento. Ma si rese conto che non c'era nulla da fare. La settimana dopo lui e Harry accompagnarono Max a New York e lo videro imbarcarsi sulla *Queen Mary*, che faceva rotta per Southampton, prima tappa del suo ritorno nel Terzo Reich.

Europa

1934-1941

4

MAX era seduto sulla terrazza della casa di campagna con la madre e le raccontava tutto, i voli, l'addestramento, ogni cosa, mostrando le foto di lui e Harry in tuta di volo, con l'aereo alle spalle.

«Volerò, Mutti. È quello che mi riesce meglio.»

Guardandolo lei rivedeva il marito e si sentiva stringere il cuore. Disse l'unica cosa che c'era da dire. «Hai sedici anni, Max. Sei troppo giovane.»

«Potrei iscrivermi all'aeroclub di Berlino. Tu conosci Göring. Potrebbe farmi entrare.»

Max ebbe un appuntamento all'aeroclub con Göring, accompagnato dalla baronessa, e malgrado i dubbi del comandante, gli fu assegnato un biplano Heinkel. Fu affidato a un tenente ventitreenne della Luftwaffe che un giorno sarebbe diventato il generale Adolf Galland.

«Saprai manovrare quest'uccellino, ragazzo?» chiese Galland.

«Be', mio padre ne ha abbattuto almeno quarantotto dei vostri quando era nel Flying Corps. Penso di poterci riuscire.»

Galland scoppiò in una sonora risata e si infilò tra i denti un sigaro. «Ti vengo dietro e vedremo.»

L'esibizione che seguì lasciò anche Göring senza fiato.

Galland non poté mettere Max in difficoltà neppure per un momento; la volta Immelmann, poi, lo mise del tutto fuori combattimento. Virò verso la pista e Max lo seguì.

Göring, ritto accanto alla sua Mercedes, fece cenno al suo aiutante personale, che servì caviale e champagne. «Questo mi ha riportato alla mia gioventù, baronessa. Il ragazzo è un genio.»

Era la verità, anche Göring era un grande pilota e ben pochi gli stavano alla pari.

Galland e Max si avvicinarono. Galland era visibilmente eccitato. «Fantastico. Dove hai imparato tutto questo, ragazzo?»

Max lo disse e Galland non poté che scuotere la testa.

Quella sera Galland pranzò con Göring, von Ribbentrop, Elsa e Max all'*Adler Hotel*. Lo champagne scorreva a fiumi. Göring esordì: «Ebbene, che cosa ne facciamo di questo ragazzo?»

«Non ha ancora compiuto diciassette anni», rispose Galland. «Potrei dare un suggerimento?»

«Fuori.»

«Mettiamolo nella scuola cadetti di fanteria qui a Berlino, tanto per dare un'aria di ufficialità alla cosa. Faccia in modo che possa volare all'aeroclub. L'anno prossimo, quando compirà i diciassette anni, gli dia il grado di tenente nella Luftwaffe.»

«Mi piace», approvò Göring, e rivolto a Max: «Lei che cosa ne dice, barone?»

«Ne sarò lieto», rispose Max in inglese, lasciando affiorare la sua metà americana.

«Non è un problema il fatto che mio figlio ha il padre americano?» chiese Elsa.

«Nessun problema. Ha visto le nuove norme emanate dal Führer?» replicò Göring. «Il barone non può essere altro che un cittadino del Terzo Reich.»

«Un problema c'è», interloquì Galland.

«E sarebbe?»

«Insisto perché sia così gentile da insegnarmi alcuni trucchi, in particolare la volta Immelmann.»

«Bene, questo potrei insegnarglielo anch'io», ribatté Göring, «ma sono sicuro che il barone ne sarà felice.» E rivolgendosi al giovane: «Che cosa ne pensi, Max?» Era la prima volta che gli si rivolgeva così.

«Peccato che mio fratello gemello non sia qui», osservò Max. «Vede, tenente Galland, le faremmo vedere i sorci verdi.»

«L'informazione è esperienza», replicò Galland. «Lei è speciale, barone, mi creda. E, per favore, chiamami Dolfo.»

Era l'inizio di una grande, rara amicizia.

In America Harry frequentò Groton per qualche tempo. Aveva dei problemi per la disciplina, perché volare era la sua ossessione e si rifiutava di sacrificare i suoi weekend dedicati al volo. Ma l'influenza di Abe Kelso contribuì a fargli superare gli anni di scuola e Harry entrava a Harvard nello stesso momento in cui suo fratello veniva nominato tenente della Luftwaffe.

Il Terzo Reich continuava la sua spietata ascesa e l'equilibrio dell'intera Europa cambiò. Nessuno in Inghilterra voleva la guerra: troppo vicine nel ricordo erano le spaventose distruzioni della prima guerra mondiale. Harry si avvicinava alla laurea, l'Europa avanzava verso il fascismo. Il mondo stava a guardare.

Venne la guerra civile spagnola e Galland e Max furono mandati al fronte con i loro biplani HE51. Max dopo duecentoottanta missioni di volo tornò in patria nel 1938 con la croce di ferro di seconda classe e fu promosso Oberstleutnant.

Per qualche tempo lavorò presso il quartier generale a Berlino ed era molto ricercato in società, dove spesso lo si vedeva al fianco della madre. Era uno dei favoriti di Göring, che era diventato potentissimo. E poi venne la Polonia.

Durante i ventisette giorni del Blitzkrieg che distrusse il paese, Max consolidò il proprio mito, abbatté venti aerei, ricevette la croce di ferro di prima classe e fu promosso capitano. Durante la pseudoguerra che seguì con l'Inghilterra e la Francia, si trovò ancora una volta addetto al quartier generale a Berlino.

In quei giorni di euforia, con l'Europa tutta nei suoi artigli, niente pareva impossibile alla Germania. La madre di Max era sulla cresta dell'onda nell'alta società della capitale e lui vi compariva con un abbigliamento che lo rendeva inconfondibile. Mai smoking bianco, mai nulla di fantasioso. Portava sempre l'uniforme da combattimento: larghi calzoni, giacca di volo e in testa una bustina militare chiamata Schiff. E tutte le medaglie. Goebbels, il magro, piccolo e storpio ministro nazista della propaganda, ne era compiaciuto. Max compariva in tutta la sua gloria accanto a Göring, persino a Hitler, e alla sua affascinante madre. Lo soprannominarono il Barone Nero. Ci fu qualche donna, occasionalmente, nella sua vita, ma nulla di più. Pareva sempre distaccato e lontano, con quel viso grave e i capelli di un biondo chiarissimo. E non parteggiava per nessuno. Non era nazista. Era un pilota da combattimento, punto e basta.

Per Harry, una volta che ebbe finito gli studi ad Harvard, la vita divenne una noia. Abe aveva cercato di pilotarlo in sordina verso interessanti conoscenze, per esempio le figlie delle famiglie ricche, ma Harry, come il fratello, pareva restare distaccato da tutti. La guerra in Europa era cominciata in settembre. Era il novembre del 1939 quando Harry entrò in salotto e trovò Abe seduto vicino al caminetto con un paio di riviste.

«Prenditi uno scotch», gli disse, «ne avrai bisogno.»

Harry, che a quel tempo aveva ventun anni, si versò un whisky e soda e andò a sedersi vicino al nonno. «Che cosa succede?»

Abe gli passò la prima rivista sulla quale compariva il primo piano di un volto cupo e taciturno sotto lo *schiff* della Luftwaffe. L'altra era una copia del *Signal*, la rivista delle forze armate tedesche. «Il Barone Nero», disse Abe.

Max era ritratto accanto a un ME109 in uniforme di volo, una sigaretta in mano. Parlava con un meccanico della Luftwaffe in tuta nera.

«Quante medaglie!» mormorò Harry. «Splendido, non trovi? Proprio come papà.»

«In Spagna e in Polonia», aggiunse Abe. «Gesù, ragazzo mio, meno male che lo chiamano barone von Halder e non Max Kelso. Ti immagini che scalpore susciterebbe sulla copertina della rivista *Life*? Mio nipote il nazista!»

«Non è nazista», obiettò Harry. «È un pilota. Lui è là e noi siamo qui.» Depose la rivista e Abe si domandò che cosa stesse pensando. Ma come al solito Harry tenne i suoi pensieri per sé. Tuttavia un'ombra passò in fondo a quegli occhi e Abe se ne accorse. «È un po' di tempo che non abbiamo notizie della mamma», osservò Harry.

«E neanche ne avremo. Parlo spesso con persone del ministero degli Esteri. Il Terzo Reich ha chiuso tutte le porte.»

«Me l'aspettavo. Vuoi ancora da bere?»

«Perché no?» Abe si accese un sigaro. «Dannazione, Harry. Hitler si scaglierà contro la Francia e l'Inghilterra. Che soluzione potrebbe esserci?»

«Oh, c'è sempre una soluzione.» Harry versò al nonno un whisky.

«Harry», riprese Abe, «è ora di parlare seriamente. Ti sei diplomato a pieni voti la primavera scorsa, e da allora non hai fatto che volare e correre in automobile, come tuo padre. Che cosa pensi di fare ora? Che cosa ne diresti della facoltà di legge?»

Harry sorrise e scosse la testa. «La facoltà di legge? Non hai sentito che la Russia ha invaso la Finlandia questa mattina?» Bevve una lunga sorsata. «I finlandesi hanno un tremendo bisogno di piloti e hanno fatto appello a volontari stranieri. Ho già prenotato un volo per la Svezia.»

Abe rimase inorridito. «Ma non puoi! Accidenti, Harry, non è la tua guerra!»

«Adesso lo è», affermò Harry e terminò il whisky.

La guerra tra la Finlandia e la Russia era senza speranza fin dall'inizio. Il tempo era orribile e tutto il paese era sotto la neve. Le forze armate e soprattutto le truppe su sci combattevano valorosamente contro le soverchianti forze nemiche, ma erano incessantemente costrette a retrocedere.

Da entrambe le parti gli aerei da combattimento erano molto antiquati. Gli aerei più moderni che i russi potevano mettere in volo erano pochi FW190 di cui Hitler aveva fatto dono a Stalin come pegno di amicizia fra Germania e Russia.

Harry Kelso ben presto si fece un nome pilotando il British Gloucester Gladiator, un biplano con cabina aperta, come quelli della prima guerra mondiale. Un mezzo mediocre per le forze che doveva affrontare, ma le sue superbe qualità di pilota lo portavano sempre al successo. E come per suo padre, Tarquin era sempre dietro di lui in cabina, in uno zainetto impermeabile chiuso da una lampo, che Harry gli aveva comperato a Stoccolma.

La sua situazione cambiò drasticamente quando l'aviazione militare finlandese riuscì a procurarsi una mezza dozzina di aerei da combattimento Hurricane provenienti dall'Inghilterra, un vero colpo di fortuna dato l'urgente bisogno di aerei che aveva la RAF. Harry fu assegnato a uno dei due Hurricane destinati alla sua squadriglia. Una settimana dopo ricevettero da una fonte svedese una coppia di ME109.

Harry si alternò tra i due tipi di aerei, volando in condizioni tremende fra tempeste di neve e raffiche di vento; fu promosso capitano e decorato. Il suo punteggio cresceva rapidamente.

Un fotoreporter di *Life* ebbe l'incarico di fare un servizio sulla guerra aerea e fu sorpreso di scoprire in Finlandia un nipote del senatore Abe Kelso e di sentire le sue imprese di battaglia. Questa era veramente una notizia da prima pagina, perché Abe ora era un astro nascente della politica e faceva parte del gruppo di consiglieri privati di Franklin D. Roosevelt.

Così ancora una volta Abe trovò uno dei suoi nipoti sulla copertina di una rivista. Harry in giubbotto imbottito, ritto nella neve accanto a uno dei ME109. Sembrava più vecchio di dieci anni da quando Abe lo aveva visto l'ultima volta. E teneva Tarquin in braccio.

Lesse il racconto delle imprese di Harry con orgoglio, ma anche con tristezza. «Te l'avevo detto, ragazzo», mormorò. «Non è la tua guerra. Come diavolo finirà tutto questo?» Eppure in fondo al cuore lo sapeva: l'America sarebbe entrata in guerra. Non oggi, né domani, ma quel giorno sarebbe venuto.

Elsa von Halder stava prendendo il caffè nel piccolo salotto della sua villa di campagna quando arrivò Max, indossando come al solito l'uniforme di volo e reggendo una borsa che posò a terra.

«Mutti, sei splendida.»

Elsa si alzò e l'abbracciò. «Che bella sorpresa! Quanto tempo ti fermi?»

«Tre giorni.»

«E poi?»

«Vedremo.»

La baronessa andò al tavolino bar e versò uno sherry. «Pensi che l'Inghilterra e la Francia ci faranno davvero guerra se attaccheremo?»

«Vuoi dire quando attaccheremo!» Max alzò il bicchiere in un brindisi. «Naturalmente. Ho un'infinita fiducia nell'ispirata guida del nostro glorioso Führer.»

«Per l'amor di Dio, Max, bada a come parli! Potrebbe essere una condanna a morte per te. Non sei neanche membro del partito nazista.»

«Be', Mutti, ho sempre pensato che tu ci credessi veramente.»

«Ma neanche per sogno! Sono tutti bastardi, il Führer, quell'orribile, piccola canaglia di Himmler. Oh, Göring è un uomo a posto e così la maggior parte dei generali ma... Comunque, tu che cosa ne pensi?»

«La politica mi annoia, Mutti. Io sono un pilota da combattimento, come Harry.» Aprì la borsa e tirò fuori una copia di *Life*, che porse alla madre. «Ieri ho visto Göring a Berlino. È lui che me l'ha data.»

Elsa sedette e fissò a lungo la foto in copertina. «Sembra più vecchio. Che cosa gli hanno fatto?»

«Leggi l'articolo, Mutti. È stata una guerra d'inferno, anche se breve. È un miracolo che ne sia uscito. Guarda un po' Tarquin come sembra bello. Göring ha sentito dai nostri agenti del servizio segreto che Harry è riuscito a raggiungere la Svezia con un Hurricane. Pare che si sia presentato a Londra e sia entrato nella RAF.»

Lei alzò gli occhi e nelle sue parole inconsciamente riecheggiarono quelle di Abe. «Come andrà a finire tutto questo?»

«Male, prevedo. Ora, se mi scusi, vado a fare un bagno prima di pranzo.» Raccolse la borsa, si diresse alla porta, poi si voltò: «Lui ha abbattuto ventotto aerei in Finlandia, Mutti. Io solo venti in Polonia. Come posso tollerarlo?»

C'erano almeno tredici volontari americani, fra i piloti della battaglia d'Inghilterra nella primavera ed estate del

1940, e probabilmente anche di più. Alcuni erano stati accettati come canadesi, Red Tobin, Andy Mamedoff, Vernon Keogh, per esempio, che si arruolarono nella RAF nel luglio 1940. Uno di loro era il grande Billy Fiske, figlio di un milionario e probabilmente il primo americano ucciso in battaglia nella seconda guerra mondiale. Fu commemorato in seguito con una lapide nella cattedrale di St. Paul a Londra. Altri dovevano raggiungere la gloria, come Pete Peterson, medaglia al valore e Flying Cross della RAF e tenente colonnello a ventidue anni, quando entrò nelle forze armate americane.

La Finlandia si arrendeva il 12 marzo 1940. Harry prese il largo illegalmente con un Hurricane, come Max aveva detto a sua madre, atterrò sulla pista di un aeroclub poco fuori Stoccolma, entrò in città e fu in possesso di un biglietto aereo per tornare in Inghilterra prima ancora che le autorità si accorgessero della sua presenza.

Quando si presentò al ministero dell'Aviazione a Londra, un anziano capo squadriglia esaminò le sue credenziali. «Un bel curriculum, giovanotto. Ma c'è un problema. Lei è americano e questo significa che deve andare in Canada e arruolarsi nella RCAF, l'aeronautica militare canadese.»

«Ho abbattuto ventotto aerei russi, tredici dei quali mentre pilotavo un Hurricane. So il mio mestiere. Avete bisogno di gente come me.»

«Un Hurricane?» Il capo squadriglia tornò a esaminare le credenziali di Harry. «Vedo che ha ricevuto la medaglia d'oro finlandese al valore.»

Harry tolse di tasca una scatoletta di pelle e l'aprì. Il capo squadriglia, che aveva una croce al valor militare della prima guerra mondiale, osservò: «Un bel pezzetto di latta».

«Non sono tutte di latta?» replicò Harry.

L'altro spinse un modulo davanti a lui. «Bene, riempia questo. Paese d'origine l'America. Suppongo che lei sia tornato in Finlandia per difendere la sua antica patria dai russi.»

«Esattamente.»

«Ah, bene. Questo fa di lei un finlandese. Ed è questo che registreremo nella sua scheda.» Il capo squadriglia sorrise. «Quegli imbecilli degli impiegati! Sbagliano sempre.»

L'unità operativa di addestramento era un posto umido e squallido sul margine di un acquitrino dell'Essex. Il capo del campo era un tenente colonnello della RAF, di nome West, che aveva una gamba di legno dalla guerra del 1915-18. Esaminò i documenti dell'ufficiale pilota Harry Kelso e alzò gli occhi, osservando il nastrino della medaglia sotto le ali.

«E quello che cosa sarebbe?»

Harry glielo disse.

«Quanti ne ha abbattuti lassù?»

«Ventotto.»

«Significa che lei ha una bella esperienza con gli Hurricane.»

«Sì, i finlandesi riuscirono a procurarsene alcuni negli ultimi due mesi di guerra.»

«Bene, vediamo quel che sa fare.»

West suonò un campanello ed entrò un sottufficiale di guarnigione. «Vado a fare un giro con questo ufficiale pilota signor Quigley. Prepari il mio aereo e uno degli altri Hurricane. Venti minuti.»

Il sottufficiale imperturbabile annuì. «Sarà fatto, signore.»

West si alzò e prese il suo bastone. «Non si faccia idee sbagliate per la mia gamba. Conosco un tale, Douglas Bader, che le ha perse tutte e due in un disastro aereo e vola ancora.» Aprì la porta e si fermò. «Ne ho abbattuti ventidue anch'io nel vecchio Flying Corps, prima di precipitare, quindi non si preoccupi. Vediamo se riesce a prendermi.»

I curiosi che si affollarono a guardare sotto la pioggia non dimenticarono mai la scena. A quattrocentocinquanta metri West cominciò a dar la caccia a Harry. I due aerei cabrarono, virarono, così vicini che qualcuno tra la folla trattenne il fiato per l'orrore. Ma Harry sfuggì a West, volteggiò nella gran volta e livellò il volo.

«Molto bene», gli gridò West nella radio, poi virò a manca e rollò. Harry, oltrepassandolo e trovandoselo di nuovo in coda, calò gli alettoni e rallentò bruscamente con violenza.

«Cristo!» gridò West e tirò indietro a tutta forza la cloche mancandolo per un pelo.

Harry, standogli ancora sulla coda, gridò: «Bang, sei morto!» Poi, mentre West cercava di allontanarsi, cablò in una mezza volta, rollò sul vertice della gran volta Immelmann e scese rombando sulla testa di West a quindici metri. «E bang, sei morto ancora, amico!»

Gli uomini a terra applaudirono quando i due piloti atterrarono. Quigley tolse a West il paracadute e gli porse il bastone, poi chiese accennando a Kelso: «Chi diavolo è quel tipo, signore?»

«Un sacco di piloti della RAF tutti fusi in un uomo solo», rispose West.

Tornato nel suo ufficio West sedette alla scrivania, tirò fuori un modulo e lo riempì in fretta. «La assegno immediatamente alla squadriglia 607 in Francia. Sono passati dai Gladiator agli Hurricane. Dovrebbero aver bisogno di uno come lei.»

«Ho pilotato i Gladiator in Finlandia, signore. Fa un freddo cane in quelle cabine aperte sotto la neve.»

West prese una bottiglia di brandy da un cassetto e due bicchieri. Li riempì, dicendo: «Kelso, un nome strano e lei non è finlandese. Conoscevo un americano nel Flying Corps che si chiamava Kelso».

«Mio padre, signore.»

«Buon Dio! E che ne è di lui?»

«Morì in un incidente automobilistico anni fa.»

«Già, corrisponde al tipo. Non usava volare con un orsacchiotto?»

«Esatto, signore. Tarquin.» Harry sollevò la borsa che si era portato in aereo, ne trasse Tarquin, lo collocò sulla scrivania.

Il volto di West si intenerì. «Be', diavolo, vecchio mio. Lieto di rivederti.» Alzò il bicchiere. «A suo padre, a lei e a tutti i bravi piloti in tutto il mondo.»

«E al mio fratello gemello, signore.»

West corrugò la fronte. «È anche lui pilota?»

«Oberstleutnant nella Luftwaffe, signore.»

«Nella Luftwaffe? Adesso? Be', tutto quel che posso dire è che lei combatterà una guerra interessante, ufficiale pilota.» E bevve il suo brandy.

La squadriglia 607 era solo a metà strada nel suo programma di conversione quando il 10 maggio scoppiò il Blitzkrieg sul fronte occidentale. Nella confusa e selvaggia guerra che ne seguì la squadriglia fu duramente maltrattata e contò molte perdite. I vecchi biplani Gladiator erano particolarmente vulnerabili.

Harry, ai comandi di un Hurricane, abbatté due ME109 nel cielo di Abbeville a quattromilacinquecento metri. Anche se nessuno dei due venne a saperlo, in quello stesso giorno, suo fratello abbatteva un Hurricane e uno Spitfire.

La squadriglia, o quel che ne restava, fu respinta indietro verso l'Inghilterra. E venne Dunquerque. Harry, insignito della Flying Cross britannica e promosso capitano pilota, fu assegnato a una speciale squadriglia di caccia indicata con il nome in codice Hawk, vicino a Chichester nel West Sussex, solo che non c'era niente da cacciare. Il sole splendeva, il cielo era incredibilmente azzurro e tutti si annoiavano a morte.

Dall'altra parte della Manica, Max e i suoi camerati sedevano in campi d'aviazione molto simili, sulle stesse sedie a sdraio ed erano egualmente annoiati. Poi nel luglio cominciarono gli attacchi contro convogli tedeschi nella Manica:

bombardamenti in picchiata degli Stuka, attacchi ancora più pesanti dei Dornier e degli Junkers, protetti dai più eccellenti aerei da caccia che la Luftwaffe poteva mettere in campo. L'obiettivo dell'azione era chiudere il Canale della Manica e la RAF si alzò a contrattaccare.

Così Harry Kelso e suo fratello, il Barone Nero, entrarono in guerra.

Gli scontri aerei sulla Manica durarono per tutto il luglio. Poi venne la vera e propria battaglia d'Inghilterra, che cominciò nel Giorno dell'Aquila, il 12 luglio.

La squadriglia Hawk era di stanza in un aeroclub di prima della guerra, il Farley Field nel West Sussex, piste erbose, baracche di lamiera, solo quattro hangar, e faceva caldo, molto caldo, mentre Harry e gli altri piloti oziavano allungati su sedie a sdraio, fumando, chiacchierando, leggendo libri e riviste. Due settimane di noia, in mancanza di azioni, avevano diffuso una certa apatia e anche il personale di terra che lavorava intorno agli Hurricane pareva stufo di tutto.

Il caposquadriglia, un tale Hornby, gironzolando per il campo capitò accanto a Harry. «Personalmente, penso che quei dannati crucchi non verranno.»

«Verranno», replicò Harry e gli offrì una sigaretta.

Alcuni dei piloti indossavano tute di volo, altri l'uniforme ordinaria: faceva troppo caldo per qualsiasi altro abbigliamento. Sulla spalla destra Harry portava un emblema ricamato che diceva Finlandia. Sotto c'era una mostrina con un'aquila americana che teneva la bandiera britannica e quella americana strette fra gli artigli.

«Carina», commentò Hornby.

«Ho trovato un sarto in Savile Row che mi ha confezionato il tutto.»

«Cosa vuol dire essere ricchi, mio giovane amico yankee!» Hornby diede un colpetto con la mano allo zainetto che stava ai piedi di Harry. «Tarquin sempre in forma?»

«Sempre. Ha visto tutto.»

«Mi piacerebbe che me lo prestassi per un po'», fece Hornby e in quella si sentì un forte rombo lì vicino. «Maledetto trattore!»

«Non è un trattore.» Harry balzò in piedi con lo zainetto in mano, e corse verso il suo aereo mentre gli Stuka, alti nel cielo, viravano e scendevano in picchiata.

Il suo sergente pilota gli gettò il paracadute. Kelso balzò in cabina, mollò lo zainetto sul fondo, diede gas e rombando si sollevò, mentre le prime bombe colpivano la pista. Un Hurricane esplose poco lontano e una nuvola di fumo si sollevò mentre Harry vi irrompeva in mezzo e si allontanava virando a manca. Sotto era una carneficina, quattro Hurricane in fiamme.

Harry virò di nuovo, avvistò uno Stuka e lo colpì abbattendolo. Ce n'erano altri quattro, ma virarono e si allontanarono, considerando ovviamente compiuta la missione. Harry li inseguì e li abbatté a uno a uno facendoli precipitare in mare. Senza collera, senza rabbia, semplicemente impegnando tutta la sua abilità, calcolando ogni mossa.

Tornò a Farley Field e trovò una scena di devastazione. Riuscì appena ad atterrare sull'unica pista rimasta intatta e trovò Hornby sdraiato in una barella, con il braccio sinistro e il volto bendati.

«Ne ha colpito qualcuno?»

Harry gli accese una sigaretta mentre si avvicinava un'ambulanza. «Cinque.»

«Cinque?» Hornby era stupito.

«Quegli Stuka!» Harry alzò le spalle. «Lenti e ingombranti. È come sparare ai pesci in uno stagno. Non dureranno molto in questa guerra. Sono i ME109 quelli da cui dobbiamo guardarci.»

Diversi corpi erano adagiati su barelle, coperti da lenzuola. «Sei piloti morti», spiegò Hornby. «Non sono riusciti a decollare. Lei è l'unico che si sia alzato. Era brutto così in Finlandia?»

«Proprio lo stesso, solo che in Finlandia nevicava.»

I barellieri vennero a prendere Hornby. «Farò rapporto al gruppo, raccomandando che la promuovano. Avranno presto bisogno di rimpiazzare i caduti. Mi faccia dare un'occhiata a Tarquin.»

Harry aprì lo zainetto e tirò fuori l'orsacchiotto. Hornby staccò un piccolo distintivo dorato dalla sua camicia inzuppata di sangue e lo porse ad Harry. «Diciannovesima squadriglia. Quella in cui ho incominciato. Che lo porti Tarquin.»

«Sarà fatto.»

Hornby sorrise debolmente. «Quegli Stuka. Sono precipitati sulla terraferma o nel mare?»

«Uno solo sulla terraferma.»

«Che peccato! I bastardi non le riconosceranno mai il merito degli altri quattro.»

«E che importa? Sarà una guerra lunga.» Harry salutò e chiuse le portiere dell'ambulanza.

Quello stesso giorno Max e la sua squadriglia, sui loro ME109, avevano il compito di coprire gli Stuka che attaccavano le stazioni radar vicine a Bognor Regis. Attaccato da un gruppo di Spitfire, Max si trovò preso in un impressionante scontro ravvicinato, abbatté un aereo nemico e ne danneggiò un altro. Ma quasi tutti gli Stuka furono abbattuti, e insieme tre 109. Era un'azione affrettata, senza serbatoi sganciabili, sicché il tempo per sorvolare la terraferma inglese era limitato e dovettero affannarsi a riattraversare la Manica prima di restare senza combustibile. Max ne uscì indenne e un'ora e mezzo dopo era già di ritorno nel cielo del Kent per partecipare agli accaniti attacchi tedeschi contro i campi d'aviazione della RAF lungo le zone costiere.

Questo era il quadro: giorno dopo giorno, in una guerra di logoramento, la strategia della Luftwaffe mirava a distruggere la RAF rendendo inservibili le sue piste. Max e i suoi camerati volavano in Inghilterra per coprire i bombardieri Dornier. Harry e i suoi amici si alzavano a contrattaccare. Da una parte e dall'altra morivano giovani vite. Ma c'era un problema. La Luftwaffe aveva un numero maggiore di piloti. Come osservò un giorno il maresciallo dell'aria sir Hugh Dowding, comandante in capo dello stato maggiore dell'aeronautica militare, i giovani piloti della RAF avrebbero dovuto abbattere quelli della Luftwaffe al ritmo di quattro a uno per mantenere un certo equilibrio. E non era cosa probabile.

Così la situazione si trascinò fino al 30 agosto, quando Biggin Hill, l'orgoglio del comando cacciabombardieri, fu attaccato da uno stormo di Dornier, e con grande successo. Max faceva parte della scorta. Al ritorno la contraerea britannica, formata da Spitfire, si alzò per contrattaccare e poiché i 109 dovevano proteggere i bombardieri, troppo tempo e troppo prezioso combustibile fu consumato nel cielo d'Inghilterra. Quanto Max finalmente tornò sulla Manica, la spia del serbatoio era già accesa.

In quello stesso momento sul mare, vicino a Folkestone, Harry Kelso abbatteva due bombardieri Dornier, ma un colpo partito da quello di coda, colpì il suo aereo al motore. Lanciò l'SOS e abbassò gli alettoni, sentendo odore di bruciato, mentre con gesti perfettamente calmi apriva il tettuccio. La settimana prima aveva perduto un motore sull'Isola di Wight, si era gettato da seicento metri ed era atterrato nel giardino di una casa parrocchiale, dove le due sorelle del parroco gli avevano offerto tè, biscotti e un bicchierino di sherry.

Ma ora la situazione era diversa. Sotto di lui c'era la Manica, che era già la tomba di centinaia di piloti. La costa inglese distava più di quindici chilometri. Allungò il braccio per prendere Tarquin dal suo zainetto. Gli aveva sistemato una cinghia che si allacciava con un moschettone alla sua cintura, proprio in vista di una simile eventualità. Si alzò e si lanciò a capofitto.

Precipitò per trecento metri prima di aprire il paracadute. Quindi, con il mare relativamente calmo, affondò nelle onde, gonfiò il suo giubbotto salvagente e si liberò del paracadute. Tarquin galleggiava accanto a lui nel suo zainetto impermeabile e Harry alzò gli occhi verso il cielo senza nubi. Non aveva un battellino pneumatico da gonfiare, era affondato insieme all'Hurricane. Non era neanche sicuro che il suo SOS fosse stato ricevuto.

Galleggiò per qualche tempo, pensando, ricordando quanti compagni erano stati dati per dispersi nella sola settimana precedente. È questo, dunque? si disse con calma. E in quel momento sentì un clacson e voltandosi vide una lancia di salvataggio della RAF che si avvicinava velocemente. Gli uomini dell'equipaggio erano vestiti come marinai, con pesanti maglioni, tute di cotone e stivali. La lancia rallentò e calò una scaletta.

Il sottufficiale al comando si chinò a guardare. «Capitano pilota Kelso, vero, signore?»

«Sono io.»

«Lei è fortunato, signore. Eravamo lontani soltanto un miglio quando abbiamo captato il suo messaggio.»

Gli uomini dell'equipaggio lo aiutarono a issarsi. Harry si accovacciò sul ponte, gocciolante. «Non pensavo che in coperta ci si sentisse così bene!»

«Lei è americano, signore?» chiese il sottufficiale.

«Sicuro.»

«Che splendido incontro! Il nostro primo yankee.»

«No, veramente due.»

«Due, signore?» Il sottufficiale era imbarazzato.

Harry indicò lo zainetto. «Fatemi scendere e datemi da bere, che vi mostrerò l'altro.»

* * *

Max, sceso a centocinquanta metri, filava alla massima velocità verso la costa francese. Portava un sacchetto di tela al ginocchio sinistro, contenente un materiale colorante. Se il pilota cadeva in mare, diffondeva una larga macchia gialla. Max aveva visto diverse macchie del genere trasvolando la Manica. In quella vide a est la costa di Boulogne. Non c'era bisogno di tentar di scendere in mare. Era bassa marea e aveva davanti a sé una vasta distesa di sabbia. Quando il motore si spense, girò nel vento e atterrò.

Annunciò la sua posizione per radio, con una breve spiegazione, alzò il tettuccio e uscì. Poi si accese una sigaretta e cominciò a camminare verso le dune di sabbia. Quando vi giunse sedette, lasciò vagare lo sguardo sul mare e si accese un'altra sigaretta.

Un'ora dopo arrivava una squadra di recupero della Luftwaffe, due autocarri, seguiti da una Peugeot sportiva gialla, guidata da Adolf Galland. Questi scese e corse subito verso Max.

«Avevamo temuto di perderti!»

«Non avete tanta fortuna.»

Galland gli diede una gran pacca sulla spalla e Max aggiunse: «L'aereo è in ottimo stato, ha solo bisogno di combustibile»

«Bene. Ho condotto con me un sergente pilota, riporterà indietro l'aereo. Noi due torniamo in macchina e ci fermeremo per pranzo.»

«Per me va bene.»

Galland chiamò il tarchiato Feldwebel di servizio. «Se ne occupi lei. Sa quel che deve fare.»

Più tardi, mentre guidava la macchina verso Le Touquet, osservò: «La missione Biggin Hill è andata molto bene. Li abbiamo veramente schiacciati».

«Oh, sicuro», obiettò Max, «ma quanti aerei da combattimento abbiamo perso, Dolfo, non bombardieri, aerei da combattimento?»

«Già, è questo l'aspetto negativo, ma tu che ne pensi?»

«Troppi errori. Anzitutto, gli Stuka non servono contro gli Spitfire e gli Hurricane. In secondo luogo, la tattica di bombardamento. Bene, noi distruggiamo i loro campi d'aviazione, se possibile, ma gli aerei da combattimento sono fatti per combattere, Dolfo, non per passare tutto il tempo a scortare i Dornier. È come mettere un purosangue a tirare il carretto del latte. La strategia è sbagliata.»

«Allora Dio ti aiuti quando andremo su Londra.»

«Londra?» Max rimase senza fiato. «Be', so che abbiamo bombardato Liverpool e altri luoghi, ma Londra? Dolfo, dovremo distruggere la RAF su tutta la costa sud, un aereo dopo l'altro. E qui o si vince o si perde.» Si strinse nelle spalle. «A meno che Göring e il Führer abbiano tendenze suicide.»

«Parlare così con me, Max, è una cosa, ma non farlo mai con nessun altro. Hai capito?»

«Che stiamo correndo tutti per la stessa via verso l'inferno?» Max annuì. «Sì, ho capito benissimo.» Si adagiò allo schienale del sedile e accese una sigaretta.

Harry fu riportato da Folkestone a Farley Field da un autista dello stato maggiore della Marina. Diversi piloti e numerosi membri del personale di terra si affollarono intorno a lui.

«Abbiamo sentito che è finito a bagno, signore. È bello vederla di ritorno», gli disse un ufficiale pilota di nome Hartley. «C'è un capitano di squadriglia che aspetta di vederla.»

Harry aprì la porta del suo piccolo ufficio e trovò West, il pilota con una gamba sola, che sedeva dietro la scrivania. «Che bella sorpresa, signore. Congratulazioni per la sua promozione.»

«Una bella azione, Kelso. Un paio d'ore d'ansia, quando abbiamo sentito dove si trovava. Tutto è bene quel che finisce bene. Congratulazioni anche a lei. La sua promozione a tenente pilota è confermata. E anche un'altra Flying Cross.»

Harry andò al suo armadietto e prese una bottiglia di whisky e due bicchieri. «Brindiamo l'uno all'altro, signore?»

«Eccellente idea.»

Harry versò il liquore. «Stiamo vincendo?»

«No, per il momento.» West sorseggiò il whisky. «Ma finiremo per vincere. L'America dovrà pure intervenire, ma è necessario che noi resistiamo. Ho bisogno di lei per un paio di giorni. Vedo che avete solo cinque Hurricane operativi. Il capitano pilota Kenny può restare a guardare la piazza. Lei tornerà domani sera.»

«Posso chiedere di che si tratta, signore?»

«Ricordo dal suo curriculum che lei ha pilotato un ME109 in Finlandia. Bene, noi ne abbiamo uno a Downfield, a nord di Londra. Il pilota aveva una brutta perdita di combustibile e ha preferito atterrare, invece di lanciarsi. Ha cercato di dar fuoco al suo aereo, ma un'unità della guardia nazionale si trovava lì vicino.»

«È un bel bottino, signore.»

«Sì, certo, ma lei sia gentile, si faccia una doccia, si cambi: partiamo subito.»

Anche la base di Downfield era stata un aeroclub prima della guerra. C'era un'unica pista di atterraggio, una torre di controllo, due hangar. Tutta la base era circondata da filo spinato e le sentinelle della RAF vigilavano al cancello. Il 109 stava sull'area di stazionamento davanti ad uno degli hangar. Accanto erano parcheggiate due macchine e tre ufficiali della RAF e due dell'esercito stavano esaminando l'aereo. Un tenente della Luftwaffe, di non più di vent'anni, era ritto vicino a loro. Due guardie della RAF lo sorvegliavano con i fucili puntati.

Harry si diresse subito dal tenente e gli porse la mano.

«Ha avuto sfortuna», gli disse in tedesco. «Sono lieto che ne sia uscito tutto intero.»

«Mein Gott, lei è tedesco?»

«Lo è mia madre.» Harry gli offrì una sigaretta e un fiammifero, e ne prese una a sua volta.

L'ufficiale più anziano dell'esercito era un generale con le mostrine rosse dello stato maggiore. Un viso brutto e simpatico, capelli bianchi, occhiali con la montatura in acciaio. Doveva avere circa sessantacinque anni.

«Dougal Munro», si presentò. «Lei parla un tedesco eccellente, capitano.»

«È naturale», replicò Harry.

«Il mio aiutante, Jack Carter.»

Carter era capitano dei Green Howards e portava il nastrino della croce al valore. Camminava con il bastone perché, come Harry scoprì molto tempo dopo, aveva perduto una gamba a Dunquerque.

Il più anziano dei tre ufficiali della RAF era, come West, un capitano di squadriglia. «Non capisco che cosa succede, Teddy», disse a West. «Chi diavolo è quest'ufficiale? Voglio dire, perché tardiamo? Dowding vuole una valutazione di questo aereo il più presto possibile.»

«L'avrà. Il capitano pilota Kelso l'ha manovrato in combattimento.»

«Buon Dio, e dove?»

«Ha volato per i finlandesi. Aerei Gladiator, Hurricane e 109.» West si rivolse ad Harry: «Dia una sua opinione al capitano Green».

«Un aereo eccellente, signore. Leggermente migliore di un Hurricane e pari a uno Spitfire.»

«Mostri a questi ufficiali come vola», propose West. «Solo cinque minuti. Non vogliamo che i crucchi l'abbattano.»

Kelso si alzò fino a novecento metri, virò, diede volta, sorvolò il campo d'aviazione a novanta metri, girò nel vento e atterrò. Rollò verso il gruppo di ufficiali e scese.

«Come ho detto, signore», fece rivolgendosi a Green, «un aereo eccellente. Vede, l'Hurricane è il miglior bombardiere in campo e alla fine tutto dipende dal pilota.»

Green si rivolse a West in tono neutro. «Molto interessante Teddy. Vorrei una relazione scritta da questo ufficiale.»

«Sarà fatto.»

Green e i suoi due ufficiali si diressero alla loro macchina e partirono. Munro tese la mano ad Harry. «Lei è un giovanotto assai interessante.» E rivolto a West: «Grazie mille, capitano».

Si diresse alla macchina e West lo seguì zoppicando. Quando furono saliti a bordo, aggiunse: «Vorrei sapere tutto quello che puoi scoprire su di lui. Ogni cosa, Jack».

«Lasci fare a me, signore.»

Harry diede un pacchetto di sigarette al pilota tedesco. «Buona fortuna.»

Le guardie lo condussero via e West propose: «Qui vicino c'è un'osteria di campagna dove si può trovare un buon pasto al mercato nero e lei può trascrivere quel rapporto per me».

«D'accordo.» Salirono in macchina e Harry si accese una sigaretta del pacchetto che teneva di scorta. «Le ho chiesto se noi stavamo vincendo e lei mi ha risposto no, per il momento. Di che cosa abbiamo bisogno?»

«Di un miracolo.»

«È un po' difficile di questi giorni.»

Ma poi accadde. Londra fu accidentalmente bombardata da un unico Dornier. La RAF partì per un'azione di rappresaglia contro Berlino e dal 7 settembre Hitler ordinò alla Luftwaffe gli attacchi regolari su Londra. Fu l'inizio del blitz e diede alla RAF il tempo di riparare le sue danneggiate basi d'atterraggio lungo la costa sud dell'Inghilterra.

In un caffè a Le Touquet, Dolfo Galland stava suonando

musica jazz a un piano e fumava un sigaro quando Max entrò e sedette in fondo al bar.

«Ci siamo, Dolfo. Il resto è solo questione di tempo. Avevamo abbattuto i Tommies e il nostro glorioso Führer ha mandato tutto all'aria. Che cosa succede adesso?»

«Ci prendiamo una sbronza. E poi torniamo al lavoro, a giocare la partita fino in fondo.»

5

Il blitz su Londra, la carneficina che fece, fu una cosa da apocalisse. Di notte il riflesso rosso nel cielo poteva essere visto dagli aerei della Luftwaffe che decollavano in Francia. Di giorno il cielo appariva pieno di bombardieri e l'orizzonte era solcato dalle scie di condensazione di centinaia di aerei della Luftwaffe e della RAF che entravano in battaglia.

Ai piloti che abbattevano più di venti aerei nemici veniva conferita la croce di cavaliere. Galland l'aveva già ottenuta, e in più aveva le foglie di quercia di una seconda onorificenza. Max ottenne la croce il 10 settembre, ma a quel tempo aveva già spazzato dai cieli almeno trenta aerei nemici.

Harry e la squadriglia Hawk furono impegnati in tutti gli scontri, sei o sette missioni al giorno, volavano fino allo sfinimento e subirono pesanti perdite. Si arrivò infine al momento in cui Harry rimase l'unico sopravissuto della squadriglia originaria. E vennero i grandi scontri finali del 15 settembre: quattrocento aerei da combattimento della Luftwaffe, sulla costa sud dell'Inghilterra e su Londra contro trecento Spitfire e Hurricane.

Stranamente, nessuno vinceva. La Manica restava territorio conteso e le incursioni su Londra e le altre città continuavano, per lo più di notte. Il grandioso progetto di Hitler per l'invasione dell'Inghilterra, l'operazione Leone Marino, dovette essere cancellata, ma l'Inghilterra restava sempre sola a offrire la sua tenace resistenza e Hitler poté volgere la sua attenzione contro la Russia.

A Berlino, al principio di novembre, pioveva a catinelle quando Heinrich Himmler scese dalla sua automobile ed entrò nel quartier generale della Gestapo, in Prinz Albrechtstrasse. Sulla sua scia si diffondeva un nervoso e agitato movimento di guardie e impiegati mentre avanzava nella sua uniforme nera di Reichsführer delle SS. Portava il suo solito pince-nez d'argento e il suo volto era enigmatico come sempre mentre saliva lo scalone di marmo verso i suoi uffici dove la segretaria, una donna di mezza età, nell'uniforme delle ausiliarie SS, si alzò a salutarlo.

«Buongiorno, Reichsführer.»

«Vada a cercarmi lo Sturmbannführer Hartmann.»

«Subito, Reichsführer.»

Himmler entrò nel suo lussuoso ufficio e depose la valigetta sulla scrivania, ne tolse alcune carte. Sedette e cominciò ad esaminarle. Si udì bussare alla porta, che si aprì.

«Ah, Hartmann.»

«Reichsführer.»

Hartmann indossava un'uniforme insolita, composta da giacca da volo, pantaloni larghi e sformati stile Luftwaffe, ma in color grigio militare. Aveva sul colletto le mostrine di maggiore delle SS, ma portava il distintivo di pilota della Luftwaffe e sfoggiava la croce di ferro di prima e seconda classe. La fascetta d'argento sulla sua manica recava scritto RFSS, Reichsführer delle SS. Erano i galloni dello staff personale di Himmler. Sopra di essi stava il distintivo SD per indicare che era anche membro del Sicherheitsdienst, il servizio segreto delle SS. Una combinazione formidabile.

«In che cosa posso servirla, Reichsführer?»

Hartmann aveva allora trent'anni, era alto quasi uno e ottanta, aveva un viso duro e bello. Il naso rotto, a ricordo di un disastro aereo, gli conferiva un fascino singolare. Portava i capelli castani dai riflessi rossicci tagliati cortissimi, alla maniera prussiana. Pilota da combattimento della Luftwaffe, era stato gravemente ferito precipitando con il suo aereo in Francia prima della battaglia d'Inghilterra ed era stato assegnato al servizio collegamenti aerei per trasportare alti ufficiali in aerei da ricognizione Fieseler Storch, quando era accaduto un singolare incidente.

La visita di Himmler ad Abbeville era stata breve e, a causa del cattivo tempo lo Junkers che doveva venire a prenderlo non era potuto arrivare. Hartmann si trovava per caso con il suo Storch al campo, dove aveva accompagnato il generale e Himmler lo requisì.

Quel che successe poi fu come un brutto sogno. Alzandosi al di sopra di nubi basse piene di pioggia, Hartmann era stato attaccato da uno Spitfire. Una raffica di mitraglia gli aveva lacerato le ali e lui aveva avuto il coraggio di tornare a immergersi nella nuvolaglia, sempre con lo Spitfire alle spalle. Un'altra raffica gli aveva frantumato il parabrezza scrollando malamente l'aereo.

Himmler, incredibilmente calmo, aveva chiesto: «Siamo fottuti?»

«No, ci può scommettere, Reichsführer.»

«Sicuro che ci scommetto.»

Hartmann era sceso in picchiata in mezzo alla neve e alla pioggia: seicento metri, trecento, era uscito all'aperto a centocinquanta metri, aveva dato gas. A quel punto il pilota dello Spitfire si era perso d'animo ed era tornato indietro.

Himmler, notoriamente superstizioso, aveva sempre affermato di credere in Dio e si convinse immediatamente che Hartmann era lo strumento della divina provvidenza. Fece fare accurate ricerche e fu felice di scoprire che il giovane aveva una laurea in legge dell'università di Vienna. Il risultato fu che Hartmann fu trasferito alle SS, allo staff personale di Himmler, per essere il suo pilota e il suo portafortuna. Data la sua preparazione in giurisprudenza, doveva anche operare nei servizi segreti delle SS come aiutante personale del Reichsführer.

«Il blitz su Londra continua», annunciò Himmler. «Ho parlato con il Führer. Vinceremo alla fine, naturalmente. I nostri Panzer passeranno su Buckingham Palace.»

Con qualche riserva personale, Hartmann assentì: «Indubbiamente, Reichsführer».

«Bene, per ora lasceremo gli inglesi a cuocersi nel loro brodo per volgerci con tutte le forze contro la Russia. Il Führer ha un'ispirazione quasi divina. Al massimo in sei settimane vedremo il pericolo rosso travolto per sempre.»

Hartmann, malgrado i suoi seri dubbi, assentì ancora. «Naturalmente.»

«Tuttavia», continuò Himmler, «ho parlato con l'ammiraglio Canaris sulla situazione dei nostri servizi segreti in Inghilterra. Francamente, non è buona.» Canaris dirigeva la Abwehr, i servizi segreti militari della Germania. «Per quanto ne so io, tutti i nostri agenti della Abwehr in Inghilterra sono stati bruciati.»

«Così pare.»

«E non possiamo far niente!» aggiunse Himmler rabbioso. «È un vero disastro.»

«Non del tutto, Reichsführer. Come lei sa, io ho assunto il comando del Dipartimento 13, dopo che il maggiore Klein morì di cancro l'anno scorso. E ho scoperto che prima della guerra aveva reclutato alcuni agenti in copertura profonda.»

«Davvero? E chi sarebbero?»

«Per lo più irlandesi, odiano il governo britannico. Anche la Abwehr aveva contatti con l'IRA.»

«Ah, quella gente! Sono del tutto inaffidabili!»

«Con rispetto, non tutti, Reichsführer. E Klein aveva sul

suo libro paga anche diversi neutrali, alcuni diplomatici spagnoli e portoghesi.»

Himmler si alzò e andò alla finestra. Restò un attimo in piedi con le mani incrociate dietro la schiena, poi si voltò. «Mi sta dicendo che abbiamo nei nostri schedari degli agenti in copertura profonda, di cui la Abwehr non sa niente?»

«Esattamente.»

Himmler annuì. «Sì, è una buona notizia. Voglio che lei stia dietro a questa faccenda, Hartmann. In aggiunta agli altri suoi doveri d'ufficio, naturalmente. Se è sicuro che quegli agenti siano ancora in linea e pronti ad agire se necessario. Mi ha capito?»

«Ai suoi ordini Reichsführer.»

«Può andare.»

Hartmann tornò al suo ufficio dove la sua segretaria, Trudi Braun, sui quarant'anni, vedova di guerra, alzò gli occhi dalla scrivania. Era molto devota ad Hartmann, un eroe e anche una figura tragica, sua moglie uccisa nella prima incursione della RAF su Berlino. Non sapeva che Hartmann aveva tirato un respiro di sollievo quando era successo: sua moglie aveva dato la caccia a tutto ciò che portava pantaloni fin dal primo giorno del loro matrimonio.

«Qualche guaio, maggiore?» gli chiese.

«Puoi ben dirlo, Trudi. Vieni nel mio ufficio e portami un caffè.»

Sedette alla sua scrivania, si accese una sigaretta e dopo due minuti lei lo raggiunse con due tazze di caffè, una per sé e una per lui e si sedette sull'altra sedia.

«Allora?»

Hartmann prese una bottiglia di brandy da un cassetto e ne versò un po' nel suo caffè, soprattutto perché la gamba gli faceva male, un altro strascico del disastro aereo.

«Trudi, io so che il nostro stimatissimo Reichsführer crede che Dio stia dalla nostra parte, ma adesso crede anche che l'operazione Leone Marino potrà ancora essere compiuta.»

«Davvero, signore?» Trudi non aveva opinioni in materia.

«Allora, quella lista degli uomini di Klein di cui una volta mi hai parlato... Tu hai lavorato per lui. Fammi un resoconto completo, in particolare gli spagnoli e i portoghesi che aveva sul libro paga.»

«Lo sono ancora, maggiore.»

«Bene, è venuto il momento che se la guadagnino quella paga. Avanti, parla, Trudi.»

«Bene, uno dei contatti, un portoghese che lavora all'ambasciata del suo paese a Londra, tale Fernando Rodrigues, ci ha effettivamente passato qualche notizia di mediocre interesse ogni tanto.»

«Ah, sì? E chi altri?»

«Una donna di nome Dixon, Sarah Dixon. Lavora come impiegata al War Office a Londra.»

Hartmann balzò in piedi.

«Dici davvero? Abbiamo un nostro agente al War Office, ed è ancora al suo posto?»

«Be', lei non è mai stata dell'Abwehr. Vede, se posso parlare di come erano le cose prima del suo arrivo, maggiore, si pensava che solo l'Abwehr avesse agenti all'estero. L'operazione del maggiore Klein per il Sicherheitsdienst era in realtà illegale. Così quando gli inglesi si infiltrarono nell'Abwehr e liquidarono tutti i suoi agenti in Inghilterra, i nostri rimasero indisturbati. Non furono mai compromessi.»

«Capisco.» Hartmann era realmente eccitato. «Portami le schede. Subito!»

Fernando Rodrigues era addetto commerciale all'ambasciata portoghese di Londra, mentre suo fratello Joel era addetto commerciale all'ambasciata di Berlino. Situazione assai conveniente. Hartmann lesse le schede e capì subito tutto. Che cos'erano quei due fratelli. Uomini avidi con le mani tese ad afferrare quel che capitava. Bene, almeno sapeva che tipi erano quelli con cui doveva trattare. E poteva sempre tagliargli le mani.

Sarah Dixon, nata Brown, era tutt'altra cosa. Aveva quarantadue anni ed era vedova di George Dixon, impiegato di banca rimasto ucciso in guerra nel 1917. Era nata a Londra da padre inglese e madre irlandese. Suo nonno, attivista dell'IRA nei moti di Pasqua di Dublino contro gli inglesi, era stato fucilato.

Lavorava come impiegata presso il War Office fin dal 1938 e viveva sola a Bayswater, a Londra. In origine era stata reclutata appunto nel 1938 come simpatizzante dell'IRA, da un attivista, certo Patrick Murphy, durante i bombardamenti di Londra e Birmingham, e Murphy lavorava per Klein e il Sicherheitsdienst. Aveva consentito a collaborare; poi Murphy era morto in una sparatoria con gli agenti della Special Branch.

Hartmann alzò la testa. «Così, la donna è ancora in copertura?»

«Così parrebbe, maggiore.»

«Bene, fai venir qui questo Joel Rodrigues dell'ambasciata portoghese. Condurrai tu la faccenda. Digli di contattare suo fratello a Londra per valigia diplomatica. Deve mettersi in contatto con la signora Dixon, assicurarsi che sia ancora disponibile se abbiamo bisogno di lei. Di qualsiasi eventuale obiezione da parte di questi fratelli Rodrigues, voglio essere informato; gli insegneremo noi il timor di Dio.»

«Benissimo, maggiore.»

Trudi uscì e Hartmann si accese un'altra sigaretta. «Ma che modo di condurre una guerra!» borbottò fra sé.

«Così, vede bene», diceva Trudi Braun a Joel Rodrigues, seduto davanti a lei dall'altro lato della scrivania, «è una cosa semplicissima: suo fratello si mette in contatto con la donna e se la coltiva. Il suo lavoro al War Office a Londra dovrebbe pur valere qualcosa, ci sono un sacco d'informazioni da ottenere là dentro. Niente di molto grosso, capisce, suo fratello non deve tirare troppo la corda. Non vogliamo che la donna si comprometta, fino al momento che può essere veramente utile.»

Rodrigues era sconvolto, e si vedeva. «Non so, signora Braun. Forse mio fratello non sarà molto d'accordo.»

Hartmann, che ascoltava nella stanza adiacente con la porta socchiusa, entrò all'improvviso. Joel Rodrigues, data appena un'occhiata alla splendida uniforme, cominciò a sudare.

«Suo fratello non ha scelta e quando gli scriverà badi di valersi della valigia diplomatica della sua ambasciata», cominciò Hartmann. «Gli ricordi che già da tre anni percepisce una paga mensile e ha fatto ben poco per guadagnarsela.»

Rodrigues si alzò in piedi. «La prego, maggiore, non volevo dire che ci sarebbero state delle difficoltà da parte di mio fratello.»

«Sono lieto di sentirlo. Gli ricordi che anche lei è stato generosamente pagato per qualche servizio assai modesto reso al Reich. Perciò si metta all'opera.»

«Certamente, può fidarsi di me.»

Rodrigues si diresse piuttosto in fretta alla porta. Mentre l'apriva Hartmann lo richiamò: «Io so tutto di lei, Rodrigues. Personalmente ritengo che i suoi gusti sessuali siano un suo affare privato, ma devo ricordarle che nel Terzo Reich l'omosessualità è considerata un crimine punibile con i lavori forzati».

Rodrigues tremava. «Sì, maggiore.»

«Naturalmente, se lei si comporta bene...» Hartmann alzò le spalle.

«Le sono molto grato, maggiore.»

«Bene. È carina la villa che ha comperato per i suoi genitori a Estoril. Devono essere molto felici in quell'ameno ritiro. Sarebbe un peccato disturbarli.» Ebbe un freddo sorriso. «Noi abbiamo le mani lunghe, amico mio. Ora può andare.»

Rodrigues uscì e Trudi osservò: «Qualche volta non la riconosco, signore».

«Qualche volta non mi riconosco io stesso, mia cara, ma se non fossi stato così duro con lui, non l'avrei spaventato a morte. È tutta una scena, Trudi, in questo meraviglioso spettacolo che chiamiamo il Terzo Reich.»

Si voltò e tornò nel suo ufficio.

Più tardi, quella sera, accompagnò Himmler a un ricevimento che si teneva nel salone da ballo dell'*Adler*. Il Führer teneva corte con il suo seguito osannante. C'era Josef Goebbels, ministro della Propaganda del Reich e ministro di Stato per la guerra totale; l'ammiraglio Wilhelm Canaris, capo dei servizi segreti dell'esercito; von Ribbentrop, ministro degli Esteri.

«L'unico che manca pare sia quel grasso gaglioffo di Göring», osservò Himmler acidamente, allontanando con un gesto distratto un cameriere che portava un vassoio con le coppe di champagne. Il cameriere si allontanò, con grande rimpianto di Hartmann. «Anche se dovrebbe vergognarsi di mostrare la sua faccia, dopo il fallimento dei suoi Stuka sull'Inghilterra.»

Hartmann, piuttosto rabbioso, dovette anche rinunciare ad accendersi una sigaretta. Sapeva che Himmler non poteva sopportare il fumo. Tuttavia, prima che Himmler potesse continuare, Göring entrava.

«La dama al suo braccio», mormorò il Reichsführer, «non è la baronessa von Halder?»

«Credo di sì», rispose Hartmann.

«È la sua amante?»

«Secondo le mie informazioni no, Reichsführer.»

«Aveva un marito americano, no?»

«Morto anni fa.»

«Interessante. E lo sono anche i suoi diamanti. Come vive?»

«Il padre del defunto marito è un senatore americano, milionario. Ha stanziato un fondo fiduciario per lei in Svezia. La dama riceve di là somme di denaro considerevoli.»

«Lei è proprio ben informato!»

«Abbiamo un dossier sulla baronessa.»

«E chi sono i due ufficiali della Luftwaffe che accompagnano Göring?»

«Quello con lo smoking bianco è il maggiore Adolf Galland, il pilota con il punteggio più alto della battaglia d'Inghilterra, il più alto in entrambi i campi.»

«E il capitano?»

«Il barone von Halder, figlio della dama. Lo chiamano il Barone Nero.»

«Che istrionismi!»

«Un brillante pilota. Spagna, Polonia. Ha abbattuto venti aerei là, e altri ventinove sulla Manica. Ha ricevuto la croce di cavaliere al suo ritorno in settembre. È uno di quelli che hanno partecipato alle incursioni su Londra. Fino alla settimana scorsa il suo punteggio totale era sessanta.»

«Impressionante. Le è simpatico?»

«Abbiamo volato insieme per qualche tempo, prima della mia disgrazia.»

«Allora siete amici?»

Hartmann si strinse nelle spalle. «In un certo qual modo. Ma Max Kelso è un uomo strano. Difficile entrare in intimità con lui.»

«Kelso?»

«È il nome di suo padre. Ah, un'altra cosa. Ha un fratello gemello, che è un pilota della RAF.»

«Buon Dio!» Himmler corrugò la fronte. «Ma davvero?» Restò in silenzio per un momento. «Badi di tenere aperto il dossier dei von Halder. Ci sento un odore che non mi piace.»

In quel momento Göring chiedeva il silenzio e si rivolgeva a Hitler: «Mio Führer, lei ha decorato due volte il maggiore Galland e conosce bene la baronessa von Halder. Suo figlio, qui, barone von Halder, ha ricevuto da me la sua croce di cavaliere in Francia durante le incursioni sull'Inghilterra. Solo due giorni fa volava su Londra per proteggere i nostri valorosi bombardieri. L'ho fatto venire qui per una ragione speciale. Il suo punteggio è salito ora a sessanta aerei nemici abbattuti e per questo ha ricevuto le foglie di quercia per la croce di cavaliere». Göring fece un cenno a Galland, che gli passò una scatoletta di pelle rossa. «La prego, mio Führer, di voler onorare personalmente questo bravo ufficiale.»

Ci fu un silenzio, mentre Hitler fissava Max con quello strano sguardo penetrante. Infine il Führer annuì gravemente e tese la mano.

«Lei è in errore, Reichsmarschall. L'onore è mio.» Göring gli passò la medaglia e Hitler a sua volta la porse a Max stringendogli la mano. «Il Reich è orgoglioso di lei, barone.» Si volse quindi a Elsa: «E lei, baronessa, come tutte le altre madri onora il Reich».

La folla applaudì. Il Führer annuì, poi, vedendo Himmler, gli fece un cenno e il Reichsführer si avvicinò. Hartmann, cogliendo la buona occasione, allungò la mano e prese una coppa di champagne.

«Be', questa è andata!» commentò Elsa von Halder.

«Sicuro, e devi essere orgogliosa del tuo ragazzo», soggiunse Göring. «Vorrei solo che imparasse a vestirsi. Ma guardalo un po'! Arriva qui dritto dritto dalla cabina di pilotaggio.» Batté un colpetto amichevole sulla spalla del giovane. «Faccia attenzione, al pubblico piace.» Prese una coppa di champagne dal vassoio di un cameriere che gli passava accanto, e in quella Hitler fece un cenno anche a lui. «Il dovere mi chiama», mormorò, depose la coppa sul vassoio più vicino e si allontanò.

Hartmann si avvicinò, un po' esitante. «Dolfo, Max», salutò.

«Buon Dio, ecco qui Bubi.» Galland lo accolse con un cordiale sorriso.

Max strinse la mano ad Hartmann. «Vecchio bastardo!

Credevamo che tu fossi sparito, dopo il disastro.»

«Mi avevano dato il compito di corriere pilota su uno Storch. Un giorno che accompagnavo il Reichsführer in Francia, uno Spitfire ha cercato di fregarci, e invece l'ho fregato io. Ed eccomi qui.»

«Uno Storch?» commentò Galland. «Una bella impresa!»

«Comunque, Himmler ha deciso che io ero un uomo fortunato e mi ha nominato suo pilota personale. Solo ha insistito perché io fossi trasferito alle SS.»

«Be', non si può aver tutto», osservò Max, e rivolto alla madre: «Mutti, questo è un mio vecchio compagno d'armi, Bubi Hartmann».

«Sturmbannführer», replicò la baronessa. «Che bella uniforme.»

«Aimé, baronessa, sono solo una figura di secondo piano.» E le baciò la mano. «Posso dirle una cosa che si aggiunge al suo orgoglio per questo suo figlio? Mi dicono che l'altro suo figliolo ha ricevuto la settimana scorsa la sua seconda Flying Cross britannica.»

«Mio Dio!» esclamò la baronessa.

«Sei sicuro?» chiese Galland.

«Oh, sicuro. Per ordine del Reichsführer passo il mio tempo libero collaborando con il Sicherheitsdienst. Le nostre fonti d'informazione sono eccellenti.» Si rivolse a Max: «Sai l'attacco su Biggin Hill, il 30 agosto? Ha dovuto gettarsi nella Manica, al largo di Folkestone».

«Lo stesso giorno che io sono atterrato sulla sabbia.»

«È stato raccolto da una motovedetta del soccorso aereo navale della RAF. La settimana prima era atterrato su un giardinetto dell'Isola di Wight. Aveva guadagnato la sua prima Flying Cross volando sulla Francia prima della battaglia d'Inghilterra.»

«E la seconda?»

«Come ti ho detto, la settimana scorsa. Era sul *London Gazette*. Noi la riceviamo regolarmente, omaggio dell'ambasciata portoghese. 'Azione brillante e valorosa', ha abbattuto un ME109 e 4 Dornier nello stesso giorno. Tutti morti, e confermati.»

«Tuo fratello è crudele come te», mormorò Elsa, «crudele come tuo padre. Tutti avete lo stesso desiderio di morte.»

«Non ti crucciare, Mutti.» Max fece cenno a un cameriere. «Champagne per tutti, e beviamo ad Harry.»

«E ai bravi piloti di tutto il mondo», aggiunse Adolf Galland. «Ovunque si trovino.»

Il giorno dopo Harry Kelso aveva un appuntamento a Londra. Pioveva e St. James Park era avvolto nella nebbia mentre il suo taxi percorreva Pall Mall verso Buckingham Palace. Harry, pallido, con le guance incavate, fumava una sigaretta.

«Be', capitano, va a prendersi una medaglia?» chiese il tassista. «Voglio dire, è la Flying Cross che porta già lì appuntata, no?»

«Sì, le distribuiscono appunto oggi», rispose Harry. «È il giorno fissato.»

«Cristo, ma lei è uno yankee, capitano. Che ci fa nella RAF?»

«Be', ce ne sono anche altri di noi!»

Un poliziotto li fece entrare dai cancelli nel cortile di Buckingham Palace. Harry trasse di tasca il portafoglio, ma il tassista fece cenno di no. «Lei deve essere proprio matto, capitano. Non dovrebbe neppure essere qui.»

«Be', ci sono», affermò Harry.

Entrò dal portone principale e salì lo scalone fino alla galleria dei quadri, seguendo la folla. I valletti di corte facevano sedere i presenti ai loro posti, mentre la banda militare suonava in sordina. Dopo un po' intonarono *God Save the King* e il re Giorgio e la regina Elisabetta entrarono e sedettero nelle loro poltrone sul palco.

I piloti insigniti della Flying Cross venivano chiamati uno per uno. Nel bel mezzo della battaglia d'Inghilterra, Kelso non aveva avuto tempo di assistere alla cerimonia per il conferimento della sua prima croce. Si sentiva non proprio nervoso, ma teso quando fu chiamato il suo nome.

«Capitano pilota Harry Kelso, Finlandia.»

Si trovò di fronte al re, che gli appuntò sul petto la croce. «Finlandia, via Boston, credo, capitano? Le siamo molto grati.»

«Il privilegio è mio, Maestà.»

Più tardi si trovò a vagare senza meta in mezzo alla folla, stranamente solo. Non aveva nessuno, perché non c'era nessuno. Uscì dai cancelli e si sentì chiamare.

«Harry, da questa parte!» C'era un'automobile della RAF e West affacciato al finestrino.

«Commodoro dell'aeronautica, vedo», lo salutò Harry.

«Rapida promozione, Harry. Questa è una rapida guerra. Sapevo che oggi era il giorno della tua medaglia. Ho pensato di condurti al mio vecchio club, il *Garrick*. Cucinano ancora in modo decente. Pochi piatti ma sostanziosi.»

«Per me va bene.»

«Allora andiamo.»

Al *Garrick* sedettero in un angolo del bar e stavano sorseggiando un whisky e soda quando entrarono Dougal Munro e Jack Carter in uniforme di volo.

«Dougal», chiamò West, «vieni qui con noi.» I due si avvicinarono e West aggiunse: «Harry, ricordi il generale Munro e il capitano Carter? Erano a Downfield quando hai controllato il 109 per noi». Sorrise. «Harry è appena stato a Buckingham Palace per una sbarretta alla sua Flying Cross.»

«Splendido», fece Munro. «Stappiamo una bottiglia di champagne in suo onore. Veuve Cliquot, del '21», gridò al barista, «e non dire che non ce l'hai. So che ne tieni qualcuna nascosta.» Offrì ad Harry una sigaretta. «A proposito, potresti farmi un favore, caro ragazzo?»

«Di che si tratta, signore?»

«Oh, non darmi del signore! Ero un semplice professore di archeologia prima della guerra. Mi hanno fatto generale di brigata e così adesso posso, come dite voi americani, pendere la gente a calci in culo.»

Harry rise. «Bella definizione, generale. Che posso fare per lei?»

«Quello che hai fatto l'altra volta, solo che adesso hai un aereo da ricognizione Fieseler Storch. Lo conosci?»

«Come no! Li usavamo in Finlandia. Com'è caduto nelle vostre mani?»

«La bussola funzionava male. Il pilota, dopo aver decollato di notte dall'Olanda, atterrò nel Kent credendo di trovarsi in Francia. Ti va bene domani mattina? Sempre a Downfield?»

«Mi sta bene.»

«Ottimo. Ho anche una sorpresa per te. Mia nipote Molly sta per raggiungerci. Molly Sobel, americana. Suo padre è colonnello presso il ministero della Guerra. I suoi genitori si sono divisi e lei nel '35, a diciassette anni, è venuta a vivere qui con sua madre e ha frequentato la facoltà di medicina.»

«Ha preso la laurea?»

«Oh, sì, nel '39. Ragazza brillante, adesso è chirurgo al Cromwell Hospital. Ma ha avuto una disgrazia, sua madre è rimasta uccisa sotto le bombe due mesi fa.»

«Che cosa triste», mormorò Harry.

«Triste per tutti», replicò Dougal Munro e in quella Molly Sobel entrava nel bar, un po' esitante, perché per tradizione il bar era riservato agli uomini. Munro ignorò l'usanza e si alzò.

«Molly, mia cara, andiamo in sala da pranzo.»

A quell'epoca Molly aveva ventitré anni, quindi tre mesi più di Harry: piuttosto piccolina, alta circa 1,60, capelli biondi, occhi azzurri, un'espressione risoluta e forse un po' ostinata. Si fecero le presentazioni e tutti sedettero a mangiare crostata rustica annaffiata con una bottiglia di vino del Reno.

«Un vino tedesco! Che ironia!» commentò la ragazza.

«Niente di meglio che un buon vino tedesco» replicò Harry.

«Pensavo che lei fosse uno degli yankee della RAF», osservò lei.

«Lo sono infatti, poiché sono nato a Boston. Ma mia madre è tedesca e ora sta a Berlino, e mio fratello è pilota della Luftwaffe.» Sorrise quando la vide restar muta per lo stupore. Era la solita reazione.

«Molto in gamba, il barone», aggiunse Munro. «Ha appena aggiunto le foglie di quercia alla croce di cavaliere. Ed era ora, il suo punteggio è arrivato a sessanta, mi dicono.»

«E come fa a saperlo?»

«Oh, io dirigo appunto un dipartimento del genere.» Si alzò. «Devo andare. Giovanotto, hai già trovato alloggio per stanotte?»

Harry scosse la testa.

«Ho un appartamento ad Haston Place, dieci minuti a piedi dal mio ufficio al quartier generale. Molly ci abita, quando non è all'ospedale, c'è molto spazio. Puoi pernottare là, se vuoi.» Munro batté paternamente una mano sulla spalla di Molly. «Occupati di lui, mia cara.» E rivolto a West: «Vuoi un passaggio, Teddy?»

«No, ho la mia macchina.»

Uscirono tutti dal ristorante e West si accese una sigaretta. «Harry, ascolta, con tutti questi yankee che continuano ad arrivare per arruolarsi nella RAF, le autorità hanno deciso di formare una squadriglia che si chiamerà The Eagle. Tutti gli americani insieme. Tu vorrai essere trasferito là, immagino.»

«Veramente, no.» Harry si alzò e disse a Molly: «Penso che lei sia molto occupata. Mi dia l'indirizzo, verrò questa sera».

«Non ho avuto un intervallo di riposo nelle ultime quarantott'ore, così adesso ho ottenuto il pomeriggio libero. Che cosa vuol fare? Vuole andare a ballare al *Lyceum*? Oggi c'è il ballo pomeridiano.»

«Preferisco camminare, mi piacerebbe fare due passi a piedi», rispose Harry e rivolto a West: «Allora ci vediamo domani mattina». Si avviò alla porta con Molly. Poi si voltò. «E mi faccia un favore, mi tenga fuori da questa faccenda della squadriglia Eagle. Ho cominciato nella RAF e voglio finire nella RAF.»

«Veramente, Harry, hai cominciato in Finlandia.»

«Non fa differenza», concluse Harry e uscì con Molly.

Attraversarono la città, l'aria era piena del fumo dei bombardamenti. Dopo un po' cominciò a piovere e Molly aprì l'ombrello che aveva con sé.

«È stata dura, vero, per lei?» osservò Harry. «Migliaia di uccisi, morte, distruzione. Il vostro ospedale deve essere strapieno.»

«Ci sono delle notti veramente difficili, ma tiriamo avanti. È un popolo meraviglioso. Orgoglio di Londra, come ha detto Noël Coward nella sua canzone.»

«Munro mi ha detto che suo padre è colonnello presso lo stato maggiore.»

«Esatto. Pilota come lei, nei bombardieri.»

«E sua madre è rimasta uccisa in un'incursione due mesi fa? Dev'essere stato terribile per lei.»

«Non ho avuto neanche il tempo di portare il lutto. Avevo troppo da fare al Pronto Soccorso.»

Arrivarono al Embankment e si fermarono a contemplare il fiume, dove passavano su e giù grandi e piccole imbarcazioni. Poi la pioggia si fece più fitta e cercarono riparo. Harry estrasse un pacchetto di sigarette.

«Lei fuma?»

«È l'unica cosa che mi tira un po' su.» Molly prese una sigaretta, lui gliela accese e sedettero su una panca. «Che cos'è questa storia di suo fratello che è nella Luftwaffe?»

«Mio fratello Max. Nostro padre era americano. Morì qualche anno fa. Ma, conoscendo Munro, sono sicuro che le ha riferito tutti i particolari più interessanti su mia madre la baronessa.»

«E su suo fratello il barone.»

«Il Barone Nero. È un vero asso, Max.»

«Anche lei lo è. La cosa non le secca?»

«Che Max sia là e io qua? Puro caso. Se io fossi nato dieci minuti prima sarei là e lui sarebbe qua.»

«Non è la stessa cosa. Suo fratello era in Germania, non ha avuto scelta. Lei invece ha scelto. Lei è americano e ha voluto venire a combattere qui, c'è una differenza.»

«Non mi attribuisca nobili ideali. Io sono un pilota, ecco che cosa sono. Ho volato per la Finlandia, ora volo per l'Inghilterra. Vede, molti di quei piloti della Luftwaffe sono come i ragazzi della mia squadriglia di Farley Field. I piloti sono piloti.» Si alzò. «Suvvia, andiamo, mi piace camminare sotto la pioggia.»

Lei lo prese sottobraccio. «Mi sembra stanco.»

«Stanco?» si mise a ridere. «Sono esausto. Lo siamo tutti. Quelli di noi che restano, almeno.»

«Qual è il vostro tasso di perdite?»

«L'aviazione militare, nel suo complesso? Cinquanta per cento. La mia squadriglia? Sono l'unico sopravvissuto tra quelli entrati in campo all'inizio della battaglia d'Inghilterra. Lei sta camminando insieme a uno spettro, dottoressa. Guardi, c'è un pub dall'altra parte della strada. Hanno variato l'orario di apertura a causa delle incursioni. Andiamo a bere qualcosa.»

«Lo scotch probabilmente scarseggia.»

«Un drink qualsiasi per i nostri valorosi eroi.» Sorrise, le porse il braccio e attraversarono correndo la strada.

Più tardi quel pomeriggio fecero un giro per la città, osservando i danni provocati dalle bombe nel West End, vagando a caso qua e là ed era già sera quando arrivarono a

Haston Place, una vecchia e graziosa piazzetta con giardino al centro.

«Carino», osservò Harry. «Munro mi ha detto che dista solo dieci minuti a piedi dal suo quartier generale.»

«Esatto. Il SOE in Baker Street.»

«Che diavolo è?»

«Oh, una specie di servizio d'informazione.»

Era una palazzina in stile georgiano, l'appartamento era spazioso e piacevole. Nel caminetto del salotto bruciava un allegro fuoco. Intorno si vedevano diversi oggetti antichi, per lo più egiziani.

«Tuo zio è un archeologo?» chiese Harry.

«Egittologo, per l'esattezza. Ora ti preparo un drink.» Versò del whisky in due bicchieri. «Per me solo due dita. Veramente dovrei avere un giorno di riposo, ma mi chiameranno se sarà una brutta notte.» Alzò il bicchiere in un brindisi. «Alla tua salute. Vorrei dire una cosa. Mi hai detto che tuo fratello è un asso dell'aria. Bene, anche tu lo sei. Un mezzo yankee contro un altro mezzo yankee e io sono orgogliosa di voi.»

Ingollò il suo whisky e le vennero le lacrime agli occhi. Harry depose il suo bicchiere e le appoggiò le mani sulle spalle. «Molly, mia cara, non fare che si spezzi quel guscio che ti ha tenuto in piedi. La morte giorno e notte, poi la perdita di tua madre. Sei andata all'inferno e ritorno.»

«Sono ancora là.»

«Non è così. Sei figlia di soldato e un bravo soldato tu stessa. Sopravviverai. Solo, guardati dall'investire il miglior tempo della tua vita su di me. Io non dovrei neanche essere fra i vivi.»

«Questa è una cosa terribile.»

«Ma è vera. Mi vuoi mostrare la mia stanza? Non vedo l'ora di fare una doccia.»

* * *

Molly era seduta accanto al fuoco e leggeva il *Times* quando entrò Munro. Dietro di lui avanzava zoppicando Jack Carter. «Oh, eccoti qui mia cara. È stato un pomeriggio interessante?»

«Puoi ben dirlo.» Molly ripiegò il giornale. «Come stai, Jack?» Si alzò a baciarlo affettuosamente su una guancia.

«Sto benone, ragazza mia.»

«Problemi con la gamba?»

«Non più del solito. Mi fa male ogni tanto, questo è tutto.»

«Sei proprio un amore, Jack Carter.»

«Be', basta con questo duetto languido e versami uno scotch, Jack», intervenne Munro accomodandosi su una sedia. «Hai scoperto qualcosa che non sapevamo, Molly?»

«Non molto, e non vorrei proprio essere coinvolta in queste manovre ipocrite Dougal. Abbiamo parlato del suo passato, di suo fratello. Se vuoi l'opinione di un medico, Harry ama suo fratello, lo ammira. L'ha definito un vero asso e non ha adoperato le stesse parole per sé.»

«Che sciocchezze!» interloquì Carter. «Non credete mai a ciò che si legge nei giornali. Ci sono i cosiddetti assi che ottengono non solo la Flying Cross ma anche la medaglia al valore e, credetemi, alcuni di quelli che vantano i punteggi più alti sono uomini che non si danno da fare per far parlare di sé. Abbiamo controllato il curriculum di Kelso. Molte volte non reclama neppure il punto di un aereo abbattuto e magari ne lascia il merito a qualcuno più giovane della sua squadriglia.»

«Qualcuno più giovane?» osservò Molly. «Ma se ha soltanto ventidue anni!»

«Oh, non t'inalberare! Dico soltanto che dev'essere molto vicino al primato nella battaglia d'Inghilterra. Diavolo, mia cara, ha due Flying Cross.»

«Continua a dire che non dovrebbe neanche più essere tra i vivi!»

«Un po' melodrammatico, ma forse non ha torto.»

Harry, che aveva ascoltato la maggior parte del dialogo dalle scale, entrò sorridendo. «Bene, eccoci qui. Quale delizia progettate per me questa sera, generale?»

«La River Room al *Savoy*. Pranzo decente, anche se costoso.»

«Lei deve avere molta influenza.»

«Non io, Harry. Dimmi, se tuo fratello morisse in azione, tu diventeresti barone von Halder?»

«Esatto.»

«Bene, allora tu e Jack avete qualcosa in comune. Il padre di Jack non è solo generale d'artiglieria, è anche il baronetto sir William Carter, e per di più schifosamente ricco. Così, con il tempo, il più tardi possibile, amico mio, Jack diventerà sir Jack.»

«Benissimo, così questa sera pagherà il pranzo», concluse Harry.

Il pranzo nella River Room fu superbo: salmone affumicato, sogliole al burro, insalata, champagne.

«Non si direbbe mai che siamo in guerra», commentò Jack.

Un'orchestrina suonava, Carrol Gibbons e gli Orpheans. «E allora», protestò Molly, «non c'è nessuno che mi inviti a ballare?»

«Io sono troppo vecchio e per Jack non è il caso. È compito tuo, capitano pilota», replicò Munro.

Così Harry la condusse alla pista da ballo e danzarono al ritmo di *Giorno di nebbia a Londra*. «Cade a proposito», osservò Harry, «solo si dovebbe dire giorno di fumo.»

«Dio mio, che bella serata!» fece Molly. «Mi sento viva per la prima volta da settimane. E tu, Harry?»

Prima che lui potesse rispondere, il capo cameriere avanzò verso di loro tra le coppie danzanti. «Mi scusi, dottoressa Sobel, hanno telefonato dal Cromwell. La pregano di rientrare il più presto possibile.»

I due tornarono al tavolo. «Ti ha chiamato l'ospedale?» chiese Munro.

«Sicuro.»

Munro fece cenno a Carter. «Falla accompagnare con la mia macchina e di' all'autista di tornare al più presto.»

Molly prese la sua borsetta e Carter l'aiutò a infilarsi il cappotto. Mentre si allontanava si volse a salutare Harry sorridendo: «Abbi cura di te, pilota».

Harry non rispose e la ragazza uscì seguita da Carter.

Harry e Munro si fecero portare un brandy. «Stanno formando la prima squadriglia Eagle», cominciò Munro «e credo che cerchino altri piloti. Ti vorranno con loro, Harry.»

«No, se posso evitarlo.»

«Posso chiederti perché?»

«L'ho già detto a West. Ho cominciato nella RAF e finirò nella RAF. È quello che ha fatto mio padre nella prima guerra mondiale, lei lo sa.»

«Già. E dimmi, Harry... forse non lo sai ma io comando un reparto che si occupa del lancio di agenti in Francia per via aerea, di solito con un Lysander. Chissà se ti interesserebbe...»

«Io sono un pilota da combattimento.»

«Bene, ma ci vuole una quantità di aerei di scorta in una squadriglia di servizi speciali. E servono anche per proteggere... da una Eagle bramosa, diciamo?»

Harry sorrise ma scosse ancora la testa in un cenno di diniego.

«No? Bene, se ci ripensi sai dove trovarmi.»

«Naturalmente. Comunque, domani faccio volare lo Storch per lei. Ma posso dirglielo addirittura, il Lysander è buono ma lo Storch è migliore.»

Munro sorrise. «Sai, in qualche modo prevedevo che avresti detto così.»

6

Due settimane dopo, Sarah Dixon usciva dal War Office e si affrettava verso la metropolitana studiando il passo nel nevischio invernale. Il Natale non era lontano. Non che importasse molto, in quei giorni. Prese la metropolitana alla prima stazione, un vagone sovraffollato di gente bagnata e stanca. Non si era accorta di essere seguita.

Fernando Rodrigues era un bel bruno di trentacinque anni, di media altezza, elegante con il suo impermeabile e il cappello di feltro. I particolari che suo fratello gli aveva fatto arrivare con la valigia diplomatica erano piuttosto precisi e comprendevano una foto. Aveva controllato l'indirizzo della donna, un appartamento dalle parti di Westbourne Grove: il suo nome figurava chiaramente in mezzo agli altri inquilini del caseggiato.

Quella mattina era andato alle sette e mezzo ad aspettarla in fondo alla via. Alle otto l'aveva vista avanzare lungo il marciapiede e l'aveva subito riconosciuta dalla foto. L'aveva seguita per la Queensway fino alla stazione della metropolitana di Bayswater e poi per tutto il percorso fino al War Office.

Vi era tornato nel pomeriggio alle cinque e l'aveva vista uscire alle cinque e mezzo tra una folla di altri impiegati.

Avrebbe potuto semplicemente suonare il citofono al portone del caseggiato e parlarle direttamente, ma era prudente per natura. Non che avesse paura. Aveva lavorato per il Sicherheitsdienst di Berlino abbastanza a lungo da convincersi che l'immunità diplomatica avrebbe sempre coperto le sue tracce. In ogni caso non si era mai trovato coinvolto in qualcosa di grosso. Rapporti sulla situazione della città in guerra, danni provocati dai bombardamenti, movimenti di truppe, nulla di più importante.

Uscì dalla metropolitana con lei alla stazione di Bayswater, la seguì per la Queensway, svoltò in Westbourne Grove e arrivò al caseggiato dove la ragazza abitava. Lei non si era accorta della sua presenza e solo quando tirò fuori le chiavi del portone se lo vide comparire al fianco.

Si voltò verso di lui e Rodrigues fu sorpreso di non vederla allarmata. «La signora Sarah Dixon?» chiese.

«Sì, cosa vuole?» Un tono impaziente. Forse aspettava qualcuno?

«Ho un messaggio per lei. *Il giorno di pagare il conto è venuto.*» Era la parola d'ordine in codice che l'irlandese Patrick Murphy le aveva dato nel 1938. La risposta della donna lo stupì. «Buon Dio, dopo tutto questo tempo! È meglio che entri.»

L'appartamento era molto piccolo, cucina, bagno, salotto e camera da letto. Sarah si tolse il cappotto. «Si sieda, faccio un po' di tè. Lei chi sarebbe?»

Andò in cucina e lui la seguì fin sulla porta. «Prima che io le risponda, mi dica una cosa. Quando Patrick Murphy l'ha reclutata nel '38, ha detto che lei era molto anti-inglese. È ancora della stessa idea?»

«Sicuro.»

«Ma suo padre era inglese.»

«Mio padre non ha mai significato nulla per me. È morto quando avevo due anni.» Parole scarne e pratiche, mentre preparava il tè. «Hanno assassinato mio nonno nel 1916, gli hanno sparato come a un cane. Avrò la mia vendetta, per questo. Via, sediamoci.»

Rodrigues era sorpreso nel sentirla tanto controllata e anche stranamente eccitata. Una donna così borghese, così ordinata e perbene, con la sua gonna di tweed, il suo completino di maglia in tinta e un unico filo di perle al collo. Capelli chiari e ben pettinati, viso così comune. E tuttavia non comune. Sconcertante.

«Allora, dica, di che si tratta.»

«Quando Murphy l'ha reclutata, non era per l'Abwehr. Era per il Sicherheitsdienst, il servizio segreto delle SS.»

«So che cos'è. Lei lavora per loro?»

«Per così dire. Be', qui vicino deve esserci un piccolo ristorante. Venga, offro io.»

«Eccellente idea. Adesso potrebbe anche decidersi a dirmi il suo nome.»

«Fernando Rodrigues», fece lui mentre l'aiutava a infilarsi il cappotto.

«Portoghese? Questo sì che è interessante.»

Trovarono una piccola trattoria italiana a conduzione familiare in Westbourne Grove, quasi deserta a quell'ora del tardo pomeriggio. Nonostante la guerra c'erano delle candele sui tavoli. Sedettero in un angolo appartato e Rodrigues ordinò una bottiglia di vino rosso e lasagne al forno per entrambi. Era incredibile come quell'uomo sapesse riscaldare l'atmosfera. Terminò raccontandole tutto.

«La maggior parte degli agenti dell'Abwehr in Inghilterra sono stati fatti fuori.»

«La maggior parte? Tutti a quanto proclama il servizio segreto inglese. Io sono solo una rotellina insignificante nella macchina del War Office, ma lo so.»

«Sarà così, ma la rete del Sicherheitsdienst non è stata toccata. Era stata creata da un genio di mome Klein, ora morto. Il suo successore è un certo maggiore Hartmann, che lavora direttamente per Himmler.»

«È in buona compagnia. Lei dove entra precisamente in gioco?»

«Io sono addetto commerciale all'ambasciata portoghese. Mi servo della valigia diplomatica, che naturalmente è intoccabile, per comunicare con mio fratello Joel che occupa lo stesso posto all'ambasciata portoghese a Berlino. Situazione molto conveniente. A prova di bomba.»

«Nonché molto lucrosa.»

«Un uomo deve pur mangiare.»

«Porta un vestito molto elegante, e il suo orologio mi sembra proprio d'oro.»

«Sono i piaceri della vita, signora Dixon.» Sorrise.

«Penso che lei sia una canaglia, signor Rodrigues, ma mi piace.»

«Chiamami Fernando, ti prego, e dimmi se tu sei dentro o fuori.»

«Naturalmente dentro. Sono impiegata all'ufficio contabilità del War Office. Lavoro noioso, che non mi dà accesso a niente di interessante.»

«Chissà? Le cose cambiano.» Rodrigues trasse un biglietto dal portafoglio. «L'ambasciata è sulla guida, ma qui c'è il mio indirizzo e il mio numero di telefono. Sull'altro lato di Kensington Gardens, in Ennismore Mews.»

«Ti tratti bene!»

In lontananza si levò l'urlo delle sirene. «Si ricomincia!» Sarah balzò in piedi. «Andiamocene di qui finché si può camminare.»

Rodrigues pagò il conto e prese i cappotti. «Dove si va?» chiese. «Credo che il rifugio più vicino sia la stazione della metropolitana di Bayswater.»

«Oh, mio Dio, non ci andrei mai durante un'incursione, non scenderei mai sottoterra. La settimana scorsa oltre cento persone uccise a Holborn, quando hanno colpito direttamente la stazione. Dai, vieni con me.»

Lo prese per mano e si avviò quasi di corsa verso Westbourne Grove mentre si sentivano esplodere le prime bombe in lontananza. Raggiunsero il caseggiato. Sarah aprì il portone ed entrarono a tentoni nel buio.

«La corrente elettrica è saltata un'altra volta. Questo significa che l'ascensore è fermo. Dammi la mano e seguimi su per le scale. Io so la strada a occhi chiusi.»

Rodrigues la seguì. Una volta inciampò e lei rise e l'aiutò a rialzarsi. Infine arrivarono all'appartamento ed entrarono.

Sarah si tolse il cappotto e andò ad aprire le tende da oscuramento. Entrò un po' di luce fioca e si vide in lontananza il bagliore delle fiamme. Arrivava a tratti il rombo delle esplosioni.

«Non credo che potrai tornare a Ennismore Mews stanotte», osservò Sarah.

«Dimmi», chiese lui «c'è un uomo nella tua vita?»

«Avrebbe importanza?»

«Neanche un po'.»

«L'ho detto che sei una canaglia. Be', quanto a questo non c'è nessuno.»

Rodrigues passò dietro di lei, le cinse la vita con le braccia, la baciò sul collo.

«Carino», disse lei, «ma è tanto più comodo il letto, non credi?»

Fu l'inizio di una straordinaria amicizia. Lei aveva un carattere strano, in parte estrema passione, in parte completo controllo. Rodrigues andava a trovarla regolarmente. C'erano altre donne, senza dubbio, era la sua natura. Sarah lo sapeva e non le importava.

Gennaio, nel Sussex nevicava e Harry ricordava le nevicate della Finlandia mentre effettuava i suoi voli di ricognizione. Anche in Francia nevicava, dove Galland e Max, e la Luftwaffe in generale, mantenevano senza sosta la pressione delle incursioni notturne su Londra.

Durante una di quelle incursioni, alla fine di gennaio, quando la metropolitana era chiusa perché danneggiata, Sarah Dixon tornava a casa a piedi dall'ufficio sul far della sera, in mezzo a una folla di impiegati. Era già buio e nell'aria volteggiava un sottile nevischio. Sarah camminava con cautela per le strade sparse di macerie, quando a un tratto urlarono le sirene.

La gente presa dal panico cominciò a correre, qualcuno gridava, qualcuno singhiozzava di paura. Le bombe cominciarono a cadere non lontano e l'aria si riempì del rumore di vetri infranti. Poi una bomba cadde in fondo alla strada. Sarah sentì solo la violenza dell'onda d'urto che parve strapparla dal suolo.

Un dolore acuto per tutto il corpo, questa fu la prima cosa di cui ebbe coscienza quando emerse dal buio. Un attimo per riprendersi, poi cercò di alzarsi a sedere e si accorse di trovarsi nell'ultimo letto di una corsia d'ospedale. Un'infermiera corse verso di lei.

«No, non si muova, resti giù!» La fece gentilmente sdraiare e chiamò: «Dottoressa Sobel!»

La giovane dottoressa di guardia avanzò nel suo camice bianco, tutto stazzonato. Prese il polso di Sarah e le controllò il cuore.

«Dove sono?»

«Al Cromwell Hospital. Lei è qui da due giorni. Una bomba tedesca. È fortunata a essere ancora viva.»

Sarah si accorse in quel momento della gabbia di legno sotto le sue lenzuola, a destra. «Oh, mio Dio, ho perso una gamba!»

«Ma no, solo qualcosa di rotto. Si rimetterà presto.» Molly Sobel si rivolse all'infermiera. «Chiami ancora quel numero, è sulla scheda.»

«Che numero?» chiese Sarah con un filo di voce.

«Un certo signor Rodrigues. Abbiamo trovato il suo biglietto da visita nel suo portafoglio, ieri. È venuto subito.»

Rodrigues arrivò in un'ora, pieno di premure, era persino riuscito a trovare un grappolo d'uva. «Ho il meglio che il mercato nero possa offrire», spiegò chinandosi a baciarla. «Hai l'aspetto di una che sia stata presa a pugni da un boxeur, ma potrebbe andar peggio.»

«È la gamba che mi preoccupa.»

«Si aggiusterà perfettamente. Ora vado a prenderti qualcosa da bere.»

Si recò nell'ufficio del medico di guardia, dove Molly Sobel stava scrivendo delle note, seduta alla scrivania. C'era pure un'infermiera. «Può bere una tazza di tè?» chiese.

«Sicuro, provvedo subito.»

L'infermiera uscì e Rodrigues chiese: «L'ammalata si preoccupa per la sua gamba. Come va, secondo lei?»

«Non troppo bene.» Molly si accese una sigaretta. «Il capo chirurgo le ha inserito una protesi in acciaio. L'osso era in frantumi. Francamente, la gamba rischiava di dover essere amputata.»

«Santa Madre di Dio!» esclamò Rodrigues sgomento. «Ma potrà guarire del tutto?»

«Con il tempo penso di sì, ma per essere sincera credo che avrà bisogno di camminare con il bastone. Mi spiace di non poter fare di più.»

«Non è colpa sua, dottoressa.»

Trovò Sarah seduta sul letto che beveva la tazza di tè. «Così, ti alzi già!» le disse in tono allegro e sedette sulla sponda del letto.

«Cos'ha detto la dottoressa?»

«La dottoressa?»

«Andiamo, Fernando, ti leggo dentro come in un libro aperto. Non va bene, vero, la gamba?»

«L'hai quasi perduta.»

«E che cosa mi è rimasto?» Lui esitava e Sarah annuì,

quasi rassegnata. «Sono rimasta storpia, ecco come stanno le cose. Meno male che non hai rotto con tutte le tue giovani amichette.»

Rodrigues accese una sigaretta e gliela pose fra le labbra. «Fatti una fumatina in pace e non dire sciocchezze.» In lontananza si udirono di nuovo le sirene. «Dio onnipotente, ma non cessano mai?»

Lei tossì e quando Rodrigues le tolse di bocca la sigaretta sorrise e mormorò: «Non essere stupido, Fernando. Dopo tutto sono dalla nostra parte».

Nel mese di marzo West comparve inaspettatamente a Farley Field e ancora una volta sedette a scambiar due parole nell'ufficio di Harry Kelso. «Mi sembri stanco, Harry. Sei sempre in azione. Potrei farti passare al ruolo di istruttore.»

«No, grazie. È la via sicura per farsi ammazzare.»

«Sai, questa squadriglia Eagle sta veramente nascendo e hanno deciso che in seguito ne formeranno altre due. Tutti gli yankee insieme vogliono che tu ti unisca a loro Harry. Sei l'asso con il punteggio più alto.»

«Sciocchezze. Il più alto dev'essere di Peterson, o di qualcun altro.»

«Già, perché tu la metà delle volte non segnali gli aerei che abbatti. Lo sanno tutti, Harry.»

«Vede, l'ho detto già cento volte. Non voglio andarci, punto e basta. Anche in altre squadriglie ci sono americani che non si trasferiscono, so di alcuni anche al comando bombardieri.»

«Ma un poco alla volta finiscono per essere attirati nella nuova formazione.» West vide che non concludeva niente, sospirò e scosse la testa. «Che cosa diavolo si può fare con te?»

«Mi mandi via. In un posto dove non possano trovarmi.»

«Vediamo un po'. Gli italiani hanno combinato un gran

pasticcio in Libia con il loro attacco contro l'Egitto. Hitler ha mandato un tal generale Rommel ad assumere il comando di un corpo d'armata che chiamano Afrika Korps. Noi abbiamo in Egitto due squadriglie di Hurricane. Ti manderò là.»

«La ringrazio di cuore.»

«Sfortunatamente questo significa che la tua promozione non andrà avanti. Io ti avevo proposto come comandante di squadriglia.»

«Al diavolo la promozione!» concluse Harry Kelso.

Nell'ufficio di Adolf Galland, Max era seduto sul davanzale della finestra e si fumava una sigaretta. «In Libia? E perché diavolo in Libia?»

«Gli italiani hanno messo in piedi questa campagna contro l'Egitto. Gli inglesi gli hanno dato una batosta, una brutta batosta. Il Führer ha creato un Afrika Corps al comando di Rommel.»

«Quel Rommel è una stella nascente.»

«Già, ma se resti con me c'è una probabilità, anche lontana, che tu diventi maggiore, se vai in Libia resti capitano senza speranza. A te la scelta.»

«Che scelte vuoi che faccia, Dolfo? Laggiù oltre la Manica continua a nevicare. Come potrei perdermi il sole e la sabbia?»

«Sei uno stupido, giovanotto. Ma già che vuoi così, così sia.»

Bubi Hartmann stava esaminando certe carte nel suo ufficio della Prinz Albrechtstrasse quanto Trudi si affacciò alla porta.

«È qui.»

«Fallo entrare.»

Joel Rodrigues scrollò la neve dal cappello. «Signor maggiore.» Posò una busta sulla scrivania. «L'ultimo rapporto di mio fratello.»

«Mi dica tutto.»

«La donna è tornata al lavoro al War Office. La sua gamba non va bene, deve camminare con il bastone.»

«Che altro?»

«Qualche particolare su movimenti di truppe dirette in Egitto, anche squadriglie della RAF.»

«Bene. Ogni notizia, anche piccola, può servire. Ora vada pure.»

Rodrigues uscì e Trudi chiese: «Devo trascrivere il rapporto?»

«Sì, fallo.»

«Una copia per il Reichsführer?»

«È robetta di terz'ordine, Trudi, troppo mediocre per il Reichsführer.» La guardò sorridendo. «Non temere. Verrà anche il nostro giorno.»

Interim

1941-1943

7

HARRY ora incontrava un altro genere di guerra: deserto, caldo soffocante, tempeste di sabbia e un Afrika Corps al comando di Rommel che spazzava ogni cosa davanti a sé. Il carisma del tedesco era così potente che quando un importante giornale inglese bandì un referendum tra i suoi lettori per scegliere il generale più brillante, fu Rommel che ne uscì vincente. Ma il War Office non se ne preoccupò e mandò il generale Montgomery a prendere il comando delle forze del deserto, che comprendevano non solo truppe britanniche, ma anche francesi, australiane e sudafricane. Montgomery non solo diede una svolta alle operazioni, ma ben presto divenne famoso quanto Rommel.

La guerra nel Nord Africa continuava con vicende alterne. Harry, come al solito alla barra di un Hurricane, abbatté altri sedici aerei italiani e tedeschi. Nel settembre 1942 ricevette la sua terza Flying Cross nonché la Croix de Guerre francese, per il soccorso prestato all'avamposto della Francia Libera, Bir Hacheim. Seguì qualche giorno dopo la battaglia di El Alamein, chiave di volta della guerra nel Nord Africa.

MAX, volando con i 109, combatteva pressappoco le stesse battaglie. Il suo punteggio salì di un'altra dozzina. Tuttavia non era facile come una volta, perché la maggior parte dei piloti degli Spitfire e degli Hurricane erano veterani della battaglia d'Inghilterra e sapevano il loro mestiere.

Nel giugno 1941 Hitler scatenava l'Operazione Barbarossa e le armate tedesche invadevano la Russia. Il primo giorno la Luftwaffe distrusse metà delle forze dell'aviazione militare russa sorprese a terra. Ora tutto pareva possibile e l'Africa diventava zona marginale. Max e i suoi camerati mordevano il freno e avevano la sensazione di perdere il teatro di guerra più importante. Questa sensazione divenne ancora più forte quando i giapponesi attaccarono Pearl Harbor e spinsero l'America a entrare nel conflitto. La guerra del deserto si trascinava stancamente. Poi, nel settembre 1942, una settimana prima di El Alamein, Max vide la morte in faccia.

Stava attaccando dei depositi di combustibile in un'oasi chiamata Gila, nel Sahara del sud, con un solo aereo di scorta pilotato da un giovane di nome Goertz. Aveva davanti a sé un cielo sgombro e nessuna preoccupazione quando una momentanea caduta di concentrazione rallentò i suoi riflessi e troppo tardi si avvide di tre Hurricane che gli venivano incontro dalla parte del sole. Goertz lanciò un grido d'allarme e il suo aereo esplose.

Max virò di botto, ma non abbastanza in fretta. Uno dei quattro cannoni Hispano degli Hurricane colpì il suo 109 infliggendogli gravi danni. Si gettò in picchiata e i nemici lo inseguirono. Furono colti di sorpresa quando egli di colpo s'impennò, descrisse una grande volta e nel passaggio centrò uno di loro. L'aereo esplose in una sfera di fuoco.

Ma era nei guai. Stava perdendo potenza e quota, il motore fumava e il 109 sobbalzava ai continui colpi di cannone. Non gli restava altra scelta. Aprì il tettuccio a tremila metri, capovolse l'aereo e, afferrata la sua bisaccia di sopravvivenza, si lasciò cadere.

Scese a millecinquecento metri prima di aprire il paracadute. Sotto di lui solo il deserto: un ondulare di dune che si estendevano all'infinito. Non aveva neppure avuto la possibilità di lanciare un appello radio. A novecento metri due Hurricane lo sorvolarono, inclinarono le ali e si allontanarono. Per uno degli strani casi della guerra in uno c'era suo fratello.

Nella sua bisaccia di sopravvivenza c'erano razioni di cibo, una borraccia d'acqua, un pacchetto di medicazioni di primo soccorso, una bussola, qualche altra cianfrusaglia. Anche una pistola Mauser e una mitraglietta MP40, il famoso Schmeisser. Arrivato a terra Max bevve qualche sorso d'acqua, si tracciò un percorso con la bussola e s'incamminò.

Non era una situazione troppo favorevole. Faceva un caldo d'inferno, ma era il tardo pomeriggio e stava per calare la sera. Ben presto scesero le ombre e poi fu notte. La luna piena inondava di luce il deserto e cominciava a far freddo. Mio Dio, come faceva freddo!

Il soccorso, quando venne, fu un vero miracolo. Max sentì un lontano suono di campanelli e poi sulla cresta di una duna comparve una fila di cammelli, alcuni carichi di merci, altri montati da cavalieri che dall'aspetto parevano i tipici beduini del deserto. Il loro capo alzò una mano e la colonna si arrestò. Quando spinse il cammello verso di lui, Max trasse lo Schmeisser dalla bisaccia e lo armò. Aveva un caricatore inserito e un altro di scorta agganciato. Il suo arabo era elementare, a dir poco.

Il beduino gridò nella sua lingua: «Ehi, effendi, di che parte sei?»

«*Ich bin deutsch*», rispose Max.

«Non serve.» Il beduino provò con l'inglese. «Tu capisci l'inglese, effendi?»

«Sicuro.»

«Tu chi sei?»

«Sono un pilota. Il mio aereo è stato abbattuto. Voi portatemi alle linee tedesche, ci sarà una bella ricompensa.» Uno degli altri gridò qualcosa in arabo e il capo gli rispose. «Che cosa dice?» chiese Max.

«Che dovremmo ucciderti, effendi.»

«Voi non amate i tedeschi?»

L'uomo si strinse nelle spalle. «Noi non stiamo dalla parte di nessuno. Voi venite qui, voi, gli inglesi, i francesi, e portate la guerra nel nostro paese. Sai che cosa vorremmo? Che ve ne andaste tutti via.»

«Al momento giusto andremo, ma adesso risponderò al tuo amico.» Max puntò lo Schmeisser e sparò una raffica che sollevò nuvolette di sabbia.

«Molto impressionante, effendi.»

«Come ti chiami?»

«Rashid.»

«Posso essere anche più impressionante.» Frugò nella bisaccia e ne trasse un sacchetto di pelle che gettò al beduino. «Venticinque sovrane d'oro inglesi. Non potreste guadagnarle in un anno.»

Rashid soppesò il sacchetto nella mano. «Hai ragione, effendi.» Max tirò fuori un altro sacchetto. «Altre venticinque quando mi consegni alle linee tedesche e a una pattuglia tedesca.»

Rashid sorrise. «Questo si potrebbe fare. Siamo più vicini di quanto tu pensi. Ma prima di tutto dobbiamo cambiare il carico del cammello di scorta per far posto a te. Ancora due ore, poi ci accampiamo.»

«Allora mettiamoci all'opera.»

Più tardi, verso le due del mattino, sdraiato accanto a un fuoco di sterco di cammello secco, Max percepì un movimento nel buio e afferrò lo Schmeisser. Un'ombra si gettò su di lui, uno dei cammellieri, come risultò in seguito. Ma un'altra ombra sorse dietro la prima e Rashid premette una mano sulla bocca dell'uomo, che rantolò. Poi asciugò il coltello sulla veste dell'ucciso e lo lasciò cadere.

«Le mie scuse, effendi. Era della tribù Hakim. Bel compenso, per avergli dato lavoro. Non hanno onore questi cani.»

«Così pare», replicò Max seccamente.

Rashid attizzò il fuoco, sedette e offrì datteri e latte di cammella. Gli altri beduini li raggiunsero, ignorando il cadavere del ladro.

«Onore», continuò Rashid mangiando. «Se un uomo non ha onore non ha niente, l'onore è l'uomo. Tutto dipende da come giudica se stesso.»

«Hai ragione», replicò Max. «Assolutamente ragione, non è quel che pensano gli altri. È quello che ciascuno pensa di sé. Ecco, prenditi una sigaretta. Anzi, tieni il pacchetto.»

Rashid e i suoi amici si accesero le sigarette e Max tirò fuori dalla bisaccia una mezza bottiglia di cognac, l'aprì e bevve. «Ve ne offrirei, ma so che i musulmani non bevono.»

Rashid tese la mano a prendere la bottiglia. «La notte è fredda, effendi, e Allah è misericordioso.»

Erano le sei del mattino quando incontrarono una pattuglia di Panzer in ricognizione. Il giovane tenente al comando li accolse con entusiasmo.

«Lei è molto fortunato, Herr Hauptmann. Che cosa facciamo con questi cani arabi? Li fuciliamo?»

«Se lo fai, io sparo a te», ribatté Max scherzosamente. «E non sono Herr Hauptmann. Sono il barone von Halder.»

«Il Barone Nero? Mio Dio!» Il tenente era sbalordito.

Max estrasse dalla bisaccia il secondo sacchetto di sovrane più lo Schmeisser e un caricatore di scorta. «Il mio dono per te», disse a Rashid.

«Possa tu avere dodici figli, effendi.»

«Poco probabile. Non dovrei neppure essere ancora tra i vivi. Il mio tempo è scaduto.»

«E allora possa tu avere una buona morte, amico.» Rashid salì sul suo cammello, fece cenno agli altri beduini e la piccola carovana si allontanò al suono dei campanelli.

* * *

All'ospedale militare di Galeila, Max si trovava nell'ufficio del colonnello medico per un check-up quando si aprì la porta ed entrò Erwin Rommel.

«Voglia scusarmi, Hardt», disse al colonnello. «Mi ero fermato a far colazione e mi hanno detto del miracoloso salvataggio del barone von Halder.» Tese la mano a Max. «Noi non ci siamo mai incontrati, ma sua madre è una mia cara amica. Ho già autorizzato un messaggio prioritario a Berlino per confermare che lei è sano e salvo.»

Max si era alzato in piedi. «Feldmaresciallo, sono onorato», ribatté.

«No, è lei che ci onora.» Rommel sorrise. «Bene, devo lasciarvi. È la battaglia finale. El Alamein, poi Il Cairo. Signori.» Salutò e uscì.

«Che uomo!» esclamò il colonnello Hardt. «Come potremmo mai perdere?»

Ma la battaglia di El Alamein distrusse i Panzer tedeschi, le armate del Führer furono respinte indietro senza sosta e in novembre le forze inglesi e americane sbarcarono in Marocco e in Algeria. Ma questo non turbò la vita di Max. Promosso maggiore era già stato mandato sul fronte russo.

Quanto a Harry, data la grave carenza di piloti, era stato trasferito su bombardieri Halifax, impegnati nelle incursioni sull'Italia attraverso il Mediterraneo. Nel gennaio 1943 era stato mandato ad attaccare installazioni militari a Taranto, ma una tempesta improvvisa aveva disperso la sua squadriglia. Scendendo in picchiata in mezzo alla nebbia, aveva avvistato l'incrociatore italiano *Orsini*, aveva cambiato i piani di sua propria iniziativa e l'aveva attaccato da trecento metri. Aveva messo a segno due colpi micidiali che avevano spezzato in due l'incrociatore affondandolo.

Gravemente danneggiato, con un motore fuori uso e due morti fra gli uomini dell'equipaggio, era riuscito a riportare l'Halifax a una base sulla costa egiziana, dove aveva dovuto fare un atterraggio di fortuna. Aveva ricevuto l'immediato conferimento della medaglia al valore e la promozione a capo squadriglia.

In seguito aveva avuto un periodo di riposo durante il quale aveva servito come addetto allo stato maggiore al Cairo. Quindi era tornato agli Hurricane per la ritirata finale dell'Afrika Corps, che culminò con la resa di centocinquantamila tedeschi e italiani nel maggio 1943 in Tunisia. Solo Rommel e pochi dei suoi avevano trovato scampo nella fuga.

In Russia le cose non andavano meglio. In principio grandi vittorie, poi il disastro dell'inverno russo e cominciarono le sconfitte. Anche se le armate tedesche erano inchiodate nella neve, gli aviatori russi non potevano stare alla pari con i piloti della Luftwaffe, temprati dalle dure esperienze della Spagna, della Polonia e della battaglia d'Inghilterra. Il punteggio di Max salì rapidamente: abbatté sessanta aerei nemici sul fronte orientale e ricevette l'onorificenza delle spade, in particolare per la sua azione durante i duri scontri nel cielo di Stalingrado, che infine riuscì a lasciare una settimana prima che von Paulus si arrendesse ai russi. Fu la più grande catastrofe nella storia dell'esercito tedesco, trecentomila morti nelle piane gelate del Volga.

Secondo il sistema britannico e americano, i piloti compivano un numero determinato di voli e poi avevano un periodo di riposo. La Luftwaffe non aveva un sistema del genere. Tutti gli uomini disponibili continuavano a volare. Fortunatamente per Max, Göring a Berlino decise che aveva fatto abbastanza, soprattutto dopo l'aggiunta delle spade alla sua croce di cavaliere, e nel maggio lo richiamò.

A Berlino sua madre l'aspettava in una suite all'*Hotel*

Adler. Era molto bella, non pareva invecchiata neppure d'un giorno. Ma fu scossa alla vista del figlio.

«Max, hai un aspetto terribile.»

«L'avresti anche tu, Mutti, se tornassi dalla Russia. È un posto tremendo, la bocca dell'inferno. Non capirò mai perché il Führer la vuole.»

Qualcuno bussò alla porta ed entrò la cameriera personale della baronessa, Rosa Stein. «Un messaggio, signora. Il generale Galland l'aspetta a pranzo alle sette.»

Galland era stato promosso generale di divisione nel novembre 1942, all'età di trentun anni, il più giovane generale delle forze armate tedesche. Ora era al comando di tutta l'aviazione militare del Reich.

«Allora, ci vedremo con Dolfo?» esclamò Max. «Che piacere.»

«Tu hai bisogno di un pranzo decente», replicò sua madre. «Godiamoci una serata insieme e dimentichiamo il nostro amato Führer e il suo dannato partito nazista.»

«Tu sì che sei cambiata», osservò Max. «Un tempo pensavi che i nazisti fossero la nuova giovinezza della Germania.»

«Quel tempo è passato, Max. Ricordi la vecchia freddura su chi è che comanda il manicomio? Io credo di saperlo.»

«Non dirlo così ad alta voce, Mutti. Su, andiamo incontro a Dolfo.»

Mentre scendevano le scale Max osservò: «Rosa pareva preoccupata».

«Ne ha ben ragione. Suo marito, Heini, è ebreo. Non l'hanno mandato in uno dei loro dannati campi di concentramento perché è un vero mago dell'elettronica e lavora qui in una fabbrica di Berlino, come molti altri ebrei, ma ultimamente...»

«Non finirà mai tutto questo?» mormorò Max tristemente.

«Solo con la vittoria.»

«Mutti, se tu ci credi, puoi credere in qualsiasi miracolo.»

«Non ho specificato di chi, Max.»

Entrarono nel bar, che era ancora splendido come prima della guerra, e il capo cameriere si precipitò a riceverli.

«Baronessa.»

«Grazie, Paul. Lei ricorda mio figlio?»

«Ma certo. È un onore, barone. Il generale Galland ha telefonato per scusarsi, sarà in ritardo di trenta minuti.»

«Grazie. Cocktail di champagne, credo.»

«Subito, baronessa.»

Sedettero su un divano ad angolo e Max le offrì una sigaretta. «Hai notizie di Harry?» chiese.

«Non proprio. C'è stato l'affondamento di quell'incrociatore italiano in gennaio, quando gli hanno dato la medaglia al valore. Me l'ha riferito Göring, ma naturalmente io te l'ho scritto.»

«Mi domando dove sia ora. Vorrei tanto rivederlo.»

Un cameriere venne in fretta al loro tavolo. «Lo Standartenführer Hartmann presenta i suoi omaggi. Chiede se può venire a salutarla.»

Elsa si girò e vide Hartmann al bar. «Colonnello, adesso. Ha fatto carriera.» Fece un cenno verso di lui e Hartmann si avvicinò.

«Incantevole, come sempre, baronessa», e rivolto a Max, con sincero entusiasmo: «Tu dimostri almeno cent'anni, amico mio, ma è logico. Non so per cosa congratularmi prima, se perché l'hai scampata a Stalingrado o perché hai avuto le spade».

Max scosse la testa e fece un cenno al cameriere. «Una coppa di champagne per il colonnello. Noi stiamo aspettando Dolfo. Tu che fai?»

«Il Reichsführer sta parlando con l'ambasciatore svedese, di sopra. Io sto ammazzando il tempo.» Si accese una sigaretta. «Posso anche congratularmi con te per la brillante impresa di tuo fratello che ha affondato l'*Orsini*?»

«Brillante? Ma ha colpito le nostre forze.»

«Naturale. Ma un aviatore può ben ammirare l'abilità di

un altro aviatore, no? Mi dicono che tuo fratello ha pilotato degli Hurricane nel deserto. Forse tu e lui vi siete anche incrociati, Max.»

«Forse.» Max, a disagio, si accese un'altra sigaretta.

«Ahimè, da quando l'Afrika Corps si è arreso, la settimana scorsa, sono un po' a corto di notizie sul tuo capo squadriglia.»

«Direi che è abbastanza comprensibile.»

«Ci vogliono buoni servizi d'informazione, Max. In guerra è tutto.»

Himmler comparve sulla soglia del bar e Hartmann si alzò di colpo, baciò la mano di Elsa e fece un cenno di saluto a Max. «Il padrone mi chiama e, come un buon cane, io obbedisco.»

Raggiunse il Reichsführer e i due uscirono.

Un attimo dopo entrava Galland. Max balzò in piedi e l'abbracciò.

«Bella carriera, Dolfo.» Sfiorò con la punta delle dita la croce di cavaliere. «Hai anche i diamanti.»

«Una *bella carriera*?» Galland lo scostò da sé tenendolo per le spalle. «Ma tu hai un aspetto orribile. Un po' di tempo presso lo stato maggiore, ecco quel che ti occorre. Buon cibo e belle ragazze. Sicuro, colonnello, ecco che cosa ci vuole per te.»

«Colonnello?» chiese Elsa.

«Tenente colonnello, basterà per cominciare. Gli avevano offerto la nomina in Russia e ha strappato il foglio.»

«Io sono un pilota, Dolfo, la mia vita è il volo e non posso far volare una scrivania.»

«Bene, resta in servizio allo stato maggiore per un po' di tempo, poi ti lascerò tornare a volare. La Francia, se ti piace, la Manica, come ai vecchi giorni. Ma tu sei un Oberstleutnant, vecchio mio, che ti piaccia o no. Io comando l'aviazione militare del nostro paese e quel che dico si fa.»

«Bene», intervenne Elsa, «questo è deciso. Ora, possiamo andare a mangiare?»

Mentre passavano nella sala ristorante Max chiese: «Che mi dici di Harry? Secondo Bubi, è sempre capo squadriglia. Questo equivale al grado di maggiore».

«Qual è il grado successivo?» chiese Elsa mentre il cameriere li accompagnava al loro tavolo.

«Tenente colonnello, nella RAF», rispose Galland. «Così, Bubi è stato qui?»

«È dietro di te, in quell'angolo, con Himmler», fece Elsa. «Il Nord Africa è perduto e la Russia va male. Stiamo ancora vincendo, Dolfo?»

«Abbiamo ancora qualche asso nella manica», rispose Galland. «C'è un programma di armi nuove, che riguarda i missili con cui potremmo procurare un bel mal di testa agli inglesi. E c'è in progettazione un grande aereo nuovo», proseguì rivolto a Max, «l'aereo a reazione ME262. Porta missili pesanti, cannoni. Potrebbe decimare centinaia di bombardieri, ma il Führer vuole che venga sviluppato in un bombardiere blitz, per un nuovo attacco contro l'Inghilterra.»

«Ancora il Führer» borbottò Elsa.

«Basta, Mutti», intervenne Max. «Adesso mangiamo.»

Dal suo angolo Himmler diede un'occhiata nella sala. «Che giovanotto arrogante è Galland. Non avrebbero mai dovuto promuoverlo.»

«È un buon pilota», obiettò Bubi.

«I piloti vanno due soldi la dozzina», replicò Himmler. «Galland dovrebbe scegliere meglio i suoi amici.»

«Ossia?»

«La baronessa, mio caro colonnello. Sta coltivando le amicizie sbagliate, gente che non è amica del partito nazista.» Si chinò in avanti e abbassò la voce. «È quel che potrei definire un complotto di generali. Persino tu non conosci i dettagli, Hartmann. Generali come Steiff, Wagner, von Hase. Anche Rommel, l'eroe del popolo malgrado il suo fallimento in Africa. Quando verrà il momento, colpirò. Non il plotone d'esecuzione, troppo onore per i traditori. La forca è quel che meritano, non trovi?»

«Sicuramente, Reichsführer», rispose Hartmann debolmente.

«Strano che la baronessa sia amica di tutti loro. Non voltarti.» Himmler si aggiustò il pince-nez. «Ora pensiamo a mangiare.»

A Londra quella sera Sarah Dixon zoppicava lungo il Westbourne Grove, appoggiandosi pesantemente al bastone. Entrò nella piccola trattoria italiana dove lei e Rodrigues avevano avuto il loro primo incontro. Rodrigues sedeva a un tavolo d'angolo e leggeva un giornale. Si alzò a incontrarla e la baciò affettuosamente sulla bocca.

«Come stai?»

«Potrebbe andar peggio.»

Rodrigues aveva già pronta una bottiglia di vino rosso e le riempì un bicchiere. «La gamba?»

«Sto provando una nuova pillola contro il dolore. Ma non serve molto, amore. Comunque, ho una notizia importante. Mi trasferiscono.»

«E dove?»

«Settore Operativo Speciale, ossia il SOE in Baker Street.»

«Buon Dio! Ma è roba che scotta. Il SOE organizza tutto il lavoro clandestino in Europa, infiltra agenti paracadutisti e cose del genere, no?»

«Così pare. Bada che io non ho delle funzioni speciali. Il mio capo mi ha chiamata e mi ha detto che un dirigente amministrativo di Baker Street era morto per un attacco cardiaco. È la solita noiosa routine d'ufficio ma mi pagano meglio. Comincio lunedì.»

«Potrebbero esserci possibilità illimitate.»

«Be', sarebbe carino tirar fuori qualcosa di importante, tanto per cambiare, dopo tutta la mediocre paccottiglia degli ultimi due anni.» Gli strinse il braccio. «Sono così eccitata, Fernando·»

«Hai ben ragione.»

«Pensi di tornare all'appartamento, dopo?»

«Naturalmente.» Si chinò su di lei e la baciò con sincero calore. Tra loro era nato un affetto reale.

«Bene», disse lei. «Adesso ordiniamo, muoio di fame.»

Trudi Braun entrò nell'ufficio di Hartmann portando l'ultimo comunicato da Londra, che Joel Rodrigues aveva appena consegnato. Hartmann lo lesse e glielo passò. «Da' un'occhiata.»

«Interessante.»

«Qualcosa di più. Potrebbe essere un'occasione straordinaria per infiltrarci. Il SOE ci ha dato grossi problemi in Francia, introducendo agenti con il paracadute e rinfocolando la resistenza francese. Portami la pratica.»

«La so a memoria, colonnello, come del resto so qual è il nostro peggior nemico laggiù. Il generale Dougal Munro, capo della Sezione D, comunemente nota come Sezione Lavoro Sport.»

«Esattamente. Joel Rodrigues se n'è già andato?»

«No, è ancora nell'ufficio esterno. Vuole vederlo?»

«No, pensaci tu. Digli che d'ora in avanti lui e suo fratello avranno paga doppia.»

«Benissimo.»

«Quella Dixon però non lavora per denaro, naturalmente. In fondo è un peccato. Bisogna farle capire quanto sia importante per noi ogni informazione sul SOE, in particolare su Dougal Munro.»

Trudi uscì e Hartmann si alzò, andò alla finestra e si accese una sigaretta. Prospettive illimitate. Interessante.

* * *

In agosto fu occupata la Sicilia, in settembre truppe alleate sbarcarono sulle coste italiane. Al Cairo Harry Kelso, che aveva temporaneamente lasciato la sua ex squadriglia, fu chiamato da un ufficiale addetto ai trasporti che era di stanza al *Sheperd's Hotel.*

«Dall'Inghilterra per lei, signore», gli disse. «Un Dakota a Malta per rifornimento e poi Gibilterra. Il fatto è che di solito mandano due piloti, ma uno di loro pare sia malato e non è disponibile. Le dispiacerebbe sostituirlo?»

«Con piacere.»

All'aeroporto entrò un pilota nella sala dell'equipaggio, un capitano d'aviazione di nome Johnson che lo salutò con entusiasmo. «Mio Dio, lei è quello che ha affondato l'*Orsini*, signore! Che impresa!»

Harry ignorò il complimento. «C'è qualche problema?»

«Al momento la Luftwaffe è di base sul territorio italiano occupato. Un volo liscio come l'olio e viaggiamo di notte. Due sergenti della riserva e una mezza dozzina di passeggeri.»

«Qualcuno di speciale?»

«Oh, qualche generale e simili. Sono tutti al bar della sala d'attesa. Panini e tè, signore. Le consiglio di raggiungerli. Partiamo tra due ore.»

Harry si recò nella sala d'attesa reggendo le sue due borse. C'era un tenente colonnello, due maggiori, due uomini in abiti civili. Ridevano e bevevano. Si voltarono a guardarlo quando entrò, notarono il berretto, i capelli biondi, il viso abbronzato e fine, tutte quelle medaglie sulla camicia kaki. Ci fu un improvviso silenzio.

«Kelso», si presentò Harry.

«Mio Dio», fece il colonnello, «mio caro ragazzo, lei è quello che ha affondato l'*Orsini*!» Si alzò e andò a stringergli la mano, sicché Harry dovette appoggiare una borsa a terra.

Una voce disse: «Dunque eccoti qua. C'è il famoso Tarquin nello zainetto?»

Harry si voltò e si vide davanti Dougal Munro.

Sedettero in un angolo a bere un whisky e soda. «Che ci sia qualche tranello dietro questo incontro, generale?»

«Ti sembro proprio quel tipo d'uomo?»

«Effettivamente, sì.»

«Bene, ti sbagli. Ti sei coperto di gloria da quando ci siamo visti l'ultima volta, e così ha fatto anche tuo fratello.»

«Max? Che cosa si sa di lui?»

«È riuscito a prendere il largo da Stalingrado per il rotto della cuffia. Ha abbattuto Dio sa quanti aerei russi. Vediamo, croci di cavaliere, foglie di quercia e spade. Göring se l'è tirato vicino e adesso è presso lo stato maggiore a Berlino. Promosso di un grado, ora è tenente colonnello.»

«Sono lieto per Max.»

«Che cosa contano di fare con te, in Inghilterra?»

«Non ne ho idea.»

«Sai che adesso Teddy West è diventato vicemaresciallo della RAF?»

«Non lo sapevo.» Harry ne fu sinceramente lieto. «È un uomo eccellente, lo merita. Come sta il vostro Jack Carter?»

«Difende la piazza a Londra.»

«E sua nipote, quella cara dottoressa?»

«Molly? Stracarica di lavoro. È diventata un eccellente chirurgo. Ha molta simpatia per te, Harry.»

«Io non sono buono per lei, generale. Non sono buono per nessuno. È un miracolo che sia ancora tra i vivi, e non potrà durare per molto.» Si alzò. «Vado a farmi una rapida doccia prima della partenza.»

C'era la luna piena quando Johnson decollò, con Harry seduto alla sua destra. Salirono a tremila metri e livellarono il volo.

«Vuol prendere la barra, signore?» chiese Johnson.

«Non è necessario. Sono qui in cabina, se ha bisogno di me.»

Raggiunse Munro sul retro. I due sergenti di riserva stavano distribuendo panini e bevande. Harry chiese una tazza di tè e uno scotch.

«Niente caffè?» commentò Munro.

«No, è stata una lunga guerra, generale, e sono diventato un uomo da tè. Comunque, voi inglesi fate i peggior caffè del mondo.»

«È una vergogna», commentò Munro allegramente e accettò un whisky da uno dei sergenti. «Ricorderai che ti avevo detto di smetterla con quel 'signore' e darmi del tu.»

«Sì...» Harry esitò, «signore.»

«Be', non importa. Poco fa ho parlato con Eisenhower. È venuto fuori il tuo nome.»

«Davvero?»

«Tuo nonno è il senatore Abe Kelso?» Sorrise. «Il presidente Roosevelt ne ha fatto una specie di ambasciatore itinerante.»

«Sono contento per Abe.»

«Naturalmente il presidente è al corrente delle tue imprese. Eisenhower era stupito che tu non ti fossi trasferito nella squadriglia della tua gente.»

«E chi sarebbe la mia gente?»

«Lascia che ti spieghi, in caso che tu non sia al corrente dei fatti. C'erano tre squadriglie Eagle nella RAF, volontari americani. Nel settembre del '42 sono state trasferite e sono diventate squadriglie del gruppo caccia numero quattro, ottavo stormo aereo degli Stati Uniti.»

«Sì, lo sapevo.»

«Bene, c'erano diversi yankee come te, anche al comando bombardieri, che non sono entrati nella squadriglia Eagle. Nessuno ha fatto pressione perché si trasferissero. Si dava per scontato che l'avrebbero chiesto. Ma uomini come te, che avevano servito almeno due anni nella RAF, preferirono restarvi.»

«Soprattutto perché quelli che si trasferivano venivano

dirottati in America come istruttori», obiettò Harry. «E chi voleva un'assegnazione del genere?»

«È comprensibile. L'aviazione militare americana è piena di novellini, Harry. Non sanno niente. Tu hai abbattuto ventotto aerei in Finlandia, almeno venticinque nella battaglia d'Inghilterra, sa Dio quanti in Nord Africa e hai affondato l'*Orsini*.»

«Al diavolo!» proruppe Harry. «Dov'erano gli americani quando noi combattevamo la battaglia d'Inghilterra? Roosevelt, il ministero della Guerra, mio nonno, tutti giocavano a golf mentre l'Inghilterra resisteva.» Scosse la testa. «Queste non sono chiacchiere, generale, è la semplice verità.»

«Be'.» Munro fece cenno a uno dei sergenti. «Due altri scotch. Ascoltami, Harry. Noi tutti ti conosciamo, sappiamo della tua famosa abitudine di non rivendicare gli aerei abbattuti e talvolta lasciare che siano attribuiti ad altri. Tu hai probabilmente il punteggio più alto nelle forze aeree alleate, anche se il grosso pubblico non lo sa.»

«Grazie a Dio.»

«Quelli ti vogliono, Harry. Eisenhower era seccato che tu non ti fossi ancora trasferito, e lui e Monty sono in procinto di tornare in Inghilterra per preparare lo sbarco in Europa. Forse pensano che tu voglia abbandonare i tuoi.»

«Ma guarda», commentò Harry, e in quel momento il Dakota sbandò, squassato violentemente da una cannonata.

Ci furono grida d'allarme; Harry sentì che l'aereo cominciava a scendere mentre si affrettava lungo il corridoio verso la cabina di pilotaggio. Il parabrezza era in frantumi, Johnson aveva la faccia coperta di sangue e la bocca spalancata. Era accasciato sul cruscotto. Harry si sedette sul sedile di destra e afferrò la cloche.

Munro comparve dietro di lui. «Cos'è stato?»

Un'ombra scura virò allontanandosi. Harry lo riconobbe subito: un bimotore da combattimento notturno Junkers 88S, dotato di una serie di strane antenne, un aereo che aveva seminato l'inferno tra i bombardieri alleati nelle incursioni notturne.

«Junkers», rispose.

«Mio Dio, non abbiamo niente per contrattaccare», esclamò Munro.

«Forse, e forse no. Vediamo.»

Portò il Dakota più in basso, vedendo che lo Junkers virava e gli arrivava addosso rapidamente, troppo rapidamente, tanto che dovette cabrare per evitare una collisione. Il che era esattamente ciò che Harry si aspettava. Scese in picchiata veloce fino a centottanta metri. Lo Junkers si accostò di nuovo e fece fuoco con i suoi cannoni. Il Dakota parve squassarsi a mezz'aria mentre lo Junkers virava. Uno dei sergenti comparve alle spalle di Munro.

«Quattro morti la dietro, signore.»

Harry lo ignorò. «Adesso, bastardo, comportati bene.»

Tenne la rotta diritta a centocinquanta metri. Lo Junkers si tuffò in picchiata contro di lui per finirlo, il Dakota tremò sotto le cannonate. E qui Harry ricorse a uno dei suoi trucchi preferiti, uno dei primi che Rocky aveva insegnato a lui e a Max. Abbassò gli alettoni e il Dakota quasi si immobilizzò a mezz'aria, costringendo lo Junkers a virare bruscamente per evitarlo... e finire così per precipitare in mare.

Harry risalì a novecento metri, livellò il volo e chiamò il controllo traffico aereo di Malta. Un attimo dopo Munro ricompariva alle sue spalle.

«Un bagno di sangue la dietro, cinque morti.»

Harry fece un cenno verso Johnson, sempre accasciato su un fianco nel sedile. «Anche lui è andato. E questo fa sei.»

«Non ci avrei creduto se non fossi stato qui. Tu non avevi armi eppure l'hai abbattuto.»

«Questo si chiama conoscere il proprio mestiere, generale.»

«No», obiettò Munro, «è qualcosa di più.»

«Malta fra trenta minuti», annunciò Harry e tirò indietro la cloche.

* * *

Il giorno dopo partirono con un Liberator per Gibilterra, fecero rifornimento e continuarono per la Gran Bretagna. Stavano sorvolando il Golfo di Biscaglia quando Munro affrontò l'argomento. «Harry, dobbiamo parlare.»

«Di che?»

«La faccenda del tuo trasferimento nelle forze aeree americane. Come ti ho detto, in principio non si fecero pressioni per costringere gli americani arruolati nella RAF a trasferirsi, ma quando poi risultò che molti, troppi non lo facevano il ministero della Guerra fece un accordo con la RAF. Entro il settembre dell'anno scorso tutti gli americani dovettero trasferirsi. Grado equivalente, uniforme americana. Un solo privilegio: il diritto di portare le ali della RAF sul petto destro.»

«Quanta premura!» borbottò Harry.

«C'era solo un caso di dispensa, anche se era riservato soprattutto ai piloti bombardieri. Un pilota che avesse iniziato un turno di trenta missioni, per esempio su un bombardiere Lancaster e con equipaggio della RAF, poteva portare a termine il turno, ma doveva trasferirsi, assumere il grado equivalente e portare l'uniforme americana.»

Harry rifletté sul fatto. «Lei vuol dire che nessun pilota è riuscito a sfuggire a questa sorte.»

«Be', alcuni sì, ma gli americani continuano a dargli la caccia.»

«Lasciamoli cacciare.»

«Tu potresti rendergli le cose difficili.»

«E come? Pilotando i Lysander per lei?»

«Pilotando per me tutto quel che capita. Io comando una squadriglia di servizi speciali, ricordi? A regole differenti. Non si fanno turni di trenta missioni, ma di sessanta. Con questo sistema, sono obbligati a lasciarti finire il turno.»

«Con l'uniforme americana?»

«Se per caso ti incontrano...»

«Vedremo se possono, e vedremo che cos'ha da dire Teddy West.»

«Oh, credo che resteresti sorpreso», concluse Munro. Si adagiò allo schienale del sedile e si appisolò.

In Inghilterra Harry ebbe un congedo di due settimane e tornò alla villetta che aveva comperato vicino a Farley Field. Si tenne lontano dalla squadriglia. Comunque, dovevano essere tutti ragazzi nuovi e sapeva che la sua presenza avrebbe potuto rendere nervoso il comandante della base.

Passeggiava lungo la spiaggia ghiaiosa, gettava pietre nell'acqua e pensava alle battaglie aeree sulla Manica e a quando si era gettato con il paracadute in mare al largo di Folkestone. Quando aveva fame mangiava al *Smugglers Inn* non lontano dalla villetta, mai in uniforme, sempre vestito con maglioni e pantaloni sportivi.

Qualche volta entravano dei piloti della squadriglia Hawk, ragazzi quasi imberbi, resi arroganti e vocianti dalla loro stessa giovinezza. Jessy Arnold, la locandiera, era una vecchia amica di Harry fin dai giorni della battaglia d'Inghilterra: ne aveva viste di tutti i colori, le continue incursioni, gli scontri aerei, i morti.

Un giorno Harry era seduto all'estremità del bar e mangiava uno sformato di carne con patate, quando entrarono cinque o sei giovani piloti. Jessy servì loro le birre e tornò da Harry.

«Ho qualcosa di speciale per te, Harry, americano. Bourbon», gli mormorò all'orecchio.

«Buon Dio, avevo scordato che sapore ha.»

La ragazza gli versò il bourbon e un giovane ufficiale pilota, un certo Green, intervenne indignato: «Che cos'hai lì, Jessy? Qualcosa di speciale? Vergogna sprecarlo per i civili!»

La ragazza, irritata, aprì la bocca per rispondere, ma Harry le pose una mano sul braccio. «Lascia andare, Jessy.» Bevve il bourbon e uscì.

Green scoppiò a ridere. «Quel tanghero imboscato dovrebbe fare il suo dovere come tutti gli altri.»

«Signor Green», lo rimbeccò Jessy, «nessuno le ha mai detto che lei è uno stronzo? Perché lo è davvero. Ha appena fatto il più grosso errore della sua vita e un giorno lo saprà. Ma lasciamo andare. Se lei torna a comportarsi in questo modo le assicuro che la caccio via dal mio pub.»

Green la fissò sbalordito e la donna si voltò e tornò in cucina.

Alla fine di settembre, un giorno freddo e piovoso, Harry stava gettando ciottoli in mare quando sentì il rumore di un veicolo che arrivava dalla strada sulla spiaggia. Si voltò e vide una macchina d'ordinanza della RAF. Un sergente balzò fuori, aprì un ombrello e spalancò la portiera posteriore. Ne uscì Teddy West, splendido nell'uniforme di vicemaresciallo dell'aria.

«Harry!» gridò agitando una mano. «Felice di vederti!»

Harry si affrettò sulla strada a stringergli la mano. «Una fortuna rivederci, signore.»

«Dougal Munro mi ha detto che eri un po' malridotto. Ma io ti trovo bene.»

«Aria di mare, buon cibo, molto sonno.»

«Bene, sali e andiamo nella tua casetta. Abbiamo tante cose da dirci.»

«Lavoro, signore?» chiese Harry mentre sedeva accanto al maresciallo sul sedile posteriore.

«Sì, penso che si potrebbe chiamarlo così.»

L'autista parcheggiò la macchina sotto il capannone, accanto alla due posti sportiva MG e West prese una borsa dal sedile anteriore e seguì Harry nella villetta. Harry gettò qualche altro ceppo sul fuoco.

«Che cosa posso offrirle, signore?»

«Pensavo che potremmo mangiare alla trattoria locale, ma prima gli affari.»

«Va bene.»

«Gli americani sarebbero sempre felici di metterti le mani addosso, Harry. Io ho cercato di far perdere le tue tracce negli schedari. Tu figuri sempre ufficialmente come finlandese, s'intende, ma la cosa non può durare in eterno. Io avrei un suggerimento.»

«Sarebbe?»

«Noi abbiamo a Tempsford la squadriglia servizi speciali 138, meglio conosciuta come squadriglia Moon. Portano agenti in Francia, li calano con il paracadute, li vanno a riprendere e così via.»

«E lei vorrebbe che io entrassi nella squadriglia 138?»

«Non esattamente. Ci sono molti legami con Tempsford nel campo dei servizi speciali. Tangmere, per esempio, che tu ricorderai dai tempi della battaglia d'Inghilterra.»

«E Munro è interessato?»

«Sì, una base segreta in una località che chiamano Cold Harbour, in Cornovaglia. Di lì compie ogni genere di operazioni. Non solo Lysander, ma Fieseler Storch, persino uno Junkers 88S con le insegne della Luftwaffe. Tu potresti essere utile, ma io non voglio darti un'assegnazione precisa. Aspettiamo finché i tuoi compatrioti ti metteranno con le spalle al muro, poi vedremo.»

«Allora, quali sarebbero i miei doveri?»

«Un volo in Francia di notte, se e quando lo decido io. Collaudi di aerei nemici catturati. Una quantità di altri servizi strani. Ti va?»

«Mi pare interessante.»

«Sarai una specie di aiutante di campo per me, e questo significa un grado appropriato, per quelle volte che avrai bisogno di importi su qualcuno.» Aprì la borsa che aveva portato con sé e ne trasse l'uniforme nuova di zecca. «Mi perdonerai, Harry, se sono andato da quel tuo sarto in Savile Row. Ha messo tutto sul tuo conto. Noterai che adesso sei tenente colonnello. Il grado è equivalente a quello di tuo fratello. Anche lui tenente colonnello, mi dicono.»

«Buon Dio!» esclamò Harry.

«Il sarto ha applicato sulla giacca tutti i nastrini delle tue medaglie, e su una spalla quell'interessante aquila americana con le due bandierine.»

«Non so che dire.»

«Fai il bravo ragazzo e vai a vestirti, così andiamo al pub a far colazione.»

Era ancora presto quando entrarono al pub. Jessy Arnold stava mettendo ceppi nel caminetto. Si voltò e rimase a bocca aperta per la sorpresa.

«Oh, perbacco Harry Kelso! Tenente colonnello, adesso!» lo baciò impulsivamente su una guancia.

«E questo è il vicemaresciallo dell'aria West. Svelta, Jessy, siamo venuti a farci uno di quei tuoi famosi sformati. Sarà inutile chiederti dello scotch, in questi tempi duri.»

«Oh, sì, c'è anche lo scotch! Per voi signori, almeno.»

Sedettero all'estremità del bar e quando Jessy tornò con la bottiglia irruppero vociando nel locale Green e altri tre piloti. Green vide la bottiglia, allungò la mano al di sopra del banco e cercò di afferrarla.

«Su, Jessy, la stai di nuovo risparmiando per i civili?»

«Ehi, giovanotto!» West alzò la voce. «Cerca di comportarti in modo decente. Dopotutto dovresti essere un ufficiale e un gentiluomo.»

Green si voltò e la sua collera si mutò in totale sbalordimento alla vista dei due alti ufficiali. West si alzò. In quella entrava un capitano pilota.

«Ah, se tu sei della squadriglia Hawk, devi essere Varley», osservò West.

«Sì, signore», rispose Varley.

«Io sono il vicemaresciallo dell'aria West. Lui è il tenente colonnello Harry Kelso che comandava la squadriglia Hawk durante la battaglia d'Inghilterra.»

Cadde un improvviso silenzio e tutti si voltarono verso Harry. «Buon Dio, signore», riuscì a borbottare Varley. «Lei è una leggenda in questa squadriglia, una leggenda!»

«E allora brindiamo alla squadriglia», e Harry si rivolse a Jessy. «Tutto quel che riesci a tirar fuori, dolcezza, ma niente bourbon per il signor Green.»

Partita finale

1943-1944

8

Durante il mese di ottobre Harry lavorò per West, visitando diverse squadriglie in tutto il paese e contribuendo a preparare un evento che tutti sapevano imminente: lo sbarco sul continente progettato per il 1944. Lavoro noioso ma necessario. Stranamente Max era impegnato nelle stesse operazioni per Galland, soprattutto in Francia, ma passava anche molto tempo a Berlino. Come Harry, era impaziente di passare all'azione e Galland lo esortava a imparare ad aspettare.

Una persona che non sapeva essere paziente era Elsa. Al principio dell'anno la Gestapo aveva fatto una retata di cittadini ebrei sposati con donne tedesche, uomini impiegati in importanti industrie di guerra. Non tutti erano stati presi, ma alla fine d'ottobre soldati delle SS e agenti della Gestapo fecero irruzione in laboratori, uffici e stabilimenti e arrestarono gli ebrei sul posto. Quelli che avevano contratto matrimoni misti furono rinchiusi nel palazzo degli uffici amministrativi della comunità ebraica, in Rosenstrasse.

E là si verificò un evento straordinario. Oltre trecento donne tedesche si raggrupparono in una manifestazione di protesta davanti al quartier generale della Gestapo in Prinz Alberchtstrasse. Alla loro testa stava la baronessa Elsa von Halder accanto alla sua cameriera Rosa Stein, il cui marito

Heini era stato arrestato. Himmler, che guardava la scena dalla sua finestra insieme a Bubi Hartmann, non la trovò per nulla divertente.

«Oneste donne tedesche che si abbandonano a una tale esibizione, e appoggiate da una baronessa di una delle nostre più antiche famiglie! È una vergogna. Tanto più se si pensa che quelle donne tedesche hanno sposato degli ebrei!»

Bubi Hartmann non aveva assolutamente nulla contro gli ebrei. In realtà il suo triste segreto era che la sua bisnonna materna era ebrea e si era sposata fuori dalla comunità. Per fortuna era un fatto così vecchio che non era mai venuto fuori.

«Naturalmente gli industriali hanno protestato per l'arresto di quegli uomini», osservò. «Sono degli esperti, una risorsa di indubbio valore per il Reich. Credo che qualche mese fa proprio lei, Reichsführer, abbia fatto notare la loro utilità al Führer.»

Himmler annuì gravemente. «Hai ragione. Sono degli animali, ma se ci servono...» si strinse nelle spalle.

«È un peccato che il ministro della propaganda non l'abbia ascoltata», aggiunse Bubi insinuante. «Tutto questo è il risultato diretto di un suo ordine.»

«Quell'idiota di Goebbels! Non fa altro che sciocchezze.»

Il Führer non ne sarà troppo contento. Se posso osare un suggerimento, Reichsführer, ci vorrebbe una parola da lei. La parola del buon senso, come al solito. Per rompere le uova nel paniere a Goebbels.»

«Forse hai ragione, Hartmann, sarà una buona scusa per parlare con il Führer. Ho anche altre questioni da discutere con lui.»

«Naturalmente, Reichsführer.»

Hartmann si voltò per uscire e Himmler lo richiamò. «Ancora una cosa. La presenza della baronessa von Halder là fuori pianta un altro chiodo sulla sua bara. Ti ho già detto che si è scelta gli amici sbagliati. Il fatto che suo figlio sia uno dei nostri grandi eroi di guerra non la salverà.»

Bubi si sentì venire la bocca asciutta. «Capisco.»

«Come saprai, io ho un'unità speciale che si occupa di questi traditori, questi generali. Non è affar tuo, colonnello, ma tienilo a mente, per quanto utili siano per me i tuoi servizi, nessuno è indispensabile. Io so che sei molto amico del barone von Halder, ma ti consiglio di essere prudente.»

«Le sono molto grato, Reichsführer.»

Bubi uscì in fretta, tornò al suo ufficio, passò davanti a Trudi senza una parola e sedette alla sua scrivania. Tirò fuori da un cassetto una bottiglia di cognac e se ne versò un bicchiere.

Trudi s'affacciò. «Qualche guaio?»

Hartmann le disse tutto.

«Cosa pensa che succederà?» chiese la donna.

«Quel grosso imbecille di Goebbels dovrà ritirare il suo ordine.»

«Lei pensa?»

«Senz'altro. Himmler sarà felice di fargli fare la figura dell'idiota che è, specialmente agli occhi del Führer.»

«E la baronessa?»

Hartmann si strinse nelle spalle. «È sempre stata una donna stimata e i von Halder sono abituati da secoli a fare tutto quel che vogliono.»

«I tempi sono cambiati.»

«Prova a dirlo a lei!»

«Ma Max von Halder è un suo amico.»

«E che cosa vorresti che facessi, metter la testa sotto la mannaia?» chiese lui con improvvisa violenza. «Avanti, rimettiti al tuo lavoro.»

Trudi scosse la testa. «Lei è un uomo buono, signore, e nel posto sbagliato.»

Quella sera stessa, alla Casa Bianca, a Washington, la limousine di Abe Kelso si fermava all'entrata occidentale del seminterrato. Gli agenti del servizio segreto naturalmente lo conoscevano, ma in osservanza al protocollo Abe presentò il suo lasciapassare.

«Il presidente l'aspetta, senatore», fece un agente. «L'accompagno di sopra.»

L'Ufficio Ovale era in penombra, con una sola lampadina accesa sulla scrivania e ovunque erano sparsi fascicoli e carte. L'aria era piena di fumo e Roosevelt sedeva alla scrivania sulla sedia a rotelle, con una sigaretta nel solito lungo bocchino.

«Ah, eccoti arrivato, Abe.»

«Signor presidente.»

«Come pensi stia andando la guerra?»

«Un po' su un po' giù. Piuttosto malamente in Italia.»

«Bel colpo, quello delle SS Skorzeny che con i suoi paracadutisti ha rapito Mussolini dalla montagna in cui era prigioniero. Questo dimostra al mondo che Hitler ha ancora il braccio lungo.»

«Churchill ha detto alla Camera dei Comuni che è stata la più brillante azione di commando di tutta la guerra.»

«Winston è stato sempre molto generoso, ma in fondo ha ragione.»

«Che cosa posso fare per lei, signor presidente?»

«Bene, Abe, è top secret, ma gli alleati sbarcheranno ad Anzio, a sud di Roma, in gennaio.»

«L'armata tedesca in Italia è una delle loro forze migliori e Kesselring pare sia il generale di maggior successo del Reich. Potrebbe essere dura», osservò Abe.

«Lo penso anch'io. Eisenhower e Montgomery si recheranno a Londra in gennaio per preparare lo sbarco in Francia. Voglio che ci vada anche tu, Abe, come mio osservatore personale. Te lo dico subito, in modo che tu abbia tutto il tempo di fare i bagagli.»

«Ai suoi comandi, come sempre, signor presidente.»

«Bene, e ricorda che ti conferisco il grado di ambasciatore non ufficiale proprio perché tu possa godere dell'autorità necessaria. So che non hai una funzione specifica, ma potrai godere della priorità massima in ogni momento e in ogni cosa, viaggi e simili.» Roosevelt spinse una busta sul ripiano della scrivania. «Qui troverai un ordine presidenziale firmato da me. Questo dovrebbe far scattare sull'attenti persino Eisenhower.»

Abe mise la busta in tasca. «C'è altro, signor presidente?»

«Non credo. E dimmi, che ne è dei tuoi nipoti? Che cosa fanno?»

«Quello che non nominiamo è attualmente tenente colonnello della Luftwaffe. Carico di medaglie fino agli occhi.»

«E l'altro? Harry, vero?»

«Tenente colonnello della RAF, anche lui carico di medaglie fino agli occhi.»

Roosevelt aggrottò la fronte. «Vuoi dirmi che è ancora nella RAF? Abe, è un bel po' di tempo che siamo in guerra. Non credi che dovrebbe essere integrato nell'Air Force degli Stati Uniti?»

«Già molti glielo hanno proposto, ma pare che lui sia contrario.»

«Allora dovresti fargli cambiare idea, Abe. Parlagli quando sarai là. Digli che è un desiderio del presidente.»

«Farò come lei desidera.»

«Bene. Ora spingimi in salotto e ti preparerò uno dei miei famosi martini prima che te ne vada.»

A Berlino Goebbels cedette e ordinò il rilascio degli ebrei sposati con donne tedesche, così Rosa poté riunirsi con il suo Heini. Elsa era tutta esaltata da questo successo quando Max venne a Berlino per una riunione dello stato maggiore.

«Non è magnifico? Abbiamo battuto quel piccolo bastardo nazista.»

«Per adesso, Mutti, solo per adesso. Devi essere prudente.»

«Io non ho paura di questi porci.»

Squillò il telefono, Elsa rispose. Poi porse il ricevitore a Max. «È per te.»

«Max, sono Bubi. Sapevo che eri qui per pranzare con Galland. Hai cinque minuti per me?»

«Sicuro.»

Max depose l'apparecchio e si rivolse alla madre. «Bubi. È al bar e mi vuole parlare.»

«Mi cambio d'abito e vi raggiungo», replicò la baronessa ed entrò nel suo spogliatoio dove Rosa l'attendeva.

Max sedette nel séparé d'angolo e assaggiò il cocktail di champagne che Bubi aveva ordinato. «Che posso fare per te?»

«Max, noi siamo amici, abbiamo volato insieme in Francia, prima di Dunquerque, mi hai salvato la vita almeno una volta.»

«E allora?»

«E allora sto mettendo la mia carriera nelle tue mani, e forse la mia vita.»

Max corrugò la fronte. «Di che si tratta?»

«Tua madre. La sua partecipazione alla protesta per gli ebrei è arrivata come un suono di tromba alle orecchie sbagliate.»

«Alludi al Reichsführer?»

«C'è qualcosa di più. Io non conosco tutti i particolari, ma c'è un'indagine in corso su certi alti ufficiali sospetti, gente che non verserebbe troppe lacrime se al Führer venisse un accidente. Ci sono già stati due attentati con bombe, mi dicono. Falliti entrambi.»

«Ma che c'entra mia madre?»

«Frequenta le compagnie sbagliate. Vedi, Max, sono sicuro che lei non è coinvolta personalmente, ma certi suoi amici lo sono. Potrebbe affondare insieme alla nave.»

Max vide che l'amico era molto turbato. «Bene, Bubi, ho capito e ti sono grato.»

«Fammi un favore. Se cerchi di metterla in guardia, non dirle che l'avviso è venuto da me. Quando la baronessa parla, lo fa ad alta voce e se vuoi darmi un pugno in bocca per avertelo detto, fallo subito perché me ne devo andare.»

Max sorrise. «Hai perfettamente ragione, Bubi. E grazie ancora.»

«Ci vediamo presto», salutò Bubi e uscì.

Max ordinò un'altra coppa di champagne e rimase a rimuginare su quanto aveva sentito. Non sarebbe servito a niente prenderla di petto. Doveva trovare qualche modo più sottile.

Un momento dopo arrivò Galland e sedette vicino a lui. «Tua madre viene con noi?»

«Sì.» Max fece un cenno al barista. «Ma ho da dirti una parola prima che arrivi. Tutto questo lavoro d'ufficio, tutte queste ispezioni in Francia mi annoiano da morire, Dolfo.»

«Ascolta, briccone, so benissimo che te ne sei andato in volo di tua iniziativa sulla costa francese con gli ME109 e la settimana scorsa con uno Junkers 88S. Senza equipaggio, solo il copilota.»

«Devo pure tenermi in esercizio.»

«Già, anch'io.» Galland sogghignò. «Porta pazienza, Max. Dopo Natale, diciamo in gennaio, ti rimetto sugli aerei da combattimento, di notte o di giorno, a tua scelta.»

«Questo si chiama parlare!» Max balzò in piedi vedendo sua madre entrare nella sala.

Più tardi, sul balcone della suite della baronessa, con i battenti aperti alla fresca aria notturna, Max fumava una sigaretta e guardava il cielo.

Elsa lo raggiunse: «Niente RAF questa notte».

«Ho visto i servizi meteorologici dall'Inghilterra. I Lancaster tornando in patria non potrebbero atterrare, la nebbia è troppo fitta.»

«Grazie a Dio. È un piacere avere una notte di respiro. È stato tremendo di questi tempi. Tornerai presto in Francia?»

«Domattina.» Max esitò. «Mutti, ci sono un sacco di chiacchiere che circolano in questi giorni. Pare che si siano scoperti dei complotti di generali contro il Führer.»

«Magari qualcuno riuscisse!»

«Non dire sciocchezze, Mutti. E stai attenta a sceglierti gli amici e per favore niente più scene come la protesta per gli ebrei. Significa proprio andare in cerca di guai.»

«Io sono Elsa von Halder e faccio quel che mi pare.»

«Questa è solo arroganza!» Ora Max era veramente in collera. «Non capisci con che bastardi hai a che fare? Ti impiccherebbero senza batter ciglio.»

«Non essere assurdo», replicò lei, ma c'era qualcosa di nuovo nei suoi occhi.

«Se arrestano uno di noi, arrestano tutti», proseguì Max. «Tutto il personale della tenuta, la buona vecchia Rosa e anche il Barone Nero, eroe della Luftwaffe. Tutti giù a precipizio per la stessa china, tutti all'inferno, per la tua stupidità.»

«Max, adesso esageri.»

Max prese il suo *schiff* e se lo mise in testa. «Resto alla base stanotte. Domattina devo alzarmi presto.» Si avviò alla porta.

«Max!» chiamò Elsa.

Lui aprì la porta e uscì senza una parola.

Sarah Dixon trovava la vita a Baker Street con il SOE molto più interessante che presso il War Office. Soprattutto, e malgrado il fatto che i suoi compiti fossero solo amministrativi, vedeva sfilare avanti ai suoi occhi i personaggi più importanti del momento, Munro, per esempio, Jack Carter e altri. Un giorno entrò West con Harry Kelso.

«Quel tenente colonnello della RAF», disse a una collega, una certa Madge Smith, seduta accanto a lei alla mensa. «L'ho sentito parlare e aveva l'accento americano, ma le mostrine sulla sua uniforme dicevano finlandese.»

«Oh, quello è Kelso, Harry Kelso. Un vero asso. Ha affondato quell'incrociatore italiano, l'*Orsini*. Ma hai ragione, è uno yankee.»

«E allora perché non è nell'Air Force degli Stati Uniti?»

«Veramente non lo so. È l'aiutante del vicemaresciallo West, per quanto ne so, e compie azioni di collegamento per Munro.»

«Collegamento?»

«Missioni in servizio speciale da Tangmere e Croydon e anche da Cold Harbour in Cornovaglia.»

«Interessante», commentò Sarah.

Ancora più interessanti furono gli eventi di quel martedì pomeriggio. «Fammi un favore», le disse Madge Smith, «porta questa pratica a Nelly in sala copie. Cinque copie. È sul promemoria.»

Mentre passava per il corridoio Sarah diede una rapida occhiata. C'era una lettera per una certa sezione del War Office, una cartina di Cold Harbour con particolari sugli aerei che vi erano di stanza, programmi di volo. Lanci di persone e materiale in Francia, voli di collegamento con Lysander dalla base di Londra-Croydon a Cold Harbour, con l'elenco dei piloti. Vi era menzionato anche Harry Kelso.

Sarah non poteva crederci. Entrò in sala copie e trovò Nelly, una donna di mezz'età con i capelli grigi che ammucchiava fogli su fogli.

«Vogliono questa roba al più presto, Nelly. Cinque copie.»

«Mio Dio, ho avuto una mattinata tremenda! Non un attimo di sosta. Neanche un minuto per andare al bagno!»

«Be', adesso puoi andarci. Qui comincio io.»

«Sei proprio un tesoro!»

Nelly si precipitò fuori e Sarah passò i fogli in macchina, uno dopo l'altro, li riunì, li piegò insieme e se li infilò nella tasca interna della giacca. Poi cominciò a fare le cinque copie e aveva quasi finito quando Nelly ricomparve.

«Sei qui? È quasi fatto.»

«Dio ti benedica, mi sono fumata anche una sigaretta, visto che c'ero.»

L'ultimo foglio uscì dalla macchina e Nelly mise insieme le cinque copie. «Eccoti il tutto, mia cara, e salutami Madge.»

Quattro giorni dopo Joel Rodrigues consegnava il rapporto a Trudi, che lo portò immediatamente ad Hartmann. Bubi lo lesse con un'espressione di intenso stupore e lo passò alla donna.

«Abbiamo trovato una miniera d'oro. Guarda un po'!»

Lei diede una rapida occhiata al rapporto. «Dio del cielo, che colpo! Ha notato il nome di uno di questi piloti dei servizi speciali?»

«Harry Kelso.»

«Lo dirà al barone?»

«Naturalmente no, ma a Himmler sì, anche solo per dimostrargli che valore ha il nostro lavoro. Di' a Rodrigues di rispondere subito a suo fratello a Londra. Dica alla signora Dixon di mandarci tutte le informazioni possibili.»

«Sarà fatto», assentì Trudi e uscì dall'ufficio.

Max pilotava uno Junkers 88S da Berlino a una base costiera presso Fermanville. Gli Junkers di solito avevano un equipaggio di tre uomini: il pilota, il navigatore e il cannoniere. Ma per voli di collegamento c'era solo il pilota. Max non era tenuto a volare, ma, come Galland, non aveva saputo resistere.

Vicino a Le Touquet, alle due del mattino, sorvolò la costa fra nubi sparse. C'era un quarto di luna e la visibilità era buona. Chiamò la base aerea di Fermanville e diede la sua posizione.

«Chi siete?» La voce del controllore di volo crepitò nell'auricolare di Max.

«Il colonnello von Halder che vi porta un nuovo uccello nero.»

«Che equipaggio avete?»
«Nessuno.»
«Peccato, barone. Io ho un bersaglio.»
«Mi dia la posizione e ci darò un'occhiata.»
«Rotta zero-sei-sette gradi. Bersaglio in un raggio di cinque chilometri.»

Lo Junkers uscì dalle nubi e Max vide la preda davanti a sé, un bombardiere Lancaster con una scia di fumo che usciva da uno dei motori di destra.

Comunicò: «Avvistamento visuale», e chiuse.

L'aereo nemico era gravemente danneggiato, la torretta posteriore del bombardiere era addirittura scomparsa. Max scese per centocinquanta, centottanta metri nella nube e sbucò dietro il bombardiere colpito, ma più in basso. Si accostò sotto la fusoliera del nemico. Il suo JU88S aveva un paio di cannoni da venti millimetri montati ad angolo, per sparare verso l'alto. Se avesse fatto fuoco avrebbe lacerato il ventre del bersaglio.

Max alzò gli occhi, conscio della spaventosa distruzione, e pensò alla carneficina che avrebbe provocato, il vento gelido che penetrava dai fori dell'abitacolo, i morti, i morenti. E per qualche ragione, restandone sorpreso egli stesso, pensò: no, ne hanno avuto abbastanza. Virò di bordo, cogliendo una rapida visione del pilota lassù, sopra di lui, chiaramente visibile al chiarore della luna. Alzò una mano in segno di saluto e si allontanò.

Atterrò a Fermanville, rullò sulla pista e balzò a terra mentre il personale della base gli veniva incontro. L'ufficiale di vedetta, un certo maggiore Schultz, lo aspettava fumando una sigaretta.

«Che è accaduto, barone? Che apparecchio era?»

«Un Lancaster, con la coda in fumo. L'ho intravisto per un attimo, poi è scomparso nelle nubi. Senza navigatore, e senza nessuno che operasse il rilevatore Lichtenstein, non avevo nessuna possibilità di seguirlo.»

«Avrà più fortuna la prossima volta.»

Max si avviò verso la mensa ufficiali, calpestando pesantemente il macadam della pista, depresso, stanco e turbato. Un bersaglio così facile, e lo aveva lasciato andare. Perché? Non aveva mai fatto una cosa simile, aveva sempre puntato a uccidere.

«Che ti sta succedendo, vecchio mio?» mormorò a se stesso in inglese.

La mensa era vuota. C'era solo il comandante della base, il colonnello Haupt. Si conoscevano da molto tempo. Haupt stava bevendo un caffè al bar.

«Eccoci qui di nuovo, Max. Che è successo lassù?»

Max gli diede la stessa spiegazione e ordinò caffè e schnapps.

«Non potevi far molto», osservò Haupt, «senza navigatore e senza bombardiere.»

«Già, quel Tommy ha avuto fortuna. Spero che ce la faccia a tornare a casa.»

«Dopo aver bombardato il Reich?»

«Già...» mormorò Max.

«Galland andrà in collera quando saprà che hai fatto un altro volo come questo.»

«Tu glielo dirai, naturalmente.»

«È mio dovere.»

Max si strinse nelle spalle. «Galland ha le spalle larghe. L'ho visto a Berlino. Mi ha promesso di assegnarmi di nuovo agli aerei da combattimento in gennaio.»

Haupt corrugò la fronte. «Max, tu hai già fatto abbastanza, e più che abbastanza. Buon Dio, ragazzo, è già un miracolo...»

Esitò, e Max sorrise. «... che io sia ancora vivo? È vero. Non ne restano molti dei vecchi giorni. Qualcuno mi ha detto che solo il venti per cento dei piloti che hanno combattuto nella battaglia d'Inghilterra sono ancora in giro.» Sorrise ancora ad Haupt. «Tu ed io siamo due di quelli, e Dolfo è il terzo. C'è anche mio fratello, naturalmente, ma di lui non si parla.»

Ordinò un'altra schnapps e Haupt osservò: «Perché ti ostini a continuare così, Max? Con le tue medaglie, il tuo titolo, potresti avere un lavoro permanente allo stato maggiore».

«È quello che sto facendo», rispose Max. «Ma volare è la mia vita. Mio padre pilotò i Bristol per il Flying Corps britannico. Quando tornò a Boston, dopo la guerra, ne comprò uno e lo tenne in un campo d'atterraggio locale. Il giorno che Harry ed io compimmo dieci anni ci legò ai sedili posteriori e ci portò a fare un volo. Quel volo cambiò le nostre vite. Quando a sedici anni tornai negli Stati Uniti per trascorrere una vacanza con mio fratello, imparammo a volare con un altro vecchio pilota del Flying Corps. Ed eravamo bravi, colonnello, bravi fin dall'inizio.» Alzò le spalle. «Dopo d'allora nient'altro è stato importante per me se non volare.»

Haupt annuì. «Capisco, ma sai che cos'è veramente interessante nella tua storia, Max? Il fatto che tuo padre, asso dell'aviazione sul fronte occidentale nel 1917, abbia continuato a pilotare lo stesso aereo da combattimento tanti anni dopo la guerra. Come lo spieghi?»

«Suvvia, dottor Freud, so dove vuoi andare a parare. È stato il culmine della sua vita e non ha saputo rinunciarvi.»

«Così pare. Ma io mollerei, Max, se fossi in te, mentre sei ancora in tempo.»

Max parve pensarci. «Forse hai ragione. Comunque io devo essere ad Abbeville domani. Devo farmi qualche ora di sonno.» Sulla porta, esitò. «Dimmi, Haupt, ti senti mai stanco? Voglio dire, veramente stremato fino in fondo? Come se fosse arrivata la fine di qualche cosa?»

«Sì, a tutti noi capita di sentirci così. È stata una lunga guerra», rispose Haupt gravemente. «Avanti, va' a dormire, Max.»

La porta si chiuse. Haupt restò là seduto, con un'espressione cupa sul viso, e ordinò al barista: «Dammi un cognac, ne ho bisogno».

La prima volta che Munro chiese ad Harry di accompagnare lui e Carter a Cold Harbour con un Lysander, fu una pessima trasvolata. Si era agli inizi di gennaio, una nuvolaglia pesante e una pioggia fredda e grigia gravavano sulla campagna della Cornovaglia. Scesero a trecento metri e videro sotto di loro la costa, l'imbocco di Cold Harbour, il molo con una grande nave da guerra ormeggiata alla banchina.

«Ma quella non è una E-boat del Kriegsmarine?» chiese Harry mentre volava in cerchio sopra la base.

«Esatto», rispose allegramente Munro. «Un progetto segreto. Non ha niente a che fare con te. Questo è un posto dove ciascuno deve farsi i cazzi suoi, Harry. Vedrai.»

«E gli abitanti del villaggio?» chiese ancora Harry mentre scendeva.

«Tutti trasferiti altrove, vecchio mio», interloquì Carter. «Usiamo ancora il pub, l'*Hanged Man*, per il personale della base. Lo gestisce per noi una donna, una certa Julie Legrande. È anche la governante del castello. Ah, eccolo che si vede bene. Il castello di Grandcest.»

Pietra grigia, un paio di torri, costruzione imponente con un piccolo parco circondato da mura che scendeva verso il fiume. E un lago.

«Carino», commentò Harry.

«Noi teniamo lì i Joe a pernottare. Chiamiamo così gli agenti che paracadutiamo in Francia. Julie si occupa di loro. Anche lei era un agente.»

Harry si concentrò sull'atterraggio. Scese sfiorando quasi il castello e il suo lago e atterrò su una pista erbosa con una manica a vento ad una delle estremità.

C'erano due hangar e diverse baracche. Sull'area di stazionamento si vedevano due aerei, uno JU88S e un Fieseler

Storch, entrambi con i segni della Luftwaffe. I meccanici che lavoravano intorno ai due apparecchi portavano tute della Luftwaffe. Harry spense i motori, aprì il portello e scese, seguito da Carter e Munro. Cadeva una pioggia sottile.

«Riconosci lo Storch?» chiese Munro. «È quello che hai controllato tu stesso per noi. E tanto per appagare la tua curiosità, caro ragazzo, in qualche caso torna utile adoperare apparecchi nemici.»

«E la E-boat?»

«Un arnese che serve per certi lavoretti lungo la costa francese. Ma non sono affari tuoi.»

Comparve una jeep guidata da una donna di poco più di trent'anni. Portava un giubbotto di montone e aveva capelli biondi legati sulla nuca. Un viso calmo e un'espressione dolce.

«Eccola di ritorno, generale», salutò sorridendo. «Jack, come sta?»

«Julie Legrande, Harry Kelso», presentò Munro. «È l'aiutante del vicemaresciallo dell'aria West, dunque trattalo con rispetto. Tuttavia, il suo talento piuttosto speciale può rendercelo utile in qualche occasione.»

«Oh, la fama del tenente colonnello l'ha preceduto!»

«Be', basta convenevoli. Prenderemo la jeep.» E rivolto ad Harry: «Tu te ne torni subito a Croydon. Volevo solo che vedessi il posto. Jack ed io resteremo forse per un paio di giorni. Procuragli un panino o altro da mangiare alla mensa, Julie, poi lo riaccompagni all'aereo».

La mensa era uno stanzone disadorno, alcuni tavolini con le loro sedie, il banco del bar, la cucina.

«Caffè?» chiese la donna.

«No, tè.»

In quel momento la mensa era vuota. Harry sedette a un tavolo e dopo qualche minuto Julie ricomparve reggendo un vassoio con un bricco di tè, una tazza, un piatto di panini al formaggio. Mentre Harry mangiava lei lo osservava fumando una sigaretta.

«Il grande Harry Kelso. Che storia, quell'incrociatore italiano!»

«Tutta fortuna», replicò Harry. «Una delle poche volte che pilotavo un bombardiere. Io sono un pilota di aerei da combattimento.»

«E che vuol dire? Se qualcuno afferma di essere un artista o uno scrittore o un attore...» Aggrottò la fronte e si grattò la testa. «Ma che dico? Adesso mi si imbrogliano le idee.»

«Capisco quello che intende. Lei non pensa che pilotare aerei da combattimento sia una forma d'arte.»

«Ma so che può esser fatto splendidamente bene. Lei e suo fratello siete esempi brillantissimi.» Tacque un attimo. «Sì, Munro mi ha parlato di voi due. Nel nostro lavoro, pensa che io debba essere informata.»

«Così si può farlo splendidamente bene. E allora?»

«Che avverrà dopo? Questa è una situazione temporanea. Le guerre vengono e poi vanno, devono pur finire una buona volta, no?»

«Filosofia francese in un mattino di pioggia in Cornovaglia? Be', non credo che questo tocchi a me.» Finì l'ultimo panino e si alzò. «È ora di andare.»

«L'accompagno.»

Si diressero verso il Lysander. «La nipote di Munro, Molly» chiese Harry. «La conosci? È medico chirurgo.»

«Sì, viene da Londra con il Lysander se c'è un'emergenza.»

«Che genere d'emergenza?»

«Oh, a volte qualcuno arriva dall'altra costa un po' malconcio.»

«Ho capito.» Harry le tese la mano. «Lieto di averti conosciuta.»

«Spero di rivederla più spesso in futuro», rispose Julie.

Harry salì a bordo del Lysander, chiuse il portello, accese i motori e rullò sulla pista. Mentre s'innalzava attraverso la greve nuvolaglia, pensava a quello che la donna gli aveva detto. E aveva ragione. Che cosa contava di fare, lui, Harry

Kelso, quando tutto fosse finito? D'improvviso gli venne in mente, con un brivido, che non ci aveva mai pensato. Non aveva mai pensato, veramente, in cuor suo, che tutto potesse finire.

Eisenhower e Montgomery arrivarono a Londra in gennaio. Ike alloggiava in Grosvenor Square e qualche volta scendeva al *Connaught Hotel* dove il generale De Gaulle viveva con un certo sfarzo da due anni o poco più.

In quel mese la Luftwaffe ricominciò a bombardare Londra. Lo chiamarono il piccolo blitz. Non fu così micidiale come la prima volta, ma fu lo stesso una strage, e condotta con più abilità. Gli aerei da ricognizione JU88S partendo da Chartres e Rennes indicavano la rotta e localizzavano i bersagli. Max che aveva finalmente persuaso Galland a farlo tornare in servizio attivo, pilotava uno di quelli.

Era la fine di febbraio quando Munro si presentò a Hayes Lodge, quartier generale provvisorio di Eisenhower a Londra. Trovò il generale in biblioteca intento a bere caffè e mangiare ciambelle.

«Prenda qualcosa con me, generale.»

«Solo una tazza di tè, grazie, signore.»

«Si serva lei stesso al buffet. Quel rapporto sulle intenzioni di Rommel per l'invasione è stato un vero colpo di fortuna. So che ci è voluto un po' di traffico e alcuni dei suoi uomini del progetto di Cold Harbour devono averne sofferto. Mi spiace.»

«Così è il gioco, generale.»

«Comunque, io userò Southwick appena saremo più impegnati nei preparativi per il D day.»

Southwick House, a nord di Portsmouth, era stata occupata dalla scuola di navigazione della flotta britannica e scelta come quartier generale della operazione Overlord, l'invasione della Francia. Ike e Montgomery dovevano avere a disposizione delle roulotte sul campo, anche se Montgomery aveva una sua residenza nelle vicinanze, a Broomfield House.

«Stavo pensando una cosa», osservò Ike. «Andar su e giù da Londra a Southwick in macchina mi costa troppo tempo. Non c'è una pista d'atterraggio a Southwick?»

«C'è una pista d'erba. Piccola, ma sufficiente per un Lysander. In aereo da Croydon ci vorrà una mezz'ora.»

«Perfetto. I suoi uomini dei servizi speciali possono provvedere.»

«Certamente, generale. Che altro?»

«Niente, per ora. Il nostro più grande segreto sarà il punto di sbarco. Se Rommel ottiene questa informazione siamo fottuti, perché potrebbe concentrarvi tutte le forze che gli restano.»

«È estremamente difficile che lo scopra, generale. Nel '40 abbiamo pescato tutti gli agenti dell'Abwehr in Inghilterra. La maggior parte li abbiamo trasformati in agenti doppi e adesso mandano al Reich informazioni false.»

«Bene, andiamo avanti così.» Gli strinse la mano. «E adesso, se vuole scusarmi, ho un mucchio di lavoro.»

Ancora una volta Harry si trovò ad accompagnare Munro in aereo da Londra a Cold Harbour. Il tempo quel giorno era pessimo, nuvole basse e pesanti, e quando fu a centocinquanta metri si rese conto che la E-boat non c'era più. Al suo posto era ormeggiata una motovedetta dell'ente soccorso marittimo. Quando atterrarono non c'era più traccia dello Junkers, ma lo Storch era ancora là.

Aprendo il portello osservò: «Pare che ci siano stati dei cambiamenti quaggiù».

«Come ti ho già detto, non sono affari tuoi, Harry», replicò Munro e in quella Julie comparve con la jeep.

«Per me sta bene.»

«Può darsi che tu sia chiamato presto per qualche importante missione di collegamento. Potresti persino trovarti ad accompagnare Ike da Londra a Southwick House.»

«Davvero?»

«Sicuro. Ricordati che il rango non ha nessuna importanza in una squadriglia dei servizi speciali. Un pilota è un pilota.»

«Ho capito la lezione, generale.»

«Ora torna a Croydon. Ti manderò a chiamare quando avrò bisogno di te. Buon giorno, Julie. Prendo la jeep. Occupati tu del tenente colonnello.» Salì al volante e si allontanò.

Alla mensa, mentre beveva tè e fumava una sigaretta, Harry chiese a Julie: «Che cos'è successo qui? Munro non ha voluto dirmelo».

«Lo Junkers e la E-boat sono andati perduti in azione. Questo è tutto quel che posso dirle.»

«La guerra è un inferno.» Harry si alzò. «Adesso farei meglio a partire.»

«Ma c'è troppa nebbia. Non sarebbe meglio aspettare?»

«Io cammino sull'acqua, Julie. Non te l'hanno detto?» Salì a bordo del Lysander e accese i motori. Rullò rapidamente e si staccò da terra scomparendo nella nebbia.

Julie rimase lì per un po' da sola guardando il cielo, poi si voltò e si allontanò.

9

Un paio di giorni dopo Abe Kelso si trovava nell'Ufficio Ovale insieme al presidente. Era una bella mattina di sole questa volta e l'atmosfera era del tutto diversa.

«È tempo di partire, Abe», annunciò Roosevelt. «Una settimana, non di più. Winston ha acconsentito a riceverti. Tu ascolta quello che ha da dirti, ascolta tutti quanti, Ike, Montgomery, Patton, tutta la banda. Quel che mi occorre è la tua opinione, onesta e franca, sul modo in cui vedono lo sbarco in Europa.»

«Farò del mio meglio, signor presidente.»

Roosevelt infilò un'altra sigaretta nel suo lungo bocchino. «Questo bombardamento di Londra, il piccolo blitz, sembra che ormai si sia esaurito.»

«Così parrebbe. Non c'erano mai più di sessanta, settanta aerei per volta, secondo il War Office», osservò Abe. «Molti danni, molti morti, ma non sulla scala di una volta.»

«Sarà così, ma un rapporto che ho ricevuto dai nostri servizi d'informazione fa pensare che i buoni cittadini di Londra stiano diventando piuttosto impazienti. Vogliono veder intraprendere qualche azione. Tieni presente che gli inglesi sono in guerra dal '39. Un'altra cosa, il programma nazista dei missili, sappiamo che ne hanno costruiti. Fammi avere un memorandum sull'argomento. Voglio sapere che cosa dice la gente, ma è soprattutto la tua opinione che mi interessa.»

Abe sorrise. «In altre parole, quel che pensano veramente gli uomini politici e le alte sfere dell'esercito.»

«Esatto.» Il presidente sorrise. «Mettiti al lavoro, Abe, so che posso fidarmi di te.»

Più tardi, quella notte, mentre sorvolava la costa del New England in una Fortezza Volante per raggiungere l'ottavo stormo dell'Air Force in Inghilterra, Abe morbidamente adagiato sui cuscini e le coperte fornitigli dall'equipaggio, beveva il caffè che un giovane sergente gli aveva portato. E ripensava alla conversazione con Roosevelt.

Doveva mostrarsi all'altezza della situazione, tutto qui. Comunque, la prospettiva di incontrarsi faccia a faccia con alcuni dei personaggi importanti del settore alleato lo riempiva di gioia, ma anche di una specie di timore reverenziale.

Dopo un paio d'ore uno dei piloti, il giovane tenente Miller, tornò con un thermos di caffè e sedette accanto a lui. Riempì due tazze e gliene porse una.

«Mi scuserà, senatore, se non sta molto comodo. Certo lei non è abituato a volare su aerei militari.»

Quasi senza pensarci, Abe replicò: «Io forse no, ma è un'abitudine nella mia famiglia. Mio figlio era pilota da combattimento nella RAF durante la prima guerra mondiale». Esitò, poi decise di lasciare Max fuori questione. «E mio nipote è pilota da combattimento nella RAF attualmente.»

«Nella RAF? Non dovrebbe volare con l'Air Force americana?»

«Sì, infatti. Ma non so cosa dirle, è un ragazzo così ostinato.»

Miller si mise a ridere. «I piloti da combattimento sono così, ragazzi strani. Sa come chiamano i piloti bombardieri? Camionisti!»

«In realtà mio nipote ha anche pilotato dei bombardieri per un certo tempo, in Medio Oriente. Ha affondato un incrociatore italiano.»

Miller non parve impressionato. Semplicemente annuì e si alzò. «Buon per lui. Bene, adesso ho qualcosa da fare, senatore. Ci vediamo più tardi.»

Abe rimase assorto nei suoi pensieri mentre la Fortezza Volante rombava nella notte, poi si avvolse una coperta attorno alle spalle e si addormentò.

A Berlino Max andò a cercare Galland al quartier generale della Luftwaffe e lo trovò alla mensa che si faceva un panino e una birra. Galland alzò gli occhi, con sincero piacere. «Lieto di vederti, Max.»

«Ho pensato che dovevamo parlare.» Max sedette accanto a lui. «Ora che la nostra ultima missione su Londra si è esaurita, vorrei tornare ai 109. Gli Junkers vanno benissimo, ma non fanno per me.»

«Be', tu ne hai portato uno per quindici volte fino a Londra e l'hai riportato indietro tutto d'un pezzo.»

«Questo non conta. Andiamo, tu mi capisci, Dolfo.»

Galland lo fissò, un po' accigliato, poi annuì. «Bene, ti prenderò come mio aiutante personale nell'area della costa francese. Avrai il tuo ME109. Quel che tu fai con l'aereo quando io volto le spalle è affar tuo. Ti va?»

«Perfettamente.»

«Bene, ora devo andare. A proposito, ho sentito che la Gestapo l'altro giorno ha arrestato i generali Prien e Krebs, e anche l'aiutante di Prien, colonnello Lindemann, con alcuni altri giovani ufficiali.»

«Perché?»

«Gira voce che ci sia stato un attentato fallito contro il Führer. Erano tutti membri di quel club di bridge presso il vecchio *Hotel Adler*.»

«Be'?» fece Max.

«Tua madre, non va anche lei a giocare lì?»

Max rimase allibito. «Be', non so.»

«Credo che dovresti consigliarle di frequentare un altro club. Questi sono tempi brutti», concluse Galland. Si voltò e uscì.

Max cercò immediatamente Bubi al suo ufficio, ma Trudi Braun gli riferì che era fuori. Max le disse che aveva bisogno di vederlo e l'avrebbe aspettato all'*Adler Bar*, alle sei. Trudi depose il ricevitore e Bubi, che ascoltava alla derivazione, fece lo stesso.

«È proprio così brutta la faccenda?» gli chiese la donna.

«Potrebbe andar molto male.»

«E lei resterebbe coinvolto?»

«Max è mio amico.» Bubi si alzò e si aggiustò l'uniforme. «Vado a tastare il terreno con il Reichsführer. Dammi quel rapporto sull'attività della resistenza francese lungo la frontiera occidentale. Sarà un buon pretesto.»

Ora lei era preoccupata. «Sia prudente.»

Himmler esaminò il rapporto e annuì. «Buono, molto preciso. Tutti questi terroristi verranno fucilati appena presi. Niente eccezioni.»

«Certamente, Reichsführer.»

«E ora devo andare a conferire con il Führer nel bunker. Ho appena avuto la convocazione per telefono.»

«Qualche ragione particolare?» chiese Bubi cautamente.

«Non sono sicuro, ma so che non è troppo di buon umore dopo quell'attentato fallito l'altro giorno. Naturalmente la mia unità speciale ha già arrestato tutti i complici. Un club di bridge, chi lo crederebbe? Sono stati tutti giustiziati immediatamente, Prien, Krebs, Lindemann, alcuni giovani ufficiali e anche un paio di donne.»

Bubi impallidì. «Plotone d'esecuzione, Reichsführer?»

«No, sarebbe una morte troppo onorevole per simili canaglie. Gli ordini del Führer erano diversi: esecuzioni con corda di pianoforte, e l'intero procedimento filmato. Una registrazione che può venire utile. E no, colonnello», aggiunse Himmler, «la madre del suo amico, la buona baronessa, non era tra loro. Al momento non ci sono prove sufficienti.»

«Capisco, Reichsführer.»

Bubi si avviava alla porta ma Himmler lo richiamò. «Vorrei consigliarti di considerare i rischi della tua amicizia con il barone, Hartmann. Tu sei molto utile, ma nessuno è indispensabile.»

Al bar dell'*Adler* Max era seduto al suo solito tavolo e beveva un cognac per rilassarsi. Era spaventato, ma non per se stesso. Solo per sua madre. Com'era stata stupida, incredibilmente stupida! Hartmann entrò e sedette vicino a lui, facendo cenno al cameriere di allontanarsi.

«Grazie a Dio sei venuto», fece Max.

«È l'ultima volta, Max. Non posso più rischiare. Le cose vanno molto male.»

«Dimmi tutto.»

Bubi gli raccontò ogni cosa con tutti i particolari. «Adesso lo sai.»

«Dio del cielo, possibile che succedano cose simili?»

«Succedono, credi a me. Tua madre deve stare molto attenta.» Si alzò. «Non dobbiamo più incontrarci così, Max. Himmler in persona me l'ha sconsigliato.»

Elsa era nella sua suite seduta sul divano accanto al caminetto e beveva qualcosa quando Rosa aprì la porta e fece entrare Max.

«Mio caro ragazzo, che gioia vederti. Giusto in tempo per un cocktail.»

«Lascia stare i cocktail, ho delle brutte notizie. I tuoi amici, i generali Prien e Krebs? Il colonnello Lindemann e gli altri, più alcune signore, tutti membri del tuo club di bridge? Significa qualcosa per te?»

«Già, ho sentito delle voci», rispose la baronessa in tono quasi di sfida. «Pare che ci siano state delle difficoltà.»

«Questo può anche essere un modo di vedere le cose. La difficoltà è stata un attentato per far saltare in aria il Führer. Naturalmente l'attentato è fallito, ma quei tuoi amici, le persone che ho nominato, sono tutti morti, Mutti. Strangolati con una corda di pianoforte e la loro triste fine è stata filmata per gli archivi di Himmler.»

La baronessa era visibilmente sconvolta. «Non può esser vero.»

«Il mio buon amico Bubi Hartmann ha rischiato la pelle per avvertirmi. L'unica ragione per cui Himmler non ti ha fatta arrestare è che gli mancano prove sufficienti.»

«Dio lo stramaledica!» imprecò Elsa von Halder e i suoi occhi si riempirono di lacrime. «Ma non possono fare questo a me!»

La porta dello spogliatoio si aprì e comparve Rosa. «Tutto bene, baronessa?»

Rosa aveva gli occhi gonfi di pianto e Max chiese: «Che le è successo?»

«Hanno arrestato Heini di nuovo e l'hanno mandato ad Auschwitz», gli rispose sua madre.

«Ah, dunque è così. Com'è potuto succedere, Mutti? Mi hai appena detto 'non possono fare questo a me'. Non sono le tue parole?»

«Dannazione, Max!»

Lo colpì sul petto con i pugni chiusi e Max le afferrò i polsi. «Sei stupida e arrogante. Credi che sia così importante essere la baronessa von Halder? Non nel Terzo Reich. Tu credi che Göring ti aiuterà se finirai nei guai? Non nel Terzo Reich. Tu sei sempre stata sotto gli occhi di tutti, Mutti, come me. Il Barone Nero in uniforme di volo con tutte le sue medaglie.»

«Max, finiscila.»

«Ho quasi finito. Continua per questa strada e, come ti ho già detto, trascinerai tutti con te.» Si rivolse a Rosa. «Così hanno arrestato Heini? È ancora poco. Con il comportamento di mia madre arresteranno anche te tra poco e forse anche me.»

Si avviò alla porta. Elsa chiamò: «Max, ascolta».

Lui si voltò. «Ed è per questo che abbiamo lasciato Boston? È per sostenere l'arroganza di una von Halder che ho perduto mio fratello?»

Aprì la porta e uscì mentre Elsa crollava in lacrime sul divano.

La Mercedes di Himmler svoltò dalla Wilhelmplatz nella Vosstrasse e si diresse verso la cancelleria del Reich. Sotto quell'incredibile edificio il Führer si era fatto costruire un bunker. Era il suo quartier generale sotterraneo, protetto da trenta metri di cemento, a prova di qualsiasi bomba gli alleati potessero sganciare su Berlino.

La Mercedes s'immise sulla rampa d'accesso e una sentinella delle SS si avvicinò. Sapeva benissimo che si trattava del Reichsführer, ma Himmler aveva imposto norme di sicurezza molto rigide, così la sentinella gli chiese un documento d'identità. Lo esaminò, fece il saluto militare e Himmler uscì dalla macchina e cominciò a scendere nel bunker.

Passando per interminabili corridoi scarsamente illuminati, fra il sommesso ronzio delle pale del sistema elettrico e di ventilazione, giunse finalmente a una porta, vigilata da un'altra SS. Fece un cenno e la sentinella aprì la porta. Himmler entrò e trovò Goebbels, von Ribbentrop, Martin Bormann e l'ammiraglio Canaris in piedi intorno a quella che era solitamente chiamata la tavola delle mappe. Si sentiva la voce rabbiosa del Führer provenire dal suo studio privato.

«Che succede?» chiese a Bormann.

«È in collera.»

La porta dello studio si aprì e ne uscirono il feldmaresciallo von Rundstedt, Rommel e il feldmaresciallo von Kluge. Alle loro spalle comparve il Führer.

«Via, fuori di qui! Tornate con proposte sensate o non tornate del tutto.»

I generali uscirono confusi, Rommel fu turbato, e Hitler si rivolse agli altri. «Questa carta!» gridò. «La Manica, la Francia! Tutto quel che sanno chiedersi è dove sbarcherà il nemico. Il Pas de Calais o la Normandia, chi se ne frega? Noi li schiacceremo sulla spiaggia, non è così?»

«Naturalmente, mio Führer», rispose Bormann.

«In tal caso, come ho detto, dove sbarca il nemico è irrilevante. Perché non tirano fuori qualche cosa di utile, quei pagliacci?» Si diede una manata sulla coscia e si mise a ridere. «Sapete che cosa sarebbe utile, signori, veramente utile?»

Tutti lo fissarono nervosamente. Fu Himmler che chiese: «Che cosa sarebbe utile, mio Führer?»

«Che una bomba cadesse su Eisenhower. Lui è il capo, lui è il cervello, buon ceppo tedesco, un avversario di valore. Con lui fuori combattimento, sarebbero in pieno caos. Montgomery non è che un pagliaccio.»

«Lei ha ragione, come sempre», assentì Himmler. «Ci sono naturalmente molti modi per scorticare un gatto. Peccato che la rete dei servizi segreti dell'Abwehr in Inghilterra sia stata totalmente distrutta.» Diede un'occhiata a Canaris. «Poteva esserci una soluzione ovvia, un semplice assassinio, ma naturalmente non resta nessuno per farlo.»

Canaris appariva stravolto e Hitler gli disse in tono quasi gentile: «Non è colpa tua. Sono gli alti e bassi della guerra, ammiraglio». E rivolto a Himmler aggiunse: «Però, che piacevole prospettiva, Reichsführer! Mi si allarga il cuore solo a pensarci».

Più tardi, nel suo ufficio, Himmler chiamava Bubi Hartmann. «Bene, ora ti ho detto quello che pensa il Führer.

Dimmi, c'è qualcuno tra i tuoi agenti inglesi che potrebbe incaricarsi di una tale missione?»

«Sono dolente di doverle dire che non ho nessuno, Reichsführer. S'immagina il servizio di sicurezza intorno a Eisenhower! Ci sarebbe sempre l'IRA, naturalmente. Potremmo fare qualche approccio per stipulare un contratto.»

«Sciocchezze», ribatté Himmler. «Fanno solo dei gran pasticci, quegli imbecilli degli irlandesi. Però tu pensaci un po' su, colonnello.»

Hartmann tornò al suo ufficio, si prese un cognac e raccontò tutto a Trudi.

«Uccidere Eisenhower?» commentò lei.

«La più folle delle idee!» Alzò il bicchiere in un brindisi. «A noi due, Trudi, le uniche persone con la testa sul collo in un mondo di pazzi.»

A Londra Abe prese alloggio in una suite al *Savoy* e per prima cosa si preoccupò di rintracciare Harry. Questo lo portò a una conversazione telefonica con West.

«Mi pare che mio nipote sia il suo aiutante», chiese.

«Così per dire, senatore, ma la cosa è più complicata. Suo nipote opera con una squadriglia dei servizi speciali, soprattutto perché ha una vasta esperienza nel pilotare aerei nemici. Talvolta cadono in nostre mani e Harry in questo caso è il nostro principale pilota collaudatore.»

«Come!» protestò Abe. «Lei vuol dirmi che non posso vederlo?»

«Non è questo. Il fatto è che Harry non è qui. È in Scozia. Uno Junkers 88S partito dalla Norvegia è atterrato là per errore. Harry è andato a dirigere l'ispezione dell'apparecchio. Lo piloterà fino a una base speciale, che chiamiamo stazione aerei nemici, ma potrebbe essere impegnato per diversi giorni. Peccato che lei non ci abbia avvisati del suo arrivo.»

«Top secret. Sono venuto a bordo di una Fortezza Volante. Il guaio è che devo rientrare fra sei giorni e ho un sacco di cose da fare, devo vedere Winston e Ike e altri, ma Harry era una priorità. L'ho visto l'ultima volta nel novembre del '39, quando è partito per la Finlandia.»

«Lo so, è un vero peccato. Gli parlerò e vedrò se sia possibile affrettare le cose.»

«Un'altra cosa. Non è stato ancora trasferito all'Air Force degli Stati Uniti.»

«Non vuole essere trasferito, senatore.»

«Bene, il presidente degli Stati Uniti desidera che lo faccia. C'è qualcuno che interpreta questo fatto come uno schiaffo in pieno viso.»

West ebbe un moto di rabbia e trasse un respiro profondo. «Questo mi rincresce molto, senatore. Suo nipote è famoso per non reclamare tutte le sue vittorie. Secondo me, è l'asso della RAF con il punteggio più alto e il più straordinario pilota che io abbia mai conosciuto. Perdoni la mia collera, ma queste pressioni vengono da persone della vostra aviazione militare, anche di alto rango, che non hanno mai fatto un tubo di niente. Suo nipote cos'ha, ventisei anni, vero? Con cinque anni di battaglie aeree. È un miracolo che sia ancora vivo.»

«Ringraziamo Dio per questo», replicò Abe. «E capisco benissimo il suo risentimento. Ma ora devo andare, ho un appuntamento con Ike a Hayes Lodge.»

«Spero che avremo occasione di rivederci.»

«Oh, ci rivedremo, può contarci.»

Lo JU88S atterrato in Scozia aveva avuto sfortuna. Intercettato da un Mosquito sul Mar del Nord, con gli strumenti danneggiati e il navigatore e il bombardiere morti entrambi, il pilota, anche lui ferito, era sceso dentro una densa nuvolaglia sfuggendo così agli inseguitori. Non potendo avvistare la stella polare non era riuscito a orientarsi, e comunque aveva il braccio sinistro così gravemente ferito che gli ci volle tutta la sua forza d'animo per reggere la barra. Quando arrivò sulla costa e avvistò le luci di una pista, scese rapidamente e atterrò su una base di bombardieri della RAF, chiamata Kinross. Quando lo estrassero dalla fusoliera era privo di sensi.

Non era possibile portare l'aereo nel sud dell'Inghilterra senza fare un minimo di riparazioni alla cabina di pilotaggio e alla strumentazione. Furono chiamati un ufficiale del genio e una squadra di esperti e Harry dopo aver esaminato con somma cura l'apparecchio disse loro cos'era necessario fare.

Era impegnatissimo la sera che West gli telefonò. «Fra quanti giorni pensi di poter portar giù l'apparecchio?»

«Tre giorni, forse quattro.»

«Non potresti accelerare? C'è qui tuo nonno.»

Fu una scossa per Harry. Chiese: «Lei sa quanto tempo si ferma?»

«Sei giorni, compreso oggi. Senti, Harry, lascia ogni cosa e torna subito. Troverò qualcun altro.»

«Non c'è nessuno che abbia l'esperienza che ho io, lo sa bene.»

«Il senatore ha sollevato la questione del tuo trasferimento all'Air Force degli Stati Uniti. Dice che è un desiderio di Roosevelt.»

«Oh, all'inferno anche lui!» imprecò Harry. «Tornerò quando sarà il momento. Mi terrò in contatto.»

Rimase al bar della mensa ufficiali e si fece portare un whisky e soda, immerso nei suoi pensieri. Gli altri ufficiali si tenevano lontani, intimoriti davanti alle sue medaglie, alla sua leggenda. Harry li ignorò. Avrebbe potuto precipitarsi a Londra, perché no? La risposta era semplice. Stava deliberatamente evitando di incontrare suo nonno. Era come se il vecchio signore fosse il personaggio di un'altra vita, una vita che comprendeva Max e sua madre. Ma quella vita era il passato, un sogno lontano. Tuttavia, rifletteva, non era possibile sfuggire a quell'incontro.

Fece chiamare Jervis, il capitano pilota che dirigeva i lavori di riparazione. «Venga a bere qualcosa con me. Dobbiamo parlare.»

«Grazie, signore.» Jervis era felice dell'onore.

«Lei ha calcolato tre o quattro giorni di lavoro sullo Junkers. Ma il fatto è che abbiamo fretta. Ho sentito il vicemaresciallo West al telefono, chiede di averlo subito. Potrebbe fare in due giorni?»

«Be', mi occorreranno due squadre e lavorare anche di notte, signore.»

«Sono sicuro che il vicemaresciallo l'apprezzerà. A proposito, quando vedranno che cos'è riuscito a fare e noi consegneremo l'apparecchio alla base aerei nemici, probabilmente non vorranno lasciarla andare. Lei è un ingegnere aeronautico di prim'ordine e sono sicuro che West saprà apprezzarla quando vedrà il mio rapporto.»

Non occorreva altro, Jervis era al settimo cielo per la gioia. «Oh, signore, detto da lei!» Spinse via il suo bicchiere. «Se vuole scusarmi, ora devo andare a sollecitare i lavori. Due giorni, lei ha detto. Lo consideri fatto.»

«E lei sarà assegnato alla base aerei nemici», replicò Harry. «Lo consideri fatto.»

Abe ebbe una serie di incontri con Churchill, Anthony Eden, Eisenhower, ascoltando pazientemente. Anche se generali come Patton e Omar Bradley esprimevano opinioni contrarie, valeva sempre la pena di ascoltarli. Ebbe una colazione di lavoro, in un'atmosfera un po' tesa, con Montgomery a Broomfield House. In tale occasione il feldmaresciallo ebbe ad affermare senza mezzi termini di esser convinto che doveva essere lui e non Ike a tenere il comando supremo.

Fu anche accompagnato a Norfolk a visitare una base americana dalla quale i B17 partivano per incursioni diurne sulla Germania. Avevano già fatto stragi terribili, quasi insostenibili. Abe poté assistere personalmente, verso la metà del pomeriggio, al ritorno di alcuni apparecchi, uno dei quali così gravemente danneggiato, che dovette atterrare a piatto, slittando verso l'estremità della pista dove esplose. Fu una delle esperienze più impressionanti della sua vita, tanto più quando gli riferirono che cinque aerei non avevano fatto ritorno.

Prima di ripartire andò a bere l'ultimo bicchiere alla mensa ufficiali e disse al suo ospite, il generale di brigata Read: «Così giovani, questi ragazzi. Riferirò al presidente ciò che ho visto, può star sicuro, ma io provo quasi un senso di vergogna».

In quella si avvicinò al bar un giovane maggiore con il viso stanco e tirato. Sulla giacca a sinistra portava le solite ali e i nastrini, ma a destra aveva le mostrine della RAF.

«Il maggiore Wood», presentò Read. «Ha fatto parte dell'incursione.»

«Vedo le mostrine della RAF», osservò Abe.

«Oh, sicuro, Wood ha pilotato i Wellington e poi i Lancaster per il comando bombardieri della RAF. Maggiore, le presento il senatore Abe Kelso.»

Wood strinse la mano al senatore. «Kelso?» ripeté corrugando la fronte. «Per caso lei conosce Harry Kelso?»

«È mio nipote.»

Il giovane strinse con più forza la mano di Abe. «È il migliore! Tutta la battaglia d'Inghilterra, poi l'Africa, e ha affondato quell'incrociatore italiano. Sempre fra noi, spero?»

«Ora è tenente colonnello della RAF. Assegnato ai servizi speciali.»

«Oh, ne sono felice! Voglio dire, quando un ragazzo come lui è sempre tra i vivi, è un segnale di speranza.» Wood sorrise e si allontanò.

«Non me ne ero reso conto, senatore», osservò Read. «Sono sorpreso che suo nipote non sia corso subito da lei.»

«È una lunga storia, generale.» Abe sorrise. «E ora, penso che farei meglio a mettermi in viaggio per Londra.»

La mattina dopo Harry partì in aereo per il Surrey, scortato da due Spitfire nel caso che qualche aereo nemico cercasse di abbatterlo. Jervis sedette al posto del navigatore e Tarquin se ne stava tranquillo sul pavimento nel suo solito zainetto. Harry ne aveva aperto la lampo in modo che la testa dell'orsacchiotto sporgesse.

«Sembra pensieroso», osservò Jervis.

«Anche lei lo sarebbe, se avesse visto quel che ha visto lui. Vola sugli aerei da guerra fin dal 1916.»

«Oh, mio Dio!»

Fu un volo tranquillo. All'ultimo momento gli Spitfire virarono e si allontanarono e Harry atterrò, sentì il controllore di volo, poi rullò fino a una fila di hangar e spense i motori. Lui e Jervis sbarcarono. Negli hangar c'era una serie di aerei della Luftwaffe: un Arado, due ME109, un paio di Storch.

«Un mucchio di lavoro per noi», disse Harry a Jervis.

Un'auto della RAF si avvicinò e ne scese West. «Ho pensato di venire a prenderti.»

«Molto gentile da parte sua. Posso presentarle il capitano pilota Jervis? Ne ho parlato nel mio rapporto quotidiano di ieri.»

«Un lavoro eccellente, Jervis.» West gli strinse la mano. «Conto di trasferirla ai servizi speciali, con compito temporaneo di capo squadriglia. Se continuerà a far bene, l'incarico diventerà permanente.»

«Grazie, signore», balbettò Jervis. Harry gli fece un cenno di saluto e salì in macchina con West.

«Tuo nonno è alloggiato al *Savoy*. Pensavo di accompagnarti là.»

«Grazie, molto gentile. L'ha già conosciuto?»

«Oh, sì. Simpatica persona.» West offrì ad Harry una sigaretta. «Sta diventando sempre più difficile tenerti con noi nella RAF, Harry, e il ministro dell'Aviazione non vuole grattacapi.»

«Cosa vuol che me ne importi!»

«È una situazione bizzarra. Comunque, io ti accompagno là. Oh, a proposito, ho una missione per te domani. Due piccioni con una fava.»

«E che cosa sarebbe?»

West glielo disse, poi lo fece scendere al *Savoy* e Harry entrò con due borse, una per mano. Il portiere accorse a prenderle e le consegnò a un cameriere.

«Ho paura che siamo al completo, tenente colonnello.»

«Mio nonno, il senatore Kelso, alloggia qui.»

Il viso del portiere s'illuminò in un largo sorriso. «Ma certo, signore. La suite con due camere da letto al primo piano. Non c'è problema.»

Abe, in piedi accanto alla finestra del salotto, fumava un sigaro e contemplava il panorama del Tamigi quando udì bussare alla porta.

«Il cameriere, signore.»

«Avanti, la porta è aperta», rispose Abe.

Il cameriere entrò con le due borse. «Che succede?» chiese Abe, e Harry comparve sulla soglia.

«Salve, Abe», disse soltanto, come ai vecchi tempi, e parve che tutti quegli anni passati svanissero nel nulla.

Abe, sopraffatto dall'emozione, gettò le braccia al collo del nipote e pianse.

Pochi minuti dopo, seduto accanto alla finestra, sorseggiava un brandy per calmare i nervi. «Diamine, Harry, non posso crederlo. Mio Dio, tutte queste medaglie.»

«Ricordi che cosa diceva papà? Bei pezzetti di latta. Hai notizie di Max e di mamma?»

«No, il mio contatto svedese si è interrotto.»

«Forse io potrei scoprire qualcosa.»

«E come?»

«Lavoro per il generale Munro. È un'autorità nel SOE e ha accesso ai servizi segreti.»

«Ne ho sentito parlare. È molto vicino a Ike.»

«Lo credo bene. Si tratta dello sbarco. Munro spedisce agenti paracadutisti in Francia. Io compio dei voli per lui. Vedrò cosa posso fare.»

Abe annuì. «A proposito, abbiamo un problema. Il presidente vuole che tu entri nell'Air Force degli Stati Uniti, e lo vuole anche Ike.»

«Oh, per l'amor del cielo!» esplose Harry. «Ne ho abbastanza di questa faccenda! Che cosa vogliono fare, mandarmi davanti alla corte marziale?»

«Harry, non dire sciocchezze!»

«E allora? Pensano che anche Max si dovrebbe trasferire dalla Luftwaffe?» Si alzò e tirò un respiro profondo. «Basta, ho bisogno di un bagno. Cosa fai questa sera?»

«Ho prenotato un tavolo al *River Room*.»

«Eccellente.» Harry aprì la borsa e depose Tarquin sul tavolo. «Ecco qua, Abe, non ti sembra di tornare indietro di tanti anni? Lui mi ha accompagnato in ogni volo.» Prese l'altra borsa. «Dormirò nella stanza accanto.» E mentre apriva la porta aggiunse: «Ho sentito che domani andrai in aereo da Croydon a Southwick House con Ike».

«E come lo sai?»

«Perché io sono il pilota.»

Il *River Room* era già affollato, ma ogni locale a Londra lo era in quei giorni. Quando Abe arrivò con Harry il capo cameriere gli venne subito incontro.

«Le ho riservato un bel tavolo vicino alla finestra, senatore. Per quattro, mi ha detto?»

«Benissimo.»

Sedettero e mentre Abe ordinava cocktail di champagne Harry chiese: «Chi sono gli altri?»

«Oh, ho deciso di chiamare il tuo generale Munro, mentre tu facevi il bagno. Gli ho detto che cenavi con me e gli ho chiesto di unirsi a noi. Lui ha proposto di condurre sua nipote, la dottoressa Sobel. Mi pare che tu la conosca.»

«Sì, ci siamo incontrati qualche tempo fa. Sua madre era inglese, sorella di Munro. Il padre è colonnello dell'Air Force, a quanto ho sentito.»

«Non è più colonnello, ora è generale di divisione. È qui da un mese, è uno dei più stretti collaboratori di Ike.»

«Buon per lui.» Harry aggrottò la fronte. «Mi domando che cos'ha in mente Munro.»

«Perché? Deve aver qualcosa in mente?»

«Oh, sì. Sta combinando sempre qualcosa.»

In quel momento arrivava Munro con Molly. Lui era in alta uniforme, lei in abito da sera, giacchetta e gonna corta in crêpe marrone. Era truccata leggermente e portava i capelli legati sulla nuca con un nodo di velluto marrone.

Harry e Abe si alzarono e Munro presentò la giovane donna. «Mia nipote Molly, senatore.»

Abe la guardò con uno sguardo di approvazione. «Conosco suo padre, signorina. E lei credo conosca mio nipote.»

Lei sorrise ad Harry e gli porse la mano. «Come stai?»

«In perfetto stato.»

«Tu lo sei sempre.»

«L'ultima volta che ti ho vista mi parevi stanca», osservò Harry.

«E ora?»

«Abbastanza in forma per...» esitò un attimo «... per ballare con me. Lasciamo la vecchia generazione a parlare di cose serie.»

Gli Orpheans stavano suonando un foxtrot lento, *Notte e dì*, e lui la prese fra le braccia. «Eccoci ancora qui», mormorò.

«E tu ti sei coperto di gloria, come al solito.»

«E tu? Lavoravi al Cromwell, se ben ricordo. Sei ancora là?»

«Di tanto in tanto. Ora sono chirurgo primario.»

«Ottimo. Devi essere molto brava.»

«Oh, la guerra fa fare progressi, sai com'è. Io faccio parte di un'unità centrale e opero in diversi ospedali.»

«Lavori ancora per Munro? Julie Legrande mi ha detto che eri una specie di medico volante per Cold Harbour.»

«Ogni tanto.» Molly aggrottò la fronte. «Tu hai qualcosa in mente.»

«Quella volta che siamo andati a passeggio per la città, dopo aver fatto colazione al *Garrick*, la sera ho sentito il caro vecchio Dougal che ti parlava nel suo appartamento. E ti chiedeva se potevi tirarmi fuori qualche cosa.»

«Oh, dannazione!» protestò lei. «Come spia, sarei una frana.»

«Niente di male, mi è piaciuta la passeggiata. Devi fare lo stesso anche stasera?»

«Tanto perché tu lo sappia, mio zio mi ha detto che pranzava con te e tuo nonno, e ho chiesto se potevo venire anch'io.»

«Davvero l'hai chiesto tu? E perché, se è lecito?»

«Non fare lo stupido, Harry Kelso. Sai benissimo perché.»

Per un attimo lei fu vicina alle lacrime e Harry sentì una stretta al cuore. «Be', mi dispiace, sono proprio uno stupido.»

L'orchestra passò a suonare un altro lento e Molly si strinse di più a lui. «Come sta Jack Carter?» le chiese Harry.

«Bene. Ora è il maggiore Carter.»

«C'è un uomo nella tua vita?»

«Sì, ma lui non se ne cura.»

Harry la tenne ancora più stretta, e al tavolo Munro disse ad Abe: «Posso anche dirglielo, senatore, quella povera ragazza ha preso una cotta immediata la prima volta che l'ha visto».

«E anche io potrei dirle, generale, che questo a me va benissimo.»

Molly e Harry vennero a sedersi accanto a loro, il sommelier versò lo champagne e il capo cameriere suggerì il piatto del giorno: merluzzo e sformato di patate e cipolle. Ordinarono tutti quello.

«Ottimo cibo, per essere in guerra.» Munro alzò il bicchiere. «A noi tutti, e all'inferno Hitler.»

«Parlando del Führer», intervenne Harry, «ci sono notizie di Max?»

«Niente di che rallegrarsi. Durante il piccolo blitz ha compiuto voli di ricognizione con uno JU88S in partenza da Chartres e da Rennes. Credo che abbia fatto qualcosa come quindici o sedici voli.»

«Dev'essere un pilota in gamba», osservò Harry senza scomporsi. «Il sud dell'Inghilterra non è posto per la Luftwaffe in questi giorni.»

Ci fu una pausa imbarazzante. «In gamba?» osservò Molly. «Harry, veniva a bombardare Londra. Lo sai che oltre cento persone sono morte in una stazione della metropolitana che fu colpita?»

«L'incrociatore *Orsini* aveva un equipaggio di ottocentoventi uomini», replicò Harry con la stessa calma. «Dopo che l'ho affondato, sai quanti ne hanno ripescati?»

«No», fece lei debolmente e sul suo viso comparve un senso di sgomento.

«Settantadue. Così io ho ucciso settecentoquarantotto uomini.» Si strinse nelle spalle. «Come si usa dire, la guerra è un inferno. Una stazione della metropolitana, un incrociatore... gli uomini muoiono Molly. Noi li uccidiamo. Ecco quello che facciamo.»

Per qualche minuto regnò il silenzio, poi Munro cambiò in fretta argomento. «Lei domani si reca a Southwick con Ike?» chiese ad Abe.

«Esatto, e Harry sarà il pilota dell'aereo.»

«E tu, Harry, conosci già Eisenhower?»

«Lei sa bene che non lo conosco, generale.»

«Stai attento, farà di tutto per tirarti nell'Air Force.» In quel momento si presentò il capo cameriere. «Sono terribilmente spiacente, ma hanno telefonato dal Guy's Hospital, dottoressa Sobel. L'aspettano con urgenza.»

«Oh, mio Dio, ci siamo di nuovo! Posso usare la tua auto, zio?»

«Ma certo.»

«Ti accompagno alla porta», fece Harry.

Quando furono all'uscita il portiere di fine servizio si fece loro incontro. «L'autista del generale Munro è andato al bar all'angolo, per farsi un panino e una tazza di tè. Vado subito a chiamarlo.»

Si allontanò di corsa e Harry e Molly lo seguirono di qualche passo e si fermarono sul marciapiede della strada principale. Lì accanto c'era uno studio fotografico e il fotografo, sulla porta, invitava i passanti nella scarsa luce del crepuscolo.

«Ma non è troppo buio?» osservò Molly.

Il fotografo sentì e scosse la testa. «Uso il flash. Foto pronta in ventiquattro ore. Una sterlina.»

«Potrei essere morto fra ventiquattro ore», commentò Harry.

«Oh, non dire cose così terribili!» protestò Molly.

Harry estrasse un biglietto da cinque sterline dal portafoglio e lo spiegò. «Due copie. Una per la signora e una per me, da consegnare alla ricezione del *Savoy* tra due ore. A nome di Kelso. Se mi fai un bidone, faccio venire mio fratello a bombardare il tuo negozio.»

«Lei ha la mia parola, capo, senza imbrogli.» Harry e Molly tornarono indietro di qualche passo e si fermarono all'entrata del *Savoy*. L'uomo scattò una foto e una seconda per sicurezza. «Non le farò il bidone, capo.»

Arrivò l'automobile e Harry aprì la portiera per lei. «È stato bello rivederti.»

«Oh, sciocccone!» Si alzò sulla punta dei piedi e lo baciò sulla bocca. «Suppongo che andrai all'inferno a modo tuo!» Si voltò e salì a bordo della vettura.

Tornando nel bar Harry trovò Munro e Abe assorti in un'animata conversazione. «Che cosa state facendo?» chiese mentre sedeva accanto a loro. «Vincendo la guerra?»

«No, la guerra è *già* vinta, Harry», ribatté Abe. «Questione di tempo.»

«E le armi segrete del Führer? I missili e così via? Se ne sente sempre parlare. Hanno persino in progetto un grande aereo a reazione.»

«Secondo i nostri calcoli niente di tutto questo avrà importanza», replicò Munro. «Noi vinceremo la guerra, non c'è alcun dubbio. Verranno battaglie sanguinose tanto in Russia che in Europa, ma alla fine ci aspetta la vittoria.»

«Questo è uno slogan tedesco.»

«Sì, lo so. Un'altra coppa di champagne?»

«Meglio di no. Devo volare domattina.»

«Il generale Munro», intervenne Abe, «mi ha riferito una notizia da Berlino che non è troppo confortante. C'è stato un attentato alla vita di Hitler. È fallito, ma diversi alti ufficiali e due donne sono stati arrestati e giustiziati. Erano tutti membri dello stesso club di bridge.»

«E allora?»

«Il fatto è che Elsa era membro dello stesso club.»

Harry impallidì e il suo viso si fece di pietra. Schioccò le dita per chiamare il sommelier. «Prenderò quell'altra coppa di champagne.» Si accese una sigaretta e si rivolse a Munro. «Mi dica tutto.»

Quando Munro terminò di parlare ci fu un silenzio. Infine Harry chiese: «I nostri contatti a Berlino sono buoni?»

«Ottimi. Abbiamo persino degli agenti infiltrati nei servizi segreti militari, che fanno del loro meglio.»

«E lei è sicuro che mia madre non sia stata arrestata?»

«Assolutamente sicuro. Harry, la baronessa è molto in vista nell'alta società. La si vede spesso in compagnia di Göring.» Scosse la testa. «Tuttavia i suoi rapporti con le persone sbagliate non sono troppo graditi al quartier generale della Gestapo. Da quel che mi dicono lei non nutre sentimenti di simpatia per i nazisti, ma finora la sua posizione privilegiata l'ha protetta.»

«Ma non sarà per sempre, vero?»

«Direi che dev'essere più cauta.»

«Bene, speriamo che lo choc per quanto è successo la faccia riflettere», osservò Abe.

«Già, ma il guaio è che non si è mai fermata a riflettere in tutta la sua vita», obiettò Harry irosamente.

«Proprio come te?» fece Munro.

Harry si mise a ridere controvoglia. «Okay, generale, okay. Tuttavia spero proprio che le sia servito di lezione.»

«Una lezione ci vuole per tutti», osservò Abe.

In quel momento il capo cameriere si avvicinava con una grossa busta. «Il fotografo del negozio qui accanto ha consegnato questa per lei, tenente colonnello.»

«Grazie.» Harry aprì la busta e ne trasse quattro copie. «Ha proprio voluto favorirmi. Ne avevo chieste due.»

Era una bella foto, con i due giovani sorridenti davanti all'entrata del *Savoy*. «Ne prenda una per Molly e un'altra per lei. Tu puoi tenere l'ultima, Abe.» Harry tirò fuori il portafogli, misurò la foto e chiamò di nuovo il capo cameriere. «Di sicuro lei avrà un paio di forbici. Mi ritagli questa foto in modo che possa entrare nel portafogli.»

«Con piacere, signore.» Harry finì il suo champagne. «E ora a letto. Dobbiamo alzarci presto domattina per partire per Croydon, Abe.»

«D'accordo.»

Il capo cameriere tornò con il portafogli e la foto. «Grazie mille», fece Harry e infilò la foto nel suo scomparto.

«Bene, generale, può dire a Molly che la porto sul mio cuore. A presto.» Si alzò e uscì.

Nella piccola trattoria di Westbourne Grove, Sarah e Fernando erano seduti al loro solito tavolino.

«Non ho molto da riferire, in realtà», diceva Sarah. «Ho qui un orario dei turni di servizio per i piloti dei servizi speciali che accompagnano Eisenhower da Croydon a Southwick House. In questi giorni Eisenhower si serve spesso di quella pista d'atterraggio per fare su e giù da Londra.»

«Questo tenente colonnello Kelso che pilota il suo aereo domani», osservò Fernando, «Berlino voleva notizie su di lui se non erro?»

«Sicuro. Vedrai che è assegnato in permanenza al servizio collegamenti. Ma c'è di più. Si tratta dei servizi speciali. Come abbiamo già comunicato in precedenza, è tutto in rapporto con Tempsford e Tangmere, e naturalmente Cold Harbour.»

«Bene.» Fernando piegò i fogli e se li mise in tasca. «Adesso mangiamo.»

A Croydon c'era nebbia fitta e pioveva mentre Abe, al bar di un disadorno prefabbricato, beveva un cattivo caffè. Il Lysander, brutto monoplano tozzo e ad ala alta, era sull'area di stazionamento e due meccanici lo stavano controllando. Harry, in impermeabile e stivali, teneva aperto un ombrello mentre parlava con loro. Si voltò quando sentì arrivare una vettura d'ordinanza. L'autista scese e aprì la portiera a Eisenhower, mentre un giovane maggiore accorreva dall'altra parte girando dietro la macchina. Harry si avvicinò con l'ombrello.

«Bene, grazie, figliolo», disse Ike, e si avviarono verso il bar.

«Buon giorno, Abe», salutò Ike entrando. «Quello è caffe?»
«Il peggiore del mondo, ma almeno è caldo.»
«Mi va benissimo.» Prese la tazza che un sergente gli offriva. «Uno dei miei aiutanti, il maggiore Hill.»
Hill aveva le ali di pilota, la Flying Cross e un cuore di porpora. «È un piacere, senatore.»
«Dobbiamo proprio metterci in viaggio?» chiese Ike sbirciando fuori dalla porta e vedendo tutta quella nebbia e quella pioggia. «Che ne pensa, maggiore?»
«Non saprei. Meglio chiedere al pilota.» In quel momento Harry usciva dalla sala delle mappe e Hill chiese: «Allora, partiamo? A me sembra un tempo d'inferno».
Harry diede un'occhiata fuori. «Non c'è problema. La nebbia non conta niente per il decollo, maggiore, lei dovrebbe saperlo.»
Hill parve punto sul vivo. «Ascolti, noi stiamo accompagnano il comandante supremo. Non voglio che qualche camionista cerchi di farsi un nome.»
«Be', cercheremo di fare del nostro meglio, maggiore. E veda di adottare un tono più appropriato. Io sono di un grado più elevato del suo.»
Harry si tolse l'impermeabile e prese il giubbotto di volo da un attaccapanni. Ike si voltò accigliato e Hill vide le medaglie, le spalline e balbettò: «Sono desolato, tenente colonnello, non lo sapevo».
«Bene, adesso lo sa.»
Si infilò il giubbotto e Ike gli chiese: «Lei è americano?»
«Harry Kelso, signore.»
Ike gli tese la mano. «Quindi finalmente ci conosciamo, tenente colonnello, è un onore per me.» Si volse a Hill. «Questo è il nipote del senatore Kelso.»
Ancora una volta sul viso di Hill passò quell'espressione di timore reverenziale che gli uomini dell'arma aerea spesso avevano incontrando Kelso. «Lei ha fatto la battaglia d'Inghilterra. Lei ha affondato l'*Orsini*.»

«È il mio mestiere, maggiore», replicò Harry. E rivolgendosi a Ike: «Pioggia fitta, ma cielo limpido sulla zona di Southwick House. Ci sarà qualche scossone, ma la porterò là in quaranta minuti».

«Questo mi va benissimo», osservò il generale Eisenhower.

Non fu un viaggio troppo piacevole, fra il rumore assordante della pioggia violenta che batteva sul tettuccio e i paurosi vuoti d'aria in cui ogni tanto l'aereo piombava. Ma poi avvistarono a sinistra Portsmouth, immersa nella pioggia, e Harry, fedele alla sua parola, atterrò sulla pista in tempo previsto. Un'auto del comando li aspettava.

Mentre si avviavano verso la vettura Ike disse ad Harry: «Ritorno alle quattro. Per lei va bene, tenente colonnello?»

«Benissimo. Gli uomini sono già al lavoro con il motore e facciamo rifornimento, anche se non sarebbe necessario. Alle quattro sarò qui.»

«No, così non va. Lei viene a casa con noi.» E Ike salì in macchina.

Il Fort Southwick era una costruzione ottocentesca, con un labirinto di tunnel, ed era sede del quartier generale delle operazioni segrete combinate per il progetto Overlord. Tutto il flusso dei messaggi concernenti l'imminente sbarco passava di là e il cuore del complesso era la stanza progetti navali. Era uno dei segreti più rigorosamente mantenuti di tutto il periodo bellico.

Southwick House era stata scelta come quartier generale dell'operazione Overlord per la sua vicinanza al porto e in seguito la Marina era stata fatta sgomberare ed era subentrato il SHAEF. Ovunque c'erano tende e roulotte per ospitare il numeroso personale. Montgomery alloggiava in una roulotte, ma quel giorno non era presente. Eisenhower ne aveva una enorme in Pitymoor Lane. Era incredibilmente spaziosa, con una sala riunioni, salotto e camere da letto, nonché bagno e servizi.

«Noi dobbiamo parlare», disse Abe. E rivolto a Hill:

«Accompagni il tenente colonnello a fare un giro. Gli mostri ogni cosa. Ci vedremo per mangiare un boccone. Diciamo per la una».

Hill mostrò ad Harry l'intero complesso, soprattutto un locale di particolare interesse che chiamò sala mappe. Due manovali cominciavano a comporre per sezioni quella che evidentemente sarebbe divenuta una grande carta geografica parietale.

«La costa francese è in genere la zona di sbarco.» Hill scosse la testa. «Poveri diavoli.»

«Perché?»

«Quei manovali non lo sanno, ma quando avranno finito non potranno andarsene di qui fin dopo il gran giorno.»

Harry si mise a ridere. «Si domanderanno da che parte stanno.»

Più tardi, alla mensa, sedettero in un angolo, si accesero una sigaretta e Harry bevve una tazza di tè. «Vede come sono diventato tutto britannico? Non mi piace più il caffè.»

«Lei è in guerra da molto tempo?»

«Finlandia, novembre '39.»

«Cristo, già cinque anni!»

«E lei?»

«Pilota di B17. Undici missioni, poi ho preso una cannonata nella cabina di guida. Il mio braccio sinistro è ridotto a metà forza. Non volerò mai più. Sono stato fortunato a ottenere questo lavoro.»

«Che cosa farà quando sarà finita?»

«Io lavoravo in pubblicità ad Hollywood quando è scoppiata la guerra. Tornerò là e riprenderò un lavoro creativo. Forse faranno dei film sull'aviazione e sugli aerei, come hanno fatto dopo la prima guerra mondiale. E lei?»

«Veramente non ci ho mai pensato. C'è ancora tanto tempo.»

«Capisco.»

Un attimo dopo comparve un'ordinanza che li invitò a raggiungere il generale Eisenhower e Abe in sala da pranzo.

Dopo il roast beef e il pudding dello Yorkshire Eisenhower si rivolse ad Harry. «Tenente colonnello, devo essere franco con lei. È venuto per lei il momento di passare nella nostra Air Force, naturalmente con rango equivalente a quello che ha nella RAF.»

Harry represse un moto d'impazienza, dopotutto quello era Eisenhower. «Io sto benissimo così come sono, generale. Vorrei terminare come ho incominciato.»

«Ritengo che suo nonno le abbia già detto che si tratta di un desiderio del presidente. E lo desidero anch'io, come suo comandante supremo. Ora, finiamo il pranzo in pace. Il roast beef era davvero eccellente.»

Più tardi quella sera Harry e Abe erano già tornati al *Savoy* quando Munro telefonò: «Com'è andata con Ike?»

«Per dirla in qualche modo mi ha messo alle corde. Mi ha dato una settimana per decidermi a fare spontaneamente domanda di trasferimento. Dopodiché non avrò scelta. Lei sa se Teddy West è da queste parti?»

«Vedrò d'informarmi, ma posso offrirti qualcosa per tenerti impegnato nei prossimi due giorni.»

«Qualsiasi cosa. Di che si tratta?»

«Devo portar urgentemente fuori dalla Francia una persona molto importante. Mando un Lysander da Cold Harbour. Non voglio che tu piloti il Lysander, ma ho bisogno che tu faccia da scorta alla missione con un Hurricane. Il passeggero è realmente molto importante, è un pezzo grosso dell'organizzazione di De Gaulle. Vuoi farlo?»

«Per Dio, sì.»

«Se West è d'accordo, questa missione significa che tu inizi ufficialmente un turno nella mia squadriglia di servizi speciali. Come certo saprai un tale turno comprende sessanta operazioni.»

«Lo so.»

«Questo potrebbe salvare la situazione.» Munro chiuse la comunicazione.

«Tutto bene?» chiese Abe.

«Devo tornare in servizio domani. Missione speciale. Mi spiace, ma le cose stanno così.»

«Sarà rischiosa?»

«Dovrò pilotare un aereo laggiù, ma, che diavolo! L'ho fatto già per anni. Tu del resto devi partire dopodomani.»

«È vero», annuì Abe. «Non posso dirti quanto sia stato importante per me rivederti.» Era molto emozionato. «Be', credo che me ne andrò a letto.»

Harry spense le lampade, si accese una sigaretta e rimase a fissare il Tamigi nella luce crepuscolare. Poi si voltò e vide Tarquin che pareva lo guardasse nella penombra.

«Bene, eccoci di nuovo in gioco, vecchio mio», gli disse.

10

La mattina dopo Harry si presentò a Croydon alle dieci e trovò ad aspettarlo un Hurricane partito da Duxford e pilotato da un aviatore cecoslovacco, tale Hess, che parlava un inglese dal forte accento straniero.

«Tenente colonnello Kelso è un onore conoscerla.» Il pilota esibiva una decorazione cecoslovacca, insieme a una Flying Cross.

«Conosco la gente del suo tipo», commentò Harry. «Sicuro che non progetta di rivendermi sul mercato nero insieme a merci di seconda mano?»

Hess sogghignò: «Potremmo mai fare una cosa simile a un par suo? Io ho combattuto nella battaglia d'Inghilterra, sa, come lei».

«Allora tutto bene.»

«Io non so di che si tratta, ma le auguro buona fortuna, amico mio. Ora io scendo, c'è una macchina che mi aspetta per riportarmi a Duxford.»

Si allontanò nella pioggia e il sergente pilota che stava controllando l'Hurricane con una squadra di tecnici si rivolse a Harry. «Per me tutto funziona a meraviglia, tenente colonnello. Facciamo rifornimento, un controllo finale e lei può partire appena pronto.»

Harry s'infilò giubbotto di volo e stivali, poi bevve una tazza di tè e mangiò un panino al prosciutto, osservando, fuori dalla finestra, il Lysander stazionato dall'altra parte dell'Hurricane. Un pilota in tuta di volo stava trafficando all'interno. In cielo una pesante coltre di nubi minacciava tempesta. Entrò in sala operazioni e controllò le condizioni meteorologiche sulla Cornovaglia. Al momento c'era sereno, ma le previsioni non erano buone. Mentre tornava nella stanza più esterna, vide avvicinarsi una macchina del comando. Ne uscirono Munro e Jack Carter. La sorpresa era Molly Sobel.

Entrarono tutti, seguiti dal pilota del Lysander. «Ah, eccoti qui!» lo salutò allegramente Munro.

«Tu vieni con noi?» chiese Harry a Molly.

«Così pare.»

«Una semplice precauzione», spiegò Munro. «Una missione rischiosa potrebbe significare incidenti. Meglio avere Molly a portata di mano.»

Harry si rivolse a Carter. «Maggiore, adesso? Congratulazioni.»

«Anche a te.»

Si strinsero la mano e il pilota del Lysander si avvicinò.

«Capitano pilota Grant», presentò Munro. «È venuto in volo da Tangmere ieri notte. È sceso con il paracadute innumerevoli volte in Francia per me, conosce bene il suo mestiere.»

Grant aveva ventidue o ventitré anni e portava sottili baffetti biondi. «Diamine, è un colpo di fortuna conoscerla, signore.» E rivolgendosi a Munro: «Vado a controllare le previsioni del tempo».

«L'ho già fatto», replicò Harry. «Potremo atterrare laggiù senza difficoltà, ma è in arrivo un fronte temporalesco. Non sarà bello stanotte.»

Grant fece una smorfia ed entrò in sala operazioni. Il sergente in servizio portò il tè ed Harry aprì la sua borsa e ne estrasse un pacchetto di sigarette. Accanto alla borsa c'era lo zainetto svedese e Molly chiese: «C'è dentro il famoso Tarquin?»

«Ah, anche tu sai di Tarquin?»

«Ma certo. Posso vederlo?»

«Se vuoi.»

Lui si accese una sigaretta e Molly aprì lo zainetto e tirò fuori Tarquin. Munro e Jack cessarono di parlare. «Perdiana!» esclamò Jack.

«Oh, è meraviglioso!» disse Molly stringendo l'orsacchiotto.

«Ha fatto tutti i voli sulle Fiandre con mio padre quando era nel Royal Flying Corps. Per questo porta le mostrine con le ali del Flying Corps. Le ali della RAF vengono da me. Se le è ben guadagnate.»

«Tutti i voli?» chiese Munro.

«Tutti i voli.»

Molly ripose Tarquin nello zainetto e lo chiuse. In quella entrava Grant. «Il tenente colonnello Kelso aveva ragione, generale. Il tempo andrà peggiorando verso sera.»

«Ah, allora mettiamoci in moto», replicò Munro. E rivolto ad Harry: «Ci vediamo a Cold Harbour».

Fu un volo perfetto, ma la pioggia si avvicinava già dal mare, quando Harry portò l'Hurricane ad atterrare con manovra impeccabile a Cold Harbour e rullò verso gli hangar. Gli uomini del personale di terra gli vennero incontro, indossavano ancora le tute della Luftwaffe, ma questa volta con i berretti della RAF. Harry aprì il tettuccio e gettò le sue borse al caporale. Quando scese osservò che il Fieseler Storch era ancora in uno degli hangar.

Si stirò e accese una sigaretta e Julie Legrande arrivò nella jeep. «Salve, salti su!» gli gridò mentre cominciava a piovere. «Pare che non farà bello stanotte per la missione.»

«Direi che è un tempo schifoso.»

«Eppure le previsioni erano favorevoli.»

«Potrebbe cambiare più tardi, stanotte. Be', qui come va?»

«Bene. Ho sentito che gli yankee la vogliono.»

«Già, così dicono.» La sua voce suonava del tutto indifferente.

«Lei è un ribelle, vero?»

«Ma no, sono una testaccia dura, come dite voi.»

Julie svoltò entrando nella strada principale del villaggio e Harry chiese: «Dove andiamo?»

«Si potrà sistemare al castello più tardi. Il Lysander non sarà qui che tra un'ora, l'ho appena sentito dire. Io devo andare subito al pub, a preparare la colazione per l'equipaggio della motovedetta e penso che anche lei vorrà mettere qualcosa sotto i denti.»

«Per me va bene. Ma tu, che mi dici dell'equipaggio della motovedetta? Pensavo che tutti gli abitanti del villaggio fossero stati trasferiti.»

«Infatti, ma le cose sono cambiate. È ancora top secret, ma gli uomini dell'equipaggio vivono nelle casette e le loro famiglie sono sparse nei dintorni. Nelle fattorie, nei villaggi. Gli uomini vanno a trovarle a turno nei weekend.»

«Non è rischioso, dal punto di vista della sicurezza?»

«Lei evidentemente non conosce quegli uomini. Sono probabilmente i più disciplinati che si possano trovare. Di solito sono volontari che lavorano senza paga. In questo caso sono pagati perché non possono svolgere le loro occupazioni abituali.»

Fermò la jeep accanto all'*Hanged Man* e Harry scendendo diede un'occhiata all'insegna. «Carina. È l'impiccato, una figura dei tarocchi. Come l'hanno avuta?»

«L'ho dipinta io stessa.»

«I tarocchi sono il tuo hobby?»

«I tarocchi non sono un hobby, tenente colonnello.»

«Forse potresti farmi una lettura», propose Harry gettando il giubbotto di volo nella jeep.

«Non è possibile. So troppe cose di lei», replicò Julie. Si voltò e lo precedette nel pub.

Nel caminetto ardeva vivacemente un fuoco di ceppi. Nella stanza c'erano otto uomini, quattro dei quali giocavano a carte, uno leggeva un giornale accanto al caminetto, gli altri bevevano birra appoggiati al banco.

«Ehi, Julie, spicciati, moriamo di fame», chiamò uno di loro.

«E non seccare! Mi sono alzata all'alba, le crostate sono nel forno, le patate e i cavoli stanno cuocendo. Soddisfatto?»

L'uomo che leggeva il giornale intervenne. «Lasciala in pace o ti faccio assaggiare la mia cinghia.» Gli altri scoppiarono a ridere.

Qualcuno gridò: «Forza, Zec, fallo star buono!»

Gli altri guardavano Harry con curiosità e Julie lo condusse davanti al caminetto. «Zec Acland», presentò, «il nostro timoniere.»

Acland era sui trentacinque anni, alto e attraente, pieno d'energia, con il volto abbronzato dell'uomo di mare. Appariva esattamente ciò che era, un pescatore cresciuto sul mare sin dall'infanzia.

«Tenente colonnello Harry Kelso», presentò Julie.

«Ah, il pilota dell'Hurricane!» Zec gli tese una mano dura come granito. «Buon Dio, ragazzo, c'è qualche medaglia che non hai ancora?»

«Me le sono comprate su una bancarella a Camden Market, a Londra», rispose Harry.

«Ah, bene, ecco com'è andata!» Gli altri scoppiarono a ridere e Harry appoggiò con cura lo zainetto sul tavolino e sedette.

Zec fu immediatamente curioso. «C'è dentro qualcosa di speciale?»

«Un orso», rispose Harry e si accese una sigaretta.

Tutti tacquero intorno, e poi qualcuno rise. «Un orso?»

«Ah, capisco. Una mascotte», fece Zec.

«No, qualcosa di più. Quest'orso ha volato con mio padre nella prima guerra mondiale e poi ha volato con me in ogni mia missione nella seconda.»

Tra i presenti si levò un mormorio e Julie andò dietro il banco e riempì due boccali. «Anch'io sono stato nella flotta», disse Zec. «Non c'era posto per le mascotte su una torpediniera.»

Julie depose i due boccali sul tavolo. «Il tenente colonnello ha affondato l'*Orsini*.»

Ci fu un improvviso silenzio, parve che tutti fissassero Harry. Poi Zec chiese: «Ha affondato l'*Orsini*?»

«Già.»

«Ci morirono un mucchio di marinai, quella volta.»

«Settecentoquarantotto.» Harry sorseggiò la sua birra. «Be'? Ho fatto qualcosa di sbagliato?»

«Siamo tutti marinai qui e quasi tutti abbiamo servito in Marina. I marinai sono marinai, tenente colonnello, qualunque sia il loro paese è sempre così. Il mare è sempre stato il nemico comune.»

«La guerra, questa maledetta guerra», mormorò Julie.

«È così, sicuro. Non è stata colpa sua, tenente colonnello, ma della guerra. E l'orsacchiotto era con lei?»

«Oh, sì.»

«Allora ce lo faccia vedere.»

Harry tirò fuori Tarquin, si alzò e lo depose sul banco del bar. Nessuno rise, nessuno fiatava. Poi uno dei marinai, un pezzo d'uomo tarchiato, con barba e baffi arruffati, parlò per tutti.

«Ehi, magnifico vecchio birbante, dichiaro e sostengo che non ho mai visto niente di simile.»

Tutti si affollarono intorno al bar e Julie si piegò attraverso il banco. «Che tesoro! Possiamo lasciarlo qui per un po'?»

«Sicuro. Purché torni nel suo zainetto per il volo di questa notte.»

«Non andrai da nessuna parte stanotte, ragazzo», interloquì Zec. «Il tempo sta peggiorando di brutto.»

«Munro non sarà troppo soddisfatto», replicò Harry e in quel momento si aprì la porta ed entrarono Munro e Molly, seguiti da Jack Carter e Grant.

«Che profumo delizioso, Julie, amore mio», intonò Munro. «Sono in tempo per le crostate, vero?»

Più tardi quella sera, mentre la pioggia scrosciava dietro le finestre del castello, si riunirono intorno al tavolo delle mappe in biblioteca. Davanti a loro era aperta una grande carta che raffiguava la costa della Cornovaglia, la Manica e la costa francese.

«Questa è la nostra destinazione», spiegava Munro, «a due miglia da questo villaggio, Grouville. Come lei sa, Grant, andiamo a prendere un francese, il colonnello Jobert, estremamente importante per il generale De Gaulle. La Gestapo lo sta braccando da settimane. Dobbiamo tirarlo fuori.»

«Sì, ma il piano originale, a quanto ne so, prevedeva una notte di luna piena, in modo che il tenente colonnello Kelso potesse farvi da scorta senza difficoltà intorno a mezzanotte. Adesso invece le previsioni del tempo non promettono miglioramenti.»

Zec Acland, che era in piedi accanto al caminetto, si voltò dopo essersi acceso la pipa. «Sbagliato, come al solito. Io direi invece che il vento e la pioggia spazzeranno via la nebbia tra le tre e le quattro. Quarantacinque minuti di volo, tra andata e ritorno. Avrete in cielo la luna che svanirà verso l'alba. Purché il vostro passeggero possa aspettare un poco, lo tirerete fuori.»

«La voce dell'esperienza», approvò Munro. «Siamo in contatto radio, posso spostare in avanti il momento del pickup, non c'è problema.» E rivolgendosi ad Harry: «Tu sei d'accordo?»

«Senza dubbio, ma vorrei farvi osservare che sarà l'alba e ciò significa che saremo molto visibili.»

«Ed è per questo che tu sarai là», replicò Munro. «Bene, ora che tutto è stabilito, andiamo a mangiare.»

Risultò che Zec aveva avuto perfettamente ragione. Il vento e la pioggia dissiparono la nebbia, poi la pioggia cessò e nel cielo sereno comparve la mezza luna. Al campo Grant decollò per primo, il Lysander s'impennò puntando verso il cielo e virò verso il mare.

In origine questi aerei erano dotati di quattro cannoni Hispano da venti millimetri, due su ciascun lato del carrello d'atterraggio, e le carenature sulle ruote portavano una mitragliatrice Browning 303, ma questo avveniva nei giorni in cui erano aerei da ricognizione. Ora il Lysander, modificato per servizi speciali, era disarmato e di solito volava così basso che seguiva la rotta orientandosi su punti di riferimento a terra e spesso tenendosi sotto altezza radar.

Harry diede a Grant quindici minuti, poi decollò, livellò il volo a seicento metri e seguì il Lysander a una velocità di cinquecento chilometri all'ora, raggiungendolo quasi subito. Si trovò molto più in alto del Lysander, scese lui stesso e gli passò velocemente accanto, quindi risalì a seicento metri e proseguì mantenendo l'allineamento.

Sorvolarono la costa francese, si inoltrarono nell'interno e avvistarono la loro destinazione, fanali di bicicletta disposti a forma di elle con il sistema abituale della resistenza francese. Harry cominciò a volare in cerchio e Grant scese, mentre già albeggiava.

Al campo d'atterraggio di Fermanville, a trenta chilometri da lì, Max e altri due piloti in servizio per il turno di notte stavano giocando a carte quando suonò l'allarme.

Il controllore annunciò con voce calma: «Aerei in arrivo, aerei in arrivo. Due bersagli. Salite subito a bordo e vi darò le coordinate».

Max e i suoi compagni, già in assetto di volo, balzarono fuori, correndo per l'area di stazionamento verso i loro tre ME109 che li aspettavano. Max afferrò il paracadute che il sergente gli porgeva, se lo infilò sulle spalle, si pose in testa il casco. Un attimo dopo, come capo squadriglia, decollava, per primo e gli altri lo seguivano.

Cominciava ad albeggiare. Il vento spingeva contro di loro una nuvolaglia grigia e la pioggia martellava sul tettuccio. A novecento metri di altezza Harry sfrecciò attraverso brandelli di nubi, girando in ampie curve, consapevole che Grant si trovava molto più in basso. E di colpo, a una distanza di tre o quattro chilometri, un ME109 emerse dalle nubi basse e puntò contro il Lysander.

Harry scese in picchiata. L'Hurricane poteva fare settecento chilometri all'ora in picchiata. Colse un movimento a dritta e capì che questo significava un altro 109. Ma doveva stare al gioco. Il Lysander era d'importanza prioritaria. Salì alle spalle del primo ME, i suoi quattro cannoni Hispano tuonarono e staccarono via la maggior parte della coda dell'altro aereo. Nello stesso tempo il secondo ME sbucava a dritta e sparava cannonate che bucarono la fusoliera dell'Hurricane da prua a poppa. Parte della cabina di guida e il parabrezza si frantumarono e una scheggia lacerò la gamba sinistra di Harry. Questi inclinò l'aereo in stretta virata, rullò mentre il secondo ME gli saltava accanto, sparò istintivamente il cannone e l'aereo della Luftwaffe esplose.

La costa della Cornovaglia distava venticinque chilometri, il Lysander a duecentoquaranta metri d'altezza faceva rotta verso la base. Grant, guardando in alto, aveva visto tutto. E aveva visto anche altre due cose. Che l'Hurricane si lasciava dietro una scia di fumo, e che nelle nuvole era comparso un terzo ME.

«È un miracolo!» esclamò il colonnello Jobert. «Non ho mai visto una cosa simile.»

«Ma adesso avrà bisogno di un altro miracolo», commentò Grant e chiamò per radio Cold Harbour. «Tempo d'arrivo stimato quindici minuti, ma l'Hurricane è gravemente danneggiato. Suggerisco di mandare motovedetta di soccorso.»

Max, dal bordo esterno del circuito, aveva visto l'azione da lontano e riconosceva un pilota eccellente quando lo vedeva. Osservò il primo aereo precipitare, poi il secondo. Allora virò, rullò e si precipitò contro l'Hurricane, vedendo che aveva in coda un nero pennacchio di fumo. Gli si mise dietro per finirlo e si ripeté la scena del Lancaster.

L'Hurricane rallentò, Max tirò indietro la cloche e accostò a sinistra. Aveva un canale secondario, studiato apposta per captare messaggi sulla frequenza della RAF e parlò su quella.

«Ehi, Tommy, è stato uno scontro con i fiocchi, ma adesso è ora che te ne vada se non vuoi finire arrosto come una bistecca sul barbecue.»

Harry, in rotta parallela, non ebbe bisogno di riconoscere la voce. Ogni fibra del suo corpo gli disse chi era al suo fianco.

«Hello, Max. Quanto tempo!»

«Buon Dio, Harry, sei tu!» esclamò Max mentre l'Hurricane cominciava a scendere. «Credi di poter arrivare alla costa?»

«Non è probabile ma ci provo.» Harry aveva la guancia che gli bruciava terribilmente. «È difficile tener su questa colombella. Come sta la mamma?»

«Per l'amor di Dio, sta' attento, Harry.»

«Raccomandale di esser prudente. Mi dicono che Himmler non aspetta che il momento buono.»

«Attento, Harry, attento, stai perdento pezzi di fusoliera.»

La voce di Zec Acland arrivò sulla radio. «Qui la motovedetta *Lively Jane* da Cold Harbour. Le veniamo incontro, Kelso. Ci dia la sua posizione.»

In quel momento la radio cominciò a fumare e tacque di colpo.

Il mare era agitato e il vento forza quattro era particolarmente freddo mentre la *Lively Jane* filava alla massima velocità sobbalzando sulle onde. Era una motovedetta tipo Watson di dodici metri e mezzo, pesava quindici tonnellate e aveva motori di trentacinque cavalli vapore. Portava otto uomini d'equipaggio e in caso d'emergenza poteva accogliere a bordo cinquanta persone. Era anche del tipo autostabilizzante, il che significava che, se si capovolgeva, aveva la proprietà di raddrizzarsi da sola. Gli uomini erano tutti al loro posto e Zec era al timone nella cabina di poppa. Molly stava vicino a lui in mantella cerata e giubbotto gonfiabile giallo. Aveva accanto la valigetta del pronto soccorso.

«C'è qualche probabilità, Zec?» gridò fra il frastuono delle onde.

La *Lively Jane* virò bruscamente a sinistra e una montagna di acqua verde spazzò la coperta. Molly cadde in ginocchio e Zec la sollevò con una mano. «Ho abbastanza da fare qui senza dover badare anche a te, ragazza. Vattene sotto coperta con la tua valigetta e prega.»

Molly obbedì e Zec aumentò la velocità e continuò a lottare.

«Le fiamme, Harry, vedo le fiamme.» Max aveva abbassato la cloche e si teneva accostato. «Devi saltare, ragazzo, altrimenti brucerai vivo.»

Quello era sempre l'incubo peggiore del pilota. Ora Harry si trovava a quattrocentocinquanta metri. «Forse hai ragione. È stato bello parlare con te, Max. Cerchiamo di non far passare tanto tempo, la prossima volta.»

Folkestone di nuovo. Afferrò una cinghia dello zainetto, aprì il tettuccio e slacciò la cintura di sicurezza che lo teneva legato al sedile. L'odore di bruciato era terribile, lingue di fiamme gli lambivano gli stivali. Capovolse l'Hurricane e precipitò.

La voce di Zec Acland risonò di nuovo alla radio. «È là, tenente colonnello? Può darci la sua posizione?»

Max interferì: «Ascoltate, sono il vostro amico pilota della Luftwaffe. Lui si è appena gettato in mare. Vi do la sua posizione». La dettò e calò in picchiata, seguendo il paracadute che scendeva alla sua sinistra.

Ora pioveva di nuovo, il vento spingeva masse di nubi dall'Atlantico. La distesa di marosi e di nebbia sotto di lui era terribile da vedere. Mio Dio, pensò Max, è finita per lui. Non riusciranno mai a vederlo. E poi gli venne in mente quell'unica possibilità. Allungò la mano e sganciò il sacchetto di colorante legato al suo ginocchio sinistro, alzò il tettuccio e inclinò il muso in discesa.

Harry piombò nelle onde, calò a fondo, gonfiò il giubbotto, riemerse e lottò per liberarsi dal paracadute. Si trovò in un avvallamento tra due onde così alte che non riusciva a vedere oltre, poi salì in cima a una cresta e gli apparve la livida distesa del mare nell'alba pallida, sotto una coltre di nubi temporalesche.

L'ME109 volava sopra di lui alla sua sinistra, a diverse centinaia di metri di distanza, e solo a cinquanta o sessanta metri d'altezza. Si domandò che cosa contasse di fare suo fratello, e in quella, Max tirò indietro la cloche arrestandosi quasi a mezz'aria e scese incredibilmente in picchiata fino a trenta metri. Giudicando che evidentemente era il momento giusto, si sporse dalla carlinga e gettò in mare il sacchetto di materiale colorante. Il sacchetto cadde con precisione, a una quindicina di metri da Harry e la macchia gialla cominciò ad allargarsi.

Harry lottò per avvicinarsi alla macchia e Max diede gas, risalì a trecento metri. Laggiù, verso nord, lontano solo un miglio, filava la *Lively Jane*.

Dall'equipaggio si alzarono grida di sgomento mentre il nero apparecchio con le croci uncinate della Luftwaffe e lo stabilizzatore di coda ornato dalla svastica passava sopra la motovedetta.

«*Lively Jane*», gridò la voce di Max alla radio, «ascoltate. Lui è a un miglio a sud di voi. Ho gettato il sacchetto di colore, così cercate la macchia gialla. Io volerò in circuito sopra di voi finché arrivate a prenderlo, e badate a non sbagliare, altrimenti vi faccio saltare in aria.»

«D'accordo, bastardo, non so qual è il tuo gioco, ma ci saremo», replicò Zec e Max virò e si allontanò. Zec era così impegnato nella ricerca che passò un buon minuto prima che si rendesse conto. Come! Il pilota della Luftwaffe parlava *inglese*?

Mio Dio, com'era freddo, più freddo che a Folkestone. Harry sprofondava negli avvallamenti, saliva sulle creste delle onde come un pezzo di sughero, e lo zainetto legato alla sua cintola lo seguiva.

«Andiamo male, vecchio mio, andiamo male», borbottò tirandosi lo zainetto più vicino. In quella sentì il rombo del motore e guardò in alto.

Max scese più in basso, descrisse un cerchio e tornò su di lui.

«Ma sei proprio pazzo», borbottò Harry. «Piantala e vattene più in fretta che puoi, se hai giudizio.»

La macchia gialla ora era enorme, diffusa dal moto delle onde e Harry galleggiava quasi nel centro. Poi, mentre saliva sulla cresta di un'onda, vide la *Lively Jane* a un centinaio di metri alla sua sinistra. Sprofondò in un avvallamento, fu spinto di nuovo in alto e d'improvviso ecco la motovedetta che virava affiancandolo.

Dio, com'era stanco! Cercò di avvicinarsi a gran bracciate e si vide la murata sopra la testa. Due uomini legati alle cime di salvataggio si gettarono in acqua e lo presero in mezzo a loro, fu gettata una scala dalla tolda e mani soccorrevoli si sporsero e lo issarono oltre la ringhiera. Un attimo dopo era in ginocchio nella timoniera a vomitare acqua salata.

Molly era inginocchiata vicino a lui. «La tua faccia ha un brutto taglio. Ti portiamo giù.»

Una voce gracchiò dall'altoparlante della radio. «Ehi, l'avete preso?»

«Sì, grazie», rispose Zec. «Chiunque tu sia.»

Harry alzò la mano tremante. «Datemi un microfono.» Lo afferrò. «Max, sono io.»

«Ti voglio bene, Harry.»

«Anch'io. Ricordati quel che ti ho detto. Raccomanda a mamma di stare attenta.»

L'ME109 virò, cablò puntando nel cielo scuro e sparì come un fantasma.

Uno dell'equipaggio aiutò Harry ad alzarsi e Molly gli pose un braccio intorno alle spalle. «Ma chi diavolo era?» chiese Zec. «Che gioco giocava? Pareva americano.» Aggrottò la fronte. «Diamine, aveva una voce come la sua.»

«È naturale. Era mio fratello Max, è mio fratello gemello.»

Nell'infermeria del castello, all'ora della prima colazione, Harry in vestaglia era adagiato allo schienale della poltrona mentre Molly gli esaminava la guancia sinistra, dopo avergli fatto un'iniezione di morfina.

«Va molto male?»

«Potrebbe andar peggio.»

«Devo andare all'ospedale?»

«Abbi un po' di fiducia. Io sono un buon chirurgo. Comunque, questa è una ferita da ambulatorio. Basta una semplice sutura. Ora stai fermo mentre ti do qualche punto. Dieci dovrebbero bastare. Ti resterà una cicatrice veramente interessante, Harry. Le ragazze andranno pazze per te.»

«Uff, piantala un po'.»

«Non ho nessuna intenzione di piantarla. Adesso chiudi la bocca e non muoverti.»

Dopo un po' la porta si aprì e Munro sporse la testa. «Posso entrare?»

«Venga a imparare», rispose Harry. «Naturalmente Grant e il colonnello sono arrivati sani e salvi.»

«Certo, e hanno proseguito per Londra dopo aver fatto rifornimento. Jack è andato con loro. Il colonnello era entusiasta. Ha detto che sei un eroe davvero *extraordinaire* e vuol chiedere a De Gaulle di farti cavaliere della legion d'onore.»

«Oh, no!» borbottò Harry.

«Tienti forte. Ho appena parlato con Teddy West e gli ho riferito tutti i particolari dell'operazione. Mi ha detto che vuole raccomandarti per l'immediato conferimento di una barretta alla tua medaglia al valore.»

«Buon Dio, ancora peggio!»

«È orgoglioso di te, Harry. Tu eri in un certo qual modo il suo protetto ed è anche tuo amico.» Andò alla porta e l'aprì. «Lo sono anch'io. Siamo tutti dalla tua parte. Ci vediamo tra poco.»

«Hai visto?» fece Molly mettendo l'ultimo punto. «Tu vivi sempre come se fossi completamente solo. Ma non è vero. Oggi avevi con te Max e Zec, Munro e il vicemaresciallo West.»

«E te.»

«Oh, questo è inutile dirlo. Povera me, che sto qui a perdere tempo con il tipo sbagliato.»

Prima che Harry potesse ribattere si aprì la porta ed entrò Julie. «Be', come sta il bambino prodigio?»

«Un po' di morfina e dieci punti e ne esce come nuovo. Tra poco scende a mangiare.»

«C'è un problema», fece Harry alzandosi. «Non mi sono portato un'uniforme di ricambio. Immagino che quella che portavo sia a pezzi.»

«Vediamo un po' che cosa abbiamo in magazzino», disse Julie. «Ci teniamo una quantità di cose.»

Uscì e Harry e Molly la seguirono. Percorsero un lungo corridoio e Julie aprì la porta in fondo. Era la caverna di Aladino. Pistole e mitra disposti in fila su un grande tavolo, capi di vestiario di ogni genere, uniformi britanniche e tedesche, abiti civili da uomo e da donna.

«Questi sono tutti francesi», spiegò Julie. «Li forniamo ai nostri agenti quando pernottano qui prima di volare in Francia. Vediamo che cosa c'è qui per un pilota. Oberstleutnant, Luftwaffe. No, non va bene. Ecco qua RAF, mi pare proprio della sua misura. Capitano pilota, temo.»

«Ma dagli solo un buon maglione con un paio di calzoni», propose Molly. «Una buona colazione, due bicchieri di vino rosso e poi lo rimetto a letto.»

Julie si strinse nelle spalle. «Scelga lei stesso, tenente colonnello. Qui c'è tutto quello che può desiderare. Biancheria, camicie, scarpe e calze.»

«Ci vediamo in biblioteca», aggiunse Molly e uscì con Julie.

Le due donne si recarono in cucina e Julie cominciò a darsi da fare per preparare la colazione. «Posso aiutare?» chiese Molly.

«No, davvero», rispose Julie mentre controllava il pollo nel forno. «Kelso non è per lei, cherie», aggiunse, senza neanche voltarsi.

«Lui non è per nessuna», replicò Molly.

«E allora perché bruciarsi? Un pilota come lui ha sempre i giorni contati.»

«Siamo in guerra, Julie. Si prende quel che si può.»

«A lei la scelta, cherie.»

«Non è così. Io non ho scelta, capisci.»

Al pranzo improvvisato da Julie, Munro era di ottimo umore nella sua parte di zio. «E come sta tuo padre?» chiese a Molly. E rivolgendosi ad Harry: «Il generale Sobel è distaccato al quartier generale di Ike. È responsabile del coordinamento flotte aviazione militare americana».

«Perbacco, un incarico importante», osservò Harry. «Da quanto tempo è qui?»

«Da un mese.»

«Ma non era presso il ministero della Guerra?»

«Esatto.»

«Be', dev'essere proprio un esperto di flotte aviazione militare!»

Molly ebbe uno scatto di collera. «Mio padre ha cinquant'anni, e sono troppi per la guerra aerea. Ma si dà il caso che abbia combattuto come tuo padre, solo che pilotava aerei da combattimento per i francesi nel 1916. L'Escadrille Lafayette. Credo che allora avesse ventun anni.»

«Be', ho sbagliato.»

«Tu sbagli un sacco di cose, Harry.» Molly si alzò e uscì.

«Questa volta ha fatto cilecca», osservò Julie mentre sparecchiava.

«Oh, al diavolo. Mi sento uno straccio», annunciò Harry, «e me ne vado a letto.» Uscì anche lui dalla stanza.

Più tardi, mentre era a letto appoggiato ai cuscini con le tende tirate contro la luce, si accese una sigaretta. La porta si aprì con un leggero cigolio e un attimo dopo Molly s'infilava nel letto accanto a lui.

«Grant tornerà con il Lysander nel tardo pomeriggio.»

«Bene.» Le passò un braccio intorno alla vita.

«Che sarà di noi, Harry?»

«Chi lo sa», replicò Harry e la tenne stretta a sé nel silenzio della stanza buia.

11

A LONDRA, due giorni dopo, mentre era ancora alloggiato in casa di Munro, Harry si recava in taxi al Guy's Hospital per un appuntamento con Molly all'ambulatorio. Si annunciò alla ricezione e sedette su una delle panche. Il locale era affollato e molta gente era in attesa, ma dopo pochi minuti un'infermiera venne a chiamarlo.

«Da questa parte, tenente colonnello.»

Harry la seguì per un corridoio e in una delle sale operatorie. Molly, in camice bianco, era seduta su una panca.

«Ah, eccoti qui. Diamo un'occhiata. E dica al professor Joseph che sono pronta», disse all'infermiera.

«Sarà doloroso?» chiese Harry.

«Lo è sempre, così è il modo migliore e rapido.» Con un solo lesto movimento strappò il cerotto.

«Be', non era poi così terribile.»

Si aprì la porta ed entrò un medico: un uomo alto con la barba grigia e l'aspetto simpatico, in camice bianco. «Eccomi, Molly, che cosa abbiamo qui?»

«Il tenente colonnello Kelso. È stato leggermente ferito in combattimento aereo», rispose Molly. «Si è tuffato in mare, così la ferita è stata abbondantemente lavata.»

«Diamo un'occhiata.» Il medico esaminò la faccia di

Harry e annuì. «Ottimo lavoro, Molly. Avresti dovuto dedicarti al ricamo. Naturalmente le resterà una cicatrice permanente, colonnello.»

«Vedrò di sopportarlo, se può sopportarlo Molly.»

«Ah, a questo punto? Benissimo.» Joseph pose un braccio intorno alle spalle di Molly. «Ma non me la porti via proprio ora, colonnello, siamo in guerra, non lo dimentichi.»

Uscì e Molly annunciò: «Non ti rimetterò il cerotto. Specialmente dopo tutta quell'acqua salata. Sta già cicatrizzandosi, così la lasceremo all'aria aperta». Prese un flaconcino. «Un po' di spray antisettico e starai benissimo.»

Quando ebbe terminato, Harry chiese: «E ora? Hai tempo per venire a far colazione con me?»

«Adesso veramente io sarei libera, ma mi ha telefonato lo zio. Vuole che tu lo raggiunga a Haston Place. Il vicemaresciallo dell'aria West deve parlarti.»

«Va bene. Possiamo magari far colazione insieme più tardi?»

«Vedremo. Torno fra un momento.» Molly uscì.

Ad Haston Place salirono le scale fino all'appartamento e quando Molly suonò il campanello fu Jack Carter che venne ad aprire. La baciò su una guancia e strinse la mano ad Harry.

«È splendido rivederti tutto d'un pezzo.»

«Anche a me pare splendido», rispose Harry.

Dal salotto venne il suono di una risata e Carter li fece entrare. C'erano Munro e West e un generale americano con le ali di pilota sulle mostrine. La grande sorpresa era il generale Eisenhower che sedeva accanto alla finestra.

«E che è questa, una congiura?» chiese Harry a Molly.

«Ma no», replicò Munro, «Molly non aveva idea che il comandante supremo fosse qui.»

«Scusami, Harry», mormorò Molly. Si diresse verso il generale e lo baciò. «Buon giorno, papà.»

Eisenhower si alzò e tese la mano. «Tenente colonnello, lei è un uomo straordinario. Credo che non conosca il padre di Molly, Tom Sobel.»

Sobel era di altezza media, baffi e capelli neri senz'ombra di grigio. Aveva il volto che hanno la maggior parte dei militari di alto rango, il volto di chi non tollera interferenze. La sua stretta di mano era breve e ferma.

«È un onore conoscerti, figliolo.»

«Ora che abbiamo esaurito i convenevoli passiamo agli affari», proseguì Eisenhower. «Io gli ho dato una settimana.»

«Le ho già detto quali sono i miei sentimenti, generale.»

«Ascoltami», intervenne Sobel, «io ero nella squadriglia Lafayette durante la prima guerra mondiale e quando gli americani entrarono in guerra non avrei voluto trasferirmi, ma lo feci perché avevano bisogno di me. Lo stesso accade per te. Hai militato splendidamente nella RAF, ma è venuto il momento di indossare l'uniforme del tuo paese.»

Ci fu il silenzio. Eisenhower aggiunse: «Posso farlo diventare un ordine diretto».

Qui intervenne West con voce pacata: «L'accordo fra le nostre due armate aeree è che il personale americano si trasferisce, con l'uniforme americana e rango equivalente, ma che chiunque sia impegnato in un turno di servizio con la RAF finisca il turno. Io ritengo che il tenente colonnello Kelso abbia ancora da compiere una parte del suo turno».

Eisenhower gli gettò un'occhiataccia. «Okay, fuori il peggio.»

«Il tenente colonnello Kelso ha appena iniziato un turno nella nostra più importante squadriglia di servizi speciali.»

«Quante missioni?» chiese Sobel.

«Una, per ora, e poiché le squadriglie dei servizi speciali compiono sessanta missioni per ogni turno, ne ha ancora da fare cinquantanove.» Si rivolse a Ike: «Naturalmente alcune di queste missioni consistono nell'accompagnare lei, signore, per i servizi di collegamento».

Eisenhower fissò West per un lungo momento, poi scoppiò a ridere e persino Sobel sorrise. «Astuto come una volpe, davvero!» replicò. «E anche lei, generale. Okay, ha vinto, ma oggi lo voglio in uniforme americana.» E rivolto ad Harry: «È un ordine, colonnello».

Munro sorrise: «Si è già provveduto a tutto, generale. Il vicemaresciallo West ed io abbiamo parlato ieri con il sarto del tenente colonnello Kelso in Savile Row. Ha acconsentito a preparare tutto in fretta».

Eisenhower sogghignò: «Voi due andate dritti allo scopo, vero?»

«Be', vogliamo che abbia un bell'aspetto. Come il generale sa bene, è aspettato per le tre al *Connaught Hotel* per ricevere la legion d'onore dalle mani del generale De Gaulle.»

«Mio Dio!», borbottò Harry.

«E domattina alle undici a Buckingham Palace, per il conferimento della seconda medaglia al valore.»

Eisenhower sorrise ancora e rivolto ad Harry: «C'è chi si prende cura di lei, diciamo».

Munro pose una mano sulla spalla di Molly. «Se hai un po' di tempo prima di tornare all'ospedale, vai con lui in Savile Row e assicurati che abbiano fatto un buon lavoro. Vogliamo che si presenti bene a De Gaulle, i francesi ci tengono a certe cose.»

«Potete andar tutti al diavolo», borbottò Harry e uscì a rapidi passi. Molly lo seguì.

«Lo tenga d'occhio, dottoressa!» le gridò Ike.

Nella sartoria di Savile Row il vecchio signor Crossley e il suo assistente George disposero ogni capo in bella mostra.

«Temo che la maggior parte di quanto abbiamo procurato venga dal nostro stock di capi pronti, comandante.» Crossley rise. «Oh, mi scusi, tenente colonnello.»

«È lo stesso», disse Harry.

«Comunque ecco due uniformi con casacca di gala, ma sapendo che lei ha sempre preferito l'uniforme da camera durante il suo servizio nella RAF, le ho procurato due divise simili, come le amano i piloti americani. Oh, le abbiamo confezionato anche i nastri delle sue medaglie, con semplici spille per appuntarli.»

Harry diede un'occhiata al tutto. «Non ha anticipato un po' i tempi? Vedo che ha aggiunto la legion d'onore e la sbarretta della seconda medaglia al valore.»

«Non fa differenza, signore, si risparmia tempo.»

«Avanti, vediamo come ti stanno», incalzò Molly e Harry si allontanò con George.

Quando tornò portava calzoni color crema e la casacca marrone tipo uniforme da campo, che molti ufficiali dell'Air Force americana preferivano, come appunto aveva detto Crossley. Le ali d'argento da pilota erano appuntate sul suo petto a sinistra, sopra i nastrini delle medaglie. A destra portava le ali della RAF.

«Molto bene», assentì Crossley. «Berretto con visiera o alla marinara, colonnello?»

«Penso che farei meglio a prenderli tutti e due.»

Harry aggiustò il berretto alla marinara sui suoi capelli biondi e si guardò dubbioso allo specchio. «Non sono io!»

«Sciocchezze!» fece Molly. «Stai benissimo, sei affascinante.»

«Un'altra cosa, colonnello. Ci dovrebbero essere i nastrini di qualche campagna americana che le spettano, ora che è tornato fra i suoi. Controllerò e li troveremo.»

Molly diede un'occhiata all'orologio. «Ora dobbiamo andare. Il generale De Gaulle ci aspetta. Mandi tutto ad Haston Place, signor Crossley.»

«Senz'altro, dottoressa. George, la porta.»

Uscirono nella pallida luce solare e Molly lo prese a brac cetto. «Come direbbero gli inglesi, sei uno schianto. Fatti coraggio e sbrigati.» E fece cenno a un taxi.

* * *

Il generale De Gaulle aveva lasciato la suite 103 al *Connaught Hotel* nel 1943, ma c'erano sempre locali disponibili per gli alti ufficiali del suo seguito.

«Io resto ad aspettarti», disse Molly quando si avvicinarono alla reception.

«Neanche per sogno. Il comandante supremo ti ha detto di tenermi d'occhio, e così devi fare.» Harry fece cenno all'impiegato. «Il colonnello Kelso e la dottoressa Sobel per il generale De Gaulle. Siamo aspettati.»

«Sì, lo so, colonnello.» L'impiegato prese il telefono.

Harry e Molly attesero. «Mi piace questo posto», osservò Molly. «Una volta lo chiamavano il *Coburg*, qualcosa che si riferiva al principe Alberto della regina Vittoria, poi verso la fine della grande guerra, re Giorgio eliminò tutti i nomi tedeschi della famiglia reale, così l'albergo cambiò il nome di *Coburg* in *Connaught*.»

«Mi insegni ogni giorno qualcosa di nuovo.»

In quella si presentò un giovane capitano francese. «Il colonnello Kelso?» Diede uno sguardo incerto a Molly. «La signorina è con lei?»

«Sì, per ordine del generale Eisenhower. La dottoressa Sobel.»

«Ah, bene.» Il capitano le rivolse il suo più smagliante sorriso. «Se volete seguirmi...» Mentre salivano al piano superiore aggiunse: «Il colonnello Jobert l'aspetta nella vecchia suite del generale. Desidera ringraziarla personalmente».

Giunsero alla porta segnata dal numero 103 e il capitano l'aprì e li fece entrare. Il generale De Gaulle era seduto a un tavolino da caffè vicino alla finestra e sul tavolino c'era una scatoletta rivestita in marocchino. Il colonnello Jobert, questa volta in uniforme, era in piedi accanto al generale. Corse incontro ad Harry e l'abbracciò.

«Tenente colonnello dell'aviazione americana, vedo. Lei è veramente un uomo notevole. Ricorderò il suo eroismo per tutta la vita. Quella vita che lei mi ha salvato.»

«Posso presentarle la dottoressa Sobel? È qui per ordine del comandante supremo.»

«Poiché il colonnello è stato ferito recentemente, abbiamo creduto prudente accompagnarlo», aggiunse Molly.

«Il padre della dottoressa è il generale Sobel, dello stato maggiore di Eisenhower», spiegò Harry.

«Eccellente.» In francese si rivolse a De Gaulle, che stava accendendosi una sigaretta e pareva indifferente a quanto avveniva. «Con il suo permesso, generale.»

De Gaulle annuì e Jobert aprì la scatola, ne trasse la medaglia di cavaliere della legion d'onore e l'appuntò sulla giacca di Harry. Lo baciò sulle due guance, poi fece un passo indietro e scattò nel saluto militare.

Il generale De Gaulle parlò per la prima volta. «La Repubblica la ringrazia, colonnello, ma ora ci scuserà, abbiamo molto da fare.»

Harry gli fece meccanicamente il saluto militare, si voltò verso Molly e le fece cenno di seguirlo. Il capitano aprì la porta e uscirono. Quando arrivarono vicino alle scale, scoppiarono a ridere.

«*La Repubblica la ringrazia*», ripeté Molly scimmiottando la voce roca del generale. «Quell'individuo non è cordiale con nessuno. Non è nemmeno riconoscente. Dà continuamente problemi a Winston e a Eisenhower.»

Harry stava cercando di staccarsi la medaglia. «Questo dannato pezzo di latta si è inceppato.»

«Qua, lascia fare a me. È così carina. Dammi la scatola.»

Mentre scendevano le scale ripose la medaglia nella scatola, chiuse il coperchio e gliela porse.

«No, tienila tu», fece Harry. «Un piccolo souvenir.»

«Non dire sciocchezze.»

«Insisto. Dopotutto, sto per riceverne un'altra. Alle undici di domani a Buckingham Palace. Vieni anche tu? Gli ospiti sono ammessi.»

«Harry, sarei felice di venire.» Era molto commossa quando arrivarono sul marciapiede e infilò il braccio sotto il suo. «Ma temo che dovrò lasciarti.» In quel momento arrivava un taxi e qualcuno ne scese. Molly fece cenno al tassista. «Ho il turno serale al Guy's e spesso mi fa fare molto tardi.»

«Non ti preoccupare, ci vediamo a Buckingham Palace, alle undici, non ti scordare.»

«E come potrei?» Lo baciò sulla guancia e salì sul taxi che la portò lontana.

Sarebbe stato aspettarsi troppo, naturalmente. Eseguì tre operazioni, lavorò fino a mezzanotte, crollò su uno dei letti riservati ai medici di guardia, completamente esausta. Alle otto si alzò, fece una rapida doccia e poi colazione al bar dell'ospedale. Stava per uscire quando il suo nome suonò dall'interfono.

«Dottoressa Sobel. Emergenza al pronto soccorso.»

Un giovane soldato investito da un autobus mentre attraversava la strada ubriaco. Polmone sinistro perforato da una costola rotta.

«Sala operatoria tre. Preparatelo, vengo subito.»

Il soldato fu trasportato via e lei afferrò il primo telefono e chiamò l'appartamento dello zio. Fu lui stesso che rispose: «Munro».

«Sono io, sono stracarica di lavoro. Emergenza su tutta la linea. Di' ad Harry che mi dispiace.»

«Glielo dirò, non ti preoccupare.»

In quel momento Harry entrava in salotto, perfettamente vestito per l'occasione. «Mio Dio, come sei elegante!» esclamò Munro. «Ma ho cattive notizie dal fronte medico. Lei non ce la fa.»

«Davvero?» Harry si strinse nelle spalle. «Ben mi sta, che mi prendo una cotta per una dottoressa. Be', è meglio che mi muova. Ho anche voglia di fare due passi.»

Trovò l'impermeabile militare che Crossley gli aveva fornito insieme alle uniformi, lo infilò e uscì. Non pioveva, ma il cielo nuvoloso pareva minacciasse pioggia a ogni momento. Fumò una sigaretta e camminò per il quartiere senza meta, conscio della sua solitudine. E questo lo fece pensare a Max e all'incontro sul mare della Cornovaglia. La sua voce. Che cosa aveva detto Zec? *Aveva una voce come la sua.* Be', per forza. Ormai Max doveva aver parlato con sua madre. Era certo che l'avrebbe fatto. Ora pensava a Elsa. A sua madre sarebbe piaciuto assistere alla cerimonia a Buckingham Palace, quel mattino.

Fece cenno a un taxi. «Buckingham Palace», disse al tassista.

Si accese una sigaretta e il tassista gli chiese: «Va a ricevere una medaglia, o qualcosa di simile, capo?»

«No, niente del genere.»

«Be', nemmeno le toccherebbe, dopotutto, voglio dire poiché lei è uno yankee.»

«Lei ha assolutamente ragione», assentì Harry adagiandosi allo schienale del sedile.

Pioveva forte quando oltrepassò di nuovo la cancellata di Buckingham Palace, di ritorno dalla cerimonia. L'agente in servizio s'irrigidì nel saluto militare. Harry rispose al saluto ed esitò un attimo tra la folla che si accalcava intorno, e in quella l'auto d'ordinanza dello stato maggiore si avvicinò e Munro si sporse dal finestrino.

«Su, svelto, sali con noi.»

Harry salì e chiuse la portiera. «Come mai ho una sensazione di déjà vu?»

«Ho cercato di arrivare prima per entrare con te, ma sono stato trattenuto allo stato maggiore. Su, fammi vedere.»

Harry tirò fuori la scatola e l'aprì. «La stessa di prima.»

«Non è mai la stessa, Harry. Che ha detto il re?»

«Ha detto 'Be', questa sta diventando un'abitudine', e la regina Elisabetta ha aggiunto 'Vedo che ha cambiato parte!'»

«Bene», assentì Munro. Batté sulla spalla dell'autista e aggiunse: «Trova un pub decente, Jack, il colonnello ed io dobbiamo festeggiare. Mi spiace che tu non possa venire con noi, ma devi guidare».

Harry prese un biglietto da cinque sterline dal portafoglio e lo infilò nel taschino della giacca del sergente. «Bevi per me stasera, Jack.»

«Dio mi aiuti, colonnello, con questo resterò ubriaco per una settimana!»

«Eisenhower sa come Max mi ha salvato? Voglio dire, quante persone lo sanno?» chiese Harry.

«Soltanto i miei uomini, caro ragazzo. Preferisco che rimanga tra noi. Non ne ho fatto parola neppure nel mio rapporto ufficiale. Tu ti sei gettato con il paracadute e la *Lively Jane* ti ha ripescato. Fine della storia.»

Jack andò a fermarsi davanti a un pub chiamato *The Grenadier* vicino a St. James's Palace. Abbastanza gradevole e non troppo affollato, poiché mancava poco per l'ora di colazione. Munro, anche lui in uniforme, si diresse al bar dove il padrone, in maniche di camicia arrotolate fin sopra i gomiti, esibiva diversi tatuaggi sull'avambraccio.

«Che cosa ordina, generale?»

Munro rispose in tono spavaldo: «Il colonnello qui, essendosi appena trasferito dalla RAF all'Air Force americana, ha ricevuto la sua seconda medaglia al valore, che gli è stata appuntata sul petto dalle mani stesse di sua maestà solo quaranta minuti fa. Vogliamo celebrare. So che sarebbe fuoriluogo chiedere dello champagne, ma...»

«Non per lei, signore. Combinazione ne ho una bottiglia proprio ora nel mio frigo, l'avevo promessa a un maggiore dei granatieri di Kensington Palace. Ma il maggiore dovrà aspettare. Anch'io ero nella Marina, signore, sottufficiale cannoniere nella prima guerra mondiale. Voi signori sedetevi, prego.»

Presero un séparé vicino alla finestra e Munro offrì ad Harry una sigaretta. «Bene, eccoci qui. Sei finito in uniforme americana, dopotutto.»

«Così pare.»

Il padrone arrivò con un secchiello di ghiaccio, la bottiglia e due bicchieri. «Moët, signori. Spero che andrà bene.»

«No, non andrà bene», ribatté Harry, «se non porta un terzo bicchiere per unirsi a noi.»

«Be', non saprei, colonnello.»

«Ci fa piacere che lei ci faccia compagnia», confermò Munro. «Così, faccia il bravo e mi lasci stappare mentre va a prendere il terzo bicchiere.»

Fece saltare il tappo con mano esperta e aveva cominciato a mescere quando l'oste tornò. Munro riempì il bicchiere e alzò il suo. «Al colonnello Harry Kelso, a lei, sottufficiale, e, se posso, anche a me. Bravi soldati che mettono il dovere davanti a tutto.»

Il padrone del pub arrossì di piacere. «Be', grazie, generale. Ora vi lascio.» Esitò un attimo. «Se volete mangiare un boccone, mia moglie fa un ottimo sformato di carne e patate. Vengono tutti qui per quello.»

«Ottima idea», fece Munro. «Per te va bene, Harry?»

«Senz'altro.»

Il padrone sparì nella cucina dietro al banco. Entrarono quattro soldati e quando videro Munro e Harry, si affrettarono a battere in ritirata.

Munro riempì di nuovo i bicchieri. «Ieri, dopo che te ne sei andato, Ike ha detto che secondo lui tu avevi già fatto la tua parte. I voli di combattimento dovrebbero cessare. I voli di collegamento sopra le contee del sud vanno bene, accompagnarlo su e giù con il Lysander sta bene, ma missioni rischiose come quella dell'altro giorno sono escluse.»

«Vuol dirmi che è finita? Niente più servizi speciali?»

«Dobbiamo accontentarlo. Buon Dio, ragazzo, tu non ti fermi mai? E stattene un po' tranquillo per qualche tempo.»

Il padrone tornò con gli sformati e le posate su un vassoio. «Eccovi serviti, signori.»

Munro affondò il coltello nella crosta croccante e assaggiò un boccone. «Squisito. Mi pare di tornare a quand'ero ragazzo a Eton.»

Anche Harry assaggiò e annuì. «Sa, in questi quattro anni e mezzo che sono in Inghilterra, alcuni dei miei pranzi migliori li ho trovati in un pub. Così adesso sono fisso ai voli di collegamento?»

«Non ho detto questo, Harry. Tu sei un pilota eccellente, puoi guidare qualsiasi aereo, persino gli apparecchi della Luftwaffe. Tu sei speciale.»

«Dunque lei non vorrebbe buttarmi fuori.»

Munro riempì di nuovo i loro bicchieri, vuotando la bottiglia. «Mio caro ragazzo, siamo in guerra.»

La distruzione dei due ME109 ad opera di Harry nell'Hurricane era stata così improvvisa e immediata che il controllore di volo a Fermanville non aveva idea di quanto fosse accaduto e il canale secondario non veniva intercettato, sicché il dialogo di Max con Harry e subito dopo con Zec Acland, non era stato registrato. Al ritorno, Max aveva riferito una storia molto semplice. Erano partiti a caccia di un bersaglio appena avvistato, i suoi due camerati avevano compiuto il primo contatto. Lui li aveva visti precipitare entrambi, e anche l'Hurricane. Non fece parola del Lysander. Il rapporto fu accettato senza commenti. Dopotutto, chi poteva pensare di contestare il Barone Nero?

Tornato a Berlino, trovò che Elsa era nella sua casa di campagna. Prese una macchina e vi si diresse senza indugio. Come al solito, lei fu felice di vederlo e lo accolse con grandi effusioni.

«Basta, Mutti, ora taci che ho qualcosa da dirti.»

Quando il figlio finì di parlare, la baronessa rimase sbigottita. «Oh, mio Dio! Harry! È un miracolo!»

«Sì, ne è uscito sano e salvo, e questo è ciò che conta. Ma quel che mi ha detto di Himmler... tu cosa ne pensi?»

«Ma lui, come faceva a saperlo?»

«Posso solo supporlo. Pilotava un aereo speciale, un Lysander, che lancia e poi recupera agenti alleati in Francia. Questo significa una squadriglia in missione speciale, e quindi servizi segreti. È tutto quello che posso pensare.»

Per la prima volta sul bel viso della baronessa comparve un'espressione di panico. «E ora, che cosa faccio?»

«Devi stare attenta, Mutti, molto attenta. Frequenta pure Göring, sii gentile con tutti gli altri e se il Führer ti parla, durante qualche cerimonia, mostrati abbagliata dalla sua grandezza. È tutto quello che posso dirti.»

C'erano lacrime negli occhi di Elsa. «Mi dispiace, Max, mi dispiace tanto.»

«È così, Mutti, abbiamo sbagliato tutti. È semplice. Abbiamo contribuito a creare il mostro che ora minaccia di divorarci.»

Era già buio, tre giorni dopo, quando Bubi Hartmann arrivò a Wewelsburg in uno Storch che pilotava personalmente. Atterrò alla base di rifornimento della Luftwaffe, dove l'aspettava una Mercedes con l'autista.

Non sapeva neppure perché Himmler volesse vederlo. Il Reichsführer era in ritiro a Wewelsburg da almeno una settimana. Aveva fatto del castello un centro per tutto il fior fiore delle SS, una tavola rotonda con sedie per dodici dei suoi più fedeli aiutanti, riecheggiando la leggenda di re Artù e i Cavalieri della Tavola Rotonda, una leggenda da cui Himmler era ossessionato. Era anche un centro di ricerca razziale.

Mentre la Mercedes si avvicinava, i torrioni e gli spalti

merlati si vedevano più distintamente. Non vi era oscuramento, le finestre erano illuminate e sul ponte levatoio fiammeggiavano le torce. Pareva uno scenario per un film storico. Bubi ne fu disgustato.

Nell'atrio il sergente di guardia gli prese il cappotto e l'alleggerì della pistola Walther. «Il Reichsführer è in salotto nell'ala sud, colonnello. Vuole una scorta?»

Bubi scosse la testa e salì per le scale. L'ambiente era tutto addobbato di bandiere naziste e grandi svastiche sui soffitti. Percorse il corridoio in penombra e arrivò alla porta del salotto. Esitò un attimo, poi bussò ed entrò.

Un fuoco acceso nel caminetto, altre bandiere e Himmler in abito di tweed, seduto alla scrivania. Alzò la testa. «Ah, finalmente sei qui.»

«Nebbia e pioggia a Berlino, Reichsführer. In che cosa posso servirla?»

«Ho fatto passare la posta che mi hai mandato ieri. Di particolare interesse il rapporto più recente arrivato da quella Dixon di Londra. Mi riferisco al generale Munro e alla sua base di Cold Harbour.»

«Capisco, Reichsführer.»

«Quella storia del fratello del barone von Halder che abbatte due nostri aerei mentre è in missione segreta per Munro, e poi si getta con il paracadute in mare dove un'opportuna motovedetta gli salva la vita è un melodramma della più bell'acqua.»

«D'accordo», mormorò Bubi, perché non trovava niente da dire.

«E ora Kelso entra come tenente colonnello nell'Air Force americana e diventa pilota in servizio speciale, addetto a trasportare spesso Eisenhower. Una cosa bizzarra, non credi?»

«Suppongo di sì», fece Bubi debolmente.

«E, cosa ancor più bizzarra, io ho scoperto qualcosa che a te è sfuggito, colonnello... il terzo aereo, quello che è sopravvissuto. Ti interesserebbe sapere chi era il pilota?»

Bubi sentì un brivido freddo per la schiena e inghiottì a vuoto, sgomento per ciò che temeva saltasse fuori. «Reichsführer?»

«Era il barone von Halder. Curiosa coincidenza, vero? Ma capisco che la vita è piena di coincidenze.»

Bubi fece uno sforzo per controllare la voce. «Che cosa desidera il Reichsführer che io faccia?»

«Be', niente, colonnello, niente del tutto, tranne aumentare la sorveglianza sulla nostra cara baronessa. Verrà anche il suo momento. Tuttavia c'è un'altra questione che voglio discutere. Ricorderai che il Führer ha prospettato l'ipotesi di un possibile assassinio di Eisenhower. E io ti avevo chiesto se avevi qualcuno in Inghilterra capace di fare il lavoro.»

«Io avevo suggerito l'IRA.»

«Inutile», affermò Himmler. «Assolutamente inutile. Non ci sarebbe la possibilità di impiegare qualcuno dei nostri uomini? Uno specialista ben addestrato?»

«Non credo proprio, Reichsführer, non in questa fase della guerra. Io ho un paio di persone in Inghilterra, come Rodrigues e Sarah Dixon, e fanno anche un buon lavoro, ma non costituiscono una rete. E infiltrare adesso un agente in Inghilterra calandolo con il paracadute sarebbe a dir poco azzardato.»

«E se entrasse per un'altra via? I portoghesi, essendo neutrali, mandano navi in Inghilterra e anche aerei passeggeri. Forse potremmo infiltrare un agente adatto per questa via. Ho dei buoni contatti a Lisbona. Nunes Da Silva, il loro ministro degli Esteri, è sul mio libro paga da diversi anni. Nel 1940 ha collaborato con noi nel tentativo, poi fallito, di rapire il duca di Windsor in Estoril. Ha intascato un mucchio di quattrini da noi. Compromesso senza speranza. Inoltre ha un punto debole, la sua passione per i bei ragazzini. Le foto sono particolarmente disgustose.»

«Ma sono certo che non funzionerebbe, Reichsführer.»

«Davvero? Be', cerca di farti venire un'idea, colonnello.

Non voglio deludere il Führer. Adesso puoi tornare a Berlino. Io sarò di ritorno per il fine settimana.»

Bubi non vedeva l'ora di uscire da quella stanza.

Per Harry la vita prese un andamento piuttosto regolare. Era addetto ai servizi generali di collegamento e spesso accompagnava Eisenhower su e giù da Croydon a Southwick. Altrettanto spesso volava a Cold Harbour con Munro e Jack, e talvolta a loro si univa anche Molly. L'atmosfera si faceva più frenetica via via che si avvicinava il D day, lo sbarco in Europa. Munro spediva in Francia un numero sempre maggiore di agenti e spesso anche operativi del SOE e del SAS.

Il tempo era buono e quando Molly si trovava a Cold Harbour, lei e Harry facevano lunghe passeggiate sulla spiaggia, si fermavano a mangiare all'*Hanged Man* e scherzavano con Zec Acland e l'equipaggio della motovedetta.

«È come se la guerra avesse cessato di esistere», osservò Molly mentre sedeva con Harry sugli scogli della spiaggia.

«Oh, c'è ancora, non illudiamoci.» Harry spaziò con lo sguardo sul mare, si sentiva un rombare lontano. «Eccoli là, i cannoni.»

«Oh, sei proprio un demonio!» Molly gli diede una spinta che lo fece cadere dallo scoglio e corse via. Harry si rialzò e la seguì. Ma non poteva durare, naturalmente, e un giorno, atterrando a Croydon con un paio di agenti che tornavano a Londra, trovò un messaggio con l'ordine di presentarsi a rapporto al quartier generale del SOE in Baker Street. Una macchina d'ordinanza l'aspettava per accompagnare lui e i due agenti

Quando arrivarono, un giovane capitano condusse via i due agenti e Harry salì al piano superiore dove trovò Jack Carter che gli veniva incontro.

«Lui è nella sala mappe, Harry.»

«Una missione importante in vista?»

«Qualcosa di simile. Lascerò che te lo dica lui.»

Munro aveva sul tavolo una carta su grande scala della Manica, dalla Cornovaglia fino alla costa francese. Faceva approssimative misurazioni con un righello.

«Di che si tratta?» chiese Harry.

«Morlaix, in Francia, nell'interno, a venti miglia dalla costa, in linea retta da Cold Harbour. Grant aveva progettato la missione. Diceva quarantacinque minuti con il Lysander, forse un'ora. Che ne dici?»

Harry diede un rapido sguardo alla carta. «Se il tempo è bello, niente da obiettare.»

«Ho un agente importante da paracadutare là a mezzanotte. Un volo andata e ritorno, nessuno da riportare indietro. È di vitale importanza. Si tratta di un francese, Jacaud, che è il capo della resistenza di tutta quella zona. C'è un sacco di attività nella zona e dev'essere presente.»

«E allora qual è il problema?»

«Doveva andare Grant, è lui che ha combinato tutto. Ma quello stupido baccalà è caduto dalla motocicletta e si è fratturato il braccio sinistro.»

«E lei vorrebbe che ci andassi io.»

«Harry, con così breve preavviso ci vuole qualcuno del tuo calibro.»

«Non c'è bisogno di lusinghe. Quando devo partire?»

«Diciamo fra due ore. Jack e io veniamo con te. E anche Jacaud.»

«Questo mi dà il tempo di andare all'appartamento, fare una doccia e cambiarmi d'abito.»

«Ti faccio accompagnare da una macchina d'ordinanza.»

«Allora ci vediamo fra poco.»

Harry si recò all'appartamento, fece la doccia, trovò la biancheria pulita e aveva appena finito di vestirsi e stava scendendo le scale quando arrivò Molly.

«Che gioia, sei tornato!»

«Solo per ripartire. Sapevi che Grant si è rotto un braccio?»

«No.»

«Doveva andare a paracadutare un francese sull'altra costa stanotte da Cold Harbour. Munro mi ha chiesto di sostituirlo.»

«Harry!» Molly era allarmata e gli afferrò un braccio.

«Solo andata e ritorno, calare il francese, nessuno da prendere. Sarò di ritorno prima che te l'aspetti. Fidati di me.» La baciò leggermente sulle labbra. «Ora devo andare. Ci vedremo presto.»

Prese la borsa e Tarquin nel suo zainetto e uscì. Lei rimase là in piedi a fissare la porta e per qualche ragione ebbe paura.

Nel suo ufficio Bubi Hartmann era seduto alla scrivania e beveva un brandy. Trudi accanto a lui si appoggiava alla parete. «Una pazzia, Trudi, una pura pazzia tutto questo parlare di mandare un assassino in Inghilterra via Lisbona, o qualsiasi altra via.»

«Be', non faccia trapelare i suoi veri sentimenti. Finga di essere d'accordo, gli dica che stiamo esaminando ogni possibilità. Porti pazienza e tiri alla lunga finché lui passa a qualche altro progetto.»

«Bene, farò il bravo ragazzo.» Si versò un altro brandy. «Ma pensate un po', mandare un sicario in Inghilterra! Che cosa diavolo si aspettano da me?»

«Non si crucci, si scorderanno tutto tra poco. Faccio un po' di caffè. Lei ne avrà bisogno, dopo tutto quel brandy.» E Trudi si diresse al suo ufficio.

Sbagliavano entrambi, naturalmente, perché appena dietro l'angolo si preparava una serie di eventi che avrebbero avuto conseguenze catastrofiche per tutti.

12

Jacaud non era come Harry si era aspettato. Non più di centosessantacinque centimetri di altezza, occhiali rotondi, abito di tweed, cappello di feltro e impermeabile. Pareva più un maestro di scuola che un partigiano. A Croydon parlarono francese.

«Il generale Munro mi ha parlato della sua posizione speciale, colonnello. Se posso dirlo, questa storia di lei e di suo fratello sembra addirittura un romanzo.»

«Se ben ricordo, proprio Oscar Wilde ha detto che la vita nei suoi momenti più intensi somiglia a un cattivo romanzo.»

«Interessante, anche se i termini di buono e cattivo hanno scarso significato nella vita che conduco.» Jacaud si accese una Gitane. «Le previsioni del tempo da Cold Harbour sono buone?»

«Eccellenti. Lei ci è già stato?»

«Oh, sì. Il generale ed io ci conosciamo da molto tempo, e Julie Legrande e suo marito erano miei compagni nei primi tempi della resistenza a Parigi.»

In quel momento arrivava un'automobile d'ordinanza da cui scesero Munro e Jack Carter.

«Oh, eccovi qui», salutò Munro. «Scusate il ritardo. Partiamo subito, se ti va bene, Harry.»

«Senz'altro generale, siamo pronti.»

Munro e Jacaud entrarono per primi, Harry e Carter li seguivano. «Ho un messaggio da Molly», disse il maggiore. «Avrebbe voluto venire a salutarti, ma c'è il solito sovraccarico di lavoro al Guy's. Sai com'è.»

«Non c'è da preoccuparsi», rispose Harry. «Andremo a cena al *River Room* domani sera. Un buon pranzo, Carrol Gibbons e il suo complesso che suonano la musica giusta, chi potrebbe chiedere di più?»

«Molly potrebbe», replicò Carter.

«Già, sì, gli umori delle donne sono un mistero per me. Bene, è ora di muoversi.»

Aveva ragione riguardo alle previsioni del tempo. C'erano nubi sparse e un quarto di luna: condizioni eccellenti per il volo basso. In biblioteca riesaminarono la carta geografica e Harry tracciò un cerchio rosso intorno a Morlaix.

«Circa otto chilometri fuori dal villaggio, nella brughiera. Lei la conosce, naturalmente.»

«Come il palmo della mia mano.»

«Bene. I soliti segnali in pista. Atterro. Lei scende e io riparto subito.»

«Stia tranquillo, colonnello, l'ho già fatto sei volte», gli assicurò Jacaud.

«Allora ci siamo.» Harry diede un'occhiata all'orologio e si rivolse a Munro: «Venti minuti, generale?»

«Sei tu il capo», rispose Munro, prese il berretto e si avviò alla porta.

Fra i piloti del Lysander c'erano quelli che preferivano volare a qualche migliaio di metri e quelli che optavano per un volo vicino al livello del mare, il che li rendeva invisibili ai radar nemici. Ma li rendeva anche un facile bersaglio per i cannoni nemici, quando si imbattevano in qualche cannoniera tedesca. Tuttavia, nel caso di un volo relativamente breve, con il solo scopo di scaricare un passeggero importante come Jacaud, non c'era veramente molta scelta.

Il volo dalla Cornovaglia alla Francia in condizioni meteorologiche così ottimali non presentava problemi e tenendosi fra centoventi e centocinquanta metri Harry era al di sotto dei radar nemici. Era veramente un viaggio piacevole. Tarquin come al solito stava accanto al pilota nella cabina di guida. Poi l'imprevisto accadde.

D'improvviso comparvero a sinistra due torpediniere della Real Flotta Olandese che operavano al largo della base navale di Falmouth. Aprirono il fuoco di botto con tutte le loro armi. Proiettili di mitraglia colpirono il Lysander vicino alla coda e un paio di palle di cannone perforarono l'ala sinistra. Harry impennò immediatamente l'aereo, salì a trecento metri e sparì dal loro raggio visivo.

Si volse a Jacaud e gridò: «Lei sta bene?»

«Benissimo.»

«Spiacente del contrattempo. Quei bastardi non sanno nemmeno da che parte stanno. Abbiamo preso qualche colpo ma non c'è problema. ETA fra quindici minuti.»

Ma la maggior altezza raggiunta permise al controllo traffico aereo di Fermanville di rintracciarlo e il controllore avvisò la pattuglia del turno di notte. Max, che quella notte non era di servizio, stava godendosi una licenza di tre giorni a Saint Malo quando i tre ME109 si alzarono nel cielo notturno a caccia di suo fratello.

La zona d'atterraggio a Morlaix era chiaramente segnata sul terreno della brughiera. Harry eseguì un atterraggio perfetto, rullò fino all'estremità della pista e girò nel vento. Jacaud gli batté amichevolmente sulla spalla, saltò a terra, corse verso gli uomini che gli venivano incontro, chiudendo il portello dietro di sé. Harry diede gas al motore, rullò rombando lungo la brughiera e cominciò ad alzarsi, quando, a duecentocinquanta metri, incontrò il disastro.

Due ME, uno dopo l'altro, scesero in picchiata e mitragliarono la brughiera dove le luci d'atterraggio erano ancora visibili. La notte si riempì del crepitio della mitraglia. Harry impennò l'aereo e un terzo ME comparve a inseguirlo sparando con i suoi cannoni fino a lacerargli le ali. Il Lysander abbassò il muso e cominciò a precipitare. All'estremità della brughiera c'era un ciuffo d'alberi e Harry tirò a tutta forza la cloche cercando disperatamente di alzarsi, ma le ruote del carrello si impigliarono nei rami e l'aereo sparì dall'altra parte. Un attimo dopo una fiammata eruppe nella notte.

Jacaud gridò ai suoi uomini, raggruppati intorno a lui: «Dio del cielo, corriamo!» e si precipitarono verso il fuoco.

Arrivarono al boschetto e mentre lo traversavano videro due autoblindo profilarsi sullo sfondo delle fiamme. Uno degli uomini di Jacaud, un fattore del luogo di nome Jules, lo prese per un braccio.

«Sono SS. Solo ieri abbiamo visto arrivare una squadra di Panzer. Si pensava che fossero qui in riposo. Non c'è nulla che possiamo fare. Saranno dei bastardi, ma sanno fare il loro mestiere.»

«Va bene», replicò Jacaud «ma andiamo a vedere che cosa succede.»

Strisciò verso il margine del bosco insieme agli altri e rimase a osservare.

Harry era riuscito ad aprire il portello. Afferrò lo zainetto di Tarquin e saltò a terra, con il giubbotto di volo in fiamme. Ma quando cercò di alzarsi in piedi ricadde sulle ginocchia. La sua caviglia sinistra non poteva reggere il peso del corpo. Cominciò a strisciare, trascinando lo zainetto con sé, ma il dolore alla caviglia era così acuto che mollò la presa. In quella uno dei soldati dell'autoblindo comparve al suo fianco e diversi altri balzarono a terra e gli strapparono di dosso il giubbotto in fiamme.

Jacaud dal bosco vedeva tutto. Le SS trasportarono Harry all'autoblindo, lo caricarono e si allontanarono. Ben poco rimase del Lysander dopo la violenta fiammata, che in breve calò e si spense. Gli uomini di Jacaud si alzarono e si avvicinarono a esaminare l'area.

Jacaud si accese una sigaretta e disse a Jules: «Che uomo! Era veramente un asso, aveva anche la legion d'onore».

Uno degli uomini tornò con lo zainetto. «L'ho trovato vicino all'aereo.»

«Che cos'è?»

«Be', è pazzesco, un orsacchiotto vestito da pilota.»

«Davvero?» fece Jacaud. «E va be', dopo questa notte sono pronto a credere a qualsiasi cosa. Portalo con te e torniamo al mulino. Devo mandare un messaggio radio ai miei uomini in Cornovaglia.»

Il piano superiore del vecchio mulino era ampio e confortevole, con sacchi di grano stipati tutto intorno, ma una porticina segreta nella parete di legno si apriva su un locale retrostante e già da due anni era il centro operativo della resistenza nell'area di Morlaix. Una giovane donna mescolava il caffè su un fornello.

«Ho bisogno di parlare con Cold Harbour, Marie», fece Jacaud entrando. «Lascia stare il caffè.»

«Non posso entrare in contatto se non fra trenta minuti», rispose la donna. «Abbiamo uno schema fisso di appuntamenti radio. Nel frattempo un caffè e magari un cognac ti faranno bene.»

«Hai ragione, come al solito.» Jacaud prese la tazza che lei gli porgeva. «Dove porteranno il colonnello Kelso?»

«Al castello di Morlaix, poco fuori dal villaggio. Il conte

e la sua famiglia sono fuggiti in Inghilterra e hanno lasciato qui un custode. Le SS l'hanno requisito per farne il loro quartier generale.»

«Non c'è modo di arrivarci?»

«Solo se uno ha intenzione di suicidarsi.»

Jacaud annuì e sedette. Jules entrò, depose lo zainetto sul tavolo, lo aprì e tirò fuori Tarquin. «C'è un'etichetta dentro, che dice: borsa di Tarquin.»

«Dev'essere stata una specie di mascotte», osservò Jacaud.

«Lo chiamerei piuttosto un pupazzo picchiatello», replicò Jules. «Un orso con le ali?»

«Oh, no!» Marie prese l'orsacchiotto con tenerezza. «Com'è carino! Posso tenerlo?» chiese rivolta a Jacaud. «La mia bambina di cinque anni se ne innamorerebbe a prima vista.»

«Perché no?» e Jacaud diede un'occhiata all'orologio. «Ma adesso chiamami Cold Harbour.»

Munro lasciò la sala radio, scese e con la jeep si recò all'*Hanged Man*. Entrò e vi trovò riunito tutto l'equipaggio della motovedetta. Jack stava bevendo una birra con Zec Acland vicino al caminetto, Julie era dietro il banco.

Munro si fermò sulla soglia. Il suo viso era fin troppo eloquente. Gli uomini lo guardarono e cessarono di parlare uno dopo l'altro. Fu Julie che chiese: «Che cosa è successo, generale?»

Più tardi, seduto accanto al fuoco con Jack e Zec, concludeva: «Almeno Jacaud è arrivato sano e salvo. Sì, lo so che è terribile dirlo, ma questa è la posta in gioco. Jacaud era di primaria importanza. Non sei d'accordo, Jack?»

«Credo di sì, generale, ma per esser franco, quel che mi pare di primaria importanza è: chi andrà a dirlo a Molly?»

Munro fece un profondo respiro. «Be', Jack, tu le sei molto amico...»

«E lei, generale, è suo zio.»

«D'accordo, accuso il colpo. Ci penserò io.» Munro si alzò e uscì.

Nella saletta di riposo dei medici, al Guy's Hospital, Molly stava facendo un rapido spuntino con panino e caffè. Un giovane capitano medico che lavorava nel reparto feriti di guerra era seduto in un angolo e leggeva il giornale. Si udì bussare alla porta e Holly, il giovane capitano, si alzò ad aprire. Si trovò davanti il generale di divisione Tom Sobel.

«C'è qui mia figlia?»

Holly, che lo aveva già incontrato una volta, scattò nel saluto militare. «Sì, è qui, generale.»

Molly si voltò sorridendo. «Oh, papà, come mai da queste parti?» e poi il suo sorriso svanì di colpo.

«Ci vorrebbe dare qualche minuto, capitano?»

«Certamente, signore.»

Holly uscì e quando la porta si chiuse Molly chiese: «Dimmi pure tutto. Senza indorare la pillola.»

Tre minuti dopo, mentre sedeva con il viso smarrito fumando una sigaretta, chiese ancora: «Dunque può darsi che sia ancora vivo?»

«Da quel che ci ha detto il capo partigiano Jacaud sì, può essere. Il suo giubbotto di volo era in fiamme quando le SS l'hanno preso. Poi l'hanno caricato sul loro autocarro e l'hanno portato via. Ma da quanto ci hanno riferito è stato un vero disastro.»

«Però lui è sopravvissuto.» Molly scosse la testa e spense la sigaretta.

«Molly, dev'essere rimasto gravemente ferito.»

«Forse, ma è ancora vivo.»

«Come fai a essere così sicura?»

«Perché io lo saprei, papà.» Ebbe uno strano, freddo sorriso. «Se Harry Kelso fosse morto io lo sentirei. Tutto qui.»

La porta si aprì e Holly sporse la testa. «Mi dispiace terribilmente, ma quel giovane artificiere della squadra antimine a cui lei, dottoressa, ha amputato la gamba ha avuto un collasso.»

«Vengo subito.» Molly si alzò e baciò il padre su una guancia. «Ho da fare, papà, e ringrazio Dio di essere tanto occupata. Zio Dougal sa dove sono. Mi terrà informata. Ora devo andare.»

Tom Sobel restò lì un attimo, poi la seguì con il cuore pesante.

A Châteaux Morlaix, Kelso era ben vivo e giaceva su un lettino in una stanza del pian terreno che la squadra dei Panzer, installata nel castello, aveva trasformato in infermeria. Era appoggiato a un mucchio di cuscini e fumava una sigaretta. Non aveva riportato ustioni, cosa che aveva dell'incredibile, ma era dolorante in tutto il corpo, aveva il viso malamente escoriato e la caviglia sinistra gli faceva un male d'inferno. La sentinella SS a guardia della porta indossava l'uniforme nera delle divisioni Panzer e imbracciava uno Schmeisser. Restava impassibile, senza volgere neppure uno sguardo ad Harry, fissando il vuoto davanti a sé.

La porta si aprì ed entrò il giovane Hauptsturmführer delle SS che si era presentato come Schroeder, medico dell'unità. Aveva in mano una radiografia.

«Come temevo, colonnello, la caviglia è fratturata, ma la frattura è pulita. Ho parlato con il mio comandante, il maggiore Muller. Si trovava a Dinard per trascorrervi la serata. Sta venendo qui.»

«Grazie, capitano. Lei è molto efficiente.»

«Siamo orgogliosi del nostro servizio sanitario, colonnello. Abbiamo un apparecchio portatile per eseguire radiografie, nonché una sala operatoria ben allestita. I nostri uomini si aspettano il meglio da noi. Dopotutto siamo SS.»

«Il suo inglese è eccellente, capitano.»

«Ho passato un anno al Southampton General Hospital poco prima della guerra.»

In quel momento si aprì la porta ed entrò uno Sturmbannführer in uniforme nera costellata di decorazioni. Schroeder salutò battendo i tacchi.

«Maggiore Muller.»

«Che succede qua?» chiese Muller in tedesco.

«Quest'ufficiale è un tenente colonnello dell'Air Force americana, colonnello Kelso. Mi ha dato il suo nome, grado e numero di matricola. Ha una caviglia fratturata.»

«Bene, com'è capitato qui?»

«Pilotava uno di quei Lysander che gli inglesi usano per paracadutare agenti segreti in Francia. Gli ME109 di Fermanville l'hanno abbattuto.»

«Mentre atterrava o mentre decollava?»

«Le nostre pattuglie l'hanno visto atterrare. Gli ME l'hanno intercettato mentre stava decollando.»

«Il che significa che ha scaricato a terra qualcuno. Hanno fatto qualcosa in proposito?»

«Suppongo che abbiano concentrato tutta la loro attenzione sull'aereo abbattuto, maggiore.»

«Lei suppone?» Muller scosse la testa. «Dio mi aiuti. Comunque, lei dovrà farmi da interprete.»

La cosa migliore sarebbe stata restare in silenzio, ma ora la caviglia gli doleva terribilmente, così Harry disse in tedesco: «Non sarà necessario, maggiore, ma quel che è necessario ora è farmi un'iniezione di morfina, e far qualcosa per la mia caviglia».

I due ufficiali delle SS rimasero stupefatti. Muller replicò: «Mi congratulo per la sua padronanza della nostra lingua, colonnello».

«Grazie, ma che intendete fare per la mia caviglia? Ho ottemperato alle norme della Convenzione di Ginevra, dichiarando il mio nome, grado, numero di matricola.»

Muller corrugò la fronte e attraversando a grandi passi la stanza si avvicinò all'angolo dove era appeso alla spalliera di una sedia il giubbotto di Harry. Notò le medaglie e le ali della RAF.

«Buon Dio, colonnello, ha fatto una carriera di guerra interessante!» Estrasse un portasigarette d'argento, ne offrì una ad Harry e gli porse un accendino. «Il capitano Schroeder si occuperà subito di lei. Dopotutto noi siamo tutti soldati qui. Parlerò con lei più tardi.»

Fece cenno a Schroeder e uscì. Il medico lo seguì. «È una brutta frattura», osservò, «ma posso sistemarla. Un piccolo intervento e poi un'ingessatura.»

«Tutto quello che occorre, dottore.»

«Un'altra cosa, signore», aggiunse Schroeder, «non abbiamo informato né il quartier generale della Luftwaffe a Saint Malo, né la base aerea di Fermanville del fatto che il pilota è sopravvissuto.»

«E non lo faremo neanche», ribatté Muller vivamente. «Le medaglie del colonnello sono eccezionali, e non ha notato le ali della RAF sul suo petto? Significa che era un volontario americano nella RAF, prima che gli Stati Uniti entrassero in guerra. Quest'uomo è un pesce grosso, Schroeder, molto grosso.»

«Ma, maggiore», balbettò Schroeder, «il regolamento stabilisce che si informi la Luftwaffe della sua presenza.»

«All'inferno la Luftwaffe», replicò Muller. «Manderò un avviso al quartier generale del Sicherheitsdienst delle SS a Berlino. La cosa deve essere riferita al vertice.» Gli diede un'amichevole manata sulle spalle. «Veda di fare un lavoro ottimo per quest'uomo, dottore», e si allontanò in fretta.

Come la maggior parte del personale della Prinz Albrechtstrasse in quei giorni, Bubi Hartmann preferiva non tornare a casa, data la regolarità delle incursioni aeree della

RAF. Si era fatto installare una brandina in un angolo del suo ufficio. Quella notte aveva dormito benissimo fino alle tre del mattino, quando le sirene avevano annunciato l'incursione. Mezz'ora d'inferno, poi gli aerei nemici si erano allontanati. Si alzò, andò alla toletta, si sciacquò la faccia con l'acqua fredda. Poi tornò alla scrivania, tirò fuori una bottiglia e si versò una buona dose di brandy. Cominciò a esaminare delle carte e un attimo dopo la porta si apriva e Trudi entrava. Come Bubi, anche lei si era fatta sistemare una brandina nell'ufficio esterno. In una mano sventolava un radiomessaggio.

«Trudi? Stai bene?» chiese Hartmann.

«Sì, grazie, ma non so come si sentirà lei dopo aver letto questo. È un rapporto di un maggiore a un comando di un'unità di Panzer in una base della Bretagna, Morlaix. Il posto radio l'ha ricevuto venti minuti fa.»

«Che ha di speciale?»

«Lei ha diramato un comunicato urgente, la settimana scorsa, per qualsiasi notizia riguardasse il tenente colonnello Harry Kelso.» Gli porse il foglio. «Legga un po'.»

Dopo qualche minuto, mentre Hartmann sedeva in silenzio fumando una sigaretta e pensando al da farsi, lei incalzò: «Pensa di avvertire il barone?»

Lui scosse la testa. «Non me lo posso permettere, Trudi. Questo riguarda il Reichsführer. Ha passato la notte qui?»

«Sì, credo che sia qui.»

Hartmann prese un foglio di carta e una penna. «Vai a chiamare un'ordinanza.»

Lei si avviò, poi sulla porta si voltò. «Kelso è prigioniero di guerra, no? Voglio dire, questo è un fatto.»

«Non essere stupida, Trudi. Non è un prigioniero comune e lo sai benissimo. Adesso fai venire un'ordinanza.»

La donna uscì, Hartmann scrisse un breve appunto per Himmler, lo pose in una busta insieme al radiomessaggio e sigillò la busta.

Erano le nove del mattino quando il Reichsführer lo mandò a chiamare. Himmler in alta uniforme era in piedi accanto alla finestra e fissava con sguardo assente la città. Parlò senza voltarsi.

«Un'altra notte di bombe e terrore, e quel grasso pagliaccio di Göring giurava che se una sola bomba fosse caduta su Berlino saremmo finiti a pulire cessi.»

«È così, Reichsführer.»

«Ecco come la Luftwaffe ci aiuta a vincere la guerra. Non riesce neanche a proteggere Berlino.» Si voltò. «Così restiamo solo noi per aiutare il Führer a compiere la sua gloriosa missione.» Andò alla scrivania e prese il foglietto del radiomessaggio. «E questo, colonnello, ci offre finalmente la nostra grande occasione.»

Bubi restò stupefatto. «Reichsführer?»

Himmler sedette. «Dio talvolta guarda in giù attraverso le nubi, colonnello, e questa mattina l'ha fatto. Ti ho trovato il sicario che ti occorre.»

Bubi era completamente disorientato. «Temo di non capire, Reichsführer.»

«Ma è semplice. Abbiamo in nostre mani il tenente colonnello Kelso dell'Air Force americana. Un po' maltrattato, ma ancora buono. Secondo i tuoi rapporti compie voli di collegamento per i servizi speciali e spesso accompagna in aereo Eisenhower.»

«Esatto.»

«Così noi lo lasciamo evadere e tornare in Inghilterra, dove alla prima occasione liquida Eisenhower.»

Per un attimo Bubi pensò che Himmler fosse diventato matto. «Ma, Reichsführer, perché dovrebbe farlo? E in ogni caso, ha una caviglia rotta.»

«Ma suo fratello no.» Himmler sogghignò vedendo l'espressione sconcertata di Hartmann. «Sono perfettamente identici, o almeno così mi hanno riferito. Un semplice cambio di uniformi è tutto quel che ci occorre. Noi gli combiniamo una conveniente evasione da Châteaux Morlaix, gli lasciamo rubare uno Storch o qualche altro aereo dalla base di rifornimento fuori città. Ce n'è una, ho controllato. Così lui torna a Cold Harbour e al suo generale Munro. Anche se non gli ridanno l'incarico di accompagnare in aereo Eisenhower, il buon generale certamente vorrà vederlo.»

Bubi Hartmann lottò per cercare di rendersi conto del progetto. «Ma, Reichsführer, se il barone von Halder dovrà impersonare suo fratello, avrà bisogno di sapere tutto su di lui e sulla sua vita, e questo presuppone che il colonnello Kelso acconsenta a collaborare al piano e che anche il barone sia d'accordo.»

«Oh, lo sarà, lo saranno tutti e due, specialmente dopo che tu avrai arrestato la loro madre, cosa che farai questa mattina stessa. Con molta discrezione, naturalmente. Ho già parlato personalmente con il maggiore Muller a Châteaux Morlaix, informandolo che ora si trova direttamente ai miei comandi. Il castello sarà chiuso a tutti, e andrà benissimo per il nostro piano.»

«Ma, Reichsführer, come potremo persuadere il barone e suo fratello a collaborare?»

Himmler glielo disse con tutti i particolari. Quando ebbe finito Bubi sentì un'ondata di nausea.

«Mi sembri sconvolto», osservò Himmler. «Avrei pensato che tu fossi felice di quest'occasione di servire il Reich. Tu devi molto al Reich, colonnello, ti è stata aperta una carriera invidiabile, per uno che ha precedenti ebrei.» Bubi rimase muto per l'orrore e Himmler sorrise gentilmente. «Come potevi pensare che io non lo sapessi? E questa macchia tocca tutta la tua famiglia. Tuo padre è ancora vivo, credo, e sua sorella? Tua moglie, se ben ricordo, è rimasta uccisa in un incidente automobilistico a ventidue anni, così non hai figli, ma naturalmente c'è la questione della tua segretaria, la signora Braun, una relazione intima.»

Bubi fece un respiro profondo. «Che cosa vuole il Reichsführer da me?»

«Bene, ho sempre ammirato il tuo pragmatismo. Ho avuto colloqui telefonici con Nunes Da Silva, il ministro portoghese degli Esteri di cui ti ho parlato. Quell'addetto commerciale presso la loro ambasciata qui a Berlino, quel Joel Rodrigues, verrà trasferito a Lisbona oggi. Tu gli parlerai questa mattina, scriverai un rapporto per suo fratello e quella Dixon a Londra, riferendo per sommi capi l'operazione. E gli dirai di aspettarsi l'arrivo del barone entro qualche giorno.»

«Ma Joel Rodrigues a Londra, Reichsführer? Non capisco.»

«È semplice. Nunes Da Silva assegnerà Joel Rodrigues a servizi di collegamento. Oggi stesso tu lo metterai su un aereo per Lisbona e domani volerà a Londra con la solita valigia diplomatica. Questo è quel che fanno gli agenti di collegamento, mio caro colonnello. Così, noi abbiamo il barone a Londra, spalleggiato dalla Dixon e dai fratelli Rodrigues. Non vedo come il piano potrebbe fallire. Che ne dici?»

Bubi aveva la bocca così asciutta che non riusciva a inghiottire. Tossì. «Sono d'accordo, Reichsführer.»

«Eccellente, vecchio mio. Ora che, a quanto pare, ho organizzato tutto il lavoro per te, mi farai il piacere di portarlo avanti.»

Per prima cosa Hartmann ordinò a Trudi di rintracciare Joel Rodrigues e convocarlo subito a rapporto. E di presentarsi poi con il suo taccuino per stenografare i suoi ordini. Quindi si versò un altro bicchierino di brandy.

«Lei è proprio obbligato a farlo?» chiese la donna.

«Devo farlo per salvarmi il collo. Capirai quando avrò finito di dettare.»

Le dettò una lettera di istruzioni per Fernando Rodrigues e Sarah Dixon, con tutto il piano nei minimi particolari, così come l'aveva progettato Himmler.

Quando finì, Trudi osservò: «Quello è pazzo, senz'altro. Perché Kelso e il barone dovrebbero consentire a collaborare?»

Bubi glielo disse. La donna rimase un attimo immobile, pallida come un cencio, poi corse nel suo bagno. Hartmann la sentì vomitare nel lavabo, poi sentì scorrere l'acqua. Dopo un po' Trudi tornava, sempre più pallida.

«Che sudicio maiale! Ma lei pensa proprio di farlo?»

«Non ho scelta. C'è sangue ebreo nella mia famiglia, Trudi. Credevo che non lo sapesse nessuno, ma lui lo sa. Mio padre è minacciato, la mia vecchia zia. Persino tu, come mia segretaria.»

«Oh, mio Dio!»

«Vedi bene che non ho scelta.»

Trudi rimase seduta a fissarlo finché udì il campanello squillare nello studio esterno. Si alzò senza dir parola, uscì e tornò con Joel Rodrigues.

«Scrivi a macchina quella lettera», ordinò Hartmann, «e fai più presto che puoi.»

Joel portava l'impermeabile e tormentava nervosamente con le dita la tesa del cappello. «Ho delle notizie sorprendenti, colonnello.»

«Lo so. Sei stato richiamato a Lisbona e devi ripartire subito. Io ho l'ordine di organizzare la tua partenza in aereo per quella bella città il più presto possibile. Sei stato probabilmente già informato da Nunes Da Silva, il vostro ministro degli Esteri.»

«Ma lei come lo sa, colonnello?»

«Io so tutto. Ti ha detto perché ti richiama?»

«No.»

«Te lo dico io. Sarai assegnato al servizio collegamenti e porterai la valigia diplomatica per aereo a Londra. Resterai a Lisbona solo poche ore.»

Joel parve immediatamente allarmato. « Ma, colonnello, questo non era nei nostri accordi.»

«Lo è adesso. Naturalmente potresti discutere la faccenda

con il Reichsführer. O con Da Silva, quando torni a Lisbona. Ma non te lo consiglierei. Tu sei una pedina piccola, Rodrigues, coinvolto in cose più grandi di te. Se ci penso, lo sono anch'io. Non abbiamo scelta, ragazzo mio, qualcuno ha scelto per noi.» Trudi entrò con la lettera d'istruzioni, Bubi la lesse, la piegò e la pose in una busta senza firmarla. La porse a Joel Rodrigues. «Per tuo fratello. Trovati all'aeroporto tra due ore.»

«Sì, colonnello.»

Joel uscì e Bubi si accese una sigaretta. «Vedi di scoprire dove si trova Max, poi ordina un aereo per me, per partire fra, diciamo, tre ore. Uno Storch andrà bene. Guiderò io stesso.»

«Ci sarà qualche passeggero?»

«Be', la baronessa, naturalmente.» Si alzò e mentre Trudi raggiungeva la porta la richiamò: «Trudi?»

Lei si voltò. «Sì?»

«Qualunque occasione ti si presenti per sparire dalla circolazione, vedi di coglierla. Solo nel caso che le cose si mettano male. Capito?»

«Perfettamente. Ma preferirei aspettare e vedere.» Era stranamente calma quando uscì.

Trattare con Elsa von Halder fu straordinariamente facile. Bubi si attenne per quanto possibile alla pura verità. Quando bussò alla porta della suite all'*Hotel Adler*, venne ad aprirgli Rosa Stein. Elsa era seduta vicino al fuoco e leggeva una rivista. La depose e tese la mano a Bubi che la baciò.

«Che sorpresa, colonnello!»

«Le porto notizie di enorme importanza, baronessa. Suo figlio, il colonnello Kelso, è stato abbattuto ieri notte, durante una missione in Bretagna. Ora è in nostre mani.»

Lei chiese, calmissima: «Sta bene?»

«Ha una caviglia rotta. Si trova in una località chiamata

Châteaux Morlaix. Io ho ordine di recarmi immediatamente là in aereo per interrogarlo.»

«Max è al corrente?»

«Non ancora, ma verrà informato. Io parlo a nome del Sicherheitsdienst delle SS, il che significa il Reichsführer. Mi ha dato facoltà di condurla con me, se lei lo desidera.»

«Posso portare con me la mia cameriera?»

«Naturalmente.»

La baronessa si alzò. «Quanto tempo mi dà, colonnello?»

«Manderò una macchina a prenderla fra un'ora.» Si pose in testa il berretto e fece il saluto militare. «La prego di scusarmi. Ho molte cose da fare.»

Mentre Rosa faceva i bagagli in fretta e furia, Elsa le riferiva la sua conversazione con Bubi Hartmann.

«Che cosa strana sarebbe, baronessa», osservò Rosa, «se le capitasse di vedere i suoi due figli insieme.»

«Da tanto tempo non accade più, da tanto tempo!» Elsa pose i gioielli nel solito scrigno e lo passò a Rosa. «Mettilo nella mia borsetta. Oh, e anche questa.»

Tirò fuori una pistola Walther PPK da un cassetto, estrasse il caricatore, controllò l'arma con gesti esperti e la ricaricò.

Rosa la mise nella borsetta. «Pensa che potrebbe averne bisogno, baronessa?»

«Chi sa.» Elsa von Halder sorrise con espressione serena. «Val sempre la pena di essere preparati.»

13

A FERMANVILLE, nel tardo pomeriggio Max stava godendosi un drink con un gruppo d'ufficiali in sala mensa quando entrò Bubi Hartmann. Max si scusò con gli altri e gli andò incontro.

«Bubi, qual buon vento ti porta qui?» e poi corrugò la fronte.» «C'è qualche problema? Mia madre?»

«Andiamo in un angolo dove si possa parlare. Non è cosa da dire in pubblico.»

Gli altri ufficiali li guardarono un attimo, poi si voltarono dall'altra parte davanti al cipiglio di Bubi.

«Che succede?» chiese ancora Max.

Bubi allontanò con un cenno il cameriere. «Conosci un posto che si chiama Châteaux Morlaix, a circa quaranta miglia da qui?»

«Naturalmente. C'è una base di rifornimento della Luftwaffe. Usiamo spesso la sua pista d'emergenza.»

«Io sono atterrato là questo pomeriggio da Berlino in uno Storch. Con tua madre e la sua cameriera.»

Max provò un senso di angoscia. «È in arresto?»

«Non nel modo che pensi. Leggi qui, Max.» Trasse di tasca una busta, tirò fuori una lettera e gliela passò. Era carta di prima qualità e recava l'intestazione impressa in nero.

Berlino, aprile 1994

Der Reichsführer – SS

il latore agisce per mio ordine espresso con una missione di estrema importanza per il Reich. Tutto il personale, sia civile sia militare, deve assisterlo in qualsiasi modo egli chieda.

Heinrich Himmler

La lettera era controfirmata dal Führer.

Max gliela restituì. «Le tue credenziali sembrano impeccabili. In tali circostanze, ho veramente bisogno di un drink.» Fece cenno al cameriere. «Cognac, bicchieri grandi.» E rivolgendosi a Bubi: «Dolfo Galland sarà ad Abbeville domani. Voleva che gli andassi incontro».

«Lo so, ma è stato già informato che, al momento, tu sei distaccato dal comando aerei da combattimento.»

«A questo punto?» Il cameriere comparve con i cognac. Max vuotò il suo bicchiere in un solo sorso. «E allora, Bubi, che cosa abbiamo qui? Ho sentito dire che un'unità di Panzer delle SS aveva occupato Châteaux Morlaix.»

«Sicuro, e adesso è ai miei ordini diretti. Un cerchio d'acciaio intorno a quel posto.»

«Perché mia madre è la? Su, parla, Bubi.»

«No, perché tuo fratello è là.» Bubi ingoiò in un colpo il suo cognac. «Se raduni in fretta le tue cose, partiamo.»

«Harry è a Châteaux Morlaix?» Max era molto pallido. «Dimmi tutto.»

«Te lo dirò lungo la strada, Max. Muoviti per favore e ricordati che tutto questo è top secret.»

Max non si curò di chiamare la sua ordinanza ma radunò le sue cose egli stesso. Mentre stava terminando si aprì la porta ed entrò il maggiore Berger, vicecomandante della base. «Hartmann ha eseguito un ordine di Himmler in persona, che mi ha dato i brividi. Lei è assegnato al comando delle SS di Morlaix.»

«Così pare.»

«Ma che sta succedendo? Ho avuto ordine di distaccare un ME109 alla base di rifornimento di Morlaix. E anch'esso sarà agli ordini di Hartmann.»

Max chiuse la lampo della sua borsa. «Chi pensa di mandare?»

«Pensavo al giovane Freiburg.»

«Non è una cattiva scelta. Quel ragazzo ha dei numeri.» Max prese le sue due borse con entrambe le mani. «Ora devo andare.»

«Max», aggiunse Berger. «Noi siamo amici da tanto tempo. Lei è forse nei guai?»

«Non più di quanto lo siamo tutti, da quando Hitler è salito al potere nel '33.» Max sorrise. «Pensi alla salute» e uscì.

L'auto era una Citroën lunga e nera, e c'era Bubi al volante. Max sedette accanto a lui e si accese una sigaretta.

«E allora, che cos'è accaduto ad Harry?» chiese.

«Stava portando in Francia un agente con un Lysander da Cold Harbour, in Cornovaglia. Credo che tu ricordi quel nome.»

«Perché dovrei?»

«Max, tuo fratello è stato abbattuto qualche settimana fa mentre pilotava un Hurricane scortando un Lysander che tornava a Cold Harbour con a bordo un importante ufficiale francese. Ha abbattuto due ME109, poi si è gettato in mare. È stato Himmler a farmi notare che il pilota del terzo ME sulla scena eri proprio tu. Che cos'è successo, Max?»

«E va bene, Bubi.» Max si mise a ridere. «Io ti dico tutto, poi tu dici tutto a me.»

«D'accordo.»

Quando Max finì di parlare, Bubi osservò: «Non ti condanno, Max. Credo che anch'io avrei fatto lo stesso».

«E adesso dimmi. Che ne è di Harry?»

«A quanto risulta, stava portando in Francia uno di quei capi della resistenza, una missione veloce di andata e ritorno con fari di bicicletta sulla brughiera. Si è alzato troppo al di sopra del livello radar, dopo essere stato colpito da una cannonata di forze navali alleate. Potresti mai crederlo?»

«Oh, potrei credere qualsiasi cosa.»

«Comunque, i ragazzi della vostra base hanno mitragliato l'area di atterraggio e lo hanno abbattuto. È riuscito a venir fuori dalla cabina un attimo prima che il Lysander esplodesse. Stranamente, è stato salvato da una pattuglia di Panzer che si trovava nella zona per caso. Gli hanno strappato di dosso il giubbotto già in fiamme appena prima che il fuoco lo investisse. Ha riportato solo qualche scottatura, ma ha la caviglia sinistra fratturata.»

«Ma per il resto, sta bene?»

«Sì.»

«Sa che io sto arrivando? Lo sa mia madre?»

«Al momento, no.»

«Ho sentito che hai chiesto un ME109. Hanno assegnato il giovane Freiburg a pilotarlo. Perché?»

«Per una precauzione, in caso si incontrino nella zona aerei non autorizzati, il che non è raro in questi giorni.»

Max accese due sigarette e ne passò una a Bubi. «Ma che significa tutta questa faccenda? Il Reichsführer non è un comitato di beneficenza per la felicità delle famiglie. Che cosa vuole?»

«Più tardi, Max, più tardi. Questo è tutto quello che posso dirti per ora.» E Bubi si concentrò nella guida.

A Morlaix Elsa e Rosa erano state alloggiate in un elegante appartamento. Il maggiore Muller era tutto premuroso. Come sempre la vista della lettera firmata da Himmler aveva avuto un ottimo effetto.

«Il colonnello Hartmann è andato a Fermanville a prendere il barone von Halder, baronessa. Secondo le istruzioni lasciate da lui, quando sarà pronta potrà vedere suo figlio.»

«Ah, lei è al corrente...»

«Naturalmente. Come ufficiale delle SS ho prestato un sacro giuramento di obbedienza. In questo caso particolare, sono agli ordini diretti del Reichsführer.»

«Non dica altro», lo interruppe Elsa gentilmente. «In questa circostanza sarei lieta di vedere mio figlio il più presto possibile.»

«Naturalmente, baronessa.»

Harry era seduto sul letto, appoggiato a un mucchio di cuscini, con la gamba sinistra ingessata sostenuta da un altro guanciale. Sfogliava una copia del *Signal* che dimostrava con ricchezza di particolari come la Germania stesse vincendo la guerra. La porta si aprì ed entrò Muller.

«Colonnello Kelso, c'è qui sua madre.»

Elsa entrò nella stanza e Muller si ritirò chiudendosi la porta alle spalle. Harry guardò sua madre e sorrise. «Mio Dio, Mutti, non sei invecchiata per niente. È incredibile.» Lasciò cadere la rivista e le aprì le braccia e Elsa corse da lui.

Dopo qualche istante sedette accanto al letto. «Così tu non hai idea di quel che sta succedendo qui?» le chiese Harry.

Lei scosse la testa. «Ti ho detto tutto quello che so. Di Bubi Hartmann, di Himmler. Max naturalmente mi ha riferito il tuo avvertimento, quando sei stato abbattuto e lui ti ha salvato. Da dove avevi avuto quell'informazione?»

«Io facevo voli speciali per i servizi segreti inglesi. Le persone con cui tratto hanno dei contatti a Berlino.»

«Ho capito. Così, tu non ti sei sposato?»

«Mutti, ho solo ventisei anni.»

«Tuo padre ne aveva ventidue quando mi ha sposato.»

«Be', sono stato molto occupato.»

Lei si accese una sigaretta. «Insomma, io non so quel che sta succedendo qui, non lo sai neanche tu?»

«Così pare.»

«C'è una ragazza nella tua vita?» chiese ancora Elsa. «Una brava ragazza?»

«Forse. Sua madre era inglese, uccisa durante un'incursione. Suo padre è un generale americano.»

«Sembra promettente.»

«Ha circa la mia età ed è un brillante medico chirurgo.»

«Non potrebbe andar meglio. Sono favorevolmente impressionata.»

«Non è il caso, Mutti. Quella ragazza merita di meglio.»

Prima che lei potesse replicare la porta si aprì e comparve Bubi. «Un altro ospite per lei, colonnello.» Fece un passo indietro e Max entrò.

La cena fu servita nella splendida sala da pranzo del castello. Harry fu portato giù da due attendenti delle SS e sistemato su una sedia. Muller, Schroeder e due giovani tenenti si unirono al gruppo. Il cibo era eccellente: zuppa di tartaruga, montone arrostito alla perfezione, un'eccellente insalata, buon champagne e un chiaretto di prima qualità, Châteaux Palmer di prima della guerra.

«Devo dire», osservò Elsa, «che le SS sanno come fare le cose, maggiore Muller.»

«Qualsiasi altra cena per lei sarebbe stata del tutto inaccettabile, baronessa», replicò galantemente il maggiore e alzò il bicchiere. «Ai bravi di ogni paese, al colonnello Kelso e al barone von Halder, fratelli d'armi.»

Tutti si alzarono tranne Elsa ed Harry, unendosi al brindisi. «E ora, maggiore», disse Bubi, «se vuole scusarci.»

«Naturale, colonnello.»

Mentre Muller e i suoi ufficiali si avviavano alla porta, Schroeder si voltò. «Ho parlato con il medico di qui, colonnello Kelso, domani le procurerà le stampelle.»

«Vi ringrazio della cortesia», rispose Harry.

La porta si chiuse. Bubi si alzò, prese la bottiglia di chiaretto e girò intorno al tavolo riempiendo i bicchieri.

Max ruppe gli indugi. «Allora, Bubi, a che gioco giochiamo?»

Bubi si fermò accanto al caminetto. «Tutti pensano che la questione importante, a proposito dello sbarco, sia il punto in cui gli alleati contano di sbarcare. Ma il Führer non è d'accordo. Pensa che dovremo concentrare i nostri sforzi su un obiettivo che ne valga la pena.» Fece una pausa. «Come assassinare il generale Eisenhower.»

I presenti allibirono.

«Ma è pazzesco», borbottò Max.

«Lo è, ma sfortunatamente Himmler è d'accordo con il Führer. Io ho degli agenti a Londra, che non fanno parte dell'Abwehr e sono ancora in circolazione. Attraverso loro, colonnello Kelso, io so tutto del generale Dougal Munro, del maggiore Carter, di Cold Harbour e del settore operativo speciale di Baker Street. So che lei ha un'amica, la dottoressa Sobel, il cui padre è un generale dello staff di Eisenhower. So che lei spesso pilota l'aereo del generale in voli di collegamento. Ho detto al Reichsführer che noi non avevamo alcuna possibilità di soddisfare il desiderio del Führer perché io non avevo nessuno a Londra che fosse capace di eseguire un simile incarico, e che in questa fase della guerra non credevo assolutamente che qualcuno dei nostri agenti potesse arrivare vicino a Eisenhower, anche se riuscivamo a spedire qualcuno in Inghilterra.»

«E allora?» chiese Kelso.

«Ma la situazione è cambiata quando lei è caduto nelle nostre mani, perché il Reichsführer se n'è venuto fuori con una soluzione per il nostro problema, anche se a me sembra un'idea strampalata.»

Fece una pausa e Max lo incitò: «Va' avanti, Bubi».

«La faccenda dovrebbe andare pressappoco così. Il colonnello Kelso evade, ruba uno Storch sulla pista d'atterraggio e torna in volo a Cold Harbour per essere accolto come un eroe. Eisenhower certamente desidera vederlo. Se no, sicuramente avrà l'incarico di pilotare l'aereo del generale in qualche occasione, come ha già fatto spesso in passato. E quando si presenta il momento buono, lo assassina.»

Ci fu un profondo silenzio, poi Harry uscì in una risata senza allegria. «E come potrei fare tutto questo? Non avrò le stampelle fino a domattina.»

«Lei non ha capito», spiegò Bubi. «Non sarebbe lei ad agire, sarebbe Max.»

Elsa si lasciò sfuggire un piccolo grido: «Oh, mio Dio!»

Max bevve un sorso di chiaretto e depose il bicchiere. «E perché dovrei fare una cosa simile? Io piloto aerei da combattimento, Bubi. Questo è il mio compito. Qualunque cosa io sia, non sono un assassino.»

Bubi si avvicinò al tavolo e versò altro vino. Era visibilmente agitato.

«Io sono solo un messaggero. Anch'io ho il coltello di Himmler alla gola. Non sono io che ho progettato la cosa.»

«E va bene», incalzò Max. «Fuori il peggio.»

«La baronessa, purtroppo, ha frequentato la cerchia sbagliata di amici. Diciotto arrestati, dodici giustiziati, fra cui diversi generali e due donne. Questa si chiama complicità in un reato. Ora, mettiamola così. Se voi due non collaborate, la situazione peggiora gravemente per lei.»

Elsa gli scagliò il suo vino in faccia. «Bastardo!»

Max balzò in piedi e le afferrò il braccio. «Non fare sciocchezze. Bubi non ha scelta in tutto questo, come non ne abbiamo noi.»

«All'inferno con tutte queste chiacchiere», interruppe Harry. «Se decidi di farlo hai bisogno della mia collaborazione, Max. Particolari della mia vita, la mia ragazza Molly, Munro e i miei amici a Cold Harbour, e Eisenhower, Southwick House.» Scosse la testa. «Non lo farò.»

Bubi si asciugò il viso con un fazzoletto e Max si rivolse a lui. «Dacci un po' di tempo per pensarci.»

«Fino a domattina», rispose Bubi. «È tutto quel che posso fare.» Si voltò e uscì.

Tornato nella sua stanza telefonò a Himmler in Prinz Albrechtstrasse, e lo trovò ancora nel suo ufficio. «Penso che sia opportuno aggiornarla, Reichsführer.» Riferì quello che era avvenuto e concluse: «Che devo fare?»

«Ti ho già detto quel che devi fare, colonnello. Lascia che ci pensino su. Non dormiranno molto stanotte, credo. Fagli servire una buona colazione, con tutte le premure. Poi a una certa ora, diciamo le dieci, fai cadere la scure. Non credo che avrai altre difficoltà.»

«D'accordo, Reichsführer.»

«Adesso devo andare, colonnello. Devo trovarmi a Parigi, parto con un volo notturno. Se hai bisogno di me, sarò al quartier generale della Gestapo a Parigi.»

«Come comanda, Reichsführer.»

Bubi depose il ricevitore, immaginandosi lo JU52 personale di Himmler che si levava nella notte. Se solo un Mosquito della RAF potesse sbucar dalle nubi e spazzarlo via dal cielo! Ma questo era sperare troppo.

Elsa si era ritirata e gli attendenti delle SS avevano riportato Harry nella sua stanza e l'avevano aiutato a tornare a letto. Dopo qualche tempo la porta si aprì ed entrò Max.

«Non c'è nessuno, tranne due sentinelle vicino alla porta. Ti stanno trattando bene, Harry», disse in inglese.

«Mi piace la tua uniforme», osservò Harry. «Molto elegante.»

Max si avvicinò alla sedia dove era appesa la casacca di Harry. Esaminò i nastrini delle medaglie. «Anche tu non sei da meno», soggiunse. Tirò una sedia vicino al letto e trasse di tasca il portasigarette. «Eccoci qui, fratello, ancora una volta insieme.» Offrì ad Harry una sigaretta e l'accendino. «L'unico che manca è Tarquin. Dov'è il vecchio amico?»

«Non chiedermelo. Durante ogni missione di volo lo tenevo nel suo zainetto accanto a me nella carlinga. Per tutta la battaglia d'Inghilterra. Ho dovuto gettarmi con il paracadute sull'Isola di Wight e Tarquin è venuto con me. Due volte ci siamo tuffati in mare.»

«E che cos'è successo questa volta?»

«Mi hanno colpito di brutto e scendendo mi sono impigliato fra gli alberi.» Harry si strinse nelle spalle. «Il Lysander si è spaccato in due e ha preso fuoco. Io ero stordito. Ricordo di aver afferrato lo zainetto mentre mi gettavo fuori, ma il mio giubbotto di volo era in fiamme. Devo riconoscere che quei ragazzi delle SS sono arrivati al momento giusto. Mentre mi trascinavano via il Lysander è esploso.»

«E Tarquin è bruciato con l'aereo?»

«Così pare. Era il mio portafortuna, Max, e ora se n'è andato.»

«Non dire sciocchezze. Sei tu la tua buona fortuna. Sei un grande pilota.» Max sorrise. «Grande quasi quanto me.» Si strinse nelle spalle. «Comunque, chiederò a Bubi di mandare un paio dei suoi uomini a rastrellare la zona.»

«A proposito di Bubi, in che maniera entra in tutto questo?»

«Oh, noi abbiamo compiuto dei voli in Francia, ai vecchi tempi, quando lui era nella Luftwaffe.» Max gli raccontò tutta la storia e concluse: «È vero quello che ha detto. Anche lui è nelle mani di Himmler, come noi».

Andò alla finestra e guardò fuori e Harry chiese: «Adesso, che succederà?»

«Non so. Sentirò domani quel che Bubi ha da dire. E vedremo.»

«Vuoi dire che saresti disposto a fare una cosa simile? Andare ad assassinare Eisenhower?»

Max si voltò. «Eisenhower non significa niente per me, Harry. Sta dalla parte avversa. Ho ucciso una quantità di uomini, e anche tu. È la guerra.»

«D'accordo, ma c'è una differenza. Se il gioco cambiasse

campo e mi mandassero ad assassinare Himmler, un bastardo nazista dei peggiori?»

«Per gli americani e gli inglesi, io sono un bastardo nazista.»

«Ma neanche per sogno. L'enorme maggioranza dei tedeschi non sono membri del partito nazista. Sono stati costretti quando Hitler ha gettato il paese nella guerra. Non avevano scelta.»

«Oh, noi tutti avevamo una scelta. Solo che ce la siamo lasciata sfuggire.» Max si diresse alla porta, poi si voltò. «Quella giovane donna, la dottoressa, tu l'ami?»

«Lei mi ama. Io veramente non so che cosa sia l'amore. Forse non ne ho mai avuto il tempo. Tutt'al più l'avventura casuale di una notte. Tu sai com'è.»

«Temo proprio di saperlo. La vita non è un inferno?» Max aprì la porta. «Ci vediamo domattina.»

All'aeroporto di Lisbona Joel Rodrigues aspettava all'entrata principale, come gli era stato ordinato. Pioveva forte e lui era veramente in pessime condizioni dopo il volo da Berlino in un ME110, un bimotore da combattimento ora usato spesso per servizi di collegamento. Non aveva neppure avuto la possibilità di salutare la sua famiglia. Si sentiva molto infelice.

Una limousine nera si fermò davanti a lui, l'autista uscì ad aprire la portiera posteriore. Un giovane in impermeabile nero, tale Romão, scese e si avvicinò. Aveva labbra sottili e occhi neri, intensi. Conosceva già Joel perché era andato a incontrarlo all'arrivo.

«Oh, eccola, Rodrigues. Il ministro vuole parlarle.»

Joel lo seguì. Il vetro del finestrino posteriore si abbassò e Nunes Da Silva sporse la testa. Con i capelli bianchi lucenti come argento alla luce del lampione, gli occhi slavati nel vecchio volto grinzoso.

«Così lei è Rodrigues?»
«Sì, signor ministro.»
«Lei sa quel che deve fare?»
«Sì, signor ministro.»
«Io non conosco le istruzioni che lei ha ricevuto dal Reichsführer Himmler e non le voglio conoscere. Lei andrà a Londra come corriere d'ambasciata e si metterà in contatto con suo fratello. Voi Rodrigues siete due piccoli sorci avidi. L'intrigo in cui vi trovate riguarda soltanto voi.»
«Ma quanto tempo dovrò restarci, signor ministro?»
«Finché le ordinerò di tornare.» Da Silva si voltò e chiese all'assistente: «A che ora parte l'aereo?»
«All'una di domattina, signor ministro, un TAP Dakota. Preferiscono volare di notte. I tedeschi sono in gamba, ma anche loro possono commettere errori.»
«Vede, Rodrigues?» proseguì Da Silva. «Lei potrebbe finire annegato nel Golfo di Biscaglia, e sarebbe quel che si merita. Accompagnalo all'aereo, Romão», ordinò all'assistente, «poi torna da me all'appartamento.» Alzò il finestrino e la limousine si allontanò.

Rodrigues andò a riprendere la valigia, che aveva lasciato all'entrata. «Che ne dice», commentò Romão, «non è il solito vecchio bastardo? Ma in una cosa ha ragione. Tempo fa hanno abbattuto un aereo passeggeri che aveva a bordo Leslie Howard, nientemeno, lo conosce, l'attore del cinema?»
«Grazie tante!»
«Se ha fortuna sarà a Londra per l'ora di colazione. Splendida città, e stanno vincendo la guerra.» Sorrise. «Naturalmente negherò sempre di averlo detto.»

In ogni caso, il viaggio fu tutt'altro che buono. Incontrarono cieli tempestosi sul Golfo di Biscaglia, il Dakota era sovraffollato, senza un posto libero, molti passeggeri soffrivano il mal d'aria e l'odore era ben lontano dal profumo dei fiori. In qualche modo Joel sopravvisse, con l'aiuto di una mezza bottiglia di brandy che aveva previdentemente portato con sé.

All'aeroporto di Croydon si mise in fila per passare la dogana e i controlli di polizia e d'improvviso scorse suo fratello che l'aspettava dall'altra parte della barriera e lo salutava con la mano. Restituì il saluto e infine si trovò in testa alla fila.

«Passaporto, signore», chiese l'agente di polizia.

Joel lo presentò. «Godo d'immunità diplomatica. Mi sto recando all'ambasciata portoghese.»

«Vedo, signore.» L'agente esaminava il passaporto.

Tanto spesso nella vita le piccole cose portano in sé i segni del disastro. Perché Joel Rodrigues aveva commesso un grave errore che gli altri, Himmler o Da Silva, o Romão avrebbero dovuto prevedere. Il suo passaporto portava i timbri di arrivo e partenza da Berlino.

La Special Branch di Scotland Yard aveva sempre i suoi agenti all'aeroporto. Per caso quel mattino l'ispettore investigativo Sean Riley stava facendo la sua ispezione settimanale e si trovava non lontano di lì. Era un irlandese alto e snello, di Londra, con una cicatrice da bottiglia rotta su una guancia.

L'agente di polizia fece un cenno e Riley avanzò. Non prese in mano il passaporto, gli diede semplicemente un'occhiata, vide tutto, alzò gli occhi e sorrise. «Benvenuto a Londra, signore.»

Joel passò la barriera e abbracciò il fratello. «C'è una macchina che ci aspetta», disse Fernando e gli prese la valigia.

Mentre si allontanavano Riley fece un cenno a un giovanotto con un impermeabile malconcio e sgualcito. «Ecco la tua buona occasione per diventare sergente, Lacey. Segui quei due fino alla fine del mondo.»

«Con piacere, ispettore capo», e Lacey iniziò a pedinare i due portoghesi.

* * *

I servizi segreti britannici sono stati sempre diversi da quelli degli altri paesi soprattutto per un aspetto di particolare importanza. I loro agenti non hanno il potere di eseguire arresti. Ecco perché lavorano sempre congiunti allo Special Branch di Scotland Yard. In quell'epoca Riley faceva regolarmente servizio presso la sezione D del settore operativo speciale, il SOE, agli ordini di Munro. Erano le otto e mezzo quando telefonò a Baker Stret e Jack Carter rispose.

Riley spiegò la faccenda di Joel Rodrigues. «C'era una macchina dell'ambasciata portoghese ad aspettarlo», aggiunse, «e il mio uomo, Lacey, ha sentito l'autista chiamare anche l'altro individuo con il nome di Rodrigues.»

«Interessante», commentò Jack Carter. «C'è altro?»

«Sì. Si sono fermati in un appartamento vicino a Kensington Gardens, Ennismore Mews, hanno depositato i bagagli, poi hanno continuato per l'ambasciata. Lacey, che li seguiva, ha controllato l'appartamento. È a nome di un tale Fernando Rodrigues. L'ho già identificato, è addetto commerciale presso l'ambasciata portoghese.»

Jack fece sentire un grugnito di diffidenza. «Sono sempre addetti commerciali o culturali, Sean, ma penso che questo sia un pesce grosso. Controllo con il generale e torno subito da te.»

Munro era nel suo ufficio, intento a esaminare pratiche e radiomessaggi. Alzò la testa. «Oh, eccoti qui. Abbiamo avuto un'altra segnalazione da Jacaud. Non può fare gran che. Quell'unità delle SS ha chiuso Châteaux Morlaix e l'area intorno in un cerchio di ferro. Hanno visto uno Storch atterrare sulla pista ieri pomeriggio. Ma questo è tutto.»

«Quindi Harry potrebbe essere sempre là, signore?»

«Potrebbe essere qualsiasi cosa, Jack, vivo, ferito, morto. Come diavolo possiamo saperlo? Comunque tu che cos'hai da dirmi?»

Carter espose la faccenda dei due fratelli Rodrigues. Munro ascoltò e annuì. «Riley è un ottimo agente e ha avuto ragione. I timbri di Berlino sul passaporto, questo è il punto.»

«E allora che cosa facciamo, signore?»

«Di' a Riley di sorvegliare i due fratelli ventiquattro ore su ventiquattro. Voglio particolari sulle persone che incontrano, i luoghi, le foto, l'intera procedura.»

«Mi metto subito all'opera, generale.»

La prima colazione a Morlaix fu una riunione di famiglia. Harry era riuscito a scendere le scale con l'aiuto delle stampelle di Schroeder, ed era seduto a un capo del tavolo, con Elsa alla sua sinistra e Max alla sua destra. Bubi era all'altro capo del tavolo. Mangiavano in silenzio, serviti da un'ordinanza delle SS in giacchetta bianca. Uova strapazzate e pancetta, pane tostato, un eccellente caffè.

«Vi trattano bene, voi gentiluomini delle SS», osservò Elsa.

«Noi vogliamo piacere e compiacere», ribatté Bubi. Il suo umorismo era forzato. Sentirono il rombo di un aereo sopra le loro teste e Bubi si alzò e andò alla finestra. «Ah, l'ME109 da Fermanville.»

«Freiburg», osservò Max.

Bubi si voltò e diede un'occhiata al suo orologio. «Nove e mezzo. Bene, torno alle dieci. Mi aspetto che per allora mi diate una risposta», e uscì.

«Che vada all'inferno», imprecò Elsa e fece un cenno all'ordinanza che le versò dell'altro caffè.

«Non è così semplice», ribatté Max. Parlavano in inglese.

«Ricordati chi sei Max. Sei il barone von Halder, il Barone Nero, probabilmente il più grande pilota del Terzo Reich. Che cosa possono farti?»

Max scosse la testa. «Tu non vuoi ancora capire, Mutti. Nelle mani di uomini come Himmler noi non siamo niente.» E rivolto al fratello: «Parlale tu, Harry».

«Ha ragione, Mutti», fece Harry. «Siamo in un guaio d'inferno.»

«Vuoi dire che tu aderiresti a quel progetto folle?»

«Max certo non potrebbe cavarsela senza la mia collaborazione.»

«Dispero del vostro buonsenso!» La baronessa si alzò.

«Mutti», aggiunse Max, «noi dobbiamo pensare a te.»

Lei si drizzò orgogliosamente. «Io sono Elsa von Halder, il Reichsmarshall Göring è mio amico. Nessuno potrebbe toccarmi.»

Uscì dalla sala da pranzo come un superbo veliero a vele spiegate e la porta sbatté alle sue spalle.

Nel salotto dell'ala sud Bubi stava curando l'installazione di un proiettore 16 mm. Aveva scelto quella stanza perché aveva una parete completamente bianca. Congedata l'ordinanza che l'aveva aiutato, prese un rotolo di pellicola da una scatola di latta e lo infilò con somma cura nel proiettore. Dietro di lui si aprì la porta ed entrò Muller.

«C'è qualcosa che posso fare?»

«Sì, li porti qui adesso, poi si fermi ad aspettare fuori: se avrò bisogno di lei la manderò a chiamare.»

Muller si strinse nelle spalle e uscì.

«E allora, Bubi, che si fa qui?» chiedeva Max cinque minuti dopo. Era ritto accanto alla finestra mentre Elsa e Harry sedevano sul divano.

«È un po' troppo presto per andare al cinema, direi», commentò Elsa.

«Prima di cominciare», esordì Bubi «lasciatemi ripetere ancora una volta che io obbedisco solamente agli ordini. Non ho scelta in questa faccenda.»

«Suvvia, vada avanti», incalzò Harry. «Sputi il rospo.»

In quel momento sentirono un rombo sopra le loro teste: ovviamente un aereo in fase di atterraggio. Max guardò fuori dalla finestra. «JU52. Che cosa diavolo sta succedendo qui?»

Non poteva esser vero, eppure in fondo al suo cuore Bubi sapeva che lo era. «Aspettatemi un attimo», disse e uscì.

Muller si stava affrettando lungo il corridoio verso la stanza che usava come ufficio. «Che cosa pensa che sia?» chiese a Bubi.

«Vado a telefonare alla pista d'atterraggio. Lo sapremo subito.»

In piedi nell'ufficio aspettarono con impazienza che il sergente al telefono ottenesse una risposta. Infine disse: «Capisco». Depose l'apparecchio e si voltò, con un'espressione di timore reverenziale dipinta sul volto.

«Il Reichsführer Himmler è appena atterrato con il suo JU52 è sta venendo qui.»

Bubi ebbe bisogno di tutta la sua forza d'animo per mantenere il controllo. Si rivolse a Muller: «Formi una guardia d'onore, naturalmente, poi accompagni il Reichsführer nel salotto dell'ala sud. Così capirà la ragione per cui è arrivato».

«Ai suoi ordini, colonnello», e Muller si affrettò a obbedire con gli occhi lucidi di eccitazione.

«Non ci sarebbe qui un goccio di cognac?» chiese Bubi al sergente.

Il giovane sorrise. «Forse non sarà del migliore, colonnello.» Aprì un cassetto e tirò fuori una mezza bottiglia.

Bubi si portò la bottiglia alla bocca e bevve un lungo sorso. «Direi che non ha torto.» Restituì la bottiglia al sergente. «Però fa il suo servizio lo stesso.» Si voltò e uscì.

Nel salotto lo stavano aspettando. «Dobbiamo star qui seduti tutta la mattina?» protestò Elsa quando Bubi entrò.

«Spiacente. Gli eventi hanno preso una svolta piuttosto drammatica. Il Reichsführer Himmler sarà qui fra qualche minuto. Quello era il suo aereo.»

Forse fu proprio in quel momento che Elsa si rese conto della gravità della situazione. Si portò una mano alla bocca e fu Max che chiese: «È così grave, Bubi?»

«Temo di sì.»

Dieci minuti dopo la porta si apriva. Muller comparve per primo, alzò il braccio nel saluto e Himmler in uniforme e berretto neri entrò, con un bagliore maligno negli occhi dietro gli occhiali montati in acciaio.

«Ah, eccoti qui, Hartmann. La faccenda è risolta?»

«Credo di no, Reichsführer.»

«Come temevo. Per questo ho deciso di far dirottare il mio aereo, ma realmente non ho tempo da perdere. Devo essere a Parigi il più presto possibile, quindi facciamo alla svelta.» Si rivolse a Max, Harry ed Elsa. «Il colonnello Hartmann mi ha detto che vi ha spiegato la ragione della vostra presenza qui. Pare che voi facciate delle difficoltà.»

Elsa, orgogliosa fino all'ultimo e trattenendo a fatica le lacrime, proruppe: «Ma lei non può trattarmi così. Io sono la baronessa von Halder e...»

«Lei è uno dei traditori del Reich», replicò Himmler tranquillamente. «Molti dei suoi perfidi complici hanno già pagato il fio del loro tradimento. Se avessi potuto fare a modo mio, lei avrebbe fatto la stessa fine. Tuttavia, ora lei ci serve.»

Max balzò in piedi. «Maledetto!»

Himmler, imperturbabile, si rivolse a Muller: «Maggiore, fatevi consegnare da questo ufficiale la sua pistola».

Muller estrasse la propria arma, avanzò di un passo ed eseguì l'ordine. Fu Harry che intervenne: «Avanti, procediamo con questa buffonata. Che cosa volete da noi?»

«Il reato di cospirazione contro il Führer comporta la condanna a morte. Impiccagione con corda di pianoforte. L'esecuzione viene filmata come monito, diciamo, per scoraggiare gli altri.» Fece un cenno a Muller. «Chiuda le tende.»

Muller obbedì e Bubi diede inizio alla proiezione.

La pellicola era raccapricciante. Le vittime venivano spinte avanti, una dopo l'altra, dalle guardie SS. Erano in uniforme, ma ogni insegna di grado era stata strappata dalle loro giacche. Con corde di pianoforte annodate intorno al collo venivano sollevati e sospesi a ganci da macellaio. Alcuni defecavano al momento della morte e le convulsioni finali erano orribili a vedersi. Particolarmente atroce fu l'esecuzione delle due donne, una delle quali pareva avesse almeno settant'anni.

Quando la pellicola terminò, ci fu un silenzio di tomba. D'improvviso Elsa si scosse, balzò in piedi, corse verso il caminetto e vomitò. Muller andò ad aprire le tende.

Fu Himmler a parlare per primo: «Deploro la violenza in tutte le sue forme, ma davanti al tradimento il Terzo Reich si deve difendere. Che siano uomini o donne, tutti i traditori devono ricevere lo stesso castigo». Si rivolse a Max e Harry. «Nel vostro caso, voi avete la possibilità di rendere al Reich un grande servigio. In cambio, a vostra madre, sarà risparmiata la vita. Se insistete a creare difficoltà...» Si strinse nelle spalle. «Avete visto che cosa accade. C'è una sola forma di esecuzione. Ordine espresso del Führer.» Elsa tornò barcollando al divano, premendosi un fazzoletto sul viso. Himmler si rivolse a Max: «Lei, barone, sarà ragionevole, spero».

«Sì, dannazione!» proruppe Max.

«E lei, colonnello?» chiese rivolto ad Harry.

Harry rimase in silenzio, pallido come un morto.

Himmler continuò con voce tranquilla e sommessa: «Non occorre farle notare che, se sua madre dovrà scontare l'estrema condanna, lo stesso toccherà al barone von Halder. Lei è pronto a sacrificarli *entrambi* colonnello?»

«Piccolo schifoso bastardo!» imprecò Harry ma Himmler vide che aveva vinto.

«Eccellente», approvò e si rivolse a Bubi. «Devo ripartire e lascio la faccenda nelle tue capaci mani, colonnello. E invidio il tuo immancabile successo.»

Uscendo fece un cenno a Muller, che lo seguì. Elsa singhiozzava piano, mentre Max si accendeva una sigaretta e

Harry fissava la parete. «Pensi davvero che io possa compiere l'impresa, Bubi?» chiese Max.

«Con la collaborazione di tuo fratello sì. Avete ventiquattro ore per accordarvi e lavorare insieme, poi tu partirai.»

«Porco!» proruppe Elsa. «Come può partecipare a un'infamia simile!»

«Vi ho già detto che Himmler mi tiene il coltello alla gola», spiegò Bubi. «Io ho in parte sangue ebreo. Pensavo che non lo sapesse, ma quel demonio sa tutto. Minaccia la mia famiglia, mia moglie è morta ma c'è il mio vecchio padre, mia zia. E questo è solo l'inizio.»

Max lo guardò con sincera compassione. «Sono davvero dolente.»

«Lo sono anch'io. Ma insomma, adesso ci siamo dentro.» Fece un respiro profondo. «Bene, cominciamo dal principio. Ora che abbiamo stabilito che partirai, dobbiamo fare qualche cosa per la tua faccia.»

«La mia faccia?»

Ma sì, tuo fratello ha una cicatrice ben visibile sulla guancia sinistra. Dovremo provvedere anche a questo.»

Max e Harry si scambiarono uno sguardo interrogativo.

«Ma come?»

«Schroeder è venuto fuori con un'idea. Lascerò che ve la dica lui.»

«E allora mettiamoci all'opera», fece Max, e lasciò che Bubi uscisse per primo. Quando gli altri furono già oltre la porta, pose la mano sul braccio di Harry. «Troveremo qualcosa, fratello.» Harry annuì cupo e lasciò la stanza.

14

A MEZZOGIORNO Bubi li condusse per un lungo corridoio fino alla stanza dove Schroeder aveva allestito una specie di sala operatoria. Harry lo seguiva con le sue stampelle, Max era al suo fianco. Schroeder portava un camice bianco sopra l'uniforme. C'era un assortimento di strumenti chirurgici e un'ordinanza in camice bianco.

«Non è esattamente il mio lavoro», osservò Schroeder, «ma farò del mio meglio.» Fece un cenno ad Harry. «Lei sieda qui.» Harry si mise con cautela su una sedia e Schroeder si rivolse a Max: «Le ho preparato questa poltrona, colonnello, è il meglio che ho trovato. Ma per prima cosa si infili questo camice».

L'ordinanza l'aiutò a indossarlo, Max sedette sulla grande poltrona di cuoio. «E adesso che cosa avviene?» chiese.

Schroeder stava riempiendo una siringa. «Questo è un anestetico locale. Renderà insensibile la sua faccia per un paio d'ore. Agisce quasi istantaneamente.» Max trasalì quando l'ago gli entrò nella carne. Dopo un attimo chiese con voce roca: «E ora?»

Schroeder stava esaminando la guancia sinistra di Harry. «Buon lavoro, è relativamente recente, ho indovinato?»

«Sì.»

Schroeder si rivolse a Max. «Diciamo che lei ha battuto la faccia nella caduta, riportando escoriazioni esterne alla guancia sinistra. Poiché la cicatrice di suo fratello è solo recente, è ragionevole pensare che si sia riaperta.»

«Se lo dice lei.» D'improvviso Max non sentì più la faccia.

«Perciò è stato necessario suturarla di nuovo.» Schroeder annuì. «Il che è appunto quello che farò.»

«Ma lui non ha una cicatrice», fece notare Harry.

«Certo, ma presto l'avrà.» Schroeder fece un cenno all'ordinanza. «Tienigli ferma la testa, e lei, colonnello, afferri i braccioli della poltrona.»

Max obbedì. Schroeder si avvicinò al tavolo su cui erano disposti gli strumenti chirurgici, prese una sbarretta piatta d'acciaio, si voltò e senza alcun preavviso colpì di traverso la guancia sinistra di Max. La sua testa si voltò di scatto per la violenza del colpo, malgrado l'ordinanza la tenesse ferma. Ma non sentì alcun dolore. Schroeder lo colpì altre due volte con minor forza, poi gettò la sbarretta in un secchiello.

«Bene, questo dovrebbe fare un bel livido.»

Si voltò verso Harry e trasse di tasca un piccolo metro a nastro. «Con il suo permesso, colonnello.» Misurò con somma attenzione la cicatrice, poi si voltò e appoggiò il nastro alla guancia di Max. «Bene.» Annuì di nuovo e fece cenno all'ordinanza. «Tienti pronto.»

L'uomo tirò fuori un piatto smaltato con dei batuffoli di ovatta e restò in attesa. Schroeder prese un bisturi dal tavolino e si voltò: «Lei non sentirà niente, colonnello, mi creda».

«Prosegua», ordinò Max.

Con estrema attenzione Schroeder passò il bisturi sulla guancia sinistra di Max. Ne sprizzarono gocce di sangue che l'ordinanza si affrettò a detergere con i batuffoli di ovatta. Schroeder gettò il bisturi nel secchiello, allungò la mano sul tavolo e prese una bomboletta di metallo. Spruzzò un getto di spray due volte sulla ferita.

«Una nuova invenzione. Coagula il sangue all'istante. E ora viene l'opera d'arte.»

«Lei è un eccellente chirurgo, devo proprio dirlo», osservò Max.

Harry, inorridito, riuscì a malapena a tirar fuori una sigaretta e ad accenderla con mani tremanti. «Cristo», borbottò.

Schroeder suturò la ferita attentamente e rapidamente. Quando ebbe finito la coprì con un largo cerotto, deterse con della garza la faccia del suo paziente e fece un passo indietro.

«Un'esperienza ineressante. Sono soddisfatto del mio lavoro.»

«Lei sa il suo mestiere, devo proprio dirlo», ripeté Max con voce rotta.

Schroeder prese una scatoletta dal tavolo, mentre Max si alzava e l'ordinanza gli toglieva il camice macchiato di sangue. «Presto sentirà dolore, quando cesserà l'effetto dell'anestesia. Queste sono fialette di morfina, in confezione da campo. Spezzi l'estremità con le unghie. Una rapida puntura nel braccio è tutto quel che le occorre.»

«Troppo gentile.» Max si infilò la scatoletta nella tasca dei pantaloni dell'uniforme. «E adesso?»

«Be', se se la sente può far colazione in sala da pranzo. Cibo leggero per lei, colonnello. In seguito credo che il colonnello Hartmann abbia dei progetti per lei.»

Harry si alzò appoggiandosi alle stampelle. «Ho bisogno di un goccio, dopo tutto questo.»

«Tu hai bisogno di un goccio?» Max fece un sorriso storto e gli pose un braccio intorno alle spalle. «Sei sempre il solito bastardo egoista!»

Avevano la sala da pranzo tutta per loro. Max, Harry, Elsa e Bubi. Elsa era inorridita alla vista della faccia di Max.

«Ma che cosa ti hanno fatto?»

«Era necessario, Mutti. Harry ha una cicatrice, così io devo avere una cicatrice.»

Lei era quasi fuori di sé. «Ma la tua faccia, così bella! Ascolta, ho pensato una cosa. Anche se il piano funziona, e se Max fa quel che sta nel progetto... poi come torna indietro?»

Harry, servendosi una porzione di patate, incalzò: «Giusta domanda, Hartmann. Come fa a tornare?»

«Be', lui ha accesso alle basi aeree. Potrebbe tornare in volo con uno dei Lysander.»

«E se questo non fosse possibile?»

«Abbiamo degli agenti a Londra, presso l'ambasciata portoghese. Le navi portoghesi arrivano ancora a Liverpool e a Londra. E il Portogallo è neutrale, ricordalo. Non dovrebbe essere difficile combinare un passaggio a Lisbona per Max.»

«Un passaggio a Lisbona?» esclamò Harry. «Con tutto il paese chiuso a catenaccio dopo l'assassinio di Eisenhower?»

Ci fu una pausa, poi Max mormorò: «Be', non si può avere tutto».

Elsa gli gettò uno sguardo rabbioso. «Non dirmi che vuoi metterti in questa pazzia!»

«Non credo di aver molta scelta, Mutti, non dopo aver visto quel film. Io devo pensare a te.»

«No!» gridò lei. «Non addossarmi questa colpa, non voglio!» Si alzò e corse fuori.

Nella sua camera Elsa sedeva accanto alla finestra e fumando nervosamente una sigaretta raccontava tutto a Rosa.

«Sono tutti dei bastardi, tutti, odiosi bastardi. Dovrei aver comprensione per la situazione di Bubi Hartmann, ma perché? Sta mandando Max a morte certa. Tutto questo è inconcepibile!»

«Ma se il Reichsführer Himmler ha in pugno la faccenda», osservò Rosa cautamente «che cosa si può fare?»

«Andrò a Berlino. Mi rivolgerò direttamente al Führer.»

«Baronessa, permetta che glielo dica. In primo luogo noi siamo prigionieri qui, e dunque andare a Berlino è escluso. In secondo luogo il Führer darà ascolto a Himmler, non a lei.» Scosse la testa. «Infine lei sa bene, baronessa, come opera il Terzo Reich.»

Elsa la fissò. «Ci dev'essere qualche cosa che possa fare per salvare i miei figli da questa pazzia.»

Rosa guardò tristemente quella donna che aveva servito e amato per tanti anni, malgrado la sua arroganza, il suo egoismo e le sue pretese.

«No, baronessa, non c'è niente che lei possa fare.»

Si sentì bussare alla porta. Rosa andò ad aprire e Bubi e il maggiore Muller entrarono. Elsa li guardò freddamente. «Voglio vedere i miei figli.»

«Non è possibile per il momento, baronessa», rispose Bubi. «L'operazione è praticamente iniziata e i due fratelli hanno molto da fare. Non si possono tollerare interferenze.»

«Insisto. Non posso permettere che continuino.»

Bubi si aspettava questa uscita. Si era reso conto che la baronessa con il suo atteggiamento poteva mettere a repentaglio tutta la missione. Fece un respiro profondo. «Sono dolente di doverle comunicare che per ordine espresso del Reichsführer Himmler lei non potrà rivedere i suoi figli prima che l'intera operazione sia conclusa. Le consiglio di fare i suoi bagagli perché tra poco sarà trasferita al padiglione di caccia, all'altra estremità della tenuta.»

«Mi rifiuto di andarci.» Elsa si alzò in atteggiamento di sfida.

«In questo caso ho ulteriori istruzioni di rimandarla a Berlino, con la forza se è necessario. Se vuol restare qui, starà nel padiglione di caccia, e non faccia altre obiezioni.»

La baronessa parve invecchiata di dieci anni. Sedette. «No, lei ha vinto, ci andrò. Ma posso per favore rivedere i miei figli? Solo una volta?»

«Dopo che Max sarà partito, potrà vedere Harry. Questo è tutto quel che posso fare.» Si rivolse a Muller: «Abbia cura della baronessa, maggiore».

«Senz'altro, colonnello.»

Uscito nel corridoio, Bubi si accese una sigaretta, gli tremavano le mani, Sentiva disgusto di sé. «Mio Dio», mormorò, «dove andremo a finire!»

Entrò nella piccola biblioteca dove Harry e Max stavano conversando.

«Bene», disse, «prima le fotografie. Vediamo che cos'hai lì, Harry.»

Harry, pur riluttante, tirò fuori il portafogli. «Qui sono io con Molly Sobel, all'entrata del *Savoy*.»

«Che cosa facevate là?»

«Pranzavamo nella River Room.»

«Nome dell'orchestra?»

«Carrol Gibbons e i Savoy Orpheans.»

«Bene, lei è molto carina.»

Harry fissò Bubi ma non disse nulla e dopo un momento continuò: «Qui siamo io e Molly a Cold Harbour. Qui di nuovo Cold Harbour: Zec Acland, il timoniere della motovedetta con cui hai parlato, Max. Gli altri sono Julie Legrande, la locandiera, il generale Munro e il maggiore Jack Carter, suo aiutante».

Bubi stava prendendo appunti. «Ho qui un dossier mandato da Berlino. Foto del generale Munro e informazioni sulla sua organizzazione. Vediamo un po' che cosa ci occorre. Particolari della relazione con la dottoressa Sobel. Cold Harbour, Eisenhower e il suo quartier generale a Southwick House. Come funziona il servizio collegamento.» Sospirò. «Abbiamo una lunga giornata davanti a noi, signori. Sarà meglio non indugiare.»

Tristemente, i due fratelli si misero al lavoro.

* * *

Il padiglione di caccia era fornito di ogni comodità. C'era un bel fuoco di ceppi nel salotto con le travi a vista e la camera da letto principale aveva bei mobili antichi di quercia, un altro fuoco nel caminetto e un'eccellente stanza da bagno. Rosa disfava le valigie ed Elsa passava da una stanza all'altra, incapace di quietarsi.

C'era uno stipetto con liquori in salotto. Elsa si versò una dose abbondante di brandy, ma invece di calmarla il liquore parve peggiorare il suo umore. Se ne versò un altro bicchiere e si sedette. Finalmente cominciava a rendersi conto della realtà. Per tutta la vita aveva avuto un'alta posizione sociale, potere e, grazie a Abe Kelso, denaro. Salì al primo piano dove Rosa stava aprendo le borse più piccole e deponeva i gioielli sul ripiano della toletta. Estrasse anche la Walther PPK.

«Questa dove la metto, baronessa?»

Elsa tese la mano. «Dai qua, ci penso io.»

Scese di nuovo al pian terreno e pose la Walther sul divano accanto a sé. Tutto era finito. Max ormai poteva considerarsi morto, e in seguito avrebbero liquidato Harry. E tutto per causa sua. Lei era l'unica ragione per cui i suoi figli si erano messi in quella pazza impresa. Se lei non fosse esistita la situazione sarebbe stata ben diversa. Fu in quel momento, con il cervello annebbiato dal brandy, che capì quel che doveva fare. Prese la pistola, tirò indietro la sicura, poi depose di nuovo l'arma accanto a sé.

«Rosa», chiamò, «vieni qui.»

Rosa si presentò un minuto dopo. «Sì, baronessa?»

«Telefona al castello. Di' al colonnello Hartmann di venire qui subito.»

«Bene, baronessa.»

Bubi fu informato della telefonata dal suo agente d'ordinanza, mentre era seduto nella stanza che usavano come mensa ufficiali. Con lui c'erano Muller e Schroeder.

«Non posso sopportare anche questo», protestò. «Ho già troppi pesi sulle spalle.»

«Noi verremo con lei», propose Muller, e sorrise a Schroeder, «una buona esperienza per il nostro dottore.»

All'entrata del padiglione c'erano due sentinelle e altre tre guardie pattugliavano i dintorni. Elsa, sbirciando dalla finestra, vide arrivare la Kubelwagen. Tornò al divano e sedette. Aveva nascosto la Walther tra i cuscini e ora si accese una sigaretta. Mentre aspettava aveva aperto una bottiglia di champagne e chiamò Rosa.

«Un bicchiere di champagne.»

«Subito, baronessa.»

«Dopo che li avrai fatti entrare, vai in cucina e resta fuori dai piedi.»

«Come vuole, baronessa.»

Suonò il campanello e Rosa andò ad aprire. Bubi entrò, seguito da Muller e Schroeder. «Eccomi qui, baronessa. C'è qualche guaio?»

«Solo l'esistenza di voi bastardi nazisti. È il problema della mia stessa esistenza. Dopotutto, senza di me, voi non avete alcuna presa sui miei figli.»

La sua mano si alzò impugnando la Walther. Bubi vide tutto, si rese conto in un lampo delle sue intenzioni e gridò: «No!»

Si gettò da una parte e Muller, che lo seguì, si prese i primi due proiettili che lo sollevarono quasi da terra gettandolo all'indietro, mentre Bubi si precipitava carponi al riparo dietro l'altro divano. Schroeder aprì di scatto il fodero della sua pistola, trasse la Mauser e istintivamente sparò tre volte, inchiodando la baronessa alla spalliera del divano,

Bubi si rialzò e si chinò su Muller. Alzò la testa. «Morto.»

Schroeder che si era chinato su Elsa aggiunse: «Anche lei». Fissava la sua Mauser con sguardo smarrito. «Non avevo mai ucciso nessuno finora.»

«Non è colpa sua. Quella donna voleva morire.»

Qualcuno bussava alla porta. Bubi l'aprì e fece entrare un sergente e altri due uomini. Rimasero sulla soglia, allibiti.

«Il maggiore Muller e la baronessa sono morti», annunciò Bubi, e volgendosi a Schroeder: «Le conferisco ufficialmente l'incarico di provvedere. Che tutto resti sotto silenzio: Né il barone né il colonnello Kelso devono essere informati».

Schroeder era sorpreso. «Perché no, colonnello?»

«La missione che il barone deve compiere. Ha accettato con riluttanza e solo per salvare sua madre dalla morte. Come reagirebbe, se sapesse che è morta?»

«Ah, ora capisco.» Schroeder annuì. «Provvedo immediatamente.» Si avvicinò al telefono, poi si voltò. «E la cameriera, colonnello?»

Bubi borbottò una bestemmia e corse verso le scale, ma di Rosa Stein non c'era traccia. Entrò in cucina, ne uscì in fretta e chiamò il sergente.

«C'era un'altra donna qui, la cameriera. Dica alle guardie di pattuglia di cercarla.»

«Subito, colonnello.» Il sergente fece cenno ai suoi uomini e corse fuori,

Bubi trasse un respiro profondo, pensando al Reichsführer a Parigi. Ma questo poteva aspettare. Si accese una sigaretta, salì a bordo della Kubelwagen e si diresse verso il castello.

Nella cucina, con la porta socchiusa, Rosa aveva assistito a tutta la spaventosa scena, aveva udito ogni cosa. Terrorizzata, fuori di sé, non aveva pensato che a fuggire. Afferrò un vecchio impermeabile dall'attaccapanni, lo infilò e corse alla porta sul retro.

Fu qui che ebbe il suo primo colpo di fortuna, perché le guardie di pattuglia, attirate dagli spari, correvano verso l'entrata principale del padiglione. Attese finché vide scomparire anche l'ultima, poi si gettò di corsa attraverso il prato fino al cancello che si apriva nel muro di mattoni. Al di là c'era un boschetto, l'attraversò, trovò un tratto di brughiera e dall'altra parte una fitta foresta. Trasse un respiro profondo e corse disperatamente.

Max e Harry erano ancora nella biblioteca quando Bubi entrò. «Sempre al lavoro?» chiese con un sorriso forzato.

«È successo qualcosa», rispose Max. «C'è stato un gran tafferuglio là fuori poco fa. Quando mi sono affacciato ho visto guardie dappertutto.»

«Sì, pareva che avessero scoperto degli intrusi nel bosco. Forse dei bracconieri. E tu, ti senti sicuro?»

«Vuoi scherzare?» replicò Max. «È un casino d'inferno, Bubi. Per esempio, devo baciare Molly? Le donne sono donne. Posso anche essere uguale ad Harry nell'aspetto, ma il sapore potrebbe non essere quello.»

«Con una faccia in quello stato, lei avrà paura anche di toccarti», osservò Harry.

Bubi si accese una sigaretta. «Continuate su questa strada. Te la caverai benissimo, Max.»

«E gli asini voleranno!» ribatté Max amaramente. «Ricordati, Bubi, non lo faccio perché lo credo giusto e neanche Harry. È solo perché non possiamo sopportare l'idea di nostra madre appesa a quel gancio.»

«Lo so, lo so, ma con un po' di fortuna sarà tutto finito molto presto. Tu voli a Cold Harbour, Munro ti porta subito a Londra, Eisenhower chiede di vederti, è certamente tenuto a farlo, tu sei l'eroe del momento. Hayes Lodge a Londra, Southwick House a Portsmouth, non fa differenza. Andata e ritorno, Max, un paio di giorni. Quei diplomatici portoghesi che ho ai miei ordini, hanno già avuto istruzioni di controllare le partenze delle navi.»

«Faresti meglio a dirmi chi sono.»

Bubi lo informò sui fratelli Rodrigues e su Sarah Dixon e gli scrisse l'indirizzo su un foglietto.

«Queste persone sanno di che si tratta?»

«Sanno tutto nei minimi particolari e sanno anche chi sei tu. Eisenhower non è niente per loro. I fratelli lo fanno per denaro e la signora Dixon è dell'IRA.»

«Dimmi qualche altra cosa di lei.»

Bubi aprì una cartella e ne trasse un foglio di carta. «È tutto qui.»

Max annuì. «Naturalmente ci sarebbe un'altra soluzione. Forse è venuta in mente anche ad Harry. I gemelli, lo sai, godono di una specie di telepatia. Che te ne pare, fratello?»

«Oh, tu pensi al glorioso momento in cui decidi di morire per il Führer e il Reich, tiri fuori la pistola nell'ufficio di Eisenhower davanti a tutti, gli spari e cadi sotto una grandine di mitraglia?»

«Esattamente.» Max si rivolse a Bubi. «Così semplice e così conveniente. Allora, quando devo partire, Bubi?»

«Pensavo verso le quattro del mattino. Tu rubi il mio Storch dalla pista d'atterraggio, e non ci vorrà molto più di un'ora per arrivare a Cold Harbour. Il tempo non sarà proprio splendido, ma albeggia intorno alle cinque.»

«Per me va bene. Meglio metterci subito all'opera.»

«Un paio di colpi di mitraglia sparati nella fusoliera sarebbero un tocco da maestro», aggiunse Harry sarcastico.

«Davvero, è un'idea eccellente.» Bubi si alzò. «Comincerei a ripassare le parti, se fossi in voi. Possiamo pranzare alle nove, se per voi va bene.»

«E così potremo salutare nostra madre», disse Max ad Harry.

Qui doveva cominciare la menzogna. «Non è possibile, temo», obiettò Bubi. «Vostra madre ha fatto delle difficoltà, per usare un eufemismo. Himmler ha lasciato ordini espliciti che fin dall'inizio dell'operazione sia tenuta separata da voi. È alloggiata nel padiglione di caccia, all'altra estremità della tenuta. Non puoi vederla, Max: punto e basta.»

«Suvvia, Bubi!» replicò Max.

«Appena sarai partito lascerò che tuo fratello le faccia visita.» Bubi si sentì quasi soffocare per la menzogna. «Questo è il meglio che posso fare.»

Ci fu un silenzio e Max si strinse nelle spalle. «Oh, all'inferno! Riprendiamo le prove. Lasciaci soli, Bubi.»

Hartmann uscì e Harry aggiunse: «Il tempo passa troppo rapidamente, Max. Hai pensato a qualche altra domanda da farmi?»

Max scosse cupamente la testa. «Dovremo stare al gioco e vedere come va a finire.»

«Cristo!» Harry tacque un lungo momento e riprese: «Se veramente dovremo farlo... se non c'e modo di uscirne... pensi davvero che ci potrai riuscire?»

«Hai visto quel filo, quelle due donne che scalciavano appese al gancio, con gli occhi sporgenti fuori dalle orbite... e sai qual era la cosa più orrenda?»

Harry annuì. «Le viscere che si svuotavano.»

«Harry, io andrei all'inferno, a tirare fuori il demonio, piuttosto che lasciare che questo accada a mia madre.»

Pressappoco nello stesso momento a Londra i fratelli Fernando e Joel Rodrigues si presentavano all'appartamento di Sarah Dixon. Lacey e un esperto fotografo, l'agente Parry di Scotland Yard, li pedinavano e scattarono fotografie dei due che entravano e poi ne uscivano. I due agenti li seguirono per tutta Westbourne Grove fino al ristorante italiano dove Sarah e Fernando si incontravano da qualche anno.

«C'è qualche cosa di strano in questa faccenda», osservò Lacey. «Quella donna io l'ho già vista.»

«Un sacco di gente alloggia in quegli appartamenti», ribattè Parry.

«Brillante deduzione. Sei un gran detective, Parry. Personalmente, io credo nel sistema dei fatti concreti. Tira fuori il rullino e inseriscine uno nuovo. Questo, lo faccio sviluppare subito. Torno subito.»

Entrò nel ristorante che era abbastanza affollato, si fermò all'estremità del banco del bar e ordinò un bicchiere di vino. Mentre il capo cameriere passava, lo tirò per la manica e mostrò il suo tesserino.

«Leggi un po' qui.»

Il capo cameriere spalancò gli occhi. «C'è qualche problema, ispettore?»

«Come ti chiami?»

«Franco.»

«Bene, Franco, se mi dici quello che voglio sapere, io non farò chiudere il bar. Capisci?» Franco annuì premurosamente. «Quei due uomini e la donna vicino alla finestra, chi sono?»

«Lei è la signora Dixon, Sarah Dixon. L'uomo più alto e il señor Rodrigues, dell'ambasciata portoghese. Sono diversi anni che vengono qui. La donna abita qui vicino.»

«E l'altro uomo?»

«Non l'ho mai visto prima.»

Lacey gli batté una mano sulla spalla. «Bravo ragazzo. Neanche una parola di tutto questo, tutto normale. Siamo intesi?»

«Sicuro, signor ufficiale.»

Lacey si voltò e uscì. Trovò Parry dall'altra parte della strada. Parry gli diede il rullino. «Tutto bene?»

«Benissimo. Resta qui. Poi seguili e fammi un rapporto. Io porto il rullino a Scotland Yard e lo faccio sviluppare.» Si voltò per allontanarsi, poi si fermò. «Gesù Cristo, adesso mi sono ricordato dove l'ho vista.»

Nel suo appartamento ad Haston Place il generale Munro era seduto accanto al caminetto e, sorseggiando un ponce caldo, sfogliava delle pratiche che si era portato dall'ufficio quando suonò il telefono.

«Munro.»

«Qui Carter, signore.»

«Sono le dieci, Jack. Volevo andare a letto presto. Voglio essere in ufficio alle sei.»

«Abbiamo un problema, generale.»

Era una frase che usavano solo nelle occasioni più gravi.

«Serio?» chiese Munro.

«Molto serio, signore. L'ispettore capo Riley e uno dei suoi uomini sono con me. Credo proprio che dobbiamo parlarle.»

«Anche subito, Jack.»

Prendendo il caffè al ristorante, Sarah, Fernando e Joel discutevano a bassa voce la situazione. Fernando chiese a Sarah: «Per te questo è un problema?»

«Uccidere Eisenhower?» Sarah scosse la testa. «Lui non significa niente per me. Per essere sincera, quando pareva che la Germania stesse per invadere l'Inghilterra, nel '40, mi sembrò che il sogno degli irlandesi stesse per avverarsi.»

«Sarah, io ti voglio bene», replicò Fernando, «ma se Hitler avesse invaso l'Inghilterra, avrebbe mandato i Panzer a marciare su Dublino, credi a me.»

«Forse, ma questo non cambia la situazione attuale. Questo tedesco, che si fa passare per suo fratello. Dobbiamo fare tutto ciò che possiamo per aiutarlo. Tu controlla la presenza di navi portoghesi sul Tamigi. Avrà bisogno di aiuto per uscire dal paese.»

«Non andrà da nessuna parte», ribatté Fernando. «Se uccide Eisenhower è un uomo morto. Però non sappiamo quando deve arrivare.»

«Presto», riprese lei. «Comunque, ora dobbiamo andare. Domani ho il primo turno, la mattina presto. Tu resti, Fernando?»

Il portoghese si chinò attraverso il tavolo e la baciò. «È la prima notte di Joel: farò meglio ad aiutarlo finché si sistema.»

Pagò il conto e uscirono dal ristorante. Si avviarono per Westbourne Grove e i due fratelli l'accompagnarono fino al portone di casa. «Buona notte, caro», salutò Sarah, «ci vediamo presto.»

Parry, nell'ombra di un portone, fotografò la scena con la sua speciale macchina fotografica senza flash. Sarah salì al suo appartamento, i due fratelli tornarono sui loro passi per Westbourne Grove.

«Ti piace davvero questa donna?» chiese Joel mentre passavano per la Queensway.

«Se mi piace? Io l'amo», rispose Fernando. «La sposerei anche domani, se le cose fossero diverse.»

«Sposarla? Ma se ha dieci anni più di te!»

Scesero la scala della metropolitana di Bayswater e Fernando replicò: «A me sono sempre piaciute le donne tutto sesso, e il sesso con lei va benissimo, ma c'è qualcosa di più. Lei vale più di tutte le puttanelle con cui sono stato a letto».

«Ma non potreste avere bambini.»

Erano in attesa sulla piattaforma e Fernando ribatté: «A te piacciono gli uomini, Joel, e quello è affar tuo. Ma l'amore che provo per questa donna è affar mio».

Arrivò il treno e salirono in un vagone. Parry li seguì.

Nel salotto dell'appartamento di Munro, Sean Riley gli presentò Lacey. Jack Carter versò scotch e soda nei bicchieri e li portò su un vassoio.

«Lei avrà bisogno di un goccio, generale.»

«Oh, buon Dio.» Munro prese un bicchiere. «Forza, sentiamo il peggio.»

Riley descrisse l'arrivo di Joel Rodrigues a Croydon, la sua sorpresa nello scorgere i timbri di Berlino sul passaporto. Raccontò con tutti i particolari le azioni svolte da Lacey, il pedinamento e la scoperta finale. Fece un cenno a Lacey che gli consegnò una cartelletta di cartone da cui tirò fuori delle foto in bianco e nero.

«I fratelli Rodrigues, generale e la donna.»

Jack Carter intervenne: «Fernando Rodrigues è qui a Londra fin dall'inizio della guerra, addetto commerciale all'ambasciata. Il fratello Joel, addetto commerciale all'ambasciata di Berlino, è stato misteriosamente trasferito e assegnato a servizi di collegamento da Lisbona a Londra».

«E la donna?»

Jack Carter esitò un attimo prima di continuare: «L'agente Lacey l'ha riconosciuta, signore. I suoi compiti alla Special Branch lo portano spesso nel quartier generale del SOE».

«Che diavolo mi stai dicendo?» proruppe Munro.

«La donna è impiegata a Baker Street, signore», affermò Lacey. «Come ha detto il maggiore Carter, io l'ho riconosciuta.»

«Mio Dio!» Munro si alzò in piedi, andò al buffet e si versò un altro whisky. «Mi dica tutto.»

Carter fece un cenno d'assenso e Sean Riley riprese: «Questa è solo una prima segnalazione, generale. Ne sapremo di più domani. La donna è Sarah Dixon, vedova di George Dixon, che morì di cancro. Nata a Londra, padre inglese, madre irlandese. Il suo nome da ragazza era Brown. Suo nonno Patrick Brown era un attivista dell'IRA, durante i moti di Pasqua del 1916. Fu giustiziato dalle truppe britanniche. Lei è stata impiegata per qualche tempo al War Office, poi l'anno scorso è stata trasferita al quartier generale del SOE. Lavoro da impiegata, segretaria di terz'ordine».

«Terz'ordine?» Pareva che il generale avesse un attacco di febbre. «Come diavolo possiamo starcene tranquilli, dal momento che conoscerà certo tutto l'andamento dell'ufficio? E come ha fatto ad arrivare al quartier generale del SOE? Nessuno ha controllato le sue referenze?»

Carter sospirò. «Stiamo ancora facendo controlli. Temo che sia stata semplicemente una... negligenza.»

«Dio del cielo!»

«Ma, generale», continuò Carter, «tutto questo non ha senso. Anni fa noi abbiamo distrutto la rete dell'Abwehr in Gran Bretagna, molti degli agenti sono passati dalla nostra parte come agenti doppi. Nessuno è rimasto attivo.»

Munro sorseggiava il suo whisky, accigliato. «Se ben ricordo, Jack, abbiamo ricevuto un rapporto diversi anni fa, effettivamente prima che tu entrassi in servizio. Riferiva che prima della guerra un certo maggiore Klein del servizio segreto delle SS a Berlino, infrangendo tutte le norme abituali, aveva organizzato una rete in Inghilterra.»

«Ne ho sentito parlare, signore, ma era solo una diceria. Ho letto il dossier, non vi è nulla di concreto.»

«Ma se ci fosse? Se esistessero degli agenti in copertura profonda? Che si dovrebbe fare?»

«Dobbiamo metterli dentro, generale?» chiese Riley.

«No, i fratelli Rodrigues invocherebbero l'immunità diplomatica. Tutt'al più potremmo farli espellere.»

«Ma la donna, signore?» insistette Riley.

Munro scosse la testa. «Per adesso basterà una sorveglianza incessante, ventiquattr'ore su ventiquattro. Ogni contatto che possa avere dovrà essere registrato. Date questo compito ai vostri uomini migliori.» E rivolto a Carter: «Un attento controllo a Baker Street, Jack. Fai su ogni impiegato uno dei tuoi regolari controlli di sicurezza. Questo potrà mascherare i nostri veri motivi».

«Sarà fatto, signore.»

Munro si alzò. «Ho bisogno di tutto il vostro impegno, signori. Potrebbe trattarsi di una faccenda seria.»

Quando Bubi entrò in sala da pranzo per cenare con i due fratelli, rimase senza fiato. Per un attimo pensò che fosse Harry l'ufficiale in uniforme americana accanto al caminetto, poi si rese conto che Harry, seduto lì accanto con le stampelle deposte sul pavimento, indossava la *Fliegerbluse* della Luftwaffe, la croce di cavaliere, le foglie di quercia e le spade.

«Mio Dio», esclamò «è incredibile!»

«Meglio che tu ci creda», ribatté Max. «Muller non viene a pranzo con noi?»

«No, è stato chiamato a Saint Malo, e Schroeder ha da fare. C'è una delle guardie con una gamba rotta.» Si rivolse all'ordinanza che aspettava accanto alla porta. «Bene, possiamo pranzare.»

«Sicuro, va' a una buona morte, ma vai con la pancia piena.» Max sedette a tavola e mentre Harry lo raggiungeva chiese: «C'è qualcosa che ho dimenticato?»

«Non ti preoccupare, ci sono ancora persone che non riconoscerai. Il generale Sobel, per esempio. Tu rilassati e lascia che vengano loro accanto a te.»

«Farò del mio meglio.» Max diede un'occhiata alla finestra. «Ascolta come piove. Mi fanno pena quei poveri marinai in mare in una notte come questa!»

«Dovrebbero farti pena i poveri piloti, piuttosto.» Harry prese un bicchiere di vino. «Non mi viene in mente un brindisi appropriato.»

«E se invocassimo l'aiuto di Dio per tutti noi?» fece Max.

Rosa si trascinava per la foresta, tutta inzuppata, sentendosi profondamente infelice. Era così buio che inciampava nei tronchi degli alberi. Un fulmine saettando nel cielo illuminò per un attimo le cose e allora vide un sentiero e una specie di capanna. Barcollò verso la capanna, vide una porta e l'aprì. Dentro sembrava più caldo e alla luce di un altro lampo vide una pila di ceppi e diversi recinti, anche se non c'erano animali. C'erano mucchi di fieno e la pioggia filtrava all'interno attraverso finestre alte, rimaste aperte, e tamburellava rumorosamente sul tetto. Si tolse l'impermeabile inzuppato e lo appese al palo di un recinto, poi si sdraiò su un mucchio di fieno e vi si avvolse. Aveva un buon odore. Chiuse gli occhi e s'addormentò all'istante.

Max si congedò da Harry alle tre del mattino e, sotto una pioggia scrosciante, fu accompagnato in auto alla pista d'atterraggio da Bubi, che posteggiò la Kubelwagen dentro un hangar. Lo Storch era pronto fuori, sotto la pioggia, e Max, con un impermeabile militare sulle spalle, si accese una sigaretta. Un sergente maggiore delle SS nell'uniforme nera delle unità Panzer si avvicinò.

«Lei sa quel che deve fare», disse Bubi.

Il sergente maggiore si voltò verso uno dei suoi uomini e tese una mano. L'uomo gli passò uno Schmeisser. Il sergente maggiore uscì sotto la pioggia e sparò una raffica contro la fusoliera dello Storch, vicino alla coda, poi un'altra nell'ala sinistra. Quindi tornò nell'hangar.

«Benissimo.» Bubi si rivolse a Max: «Questo è quanto, suppongo».

«È il momento della verità.» Max tese la mano. «Dammi la tua Walther, Bubi, e il caricatore di riserva.» Bubi corrugò la fronte e Max spiegò pazientemente: «L'ho presa dalla guardia che ho abbattuto, e poi ho sparato a un'altra».

«Vedo.» Bubi annuì. «Naturalmente.»

Tolse la Walther dal fodero e il caricatore di riserva e li porse a Max che fece fuoco due volte in aria: «Dovrebbe bastare.» Si mise l'arma e il caricatore in una tasca dell'impermeabile.

«Allora, partenza.» Bubi gli strinse la mano. «Mi dispiace.»

«Non è colpa tua, Bubi. Ce la farò.»

Si avviò verso l'aereo, dove il sergente maggiore l'aspettava per aprirgli il portello. Gettò l'impermeabile nella cabina, si voltò e fece un ultimo cenno di saluto a Bubi. Quindi salì a bordo e il portello si chiuse. Accese i motori e un attimo dopo l'elica cominciò a girare, poi accelerò. La pioggia batteva contro la fusoliera, ma come sempre quello che chiamava il «senso del volo» l'avviluppò. Questo era ciò per cui era nato. Volare.

Lo Storch avanzò, girò nel vento. C'era solo una luce diffusa che veniva dagli edifici intorno alla base, ma bastava. Max sfrecciò rombando lungo la pista, tirò all'indietro la cloche e si alzò nel buio.

15

Il vento di fronte rallentava il volo, ma non ci furono altre difficoltà. Max mantenne il silenzio radio per i primi quaranta minuti, poi chiamò: «Cold Harbour, mi sentite?»

La risposta fu quasi immediata. «Qui Cold Harbour. Vi sentiamo forte e chiaro. Chi siete?»

«Colonnello Harry Kelso che arriva dalla Bretagna in uno Storch della Luftwaffe. ETA in venti minuti.»

«Si tenga pronto.»

Il caporale della RAF che quella mattina era di servizio alla radio, rimase piuttosto stravolto. Afferrò il telefono e chiamò subito la camera da letto di Julie Legrande. Lei rispose un attimo dopo con voce assonnata.

«Che c'è?»

«Qui la centrale radio. Ho in onda il colonnello Kelso. Pare che sia fuggito dalla Francia in uno Storch.»

«Mio Dio!» Julie era del tutto sveglia. «Vengo subito.»

Scese dal letto, gettò a terra la camicia da notte e s'infilò in fretta la tuta da lavoro.

La luce fioca dell'alba si diffuse nel cielo, coperto a trecento metri da una gran coltre di nubi grigie. Max scese a centocinquanta su un mare scuro e tempestoso. Teneva le mani ben ferme sulla cloche, godendo ogni momento in un modo strano, perché questo era volare, questa era l'unica cosa che amava nella vita.

Ora era completamente esposto nella grigia luce dell'alba, bersaglio perfetto per qualsiasi Spitfire o Hurricane di passaggio. Non voleva correre il rischio. Un attimo, e l'avrebbero spazzato via dal cielo. Rise a voce alta. Che razza di conclusione per tutta quella sporca faccenda! Ma non avrebbe aiutato sua madre né Harry e neppure quel povero vecchio Bubi, tuttora nelle mani di Himmler.

Julie chiamò alla radio: «Harry?»

«Vedo la costa. Sì, sono io, Julie.»

«È un miracolo!»

«Sarò da voi fra dieci minuti. Un po' maltrattato, ma per il resto tutto d'un pezzo, come dicono i nostri amici inglesi.»

«Vado ad aspettarla sulla pista. Intanto telefono a Munro a Londra.»

«Bene, sveglia il vecchio bastardo. Passo e chiudo.»

Il telefono sul comodino svegliò bruscamente Munro, che rispose di malumore. «Che diavolo c'è a quest'ora di notte?»

«Sono Julie. Una cosa miracolosa. Ho sentito Harry Kelso alla radio. È fuggito dalla Bretagna in uno Storch. Atterra qui fra dieci minuti.»

Munro gettò le gambe fuori dal letto. «Buon Dio, sei sicura?»

«Ho parlato io stessa con lui, generale.»

«Come ti è parso?»

«Ha detto che era un po' maltrattato ma tutto d'un pezzo.»

«Tipico di Harry. Ordino subito di preparare un Lysander a Croydon e sarò da voi al più presto possibile.»

Rimase un attimo a pensare, poi scese all'appartamento

del pian terreno, scosse per una spalla Jack Carter che dormiva, gli riferì la notizia.

«Non ci posso credere!» esclamò Carter.

«Muoviamoci, Jack. Telefona al servizio collegamento a Croydon e prenota un Lysander.»

«Subito, generale.» Carter sedette sul letto e afferrò la sua gamba artificiale. «Molly lo sa?»

«Naturalmente no. Glielo dirò fra poco, ma nella vita ci sono cose più importanti dei giovani innamorati, Jack.»

Tornò di sopra, bussò alla porta di Molly ed entrò. Molly era sveglia da un po', ma del resto dormiva poco e male da quando aveva avuto la notizia del disastro.

Si alzò a sedere sul letto. «Zio Dougal? Che c'è?»

«Una notizia sorprendente, mia cara» e sedette sulla sponda del letto.

Max virò dal mare sulla terraferma e vide tutto come Harry gli aveva descritto, Cold Harbour, la motovedetta ormeggiata al molo, il pub, le casette e finalmente il castello e il lago. Sfiorò le cime dei pini e atterrò sulla pista erbosa, rullando verso l'hangar dove una mezza dozzina di avieri l'aspettavano al riparo dalla pioggia. Quando spense il motore e aprì il portello, corsero verso di lui e gli parve un'ironia del destino che portassero le tute nere della Luftwaffe e i berretti della RAF.

«Un dannato miracolo, colonnello», lo salutò il sergente pilota e tutti si strinsero intorno a lui, dandogli amichevoli manate sulla schiena. «La sua faccia non è troppo in forma però, signore.»

«Oh, sopravviverò. Ho preso un bel colpo quando il Lysander si è schiantato.» Max fece finta di esaminare la fusoliera dello Storch. «Ci vorrà qualche lavoro di riparazione, qui. Ho preso il volo sotto il fuoco, per così dire, ma l'aereo volava ancora bene. Voi siete arrivati qui molto rapidamente.» Frugò nella cabina dello Storch per trovare l'impermeabile militare tedesco e se lo pose sulle spalle.

«Oh, è stata la signora Legrande, colonnello. Ha detto che sarebbe venuta subito, ed eccola qui.»

Julie stava arrivando con la jeep. Frenò, scese e gli gettò le braccia al collo. «Non saprà mai quanto sono felice di vederla, Harry Kelso. Ma, mio Dio, la sua faccia!»

«Ecco perché non ti bacio. Mi fa male.» Fece un sorrisetto. «Ma posso ancora mangiare, e sai una cosa? Muoio di fame.»

«L'accompagno giù all'*Hanged Man*. Una buona colazione inglese. Zec si alza sempre presto per accendere il fuoco.» La pioggia riprese con più violenza. «Andiamo, salga.»

Max salì a bordo della jeep e sedette sul sedile del passeggero. C'era un pacchetto di sigarette Senior Service e un accendino nello scompartimento dei guanti. «Non ti rincresce se ne prendo una?»

Aprì il pacchetto e lei disse: «Ho sempre pensato che lei odiasse questa marca. L'ho sempre vista fumare Players».

Max si riprese rapidamente. «Julie, amor mio, dopo quel che ho passato potrei fumare qualsiasi cosa.»

Lei sorrise: «Sì, lo immagino», e svoltò in High Street.

Max, superato il primo ostacolo, si adagiò allo schienale del sedile sentendo un piacevole flusso di adrenalina, vedeva tutto nitido e chiaro intorno a sé.

Zec Acland, inginocchiato accanto al caminetto, sistemava altri ceppi nel fuoco quando la porta si aprì e Julie entrò nel bar, seguita da Max. Zec non era mai stato così stupefatto in tutta la sua vita. Si alzò.

«Be', Dio mi benedica, colonnello! E noi chc pensavamo che lei fosse disperso laggiù, forse morto!»

«Quasi, ma non del tutto.»

«La sua faccia è un disastro.»

«Poteva andarmi anche peggio.»

«Ho sentito un aereo che arrivava.»

«Ero io. Sono riuscito a rubare uno Storch e ho tagliato la corda.»

«E non dev'essere stato facile!» Zec cominciò a riempirsi la pipa.

«Ho dovuto sparare a una delle guardie.» Max trasse la Walther dalla tasca dell'impermeabile. «Il prezzo della libertà.»

Zec aggrottò la fronte. «Questa maledetta guerra. Non finisce mai. Ma ormai non durerà a lungo. Presto sarà il D day, così lo chiamano, a quanto ho sentito. Penso che lei, colonnello, si meriti un drink, anche se è un po' presto.»

«Preparo un po' di colazione», propose Julie. «Vi ascolterò dalla cucina. Ho già telefonato a Munro, sarà qui a momenti.»

Zec versò due whisky e aggiunse un po' d'acqua. «Il generale ha chiesto i particolari?» chiese Max.

«No, ma non avrei potuto dirgli niente, non li conosco neanche io», rispose Julie dalla cucina.

Zec si appoggiò al bancone del bar. «E allora, dica, che è successo laggiù?»

Max si attenne ai fatti il più esattamente possibile. L'arrivo di Jacaud senza incidenti, come il Lysander fosse stato intercettato dai due ME109 e come la pattuglia di SS gli avesse salvato la pelle.

«Non vedo traccia di Tarquin, qui intorno», osservò Zec.

«Tarquin è perso, Zec. Il Lysander è esploso un attimo dopo che io mi ero buttato fuori.»

«Mi dispiace sinceramente.»

Julie comparve sulla porta della cucina. «È terribile.»

«È la vita», continuò Max. «Mi hanno portato a Châteaux Morlaix. Nello schianto avevo battuto la faccia e la cicatrice si era riaperta. Ma là avevano un buon medico, me l'ha ricucita. Non mi hanno trattato molto male. È stato per puro caso che un'unità di Panzer delle SS si è trovata a passare di là, diretta al castello.»

«E poi?» chiese Julie.

«Avevano ordine di trasportarmi a Berlino. C'è una base di rifornimento della Luftwaffe poco fuori del villaggio, e dovevano mandare un aereo a prendermi.» Stava infiorando un po' la storia. «Mi sono reso conto che, una volta caricato su quell'aereo, ero finito. L'evasione è stata un caso veramente straordinario e in fondo semplicissimo. Avevo pranzato con il comandante e dissi che non mi sentivo bene, così il medico mi diede una scatoletta di fiale di morfina. Davanti alla mia porta naturalmente c'era una guardia di piantone. Ho finto di andare a letto e sono rimasto sdraiato per un po'. Poi ho deciso di fare un tentativo, verso le tre. La stanza da bagno era vecchio stile, con una portafinestra che dava su una terrazza, da cui si scendeva per tre o quattro gradini.»

«E non c'erano guardie?» chiese Zec.

«C'erano delle unità di pattuglia nella tenuta, naturalmente. Io scendo i gradini, svolto l'angolo e vedo una Kubelwagen, con il suo autista in piedi, che fumava una sigaretta appoggiato al cofano. Prendo un mezzo mattone dal bordo di un'aiuola e lo colpisco da dietro sulla testa. Ecco come mi sono procurato la Walther. Mi infilo il suo impermeabile e il berretto, metto in moto e me la squaglio.»

Julie portò un piatto di uova, pancetta e pane tostato, che pose su un tavolino. «Venga a mangiare.» Sedette anche lei. «E poi, com'è andata?»

«Al volante della Kubelwagen sono arrivato alla base di Morlaix. Non è un aeroporto importante, è un po' come Cold Harbour, ma la pista è molto lunga. Adatta a molti tipi di aerei.» Ora Max mangiava di gusto le sue uova con pancetta. «Insomma, c'era un ME109 in uno degli hangar e uno Storch posteggiato sull'area di stazionamento. Pioveva forte e non c'era traccia delle guardie. Penso che si fossero messe tutte al riparo negli hangar. Mi avvicino allo Storch, apro il portello. Secondo l'indicatore del cruscotto, i serbatoi erano pieni. Poi arrivò la sentinella e corse verso di me, così dovetti sparare. Saltai a bordo, accesi i motori e feci il più veloce decollo della mia vita. Comparvero altre due sentinelle e mi spararono una raffica con i loro Schmeisser, ma non fecero gran danno: ed eccomi qua.» Terminò la colazione e si adagiò allo schienale della sedia. «Ora tutto quel che mi occorre è una buona tazza di caffè.»

«Caffè?» fece Julie raccogliendo i piatti. «Credevo che lei fosse passato al tè.»

Errore numero due.

Max sogghignò. «Da venerdì scorso non ho bevuto altro che caffè, Julie. Le SS non hanno mai sentito parlare del tè. Ma hai ragione, è ora che si torni al tè!»

Entrato al castello, Max si comportò con molta cautela e chiese a Julie di accompagnarlo nella stanza che aveva occupato Harry. A questo scopo accampò la scusa di non sentirsi troppo bene.

«La faccia mi fa un male d'inferno. Penso che avrò bisogno di un'iniezione.»

In cima alle scale Julie lo prese per mano e lo condusse alla camera da letto del fratello. Max gettò l'impermeabile sul letto e tirò fuori l'astuccio di pronto soccorso che Schroeder gli aveva dato.

«Qua, lasci fare a me.» Julie staccò l'estremità dell'ampolla, Max si tolse la giacca e lei gli iniettò la morfina nel braccio. «I suoi calzoni fanno pietà», osservò. «C'è uno strappo di trenta centimetri nella gamba sinistra. Vediamo un po' che cosa mi resta in magazzino.»

Magazzino? Sì, Harry ne ha parlato.

«Vengo con lei», propose Max.

Rimase sorpreso alla vista di quell'assortimento di uniformi e di armi, ma cercò di non dimostrarlo. Julie attraversò il locale e trovò un paio di calzoni cachi.

«Esercito britannico, vestiario per ufficiali.» Li porse a Max. «Si arrangi con questi finché arriva a Haston Place. Là deve avere un'uniforme di ricambio.»

Haston Place, numero 3. Appartamento di Carter al pian terreno. Camera da letto di Munro al primo piano a destra, quella di Molly accanto alla sua. Harry, terza porta vicino alle finestre. Salotto davanti all'imbocco delle scale. Quartier generale del SOE, a dieci minuti di lì in Baker Street.

«Oh, ne ho una dozzina!» rispose Max. «Andrò a cambiarmi.»

«Bene, ci vediamo in biblioteca.»

Dieci minuti dopo scendeva il largo scalone. Biblioteca a sinistra, sala da pranzo a destra, cucina oltre la porta verde. Trovò Julie accanto al fuoco, che infilava i grossi pezzi di legna. Alzò la testa e lo squadrò.

«Così andrà bene. Come si sente?»

«Molto meglio. La morfina agisce rapidamente.»

«Ma non esageri, non vogliamo vederla finire come qualche poeta vittoriano, completamente suonato.»

«Ho avuto solo una droga nella mia vita, volare.»

«Sì, lo sanno tutti. Ora devo andare al pub a mettere le crostate nel forno per la colazione dell'equipaggio. Suppongo che vorrà riposare un po'?»

«Non ho mai riposato in vita mia, Julie. Vengo con te, voglio far due passi per schiarirmi la testa.»

«Andremo in macchina, e faremo una passeggiata sulla spiaggia più tardi. Avrà bisogno del suo impermeabile.»

«Sì, vado a prenderlo.»

In camera da letto si gettò l'impermeabile sulle spalle e sentì il peso della Walther nella tasca destra. La tirò fuori e pensò un attimo se lasciarla giù, ma c'era qualcosa di rassicurante nel suo peso. La rimise in tasca e scese le scale. Quando arrivò al pian terreno, vide Julie che usciva dalla biblioteca con un vecchio impermeabile e un berretto.

«Hai un aspetto molto francese questa mattina.»

«Sarà. Ho appena ricevuto una telefonata da Munro. Sta partendo con un Lysander e ha Jack con sé. Anche Molly voleva venire, ma è impegnata tutta la mattina in sala operatoria.»

Max provò uno strano senso di sollievo. «Oh, la vedrò, c'è tempo.»

Julie lo prese per un braccio. «Ma non deve comportarsi in questo modo, Harry Kelso. Dovrebbe friggere d'impazienza. Gli uomini!» Alzò le spalle. «Non so, non c'è più un briciolo di romanticismo in giro. Be', è ora di andare.»

Zec e gli uomini dell'equipaggio stavano lavorando sulla motovedetta. Max si fermò sull'orlo della banchina a guardarli e lo chiamarono. «Felice di rivederla, colonnello», gridò uno di loro, e un altro, con una gran massa di barba e capelli tutti arruffati aggiunse: «Ci dispiace per Tarquin.»

Questo è strano. Nel pub andò dietro il banco e prese due pacchetti di sigarette Players. Ne accese una e si appoggiò allo stipite della porta, osservando Julie che infilava le crostate nel forno e chiudeva lo sportello.

«Ecco fatto.» La donna si voltò. «Adesso possiamo farci quella passeggiata.»

Era alta marea, ma c'era molta sabbia ai piedi della scogliera e dune di sabbia lungo il promontorio coperto di erbe ispide.

«Come si sente adesso?» chiese lei.

«Molto meglio. Perché me lo domanda?»

«Oh, mi sembra un po' depresso, nient'altro.»

Max riuscì a sorridere. «Non so se è la parola giusta, ma potremmo dire che è stata un'esperienza deprimente.»

«Be', ho detto una sciocchezza.» Passò il braccio sotto quello di Max e continuarono a camminare.

Max fu grato per tutto questo, il contatto con la donna, il fatto che l'aveva accettato e che anche Zec e i suoi uomini l'avevano fatto. Gli diede fiducia, la possibilità di tirare il fiato. *E Eisenhower, e lo scopo della missione?* Be', ci avrebbe pensato in seguito.

Sedettero su un mucchio di legna. «Lei sposerà Molly, colonnello?» chiese Julie.

«Se lei sarà disposta ad accettarmi, vuoi dire?»

«Oh, certo che sarà disposta.»

«Non credo che la gente dovrebbe sposarsi quando c'è una guerra in corso, soprattutto uomini come me. La caduta del Lysander, per esempio. Sono stato fortunato a farcela. Anzi, non capisco come ho fatto a sopravvivere fino ad oggi. Volare è uno sport pericoloso, Julie.»

«Non per lei, o almeno non lo sarà più d'ora innanzi.»

«Che vuoi dire?»

«Mi stupirebbe molto che la lasciassero volare ancora. Lei dev'essere assegnato al servizio a terra, colonnello. Questo comunque è quel che penso io. Come si usa dire ai prigionieri, per lei la guerra è finita.»

Max rimase un momento seduto a riflettere. «Potrebbe essere, suppongo. Vedremo.» E in quel momento dal mare arrivò rombando il Lysander.

«È il generale Munro», esclamò Julie alzandosi. «È meglio che torniamo.»

In biblioteca, accanto al fuoco, mentre Julie serviva tè e panini, Munro e Jack Carter, seduti di fronte a Max, lo ascoltavano mentre raccontava la stessa storia che aveva già propinato a Julie e a Zec.

Quando terminò, Munro esclamò: «Sorprendente».

«Jacaud nel suo primo rapporto», aggiunse Jack, «ci ha parlato dell'unità Panzer delle SS che giunse inaspettatamente ad occupare il castello.»

«È stata una fortuna per me che arrivassero in quel momento», replicò Max. «Sarei bruciato insieme all'aereo. E da Jacaud avete potuto avere qualche altra informazione?»

«Non è stato possibile», rispose Munro. «Il suo rapporto diceva che le SS occupavano il castello, il villaggio e l'area circostante e che la sorveglianza era rigorosa.»

«Però il suo secondo rapporto», gli ricordò Jack, «se lei ben ricorda, signore, parlava di un JU52 che atterrava sulla pista. Ma nessuno poté avvicinarsi abbastanza per scoprire che cosa avveniva.»

«Oh, ve lo posso dire io», intervenne Max. «Il maggiore Muller, il comandante della piazza, mi disse che gli mandavano con il paracadute dei pezzi di ricambio per due dei suoi Panzer.»

«Povero Muller», commentò Munro, «questo non sarà un punto di merito nella sua carriera. Comunque, finisci i tuoi panini, prossima tappa Croydon. Ho già telefonato a Teddy West.»

Il vicemaresciallo dell'aria West. Nessuna foto.

«Che ne dice West?» chiese Max.

«È entusiasta. Sta venendo in aereo da Southwick House per incontrare Eisenhower ad Hayes Lodge. L'ho incaricato di portare la buona notizia al comandante supremo. Sono sicuro che Ike vorrà vederti di persona.»

«Non vedo l'ora», annuì Max.

Munro si alzò. «Felice di averti qui di nuovo Harry, anche se hai l'aspetto di uno che è finito con la faccia sotto un camion. Molly ti manda i suoi saluti più affettuosi. Ho pensato che potremmo pranzare al *River Room* stasera, so che lei sarà libera. Inviterò anche suo padre, faremo una festicciola per celebrare il tuo ritorno nel mondo dei vivi.»

«Per me va benissimo.»

«D'accordo, allora muoviamoci.»

Rosa Stein aveva dormito per almeno dodici ore, il sonno profondo del totale sfinimento. Quando infine si svegliò, la pioggia scrosciava ancora contro il tetto. Si alzò, andò alla porta d'entrata e sbirciò fuori. La foresta era avvolta nella nebbia, ma il sentiero era ancora visibile. Il guaio era che lei non sapeva dove si trovasse, non aveva idea della direzione da prendere. Pensò che per un po' poteva restare lì dov'era, almeno era al caldo e all'asciutto. Con le mani a coppa raccolse dell'acqua che scendeva da una grondaia, bevve e si lavò la faccia.

Non riusciva a liberare la mente dal ricordo dei terribili eventi del castello. Era un incubo. Cominciò a piangere perdutamente, tornò al mucchio di fieno e si sdraiò. Dopo un po' si addormentò ancora.

Atterrarono a Croydon nel primo pomeriggio e ancora una volta Max fu salvato per puro caso, perché mentre aiutava Jack Carter a scendere dal Lysander, il maggiore disse: «Ecco là il vicemaresciallo West».

Max si voltò mentre Munro andava a salutare West. «Bene, è qui, Teddy, temo che la sua faccia sia un vero macello, ma non si può avere tutto.»

West gli buttò le braccia al collo e lo strinse con foga. «Giovane bastardo, non permetterti mai più di farmi una tale paura.»

«Farò del mio meglio, signore», rispose Max.

«Diavolo, resteremo a corto di medaglie.»

«Questa sera pranziamo al *River Room*», intervenne Munro. «Molly e suo padre, Jack ed io. Perché non vieni anche tu?»

«Splendida idea, cercherò di venire, ma per il momento vi devo lasciare. Ike mi aspetta ad Hayes Lodge. Puoi farmi scendere là.»

«Con piacere», assentì Munro e si avviò per primo.

* * *

Ad Haston Place, Max trovò senza difficoltà la camera di Harry. Gettò sul letto l'impermeabile e controllò il guardaroba. Le uniformi di ricambio erano appese ordinatamente all'interno, camicie e calze sugli scaffali, scarpe in basso.

Si udì bussare alla porta e Carter sporse la testa. «Il generale è andato a Baker Street, ma mi ha detto di condurti al Guy's Hospital. Vuole che Molly ti dia un'occhiata. Francamente è rimasto inorridito nel vedere la tua faccia. E ha ragione, Harry, potresti avere un osso incrinato, qualcosa del genere.»

«Quando dobbiamo uscire?»

«È meglio subito. Molly deve trovarsi in sala operatoria alle quattro e mezzo. Verrà per conto suo stasera al *River Room*.»

«Bene, allora avrò tempo di ritornare qui più tardi per indossare un'uniforme fresca.»

«Un sacco di tempo, vecchio mio.»

«Allora andiamo.»

Il pronto soccorso al Guy's Hospital era affollato come sempre. Jack si diresse al banco della ricezione. «Il colonnello Kelso per la dottoressa Sobel. È aspettato.»

«Bene, maggiore.» L'infermiera al banco prese il telefono. «Il colonnello Kelso è arrivato.» Depose il ricevitore e spiegò: «Quello era il reparto radiologia. Qualcuno sarà qui fra un minuto».

Effettivamente, dopo un solo minuto, arrivò un giovane in camice bianco, con un occhio evidentemente di vetro e la guancia tutta una cicatrice.

«Colonnello Kelso? È un brutto momento, ma venga pure per di qua.» Rivolse un largo sorriso a Carter. «Anche lei può venire, se vuole.» E notando la gamba artificiale del maggiore aggiunse: «Ahimè, siamo tre storpi qui, no? A proposito, mi chiamo Walker».

«Dov'è stato colpito?» chiese Max.

«Lancaster sopra Berlino. Ero bombardiere. Al mio secondo giro ho ricevuto una scheggia di granata in faccia. Le dico, colonnello, che dovevo essere matto.»

«E non lo siamo tutti?»

Walker guardò le sue medaglie. «Ma lei in particolare, se non le dispiace che lo dica. Prego, entrate.» Aprì una porta.

Max si sdraiò su un tavolo e fece quel che gli veniva detto. Jack Carter sedette in un angolo. Walker fece le radiografie fischiettando allegramente, poi sparì dietro un'altra porta. Tornò dieci minuti dopo, reggendo le lastre.

«Niente fratture, colonnello, tutto normale salvo la sua faccia che pare una fetta di roast beef al sangue. L'accompagno dalla dottoressa Sobel.» Mentre percorrevano il corridoio aggiunse: «Mi piace la sua uniforme, con quelle ali della RAF. Lei era uno degli americani della RAF, vero?»

«Esatto», rispose Max.

«Io ho visto il film con Tyrone Power. Un mucchio di vecchi attori da strapazzo, ma lui era così bello, vero?» Max cercò di non ridere e anche Jack si trovava nella stessa difficoltà. Walker aprì una porta. «Entrate.»

Molly, in camice bianco, con uno stetoscopio al collo, era seduta a una scrivania. Balzò in piedi. «Oh, mio Dio, Harry!»

«In persona!» Walker andò a deporre le radiografie sulla scrivania. «Tutto bene, dottoressa. Niente fratture. Non ho tolto il cerotto perché non ce n'era bisogno.» Si voltò verso gli altri. «Tutto per il meglio, signori, ma ascoltate il mio consiglio, tenetevi lontani dallo spazio aereo di Berlino.»

Uscì e Jack aggiunse: «Vado ad aspettarti alla reception».

«Ma non è necessario, vecchio mio.»

«No, preferisco così.»

Carter uscì zoppicando e Max osservò: «Jack è innamorato di te, credo».

«E io amo te, Harry Kelso.» Girò intorno alla scrivania e venne a gettarsi fra le sue braccia.

«Piano, amor mio. Devo andarci cauto con le effusioni passionali. Sono pieno di dolori se non prendo la morfina.»

«Prendi dosi molto alte?»

«Non so neanche, il mio medico delle SS mi ha dato uno dei loro astucci da campo, l'ho lasciato ad Haston Place.»

«Non prenderne più finché non avrò controllato.» D'improvviso gli batté con i pugni chiusi contro il petto. «E non farmi mai più una cosa simile! Mai più. È stato un inferno per me.»

Lui la strinse a sé e le accarezzò i capelli. «Mi dispiace!» Le sfiorò la fronte con un bacio leggero.

Lei lo respinse bruscamente. «E che?» C'era un'ombra di collera nella sua voce. «Tenerezze, romanticherie dal grande Harry Kelso?»

Max sorrise. «Sai che cosa dicono nei film? Era l'inferno là fuori. Forse ha fatto di me un uomo nuovo.»

«Lo crederò quando lo vedrò.»

Pose le radiografie sullo schermo e accese la luce. Le osservò per qualche minuto e annuì. «Niente fratture.» Si voltò verso di lui. «E ora raccontami tutto quel che è successo.»

Max raccontò, ripetendo la stessa versione a proposito della cicatrice che si sarebbe riaperta nell'impatto. Lei sedette, accese una lampada da tavolo e rivolse la luce verso la sua faccia. «Come l'ultima volta. C'è solo un modo, quello svelto.»

Strappò il cerotto e Max trattenne il fiato. «*Mein Gott!*» imprecò e nello stesso istante si rese conto dell'errore. «Dicevamo sempre così, Max ed io, quando eravamo bambini perché Mutti pensava che fosse una bestemmia.»

Lei accettò la giustificazione senza batter ciglio ed esaminò la sutura. «Buon lavoro.» *Era esattamente ciò che Schroeder aveva detto ad Harry a Morlaix.*

«Ne sono lieto.»

«E come l'ultima volta non voglio che tu porti un cerotto. Basterà uno spruzzo di spray.» Coprì la ferita con un getto di disinfettante e tolse l'eccesso con un batuffolo di cotone. «Bene, sei proprio un bravo ragazzo.»

«Solo per te.»

«Ora devi andare. Ho un intervento piuttosto complesso da fare. Ci vediamo stasera al *River Room*. Buon cibo e buon vino, Carrol Gibbons per farci ballare.» Lo abbracciò forte. «Non pensavo che avremmo avuto un'altra serata così. L'unico guaio è che non avrò tempo di andare a casa a mettermi un vestito da sera.»

«Porta te stessa, non occorre altro», concluse Max.

Alle sei, tornato nella sua camera, Max provò a telefonare a Sarah Dixon. Pareva ragionevole supporre che a quell'ora fosse tornata a casa dall'ufficio. Ma nessuno rispose. Indossò un'uniforme fresca e si controllò allo specchio.

«Bella uniforme, Harry», mormorò. «Quasi bella come la nostra.»

Quando scese in salotto trovò Jack Carter che si versava un whisky. «Ne vuoi uno, Harry?»

In quella entrava Munro in alta uniforme. «Ne prendo uno io, Jack. Mio Dio, Harry, la tua faccia farebbe paura a un reggimento.» Inghiottì il suo whisky d'un fiato. «Andiamo, spicciamoci, questa sera dobbiamo pranzare presto, ho un sacco di impegni domani.»

Al *River Room* ottennero un tavolo circolare presso la finestra e Munro ordinò champagne per sé, Harry, Carter e West mentre aspettavano Molly e suo padre.

«A te, Harry.» Munro alzò il bicchiere. «C'è da pensare che tu abbia già usato tutte le tue nove vite.»

«È quel che vedremo», rispose Max.

«No, non lo vedremo», ribatté West. «Sei assegnato a terra, per ordine diretto di Ike. Hai finito con l'aria.»

E questo a Max non piaceva, come non sarebbe piaciuto ad Harry.

«Dovrò incontrarlo?»

«Sì, ma non so quando. Tom Sobel probabilmente lo saprà. Ike ora si trova ad Hayes Lodge, ma domattina io stesso devo accompagnarlo in aereo a Southwick.»

«Lei piloterà l'aereo?» chiese Max.

«Be', c'è ancora vita nel vecchio cagnaccio e poi questo mi tiene in esercizio.»

In quel momento Molly e suo padre si aprivano la strada zigzagando fra i tavoli. Max questa volta non ebbe problemi: quello doveva essere il generale Sobel e gli rivolgeva un largo sorriso. Prese la mano di Max e la strinse con entusiasmo.

«Non posso dirti che cosa significhi per noi il tuo ritorno. Ike ne era felice.» Fece sedere Molly. «Vuole vederti al più presto, Harry, ma questa sera non ha proprio potuto. È carico di lavoro fino agli occhi. Invece gli piacerebbe incontrarti domattina alle sette a Croydon. Mi ha detto che Teddy piloterà il suo aereo. Io andrò con lui e Ike mi ha detto che vorrebbe che tu ci accompagnassi.»

«Per me va benissimo.» Max prese il suo bicchiere con mano ferma, anche se la sua testa era in subbuglio.

Oh, Dio, così presto?

Infine, quando venne sera e la pioggia cessò, Rosa Stein lasciò la capanna e si avviò per il sentiero, un po' intontita. Per un pazzo gioco del destino, dopo quindici minuti arrivò a una fattoria. Dal camino usciva un pennacchio di fumo, si sentiva il bestiame muggire dalla stalla. Ne uscì una giovane donna, con un secchio per mano. Era Marie, la radiotelegrafista di Jacaud, che si fermò e la fissò stupita.

«Chi sei? Che cosa vuoi?» le chiese in francese.

Rosa avanzò barcollando verso di lei e scoppiò in lacrime. «Mi aiuti, la prego, mi aiuti», disse in tedesco.

Marie non parlava tedesco e aveva solo un'infarinatura d'inglese. Fu l'unica possibilità di comunicare, per loro, perché Rosa non parlava francese, ma sapeva qualcosa d'inglese.

Così Marie chiese in inglese: «Lei è tedesca?» Rosa annuì. «E da dove viene? Lei è ebrea?»

Rosa scosse la testa. «Châteaux Morlaix.» Marie pose a terra i due secchi. «SS. La mia padrona è morta.»

Il suo corpo era scosso da violenti singhiozzi. Marie riprese i due secchi, fece un cenno verso la fattoria e si mosse. Rosa la seguì.

16

MAX e Molly danzarono sulla pista affollata, ma Max non era esperto come suo fratello. In un certo senso, il fatto che ci fossero tante coppie che si accalcavano intorno a loro l'aiutò. Gli offrì una buona scusa per la sua goffaggine.

Dopo aver inciampato e barcollato per l'ennesima volta si scusò. «Perdonami, mi sto proprio muovendo male.»

«E che importa! Hai attraversato l'inferno, Harry.» Lo strinse a sé. «Lo zio Dougal mi ha detto che, a quanto gli ha riferito Julie, hai perso Tarquin.»

«Temo di sì. Dev'essere saltato in aria con il Lysander quando è esploso. Io sono fortunato ad esser qui. Se non fosse stato per quelle SS...» Alzò le spalle. «Sono stato salvato dal diavolo, Molly.»

In quel momento il capo cameriere si affacciò al bordo della pista e fece un cenno. «Non posso crederci!» si lagnò Molly. «Ogni volta che vengo qui con te capita la stessa cosa.» Si staccò da lui e andò a parlare al cameriere. Poi si voltò verso Max. «Ancora l'ospedale. Non sanno arrangiarsi senza di me.»

«Ti aspetterò», propose Max mentre tornavano al loro tavolo.

«Non farlo, è passata mezzanotte. Resterò all'ospedale.»

E quando arrivarono al tavolo, rivolta agli altri, commentò: «Ci avrei scommesso, che non mi lasciavano in pace!»

Tornò al Guy's Hospital nella macchina di Munro e West si offrì di accompagnare gli altri con la sua. Quando uscirono sul marciapiede, davanti al *Savoy*, Max annunciò: «Sa, generale, avrei voglia di far due passi. Non so come dire ma mi sento un po' su di giri».

«Capisco perfettamente, ragazzo mio. Fatti una passeggiata e goditi l'aria fresca. Potrai sempre chiamare un taxi. I tassisti londinesi non rifiutano mai di scarrozzare per la città gli americani, di questi giorni. Gli americani allungano fior di mance, capisci. Che il generale Sobel mi perdoni l'impertinenza.»

Sobel strinse la mano a Max. «Ci vediamo domattina a Croydon.»

«Ci sarò.»

Salirono a bordo della macchina di West che si allontanò. Max fece cenno al primo taxi che passò. «Conosce Westbourne Grove, Bayswater?»

«Come no, capo!»

«Bene, mi porti là.» Max salì sul taxi.

Alla fattoria, Marie aveva mandato a chiamare Jules, il fattore che faceva parte del gruppo di Jacaud. Spiegò la situazione a Jules che l'ascoltò con attenzione, osservando la donna tedesca seduta a un lato del tavolo con la figlioletta di Marie sulle ginocchia. Sul tavolo c'era l'orsacchiotto. Jacaud aveva consentito a Marie di prenderlo per la sua bambina.

«Qualunque cosa sia accaduta al castello, dev'essere una brutta faccenda, ma io non riesco a capir molto dalle parole di questa donna.»

«Jacaud parla bene il tedesco», osservò Jules.

«Sì, lo so, ma è andato a Rennes a incontrare dei compagni della rete di là.»

«Deve tornare con il treno di mezzanotte. Mi ha chiesto di andare a prenderlo alle due del mattino alla stazione di Beaulieu con il *gazogène*.»

Il *gazogène* era un camion che andava a gas. Il gas era generato da un bruciatore a carbone, situato nel retro del veicolo.

Marie annuì. «Bene, quando vai a prenderlo, digli di venire subito qui. Penso che la faccenda puzzi.»

Il taxi si fermò in Westbourne Grove. Max pagò il tassista e trovò senza difficoltà la stradina laterale che portava al caseggiato. Si fermò all'entrata, controllò i nomi e premette il bottone del citofono. Dopo un po' Sarah Dixon rispose. «Sì?»

«La signora Dixon? È venuto il giorno di pagare i conti.»

Lei rispose con calma: «Salga. Secondo piano».

Aprì il portone ed entrò. Nel vano di un altro portone, dalla parte opposta della strada, Parry gli aveva scattato due foto. Ma Max era una delle quarantotto persone che aveva fotografato quella notte. Era stanco, aveva freddo ed era di pessimo umore.

«Dannato yankee», borbottò fra sé. «Nel letto di qualche sgualdrina, suppongo. Beato lui.»

Sarah Dixon fece entrare Max nel suo appartamento e lo precedette nel piccolo salotto. Aprì un pacchetto di sigarette e gliene offrì una.

«Lei è arrivato più presto di quanto l'aspettassimo.»

«Così Joel Rodrigues le ha spiegato tutto?»

«Oh, sì. Io so esattamente chi è lei, barone.»

«Dica a Fernando Rodrigues di inviare un messaggio al più presto possibile, per avvisare che sono arrivato. Incontrerò Eisenhower domattina.»

«E lo ucciderà?»

«Dipenderà dalle circostanze. La impressiona?»

«Oh, mi è indifferente. Io mi sono alleata con la vostra parte molto tempo fa. Così è la vita. Lei, dove alloggia?»

«Ad Haston Place, nell'appartamento del generale Munro. Lei non potrà mettersi in contatto con me, quindi dovrò farlo io.»

«Bene. Non posso che augurarle buona fortuna.» E gli aprì la porta. «Buona notte.»

Uscì dal portone e Parry borbottò: «Una cosa svelta!» Lo fotografò di nuovo.

Max svoltò in Westbourne Grove, si diresse verso Queensway e chiamò un taxi.

Erano quasi le tre del mattino, Max dormiva un sonno agitato ad Haston Place, Molly vegliava al Guy's Hospital e in Bretagna il *gazogène* guidato da Jules depositò Jacaud alla fattoria di Marie. Il capo partigiano bussò ed entrò con Jules nella cucina. Jules attizzò il fuoco.

«Faccio un caffè», propose Marie e si accostò alla stufa.

«Dov'è la donna?» chiese Jacaud.

«È a letto.»

«Vai a prenderla. Si occuperà Jules del caffè.»

Jacaud sedette all'estremità del tavolo e si accese una Gitane. Tarquin stava all'altro capo e Jacaud lo guardò distrattamente. «Va tutto bene, per te!»

Jacaud era stato una volta professore di filosofia all'università, ma nessuno l'avrebbe detto. La faccia dura, il mento ispido di barba non rasata, gli occhi scuri di un uomo che aveva ucciso molte volte e che aveva gettato le idee filosofiche alle ortiche. Un uomo che ormai non credeva più negli uomini. Jules gli portò del caffè con il latte e un attimo dopo Marie faceva entrare Rosa.

«Siedi e ascolta.» Jacaud parlava un ottimo tedesco. «Nessuno vuol farti del male se dici la verità.» Rosa, che portava una vestaglia e una gonna di Marie, sedette all'altro capo del tavolo.

«Ora dimmi chi sei e di che cosa si tratta.»

Quindici minuti dopo Jacaud sedeva accigliato ascoltando la fine della storia. Per qualche tempo restò in silenzio e fu Marie che chiese: «Che cos'ha detto?»

Brevemente Jacaud mise al corrente la donna e Jules.

«Ma è una pazzia!» proruppe Jules. «Un fratello che impersona l'altro per uccidere Eisenhower? Non posso crederci!»

«Mi è venuta un'idea», soggiunse Jacaud. «Noi avevamo incaricato quella tua amica, Helene, di strizzare il dottore delle SS, Schroeder.»

«Giusto.»

«Ed è ancora all'opera?»

«Per quanto ne so.»

«Tu e Jules andate da lei a casa sua. Se il tedesco è là, portatelo da me. Potrà confermare la storia di questa donna.»

Fu così che, venti minuti dopo, il capitano Schroeder mezzo addormentato e ancora avvinto alla deliziosa Helene, fu svegliato per trovarsi la canna di una Colt automatica sotto la gola e Jules al suo capezzale.

«Alzati e vestiti o ti faccio saltare le cervella!» Helene si drizzò a sedere allarmata e Jules sogghignò. «Non tu, tesoruccio, tu hai servito bene la Francia. Torna a dormire.»

Schroeder, convinto di trovarsi faccia a faccia con la morte, si dimostrò dispostissimo a collaborare. Sedette a un capo del tavolo e parlò. «Dovete capire, era lei che voleva morire. Io mi sono difeso solo quando lei ha tentato di uccidere il colonnello Hartmann, e infatti ha ucciso Muller.»

«Bene, ricomincia da capo e racconta tutto su quei due fratelli, tutto.»

Quando Schroeder ebbe finito, Marie chiese in francese: «È stato utile?»

«Oh, sì», confermò Jacaud. «Non sa tutto, ma ne sa abbastanza per confermare ciò che ci ha detto la donna. Scriverò un rapporto e tu lo devi trasmettere subito al SOE in Baker Street, all'attenzione del generale Munro.»

Marie scosse la testa. «Non è possibile. Non trovo aperto il canale con loro fino alle sette.»

«Bene, allora alle sette. Adesso mangiamo un boccone.»

«E che ne facciamo di questo bastardo SS?» chiese Jules. «Lo fuciliamo?»

«Buon Dio, no. Lo sbarco è questione di poche settimane. Avremo bisogno di un medico e lui andrà benissimo.»

Alle sei e mezzo, il vicemaresciallo West si stava dirigendo a Croydon a bordo di una macchina d'ordinanza. Pioveva e c'era nebbia, ma il traffico era scorrevole. D'improvviso un furgone uscì da una strada laterale. Ben poco poteva fare l'autista di West. Cercò di sterzare, rimbalzò contro il furgone, salì sul marciapiede e andò a urtare contro un muro di mattoni. West fu gettato di lato e batté la testa contro il montante del finestrino. L'autista, rimasto incolume, scese e andò ad aprire la portiera posteriore. West uscì e rimase in piedi sotto la pioggia, asciugandosi il sangue dalla faccia con un fazzoletto mentre l'autista andava a controllare il furgone e aiutava l'uomo in tuta, che era evidentemente sottochoc.

Un attimo dopo un'autopattuglia della polizia che era dietro di loro avanzò e si pose al loro fianco. Uno degli agenti scese, l'altro rimase nell'auto e si pose immediatamente in contatto radio.

L'agente diede un'occhiata alla testa di West. «La sua ferita dovrà essere suturata, signore. Chiamiamo un'ambulanza.»

«Non importa, agente. Io sono il vicemaresciallo dell'aria West. Devo trovarmi a Croydon alle sette per prendere l'aereo per Portsmouth con il generale Eisenhower.»

Il poliziotto si pose sull'attenti. «Non credo che sia possibile, signore, non nello stato in cui si trova adesso.»

«Appunto. Chiami Croydon alla radio. Riferisca quello

che è accaduto. Messaggio per Eisenhower. Niente di grave ma non posso prendere l'aereo. Lo faccia subito, la prego.»

«Naturalmente, signore.»

L'agente si voltò verso la macchina e parlò al collega. Da lontano si sentì la sirena dell'ambulanza in arrivo e West sedette sul muretto imprecando e premendosi il fazzoletto sul viso.

A Croydon, con la pista d'atterraggio avvolta nella nebbia, Tom Sobel beveva caffè e guardava preoccupato la nuvolaglia minacciosa. Max uscì dalla sala operativa.

«Tutto bene a Southwick, non sarà un problema atterrare là, secondo il servizio meteorologico. Nebbia e pioggia, ma niente vento. Sarà anche un decollo facile.»

«Questa è una fortuna. Ma dove diavolo sarà Teddy West?»

In quel momento accaddero due cose. Un'auto d'ordinanza si fermò davanti al terminal e ne scese Eisenhower e un capitano pilota corse fuori dalla sala operazioni con un messaggio in mano, che porse a Sobel.

«Urgente, generale.»

Sobel lesse e alzò gli occhi mentre Eisenhower avanzava sorridente. «Brutte notizie, generale. L'auto di Teddy West ha avuto un incidente durante il tragitto. Niente di serio, ma deve essere ricoverato in ospedale.»

«Dannazione!» imprecò Eisenhower. «Abbiamo una riunione importante a Southwick, Tom, come ben sai. Montgomery e tutto lo stato maggiore impegnato nel progetto di sbarco. È un momento critico. Non si può trovare subito un altro pilota?»

C'era qualcosa di inevitabile in quel momento e Max lo sentì. «Ne ha trovato uno, generale, piloterò io l'aereo.»

Eisenhower si voltò e porse la mano a Max con il suo famoso sorriso. «Sono veramente lieto di rivederla, colonnello. Che coincidenza straordinaria! Sono impaziente di sapere tutto, ma lei è veramente in grado di volare? La sua faccia, mi scusi, ma è orribile!»

Max tese le mani. «Ferme come una roccia, generale, non c'è problema.»

Ike diede un'occhiata a Sobel. «Che ne pensi, Tom?»

«Se il colonnello Kelso dice che sta bene, sta bene anche per me, signore.»

Ike annuì. «D'accordo, colonnello, allora partiamo.»

«Devo controllare il Lysander, generale», replicò Max, «ma non ci vorrà molto. È già pronto là fuori.»

Rientrò nell'atrio, si tolse l'impermeabile tedesco e infilò un giubbotto di volo. Pose la Walker e il caricatore di riserva in una tasca, le fiale di morfina nell'altra, richiuse la lampo del giubbotto e si diresse alla pista.

Munro e Jack avevano deciso di recarsi presso il quartier generale del SOE. Si trovava sempre un'eccellente colazione alla mensa. Per riguardo alla gamba di Jack, Munro chiamò l'auto d'ordinanza e percorsero rapidamente le strade deserte, arrivando in Baker Street alle sette meno un quarto.

«Vado a controllare la mia scrivania, Jack», avvertì Munro. «Ci vediamo alle otto giù alla mensa.»

Salì al piano superiore e Jack si diresse al suo ufficio, dove trovò l'agente investigativo Parry seduto sulla panca fuori dalla porta.

«Com'è che si trova qui così di buon'ora?»

«Lacey mi ha ordinato di portare a lei per primo le foto scattate ogni sera alla Dixon. Ho finito a mezzanotte, poi ho pensato di usare il vostro laboratorio fotografico, invece di andare a Scotland Yard. E mi hanno lasciato dormire qui su una brandina.»

Jack lo fece entrare nel suo ufficio. «Qualcosa di interessante?»

«Nessun segno dei fratelli Rodrigues. Il fatto è che ci sono circa quaranta appartamenti in quel caseggiato. Le persone che entrano potrebbero recarsi a far visita a chiunque. E ce n'è di tutti i tipi.»

Jack sedette. «Vediamo.»

Parry depose le foto sul tavolo, una dopo l'altra. «Gente molto comune, in complesso», osservò sogghignando. «Vede, il caseggiato deve avere la sua buona porzione di puttane. Ecco qui una bella foto di un ufficiale americano a caccia di donne.»

Jack Carter guardò la foto e rimase senza fiato. Non poteva credere ai suoi occhi. «Oh, mio Dio!» ansimò. Fece uno sforzo per alzarsi in piedi. «Telefoni subito a Sean Riley, gli dica che ho bisogno di vedere lui e Lacey immediatamente.»

«Vuol dire che abbiamo trovato il tesoro, maggiore?»

«Faccia come le ho detto.» Carter uscì zoppicando più in fretta che poté. Munro era assorto nell'esame della posta quando Jack irruppe nel suo ufficio.

«Be', Jack, sei tutto sconvolto!»

«Penso che lo sarà anche lei, generale.» Pose la foto sulla scrivania.

Munro la osservò, poi alzò gli occhi, sempre impassibile. «Spiegati.»

«Scattata ieri notte, generale, intorno a mezzanotte. Questa è l'entrata del caseggiato dove abita Sarah Dixon.» Esitò e soggiunse: «Dopo il *Savoy*, vede».

«Già, vedo. Ma perché Jack? La cosa non ha senso.»

Sentì bussare alla porta ed entrò un sergente dell'ufficio radiotelegrafico con un messaggio in mano. «Appena arrivato in sala radio da Jacaud, dalla Bretagna, generale. Testo in chiaro, segnato priorità assoluta.»

Munro lesse, poi guardò il sergente: «Chi altri lo sa?»

«Nessuno, signore. Ho preso il messaggio io stesso.»

«Allora non ne parli con nessuno. Può andare.»

Il sergente uscì e Jack Carter chiese: «Allora?»

«Quello non è Harry Kelso. È Max, suo fratello ed è qui per assassinare Ike. Leggi tu stesso.»

Prese il telefono e ordinò: «Datemi Croydon». Un attimo dopo parlava con la sala operazioni. «L'aereo del generale Eisenhower? È partito?» Ascoltò, poi depose il ricevitore.

Jack aveva un'espressione sbalordita quando gli ripassò il messaggio. «Che facciamo ora, signore?»

«L'aereo di Eisenhower è partito qualche minuto fa, ma senza Teddy West, che ha avuto un incidente di macchina. A bordo il comandante supremo, Tom Sobel e l'Oberstleutnant Max, barone von Halder, ai comandi.»

«Oh, mio Dio!» mormorò Jack.

«No, non perdiamo la testa. Prendi l'altro telefono e prenotami un Lysander per Southwick. Priorità assoluta.»

«Ma, generale, e se...»

«Se spara a Ike e Tom Sobel a metà volo e poi fugge in Francia? Possiamo solo sperare che non lo faccia, perché non c'è nulla che possiamo fare. Io li seguirò, tu fai come ti ho detto.»

Jack entrò nell'ufficio vicino e Munro chiamò al telefono Southwick House e chiese di parlare con il capo del servizio di sicurezza, un maggiore della polizia militare di nome Vereker. Lo ebbe subito in linea.

«Vereker, noi ci conosciamo da molto tempo, lei sa che può fidarsi di me.»

«Certamente, generale.»

«Fra poco vedrete arrivare un Lysander con a bordo Eisenhower, il generale Sobel e il colonnello Kelso come pilota.»

«Ce l'hanno già notificato.»

«Sarà difficile per lei, ma ecco che cosa deve fare. Appena atterrano, deve arrestare Kelso con l'accusa di alto tradimento. Io vengo immediatamente in aereo e le porto il mandato.»

Vereker, che per molti anni aveva servito nella polizia in una squadra o nell'altra, ormai non si sorprendeva più di niente. «Devo operare con discrezione, signore?»

«Estrema discrezione. Non voglio che il comandante supremo sia informato, per ora. Gli dica che io sto arrivando.»

«Lasci fare a me, generale.»

«È un momento grave», aggiunse Munro, pensando con orrore a quanto grave poteva diventare.

«Capisco, signore», concluse Vereker, e chiuse la comunicazione. In quel momento Jack tornava. «L'aereo è prenotato e l'auto è pronta, signore. Devo venire con lei?»

«No, tu resta a difendere la piazza. Parla con l'ambasciata portoghese, cerca di coinvolgere i fratelli Rodrigues, ma credo che l'ambasciatore invocherà l'immunità diplomatica e li rispedirà a casa. Manda Riley ad arrestare la Dixon. Hai un mucchio di mandati in bianco, firmane uno per lei.» Si alzò e prese il berretto. «Manda a Jacaud un segnale di messaggio ricevuto, nient'altro. Potremo contattarlo in seguito, quando sapremo a che punto è la faccenda.»

«Lei ha notato, signore», aggiunse Jack, «chi è al comando della piazza di Châteaux Morlaix? Bubi Hartmann, uno dei migliori cervelli dei servizi segreti delle SS.»

«Naturalmente l'ho notato. È l'uomo che ha preso il posto di Klein a Berlino. Tutti i pezzi combaciano, come accade di solito in queste cose. A proposito, puoi dire a quella Dixon che non abbiamo intenzione di impiccarla se è disposta a collaborare.»

Aprì la porta e Carter chiese: «E Molly, signore?»

«Oh, per l'amor di Dio, Jack!» e Munro uscì di corsa.

A bordo del Lysander, Max volava a millecinquecento metri attraverso una nuvolaglia sparsa. Davanti a loro il cielo era ancora più cupo, grandi banchi di nuvole nere solcate da scrosci di pioggia. Eisenhower e Sobel, seduti dietro il pilota, dovevano gridare per sentirsi tra il rombo dei motori.

Max era in preda a emozioni contrastanti. Aveva incontrato il comandante supremo, gli aveva stretto la mano, ne aveva riconosciuto la faccia, ma per lui l'uomo in se stesso non significava nulla. Sarebbe stato semplice estrarre la Walther, voltarsi e sparare a Eisenhower tra gli occhi, ma questo significava uccidere anche Sobel, il padre di Molly, che così sarebbe stato un'altra vittima di quella triste faccenda. Che avrebbe detto Harry, vedendolo arrivare in volo a Morlaix con due cadaveri nella carlinga, uno dei quali il padre della donna che amava? Perché di certo l'amava, anche se cercava di dissimularlo. Max ne era certo, ora che l'aveva conosciuta.

D'altra parte, il problema di sua madre. Tutta la faccenda ruotava intorno a lei. Se non uccideva Eisenhower, lei era condannata a morte. E anche Harry, non si faceva illusioni in proposito.

E allora, che cosa doveva fare? Proseguire fino a Southwick e aspettare un'altra occasione, che forse avrebbe portato lui stesso alla morte? Voltarsi ora in quello stesso momento e compiere il gesto? Max non si era mai sentito così in tutta la sua vita. Aveva detto a Harry che sarebbe andato anche all'inferno per salvare la madre, perché dunque questa strana paralisi?

Un attimo dopo la decisione gli fu tolta dalle mani. Si udì un rombo improvviso e il Lysander barcollò nel flusso d'elica di un'ombra nera che passò sopra di lui e virò a sinistra.

«Mio Dio, che cos'è?» chiese Eisenhower.

«Un caccia notturno JU88S. Ce n'è ancora qualcuno che viene dalla Francia a gironzolare sulla nostra costa sud per vedere se può pescare qualcosa. Ormai dovrebbe esser tornato a casa a far colazione. Tenetevi forte, signori.»

Tutti gli istinti del pilota nato erano desti nel corpo e nel cervello di Max quando scese in picchiata fino a trecento metri. Lo Junkers gli venne dietro, fece fuoco con il suo cannone e il proiettile forò l'ala sinistra del Lysander e frantumò il parabrezza. Quindi virò e si allontanò in un largo cerchio.

«È troppo veloce per noi», gridò Max ai suoi passeggeri «e d'altra parte noi siamo troppo lenti per lui.» Ora lo Junkers distava quattro o cinquecento metri e stava virando verso di loro. Max comunicò alla radio: «Lysander Uno in rotta verso Southwick attaccato da uno JU88S sopra South Downs».

Lo Junkers stava tornando ancora. Max inclinò l'aereo in una stretta virata e il cannone dell'altro lo mancò. Ora l'istinto del volo prese il sopravvento in lui e non poté fare a meno di agire come fece.

«Bene, bastardo, vediamo di che stoffa sei fatto», ringhiò.

Scese velocemente in picchiata, seicento metri, trecento metri e sotto di lui comparivano le colline boscose dei Downs. Lo Junkers lo oltrepassò, si inclinò in virata, tornò su di lui. Max portò l'aereo a centottanta metri, poi senza preavviso calò i suoi flaps; il vecchio trucco a cui tante volte era ricorso.

Il Lysander si arrestò quasi con un sobbalzo e il pilota dello Junkers, virando freneticamente per evitarlo, perse il controllo e piombò diritto nella foresta sottostante. Una vampata di fiamme si alzò verso il cielo mentre Max pigiava sulla cloche, prendeva quota e livellava il volo a trecento metri.

«Tutto bene, là dietro?» chiese voltandosi verso i suoi passeggeri. Eisenhower e Sobel, traumatizzati, erano rimasti senza parola. Max sentì che quello era il momento. Non si sarebbe mai più presentata un'occasione simile. Estrarre la pistola, sparare a entrambi, prendere il largo verso la Francia.

Ma non l'avrebbe fatto.

Qualcosa era cambiato negli ultimi minuti. Aveva preso una decisione, senza neppure rifletterci, mentre l'adrenalina del duello aereo gli scorreva ancora nel sangue, capì quant'era giusto quel che aveva detto a Bubi. Lui era un pilota. Non era un assassino.

Chiamò Southwick e annunciò: «JU88S abbattuto». Quindi diede la sua posizione. «Arrivo tra quindici minuti.»

* * *

A cento metri dall'ambasciata portoghese Jack Carter era seduto sul sedile posteriore di un'auto d'ordinanza e aspettava. L'uomo dai capelli grigi nell'abito blu e l'impermeabile gettato sulle spalle che veniva a passo svelto lungo il marciapiede era un certo colonnello Da Cunha, capo dei servizi di sicurezza dell'ambasciata. Carter aprì la portiera e Da Cunha lo raggiunse.

«Quanto tempo è passato, Jack! Hai detto che era urgente.»

«Infatti. Fernando e Joel Rodrigues. Sono sul libro paga dei nazisti a Berlino.» Da Cunha aprì la bocca e Carter alzò una mano. «Assolutamente sicuro. Posso darti ogni sorta di prove.»

Il colonnello prese una sigaretta dal suo astuccio e l'accese. «Invocheranno l'immunità diplomatica, Jack.»

«Tu credi? Benissimo, noi sappiamo tutto quel che c'è da sapere su di loro. Ormai non ci servono più. Imbarcali sul Dakota di stanotte per Lisbona e digli di non tornare mai più indietro.»

«Grazie, Jack, apprezzo la tua cortesia.»

«Posso permettermelo. Noi stiamo vincendo la guerra. Oh, e di' anche a Fernando Rodrigues che abbiamo nelle nostre mani la sua amica. Lei non è portoghese.»

«Sarà condannata a morte?»

«E a che servirebbe?»

Jack sporse il braccio e aprì la portiera. Da Cunha scese e si allontanò rapidamente.

Quando Jack tornò all'ufficio Sarah Dixon stava firmando una deposizione. Sean Riley era seduto di fianco a lei, Lacey stava in piedi a fianco alla finestra.

«Avete ottenuto tutto?»

Riley annuì. «È il gemello tedesco, appunto. La Dixon l'ha ammesso. Ma ho una notizia ancora più drammatica, signore. Ci è giunta una telefonata. Pare che mentre il pilota tedesco accompagnava Ike a Southwick sia stato attaccato da uno Junkers. Il pilota ha eseguito una sua manovra strana e lo Junkers si è schiantato a terra.»

Carter non ne rimase sorpreso. «Certo, quel pilota è uno degli astri della Luftwaffe e questa impresa rientra nel suo modo di agire. Ha letto quel rapporto dalla Francia che le ho passato?»

«Già, povero diavolo, e alla fine tanta pena per niente. Voglio dire, i bastardi avevano già ucciso sua madre.»

«Ma hanno ancora suo fratello.»

Sarah Dixon si riscosse. «Che accade ora?» chiese. «Un processo?»

«Buon Dio, no», le rispose Carter. «Lei non ha più importanza per noi. Naturalmente la metteremo in prigione, e poi dopo la guerra vedremo. A proposito, ho lasciato un messaggio per quel Rodrigues, gli ho detto che lei è nostra. Lui e il fratello questa notte saranno rispediti a Lisbona in aereo.»

«Siete stati generosi.» Sarah Dixon sorrise. «Ora, posso andare?»

Riley e Lacey la condussero fuori e Jack sedette, riflettendo. Poi scrisse un messaggio per Jacaud, per informarlo di tutto. Vi aggiunse altre istruzioni e chiamò per telefono un fattorino. Rimase qualche minuto a pensare, accigliato, poi riprese il telefono.

«Sono il maggiore Carter. Ho bisogno di una macchina per andare al Guy's Hospital. Sì, cinque minuti.»

Sulla pista di Southwick il Lysander rullò e si fermò. Un gruppo numeroso di persone gli corse incontro, ufficiali dello stato maggiore e personale della RAF. Eisenhower alzò le braccia e agitò le mani in un saluto collettivo.

«Sono sano e salvo, e come me il generale Sobel, grazie alla più straordinaria impresa di volo a cui abbia mai assistito.» Si voltò verso Max e fece un cenno con la mano per ottenere silenzio. «Colonnello Harry Kelso, per l'autorità di cui godo come comandante supremo, io le conferisco sul campo la croce al valor militare.» Strinse la mano a Max e si rivolse a Tom Sobel. «Faremmo meglio a sbrigarci. Abbiamo un mucchio di cose da fare.»

Sobel pose un braccio sulle spalle di Max. «Sono fiero di te, figliolo, e Molly sarà ancora più fiera. Vedi, abbiamo una quantità di impegni questa mattina. Perché non vai a mangiare un boccone alla mensa ufficiali? Fai con calma, sono sicuro che Ike vorrà vederti più tardi.»

«Bene», rispose Max, «farò così.»

Sobel si allontanò, seguendo Eisenhower e gli altri, e il personale di terra della RAF cominciò a controllare il Lysander. Max si accese una sigaretta con le mani che tremavano ancora. Che sarebbe accaduto ora a Elsa? Ad Harry? Ma proprio mentre si avviava alla mensa un'idea cominciò a formarsi nel suo cervello. Cominciò a piovere e un maggiore della polizia militare gli si avvicinò aprendo un ombrello.

«Devo tenerla all'asciutto, colonnello, per il generale Munro che sta per arrivare.»

In quel preciso momento Max capì che l'avevano scoperto. «Che succede?»

«Mi chiamo Vereker, e sono il capo dei servizi di sicurezza. Quei due caporali sono miei uomini.» Max voltò la testa e vide i due agenti alti e robusti, con il caratteristico berretto rosso della polizia militare britannica. «Io non so che cosa stia succedendo, ma ho l'ordine di arrestarla con l'accusa di alto tradimento.»

«Interessante», replicò Max.

«So che lei è armato, colonnello. Se mi passasse l'arma, con discrezione, le sarei molto obbligato.»

«Oh, io sono sempre discreto.» Max trasse la Walther e il caricatore di scorta dalla tasca del suo giubbotto di volo e li consegnò. «Ecco fatto.»

Vereker si infilò la pistola in tasca. «Lei è molto ragionevole, colonnello.»

«Non ho mai fatto una cosa ragionevole in tutta la mia vita», replicò Max. «E adesso, che si fa?»

«Be', lei non si è ribellato, non ha protestato...»

«E lei, che cosa ne deduce?»

«Dopo aver servito vent'anni nella polizia, tanto a Scotland Yard che nell'esercito, io direi che questo può significare una cosa sola: che lei è senza dubbio colpevole di ciò di cui l'accusano. Ma non tocca a me decidere. Tocca al generale Munro.»

«E cosa facciamo finché il generale arriva qui?»

«Che ne dice di un drink alla mensa?»

«Crede di potersi fidare di me?»

«Oh, sicuro. Dopotutto, dove potrebbe andare?»

«Non ha mai detto una cosa più giusta, maggiore.» Max sorrise. «Vada allora, che io la seguo.»

Vereker lasciò Max ai suoi pensieri e rimase ad aspettare al bar con un whisky ed il *Times*, mentre anche Max, seduto accanto alla finestra, si godeva un whisky e una sigaretta, riflettendo su tutta la faccenda. Che cosa aveva scoperto Munro, e come? Non che importasse ormai. Tutto era finito. «Dio aiuti mia madre e Harry...» pensava fra sé. La guancia gli faceva un male terribile, per cui trasse di tasca l'astuccio pronto soccorso e tirò fuori una fiala. Vereker fu accanto a lui in un attimo.

«Che cos'è?»

«Morfina. Per la mia faccia. La ferita è recente e molto dolorosa. Qua, lo faccia lei per me.»

Vereker esaminò l'astuccio. «Tedesco?»

«SS, per la precisione. Quanto c'è di meglio.»

Vereker esitò un secondo, poi staccò l'estremità della fiala e punse il polso che Max gli porgeva. «Vorrei proprio sapere che cosa significa tutto questo!»

«Lo vorrei anch'io.»

In quel momento Dougal Munro entrava in sala mensa, esitava un attimo, poi si dirigeva verso di loro. «Generale!» salutò Max allegramente.

Munro lo ignorò. «Maggiore Vereker, da questo momento lei è tenuto a osservare rigorosamente il segreto d'ufficio. Andiamo nella sua stanza.»

Qualche minuto dopo Munro era seduto davanti alla scrivania di Vereker e tirava fuori dalla tasca un documento ripiegato. «Ecco il mandato d'arresto, maggiore, per l'accusa di alto tradimento.»

Vereker esaminò il documento e alzò gli occhi, sconcertato. «Ma questo è a nome dell'Oberstleutnant barone Max von Halder!»

«Esatto. Si è detto che il colonnello Herry Kelso aveva fatto un atterraggio forzato in Bretagna la scorsa settimana ed era fuggito dopo qualche giorno per tornare qui in trionfo con uno Storch della Luftwaffe rubato. Solo che non era Harry Kelso, era suo fratello gemello.»

Vereker rimase senza parole. Aveva sentito parlare del fratello di Kelso, ma... «Ma perché?»

«Per assassinare il generale Eisenhower.»

«Ma è una follia, generale. Gli ha appena salvato la vita con la più stupenda impresa di volo che si sia mai sentita.»

«Già, strano, vero?» Munro si rivolse a Max. «Quando è venuto il momento, lei non ha potuto farlo, vero?»

«Oh, ci avevo pensato, bastava che mi voltassi e sparassi. Ma questo significava uccidere anche Sobel. E non potevo farlo, non il padre di Molly. Harry ama quella ragazza, vede, generale.» Max si accese una sigaretta. «E poi compare lo Junkers. Questa è la cosa più strana. Se fossi stato fatalista, avrei lasciato che le cose seguissero il loro corso e noi saremmo precipitati, tutti e tre. Una soluzione perfetta.»

«Ma lei non è fatalista?»

«Mai stato. Ho sempre lottato fino alla fine, e quando quel bastardo mi è venuto in coda...» alzò le spalle. «Io sono un pilota da combattimento. Ho agito come mi è venuto naturale.» Uscì in una breve risata. «Questo infine ho sentito in me. Quando lo Junkers è precipitato e io ero lì seduto alla cloche mi sono detto: 'Ecco quello che sei tu, Max. Un pilota, non un assassino. Tu uccidi, ma non come uccidono i sicari'.» Rise ancora. «A proposito, il mio punteggio ufficiale era 309, adesso è 310.»

«Credo di capire.»

«E questo lascia mia madre e Harry in un mare di guai.» Corrugò la fronte. «Ma aspetti un minuto, generale. Non mi ha detto come ha fatto a scoprirmi.»

«Stavamo pedinando i fratelli Rodrigues, e non mi dica che non sa chi sono. Ci portarono a Sarah Dixon, che sfortunatamente è impiegata presso il quartier generale del SOE. Abbiamo messo un fotoreporter della polizia a controllare tutti quelli che entravano nel caseggiato dove abita la Dixon, e lei è stato sorpreso là. Pazzesco, no?»

«Già, io sono solo un dilettante in questo genere di intrighi.»

«Poi ci è arrivato un rapporto del capo dei nostri agenti nella zona di Morlaix, e ora io so tutto: Himmler, Bubi Hartmann. Oh, sì, sappiamo tutto di Bubi, sua madre, Harry, l'orribile dilemma in cui Himmler vi ha messi.»

«Ma come ha fatto a sapere tutto questo? Io ero stato trasferito al castello in segreto, e pure mia madre era stata portata in segreto in aereo da Berlino.»

«La cameriera di sua madre, Rosa Stein, è stata trovata mentre vagava sperduta nei boschi, e grazie a Dio è caduta nelle mani del mio agente. Quello che gli ha riferito è arrivato sulla mia scrivania questa mattina.»

«Rosa? Girava nei boschi? Ma cosa diavolo mi racconta?»

Così Munro gli disse tutto.

Max rimase là seduto, stravolto e disfatto. Vereker aprì un mobile, versò del brandy in un bicchiere e glielo porse.

Max lo ingoiò e alzò gli occhi a guardarlo, con un sorriso triste sul viso.

«Così ora lei sa contro che cosa state combattendo.»

«Mi dispiace, colonnello.»

«Fate tutto il possibile perché vincano i buoni. E mi versi un altro goccio.» Porse il bicchiere e Vereker glielo riempì.

«Anch'io sono dolente, Max», fece Munro.

«La colpa è nostra. Io non pensavo che a volare, mia madre pensava solo al nome dei von Halder e alla nostra posizione in società. Hitler è arrivato al potere e noi ci siamo adagiati e abbiamo seguito la corrente.» E rivolgendosi a Vereker: «Noi non eravamo nazisti, maggiore, e continuavamo a dircelo tra noi. Solo che io ho abbattuto oltre trecento aerei per il Terzo Reich».

Non c'era niente che si potesse rispondere e Vereker andò a riporre la bottiglia.

«E quel che è veramente tremendo è che la cosa non è finita. I bastardi hanno ancora Harry.»

«E Bubi Hartmann le ha mentito.»

«Sì, Bubi mi ha mentito, ma credo di capirlo. Lui è in parte ebreo, vede, e Himmler l'aveva scoperto. Bubi aveva il coltello alla gola, come tutti noi. Minacciavano suo padre e sua zia. Lo sa quello che fanno? Impiccano i condannati con corde di pianoforte, uomini e donne, il Reichsführer è molto imparziale.»

«Mio Dio», mormorò Vereker, «che maledetta canaglia.»

«Ben detto.» Max tirò fuori una sigaretta con mani tremanti e Vereker gli porse un accendino. «E adesso, che cosa mi aspetta? La Torre di Londra?»

«Cold Harbour», rispose Munro. «Questo colloquio è andato fin troppo per le lunghe e la voglio fuori di qui prima che Ike la mandi a chiamare. Partiremo con il Lysander con cui sono arrivato io.»

«Vuole che venga con lei, generale?» chiese Vereker.

«Non occorre, non ora. Dica a Ike che volevo ispezionare

i resti di quello Junkers e che avevo bisogno del colonnello Kelso come esperto. Le dispiace mentire per me?»

«Neanche per sogno, signore.»

«Bravo ragazzo, e si ricordi che è tenuto al segreto d'ufficio. Tutta questa faccenda non è mai esistita.»

«Se lo dice lei, colonnello.»

Il pilota del Lysander era un capitano d'aviazione di nome Hare, molto giovane e molto intimidito dalla presenza di Max. Il suo modo di pilotare l'aereo non era brillante, ma bastò per portarli alla meta. Nel primo pomeriggio arrivarono a Cold Harbour e, barcollando piuttosto malamente, atterrarono sulla pista.

«Sono terribilmente spiacente, colonnello», si scusò Hare. «Un pessimo atterraggio.»

«Non ci badi, capita a tutti», rispose Max e scese con Munro.

Julie arrivò con la jeep e gli venne incontro. «Felice di rivederla. Fate ancora in tempo per la colazione. La motovedetta è fuori per un giro d'esercitazione, ma Zec è qui ed è rimasta anche qualche bistecca.»

«Perché no?» fece Munro. «Per lei va bene, Max?»

«Come ha detto lei, perché no?» rispose Max.

«Max?» chiese Julie stupita. «Che significa?»

«Saliamo nella jeep, via da questa dannata pioggia, andiamo alla loncanda e ti dirò tutto.»

Zec era l'unica persona presente al bar. Era seduto accanto al fuoco e leggeva. Alzò il viso e sorrise. «Lieto di rivederla.»

«Mi permetta di presentarla», esordì Munro. «Oberstleutnant barone Max von Halder, fratello di Harry Kelso.»

«Buon Dio!» esclamò Zec Acland.

Max si diresse dietro il banco e prese un pacchetto di sigarette Players. Ne accese una e tornò fra gli altri, con un sorriso stanco.

«Parli pure con loro, generale. Io andrò a fare una passeggiata, se lei è d'accordo. Sa, ho bisogno di schiarirmi le idee. Mangerò più tardi.»

La porta si chiuse alle sue spalle e Munro si rivolse agli altri. «È una maledetta storia, ma eccola qui.»

Quando ebbe finito di parlare, Julie commentò: «Veramente terribile. La sua povera madre!»

«Non ho mai sentito niente di simile», aggiunse Zec. «Ma adesso, a che gioco giochiamo qui, generale? Secondo le regole, avrebbe dovuto portarlo a Londra. Non ha nemmeno informato il generale Eisenhower!»

«È vero, e la risposta è che non so nemmeno io a che gioco sto giocando.» Munro sospirò. «In questo mestiere ci si abitua a essere dei gran bugiardi. Ma non posso fare a meno di pensare che in tutta questa faccenda c'è qualcosa di cui potremmo servirci... be', ci penserò su per un po'.»

In quel momento si apriva la porta e Max rientrava. Ora c'era un po' più di colore sulla parte sana della sua faccia. «Potrei mandar giù una di quelle crostate tutta intera, così sui due piedi. Muoio di fame.»

«Ci aggiungiamo una pinta di birra e sono con lei», approvò Zec.

«Anch'io», fece Munro. «È stata una mattina a dir poco impegnativa, e io non avevo nemmeno fatto colazione.»

Julie mise in tavola bistecche e crostata di rognone e patate e gli uomini si misero a mangiare in silenzio. Fu Zec che a un certo punto osservò: «C'è una cosa che non capisco. Se Eisenhower le ha conferito la croce al valore per avergli salvato la vita, potrà riprendersela per il fatto che lei è dall'altra parte?»

«Giusta domanda», rispose Munro «e dubito che sia mai stato fatto in passato.» In quel momento sentirono un rombo sulle loro teste. «Che diavolo sarà?»

Julie andò alla porta e guardò fuori. «Il Lysander», annunciò.

«E chi potrebbe essere?»

«Volete che prenda la jeep e vada a vedere?»

«No, finisci di mangiare. Chiunque sia si farà vivo presto.» E Munro tornò alla sua crostata.

Erano passati forse quindici minuti che sentirono il rumore di una jeep in arrivo. Un attimo dopo la porta si apriva e Jack Carter entrava zoppicando, seguito da Molly.

«Non prendertela con Jack, zio Dougal. Sono stata io che ho insistito per venire», spiegò Molly.

«Ho già mandato indietro il Lysander, signore», aggiunse Carter.

«Lo credo bene, rischiamo di restare senza.»

«C'è stata una chiamata da Southwick per lei, signore. Il generale Eisenhower voleva parlarle.»

«Bene, non l'ho ricevuta e per il momento resto irreperibile.»

Carter si rivolse a Max: «È un'impresa formidabile, quella che lei ha compiuto stamattina».

«Dote di famiglia», replicò Max. «Come Harry. L'unica cosa che sappiamo far bene è volare.»

«Vorrei parlarle», intervenne Molly. «Posso, zio Dougal?»

«Penso che possiamo permetterlo.»

Molly uscì e Max la seguì. Camminarono in silenzio fino all'estremità del molo. Lei sedette e Max si appoggiò al parapetto. Fra loro c'era una strana intimità.

«Jack mi ha detto tutto di quella terribile storia. Sono molto addolorata per sua madre.»

«Anch'io. Ma sono anche in pensiero per Harry, che è ancora inchiodato laggiù.»

«Mi dica com'era.»

«Lei lo ama molto, vero?»

«Oh, sì.»

«Non c'è che sofferenza per lei qui. Lo so, perché in tutto ciò che io faccio c'è solo sofferenza.»

«Non importa. L'amore non sente ragioni e non cerca ragioni. Mi dica.»

«Era in buone condizioni. Solo la caviglia sinistra fratturata, ma il capitano Schroeder ha fatto un buon lavoro, come sulla mia faccia.»

«Schroeder era il medico?»

«Medico delle SS, e quindi eccellente chirurgo.»

«Che cos'ha fatto alla sua faccia?»

«Mi ha fatto un'anestesia locale, mi ha dato un colpo con una sbarretta di ferro e ha inciso con il bisturi. Harry era seduto davanti a noi e guardava. Era molto infelice.»

«Terribile...» Molly scosse la testa. «Ma uccidere Eisenhower...»

«Se avesse visto la pellicola che Himmler fece proiettare per noi, sull'esecuzione dei cosiddetti traditori! Le corde di pianoforte che penetravano nel loro collo, le feci che scivolavano per le loro gambe. Vedere gli uomini era orribile, ma le donne!» Scosse la testa. «Era oltre ogni limite. Ma non era un'impresa che potessi compiere da solo. Mi occorrevano le istruzioni di Harry, se dovevo avere qualche probabilità di riuscire.»

«Capisco, veramente. La curiosa ironia del destino è che, se avesse pilotato un altro l'aereo di Eisenhower, il generale a quest'ora sarebbe morto.» Si alzò. «Ci dev'essere qualcosa che possiamo fare.»

«Mandare in Francia un commando?» Max scosse la testa. «Ci vuol tempo per organizzare imprese del genere. I fratelli Rodrigues saranno presto di ritorno in Portogallo, godono di immunità diplomatica. E da Lisbona faranno subito rapporto in Prinz Albrechtstrasse, per lo meno nella speranza di un extra sulla paga. Dio solo sa che cosa succederà ad Harry. Come minimo, Himmler lo farà portare a Berlino.»

Mentre passeggiavano lungo il molo, arrivava la motovedetta. Qualcuno chiamò da poppa salutando con la mano e Max rispose al saluto.

«È terribile», mormorò Molly con le lacrime agli occhi. «Mi sento così impotente!»

Max le pose un braccio sulle spalle. «Oh, non so. Un'idea mi è venuta. Molly, e se io ridiventassi l'orgoglio della Luftwaffe? Mi metto l'uniforme giusta nel magazzino di Julie e corro alla pista protetto dal buio della notte? Ci sono due Storch sulla pista. Potrei essere a Morlaix in un'ora, atterrare e poi... improvvisare qualcosa.»

«Una pazzia. La morte sicura per lei.»

«La morte sicura per Harry, adesso. Almeno saremmo insieme.»

«E allora, se riuscisse, lo riporterebbe qui?»

«Certo che lo riporterei io. Lui non può pilotare un aereo.»

«È solo una fantasia, non è possibile.»

Arrivarono alla locanda e Carter ne uscì con Julie. «Ho ordine di portarla su al castello, vecchio mio. Chiuderla dentro, finestre sbarrate, cose del genere.»

«Perché no», rispose Max, «non ho nessun altro posto dove andare.» Salì nella jeep, Carter sedette accanto a Julie che guidava e partirono.

Munro era appoggiato al bar e parlava con Zec sorseggiando un whisky quando Molly entrò. «Come va, cara?» le chiese il generale. «Tutto bene?»

«Ma, non so. Abbiamo parlato, lui mi ha spiegato le cose, è preoccupato per Harry. Dimmi, perché l'hai portato qui?»

«Troppe cose sono capitate e troppo presto. Ho pensato che sia meglio tenerlo in disparte, finché non si dissipa il polverone.»

«Così non hai idea di come si potrebbe aiutare Harry?»

«Nessuna idea. È impossibile.»

«Max non la pensa così.»

«Davvero?» intervenne Zec Acland.

Munro corrugò la fronte. «Dimmi tutto.» E lei parlò

17

MAX passò il pomeriggio rimuginando fra sé nella stanza da letto in cui Carter l'aveva condotto. Era una camera abbastanza comoda arredata in uno stile un po' vecchiotto, e aveva le sbarre alle finestre. La pioggia cadeva incessante scrosciando contro i vetri. Non aveva niente da fare se non pensare e ormai era stanco di tormentarsi. Trovò dei romanzi su uno scaffale e scelse *Rebecca* di Daphne du Maurier, perché lo scenario della Cornovaglia gli pareva appropriato al momento. Lesse per un'oretta, sdraiato sul letto, ma era stata una giornata dura. La fatica lo vinse e si addormentò.

Erano le sei e mezzo quando Carter venne a chiamarlo. «È ora di cena, vecchio mio. Non vogliamo lasciarla qui solo.»

«Molto gentile da parte vostra.» Max lo seguì scendendo le scale fino alla biblioteca, dove trovò Munro con Zec Acland e Molly seduta accanto al fuoco.

«Eccola qui», lo salutò Munro. «Che cosa preferisce, whisky?»

«Be', veramente un whisky e soda mi farebbe un gran bene.»

Carter gli preparò il drink e Molly si alzò. «Mi lasci controllare la sua faccia.» Osservò con attenzione e annuì. «Potrebbe andar peggio. Fa male?»

«Non molto. Più che altro, mi sembra intorpidita.»

«E allora smetta di usare la morfina. È una droga pericolosa.»

«Grazie per il consulto, dottoressa.» Max prese il whisky che Carter gli porgeva. «E adesso?»

«Non so cosa pensare», rispose Munro.

«Avevo chiesto se la Torre di Londra era il prossimo passo. Ho sempre pensato che fosse di rigore per gente come me.»

«Mio caro ragazzo, non c'è mai stato nessuno come te.» Munro ebbe un moto di stizza. «Dannazione, Max. Continuo a pensare che lei sia Harry.»

«Un guaio, no? Che dice Eisenhower?»

«Non sa ancora niente. Tutta questa faccenda è dinamite, come dicono i nostri amici americani. Per esser franco, non so bene come trattarla e la pubblicità è l'ultima cosa che ci occorre, con lo sbarco in Normandia fra qualche settimana.»

Julie si affacciò alla porta. «Il pranzo è servito.»

Zec fu il primo ad alzarsi. «Io personalmente penso meglio con lo stomaco pieno», e uscì per primo.

Sedettero intorno alla tavola davanti a una fumante zuppa di carote, seguita da sogliola di Dover, patate fritte e insalata, scambiandosi solo poche parole.

Infine Munro si rivolse a Julie. «Dobbiamo esser grati alla Francia per averti qui, mia cara.»

«Be', non la faccia tanto lunga, generale. Abbiamo finito il caffè. Tè per tutti.»

«Parli come una vera dama inglese. La seduta si aggiorna in biblioteca.»

«Prima però aiutiamo a sparecchiare.» Max sorrise. «Lei permette, Julie?» E cominciò a raccogliere i piatti.

«Non è proprio lavoro per lei, barone», osservò Munro.

«Sì, ma è un gesto da gentiluomo», ribatté seccamente Julie cominciando ad aiutare Max.

«Ben detto, ragazza mia», fece Zec. «Io andrei a prendermi un brandy se fossi in lei.»

Si riunirono in biblioteca, mentre Julie serviva il tè. L'atmosfera era più tesa di prima. Infine Molly proruppe: «Insomma, nessuno dice una parola, è ridicolo. Sembra uno di quei romanzi di Agatha Christie, dove Hercule Poirot raggruppa tutti in biblioteca per annunciare chi è l'assassino».

Max si mise a ridere. «Descrizione perfetta, solo che noi sappiamo chi è l'assassino. Sono io.»

«Sciocchezze.» Zec si riempì la pipa. «Ho visto alcuni di quei film, di solito l'assassino è il maggiordomo, o il vicario.»

«È vero», assentì Munro, «ma in questo caso è il barone.»

«Giustissimo, ma francamente io ne ho abbastanza.» Max si alzò. «Quando avrete deciso che cosa fare di me, fatemelo sapere. Ora me ne torno alla mia stanza. Lei mi accompagna, Carter?»

Carter si alzò e prese il suo bastone. «Certamente, vecchio mio.»

Quando Carter tornò gli altri sedevano in silenzio, accigliati. Andò alla credenza e si versò un brandy. «Alla salute di tutti», disse alzando il bicchiere, « se vuole scusarmi, generale, quello è un tipo assolutamente straordinario, e non me ne importa niente se è della Luftwaffe.»

«Dio del cielo, maggiore, ma hai perduto una gamba a Dunquerque!» ribatté Munro.

«Giusto, e non mi dispiacerebbe di riaverla, ma la guerra è la guerra, un maledetto e stupido gioco sul quale non abbiamo controllo.»

«Ma questo è appunto un episodio della guerra», ribatté Molly. «E possiamo controllarlo. Che cosa intendi fare, zio Dougal?»

«Bene, mi arrendo. Dammi un altro brandy, Jack, e vi parlerò di una conversazione piuttosto interessante che Molly ha avuto questa mattina con Max von Halder.»

Quando ebbe finito ci fu un silenzio. Fu Carter che cominciò: «E lei crede, signore, che Max tenterebbe di volare fino a Morlaix per salvare suo fratello?»

«Per Dio, Jack, usa il cervello!» esplose Molly. «È un grande pilota, un gentiluomo che aveva tutto nella vita. Le medaglie?» alzò le spalle. «Che cosa possono significare, alla fin fine? Le SS hanno ricattato lui e il fratello per cacciarlo in un'impresa terribile. Poi hanno assassinato sua madre.»

«Secondo Rosa Stein, è lei che ha cercato la morte», osservò Munro.

«Già, ma da quanto ho sentito», intervenne Zec, «nel disperato tentativo di salvare i figli.»

«Cosa che Hartmann non riferì all'amico», ribatté Molly. «L'estremo tradimento, anche se gli pendeva sul capo una grave minaccia.»

«Ma ora c'è Harry in quel dannato castello, che aspetta la condanna», intervenne Julie. «Una condanna già pronunciata: Himmler lo farà giustiziare senza pensarci due volte.»

«Mentre noi stiamo qui seduti e non facciamo niente», concluse amaramente Molly.

Ci fu un lungo silenzio mentre Munro rifletteva. Fu Zec che infine parlò, con calma, senza emozioni: «Sono due bravi ragazzi, generale. Meritano di avere una possibilità.»

Munro annuì. «Hai ragione, naturalmente. Avete ragione voi tutti. E io non voglio cercar delle scuse, ma forse in fondo al mio cuore ho sempre saputo la ragione per cui ho portato qui Max, invece di rispedirlo a Londra.»

«E allora, che facciamo, signore?» chiese Carter. «Glielo dirà?»

«Buon Dio, no, sarebbe troppo semplice per la mia mente complicata. Lo lasceremo evadere.» E rivolto a Julie: «Vorrei che tu organizzassi la cosa per me. Lo farai?»

«Ma certo, generale.»

«Tu no, mia cara Molly», spiegò Munro. «Il tuo cuore è troppo impegnato in questo caso.»

* * *

A Châteaux Morlaix, Bubi Hartmann, il giovane Freiburg, pilota del 109, e Harry avevano finito di pranzare. Harry portava l'uniforme della Luftwaffe. Nessuno aveva parlato molto. Bubi era sulle spine, sempre aspettando notizie di quanto accadeva in Inghilterra, ma soprattutto preoccupato della scomparsa di Schroeder. Freiburg, come sempre, era intimidito dal rango dei due colonnelli. Poiché aveva volato con Max, Bubi era stato costretto a spiegargli che Harry era il fratello del barone, un fatto in sé piuttosto evidente. Ma in quale missione Max fosse impegnato era ancora un segreto.

Terminarono il pasto con caffè e cognac, poi Harry prese le sue stampelle. «Tornerò nella mia stanza.»

«Ti accompagno», propose Bubi.

Salirono le scale e Bubi fece un cenno alla guardia SS, che aprì la porta. «E mia madre, Bubi?» chiese Harry. «Quando posso vederla?»

«Domani, Harry. Credo di potertelo promettere.»

«Non so perché, ma non ti credo.»

«Mi spiace che tu la pensi così.»

Tornò indietro e Harry entrò nella sua stanza. Si sentiva stranamente a disagio. Andò alla finestra e guardò fuori attraverso le sbarre, domandandosi che ne era di Max. Infine sedette sulla sponda del letto e si tolse la scarpa destra. A sinistra non portava scarpa e le dita dei piedi spuntavano nude dall'ingessatura. Non si tolse neppure la blusa di volo, perché faceva molto freddo. Si sdraiò sul letto fissando il soffitto e dopo qualche tempo si addormentò.

Bubi sedette in un angolo del salotto, bevendo più brandy di quanto avrebbe dovuto. Freiburg, in un altro angolo, sfogliava nervosamente una rivista. Infine si alzò. «Penso che andrò a letto presto, colonnello.»

«Bene, ci vediamo domattina.»

Freiburg si ritirò e mentre Bubi allungava nuovamente la

mano verso la bottiglia del cognac suonò il telefono. Diede un'occhiata all'orologio e aggrottò la fronte. *Le dieci di sera?* Chi poteva essere?

Prese il ricevitore e il centralinista annunciò: «Una chiamata per lei, Standartenführer».

«Chi è?»

«Be', è chiaramente un francese, anche se parla un buon tedesco. Insiste per parlare con lei personalmente. Dice che si tratta di informazioni di vitale importanza.»

«Passamelo.»

Era Jacaud. «Colonnello Hartmann?»

«Chi è lei?»

«Oh, io dirigo quella che voi chiamate l'opposizione in questa zona della Bretagna. Un mio amico, un tal generale Munro, che penso lei conosca, si è messo in comunicazione con me via radio, non una volta ma due.»

Bubi si sentì quasi soffocare. «Che cosa vuole?»

«Io niente. Sono qui solo per darle un'informazione. Credo che i seguenti nomi significhino qualcosa per lei. I fratelli Rodrigues, che quando sono stati presi hanno invocato l'immunità diplomatica, sono stati rispediti a Lisbona. La signora Sarah Dixon è stata arrestata, e così il barone von Halder. Ed ecco una buona notizia per lei. Il barone stava pilotando l'aereo di Eisenhower diretto a Southwick, quando un JU88S che si trovava fuori rotta li ha intercettati. Ci crederebbe che il barone l'ha fatto precipitare? Ha salvato la vita di Eisenhower.»

«Dannazione!» ringhiò Bubi.

«Lei è l'unico che sia dannato. Il gran giorno è imminente. Oh, a proposito, grazie per Schroeder. Avremo bisogno di un buon dottore quando si comincerà a combattere sul serio.»

Tolse la comunicazione e Bubi rimase là seduto, stringendo il telefono, poi lo depose lentamente. Un'espressione di orrore si diffuse sul suo viso quando si rese conto di tutte le implicazioni delle notizie che aveva appena udito. Era tutto finito. Lui era rovinato. Non si faceva illusioni sul prezzo che avrebbe pagato per il fallimento dell'impresa.

Si alzò, si accese nervosamente una sigaretta e cominciò a misurare a passi agitati la stanza. Max in mano degli inglesi e suo fratello lì in quella casa, al piano di sopra. Questo lo angosciava in particolare, ma che cosa avrebbe potuto fare? Andare alla porta, bussare e dire: «Hanno arrestato tuo fratello, e, spiacente, ti ho mentito, tua madre è stata uccisa prima che Max partisse per la Cornovaglia?» Tuttavia qualcosa da fare c'era. Aveva una linea diretta con Berlino. Con un po' di fortuna, forse Trudi pernottava in Prinz Albrechtstrasse.

Infatti Trudi era sdraiata su un piccolo letto da campo in un angolo del suo ufficio e leggeva una rivista. Sollevò il telefono e riconobbe subito la voce.

«Sono io, Trudi.»

«Colonnello, che succede?»

«Ascolta, tutta l'impresa è fallita, i fratelli Rodrigues, la Dixon e Max, tutti arrestati. Tu capisci quello che significa?»

«Oh, mio Dio!»

«Taglia subito la corda, Trudi. Usa la tua autorità come mia segretaria, finché vale ancora qualcosa e prendi il largo. Non posso fare di più. Se tu potessi avvertire mio padre, te ne sarei grato.»

Trudi era in lacrime. «Che cosa terribile! Che dirà il Reichsführer?»

«Quel che importa è che cosa farà.»

«L'ho visto un'ora fa al suo tavolo d'angolo alla mensa.»

«Vuoi dire che è ancora lì?»

«Oh, sì, il bombardamento è incominciato presto stanotte e lui è rimasto in ufficio.»

Bubi sentì uno strano senso di sollievo. «Che diavolo, finiamola. Mettimi in comunicazione con il suo ufficio. E, Trudi...»

«Sì, Bubi.»

«Esci di corsa e salvati, amor mio.»

Pochi minuti dopo Himmler era al telefono. «Così, Standartenführer, hai delle buone notizie per me?»

Bubi, di colpo, abbandonando ogni prudenza, sbottò: «Al contrario, Reichsführer, pessime».

Ci fu una pausa, poi Himmler riprese: «Dimmi tutto».

Bubi parlò, provando un piacere perverso nell'esporre tutti i particolari, soprattutto su come Max aveva salvato la vita di Eisenhower nello scontro con lo Junkers. Quando finì, ci fu un lungo silenzio.

Infine Himmler cominciò: «Un'impresa mal progettata fin dall'inizio, colonnello, ma devo ammettere che sono stato spinto, malgrado i miei dubbi, dal tuo entusiasmo per il piano. La morte dell'infelice baronessa ha rivelato una deplorevole mancanza di efficienza da parte tua, e adesso abbiamo anche l'imbarazzo del barone von Halder in mano agli inglesi».

Quel che Bubi avrebbe voluto rispondere era: «Vai a farti fottere, piccolo sudicio bastardo». Invece disse: «Lei ha altre istruzioni per me, Reichsführer? Che devo fare con il colonnello Kelso?»

«Tu non farai niente. Ora mi metto in contatto con il quartier generale della Gestapo a Parigi. Domani avrai lì un aereo con lo Standartenführer Fassbinder a bordo. Prenderà in consegna Kelso e lo porterà a Berlino.»

«E io, Reichsführer?»

«Tu potresti partire con loro. Verrai da me e discuteremo del tuo futuro.»

Troncò la comunicazione e Bubi depose il telefono. Aveva appena ricevuto la sua condanna a morte, e insieme quella di Harry Kelso. Si era chiuso il coperchio sulla loro bara. Prese la bottiglia di brandy e salì nella sua stanza. Non avrebbe dovuto, naturalmente, ma all'inferno! Bevve un altro lungo sorso, si tolse la cintura e la fondina. Tirò fuori la Mauser, la soppesò in una mano e sogghignò. Lo Standartenführer Fassbinder avrebbe avuto una sorpresa. Non gli era mai piaciuto quel maiale ed era molto meglio cadere combattendo. Si sdraiò sul letto e piombò in un sonno da ubriaco.

Max era sdraiato sul letto e fumava una sigaretta quando la porta si aprì con uno scricchiolio. Diede un'occhiata all'orologio. Erano le due.

«Max, sono io.» Julie accese la luce e Max si rizzò a sedere.

«Che succede?»

Julie sedette sulla sponda del letto. «È un imbroglio d'inferno. Nessuno sa cosa fare, tranne Molly.»

«Che cosa mi stai dicendo?»

«Dopo che lei se n'è andato, siamo rimasti a parlare in biblioteca e Molly ci ha riferito quel che lei le aveva detto sul molo. Rubare lo Storch e volare in Bretagna a prendere Harry.»

«E Munro che ha detto?»

«Ha pensato che era una pazzia.» Alzò le spalle. «Ma io non lo penso.»

«Perché, Julie?»

«Io ho combattuto i nazisti, nella resistenza. Questo ha rovinato la vita di mio marito. Io ne sono uscita ma lui è morto e Munro mi ha dato questo lavoro. I tedeschi non mi piacciono, Max, ma Dio mi aiuti, lei mi piace e forse sono un po' innamorata di Harry, ma non lo dica a Molly.»

«È una donna, l'avrà già indovinato.»

«Comunque, lei merita di avere una probabilità, lei e Harry. Se lei è tanto pazzo da andare, io l'aiuterò. Ho controllato quello Storch in cui lei è arrivato, il serbatoio è pieno. Aspettavano che qualcuno della sezione aerei nemici venisse a prenderlo.»

«Ci sono guardie sul campo?»

«Non ce n'è bisogno. Il personale di terra ormai dorme,

ma direi che lei indossa l'uniforme sbagliata, per far quello che deve fare.»

«È vero.»

«Allora andiamo.»

Nel magazzino Max indossò un'uniforme della Luftwaffe. Julie gli trovò perfino una croce di cavaliere da appendergli al collo. «Spiacente, ma non abbiamo le foglie di quercia e le spade.»

«Un dettaglio trascurabile.» Max si avvicinò al tavolo dov'erano le armi. «Posso servirmi?» Scelse una Walther. «Me la consiglia?»

«Specialmente con quel silenziatore. È stato studiato per le SS.»

«Solo il meglio.» Infilò un caricatore nel calcio e avvitò il silenziatore sulla canna. «Caricata per l'orso, così soleva dire mio nonno a me e ad Harry quando andavamo in vacanza alla tenuta, da ragazzi. Prenderò un caricatore di scorta.» Se lo infilò insieme all'arma in una delle grandi tasche portacarte dei pantaloni della Luftwaffe, scelse uno *schiff*, se lo aggiustò con attenzione sui capelli biondi e si guardò allo specchio. «Eccoti a posto, orgoglio della Luftwaffe.»

«Se lei è pronto, l'accompagno. Passiamo per le scale sul retro.»

Max la seguì fino all'atrio, di fronte alla cucina. Julie aprì la porta posteriore e uscirono nel cortile dirigendosi al cancello che si apriva nel muro. La jeep era dall'altra parte. Julie si pose al volante e Max prese posto accanto a lei.

Mentre la jeep si metteva in moto Max osservò: «Un filo di nebbia nell'aria e nubi basse».

«Ho controllato le previsioni. Troverà il tempo che aveva quando è arrivato, ma dalle quattro in poi ci sarà una schiarita e arrivando laggiù avrà luna piena.»

Si avvicinarono alla pista d'atterraggio. «Questa è la seconda volta in una settimana che mi imbarco per un'impresa impossibile», rifletté Max ad alta voce. «Mia madre pensava che la faccenda Eisenhower fosse una follia, che io stessi andando incontro alla morte.»

«Invece lei è ancora tra i vivi.»

«Per poco. Non è una follia, Julie?»

«Dio mi aiuti, non lo so proprio.»

Max si accese una sigaretta. «Bene, è un'ora per arrivare là, bleffare con le guardie sulla pista di Morlaix, dieci minuti in auto fino al castello. Prelevare Harry, tornare alla pista, e un'ora di volo al ritorno. Potrei essere qui verso le cinque, ma solo se tutto funziona. Se le guardie sulla pista e il controllore in servizio accettano il famoso Barone Nero. Nessuno di loro sapeva quel che dovevo fare.»

«Speriamo che non l'abbiano scoperto.»

«Credo che ci sia una probabilità, purché Bubi abbia tenuto il segreto.»

Lo Storch era sull'area di stazionamento. Julie fermò la jeep e i due si avviarono verso l'aereo. Tutto era silenzio. Max aprì il portello, prese un paracadute e se lo infilò. «Non che importi, ormai, ma le vecchie abitudini sono dure a morire.» Baciò la donna su una guancia. «Dio ti benedica, Julie.»

«Dio la benedica, Max.»

Max prese posto sul sedile del pilota, si voltò e le sorrise: «A proposito, dov'è Munro adesso?»

Julie fu colta di sorpresa. «Veramente non lo so.»

«Andiamo, Julie!» Sorrise, chiuse il portello, accese i motori, rullò fino all'estremità della pista e un attimo dopo si sollevò nella notte.

Nell'*Hanged Man* Zec attizzò il fuoco finché vide guizzare le fiamme. Jack Carter e Molly erano seduti accanto al caminetto, Munro era in piedi al bar. Gli uomini della motovedetta erano sparsi nella stanza. Uno di loro parlò per tutti.

«Che cosa sta succedendo, Zec? Hai detto che era un'emergenza.»

In quel momento si udì il rombo di uno Storch che sorvolava la locanda e si dirigeva verso il mare. Un altro chiese: «Che cosa diavolo è stato?»

Jack guardò Munro, che annuì. Rispose: «Era il colonnello Kelso che sta andando in Francia a prelevare qualcuno».

Sentirono il motore della jeep che arrivava davanti alla locanda e un momento dopo entrò Julie e si diresse verso Munro. Parlarono a bassa voce, poi Munro annuì e si voltò.

«Questa è probabilmente la missione più azzardata che sia mai stata intrapresa da Cold Harbour. Una missione suicida. Se riesce, lo vedremo di ritorno verso le cinque. Altrimenti, può essere che abbia bisogno di aiuto in mare. Non lo so.»

«Ed ecco perché ho voluto avervi tutti a portata di mano», aggiunse Zec. «Obiezioni?»

Uno degli uomini rise. «Per amor di Dio Zec, metti legna sul fuoco, chiudi la bocca e facci portare le carte. E tu, Julie», aggiunse rivolto alla donna, «un paio di crostate farebbero proprio al caso.»

Julie sorrise. «Le avrete. Mi dà una mano, Molly?»

«Senz'altro.»

Molly la seguì in cucina e Zec aggiunse: «Chiunque voglia un drink, se lo prenda adesso. Una pinta ciascuno punto e basta». Si tolse di tasca un mazzo di carte e chiese a Munro. «Che cosa preferisce, generale?»

«Poker», rispose Munro. «Ho sempre avuto un debole per il poker. Sfortunatamente gioco solo per denaro.»

Ci fu uno scroscio di risate, qualcuno riunì i due tavoli e gli uomini si sedettero tutt'intorno.

Max non prese contatto con Morlaix finché non giunse alla distanza di cinque miglia. Aveva compiuto la trasvolata dalla Cornovaglia alla Bretagna tenendosi all'altezza di centocinquanta metri. Stringeva la cloche con mano ferma, si sentiva calmo, completamente padrone di sé, senza ombra di paura.

«Sto venendo a prenderti, Harry», mormorava fra sé, «sto arrivando.»

Al castello Harry si agitò, si svegliò come da un sogno e fissò per qualche momento il soffitto. Poi il sogno si ritrasse e le sue figure si dissolsero nel nulla. Rimase là sdraiato, per qualche ragione ben desto ed eccitato, e si accese una sigaretta.

Il controllore di volo in servizio a Morlaix era un tal sergente Greiser. Non c'era nulla da fare, niente traffico aereo, ma il regolamento esigeva che ci fosse sempre qualcuno alla radio. Sedeva là, sbadigliando, quando alle tre e mezzo la voce di Max gli arrivò sull'onda.

«Morlaix, rispondete, mi sentite?»

Greiser afferrò il microfono. «Forte e chiaro. Chi siete?»

«Il barone von Halder in missione speciale. Sarò da voi fra cinque minuti. Non comunicate a nessuno il mio arrivo. Opero direttamente agli ordini del Reichsführer Himmler. Passo e chiudo.»

Greiser, straordinariamente eccitato, accese le luci d'atterraggio e uscì dalla baracca. Sotto la pioggia leggera corse all'hangar dove stazionava l'ME109 di Freiburg. Una giovane sentinella si teneva al riparo nell'interno con lo Schmeisser appeso alla spalla.

«Che succede?» chiese.

«Uno Storch in arrivo.»

«A quest'ora del mattino? Chi è?»

«Fatti i fatti tuoi», lo rimbeccò Greiser.

Lo Storch fece un atterraggio perfetto, rullò verso di loro

e si fermò. Max spense i motori, scese e si avvicinò. «Chi sei tu?» chiese.

«Greiser, signor barone.» Il sergente batté i tacchi nel saluto militare. «È un grande onore.»

Max tirò fuori una sigaretta e Greiser gli porse un accendino. «Voglio confidarmi con te, Greiser. Questo è un volo del servizio speciale. Devo andare al castello a prelevare un passeggero. Hai un veicolo che io possa usare?»

«La Kubelwagen di servizio, signor barone. Guiderò io stesso.»

«Non è necessario. Ho bisogno che tu resti qui. Tornerò entro trenta minuti. Mostrami l'auto.» Greiser l'accompagnò al secondo hangar dove c'era la Kubelwagen. Max si pose al volante e accese il motore. «Sei un bravo ragazzo, Greiser, lo dirò nel mio rapporto al Reichsführer Himmler.»

«Grazie, signor barone.» Greiser batté i tacchi nel saluto e Max si allontanò.

Al castello, il giovane SS di sentinella si riparava dalla pioggia nella sua garitta. Max si fermò alla sbarra girevole. «Per Dio, alza subito questo arnese. Sono il barone von Halder, sono appena arrivato e sono stanco.»

Il giovane non osò neppure interrogarlo. Vide l'uniforme della Luftwaffe, le mostrine di Oberstleutnant, la croce di cavaliere, si precipitò alla sbarra e alzò. Max entrò, risalì il vialetto d'accesso, si fermò davanti all'entrata principale e spense il motore. Sotto il portico, davanti al portone, c'era una sentinella.

«Barone von Halder», si annunciò Max. «Sono aspettato.»

Ma questa sentinella era più anziana e più dura. Il caso era diverso. «Il suo lasciapassare, barone.»

«Eccolo.» Max trasse dalla tasca la Walther con il silenziatore e gli sparò in mezzo agli occhi.

Trascinò il cadavere in un angolo buio, poi aprì il portone ed entrò. Un giovane caporale delle SS che era seduto a un tavolo alzò la testa e Max gli sparò due volte al cuore. La sedia si rovesciò all'indietro per la violenza dell'impatto.

Tutto era silenzio. Rimase un attimo fermo in piedi, poi salì le scale. C'era una strana atmosfera, come in un sogno, come se nulla accadesse, eppure accadeva. Non si era mai sentito così risoluto, così forte in tutta la sua vita. Si muoveva con sicurezza totale, come un gatto, con passo fermo lungo il corridoio coperto dalla moquette verso la stanza di suo fratello. La sentinella era seduta e leggeva un libro, il suo Schmeisser era posato sul pavimento. Alzò la testa all'ultimo momento e Max gli appoggiò la bocca del silenziatore alla fronte e fece fuoco. Sangue e frammenti di ossa schizzarono sulla parete mentre la sentinella stramazzava al suolo. La chiave era nella serratura. Max la girò e aprì. Entrò.

«Harry, sono io.»

Harry, sdraiato sul letto, non poteva crederci. Si rizzò a sedere. «Max? Che diavolo succede?»

«Ascolta. Sono arrivato in Inghilterra e tutti mi hanno accettato, Zec, Munro e Carter, persino Molly. Poi tutto è andato storto. Loro davano la caccia ai fratelli Rodrigues e a Sarah Dixon, e questo li ha portati a me. Sono stato arrestato a Southwick e Munro mi ha portato a Cold Harbour.»

«Ma come mai sei qui?»

«Ho rubato lo Storch e sono fuggito», gli spiegò. «Ti riporto indietro. Credevi che ti avrei lasciato qui? In mano a Himmler?»

«E nostra madre?»

«Nostra madre è morta. L'avevano già uccisa prima che io partissi. Ci hanno mentito, Harry. Bubi ci ha mentito.»

«Oh, Dio, no!» gemette Harry.

«Avremo tempo di recriminare più tardi. Adesso muoviamoci.»

Harry s'infilò la scarpa destra, afferrò le stampelle e si alzò in piedi. Si affannò a seguire Max, con la mente in subbuglio, e poi accadde l'imprevisto. Avevano raggiunto l'imbocco delle scale quando la porta di un bagno si aprì e ne uscì Freiburg, tutto assonnato, in pigiama. Si fermò e li guardò con gli occhi sbarrati.

«Buon Dio, Max, è lei!»

Max avrebbe potuto spararli. Invece lo colpì due volte su una tempia e Freiburg crollò a terra come un sacco.

«Forza», mormorò e scese le scale.

Giunti in fondo, Harry tirò dentro il corpo del caporale, ma Max aveva già aperto il portone e i piedi della sentinella morta spuntavano dall'ombra. «Tu non fai prigionieri, Max.»

«Non questa notte. Ora filiamocela a gran velocità.»

Aiutò Harry a salire sulla Kubelwagen, si mise al volante e partì. Al cancello la sentinella uscì in un lampo dalla garitta e alzò la sbarra. Oltrepassato il cancello Max accelerò puntando verso la pista.

Si fermò accanto allo Storch e aiutò Harry a scendere. «Pianta lì le stampelle, adesso.»

«Se lo dici tu, fratello.»

Max l'aiutò a salire nello Storch, chiuse il portello e si arrampicò al posto di guida. Mentre saliva Greiser corse attraverso l'area di stazionamento. «C'è qualcosa che posso fare, signor barone?»

«No, grazie. Ti sei comportato splendidamente», rispose Max.

Rullò fino all'estremità della pista, svoltò nel vento e i motori rombarono nel decollo. Un attimo dopo lo Storch si alzava e spariva nel buio.

Al castello Bubi si svegliò bruscamente. Qualcuno bussava freneticamente alla porta. Si alzò, aprì e Freiburg entrò barcollando con la faccia piena di sangue.

«Per amor di Dio, che succede?» chiese Bubi.

«È stato qui, il barone, con suo fratello.»

«Tu sei pazzo!»

«No, le giuro che ho visto Max von Halder nell'uniforme della Luftwaffe e suo fratello con le stampelle in cima alla scala. Ero andato in bagno. Mentre ne uscivo quelli erano lì. Il barone mi ha colpito con una pistola e la sentinella che stava fuori dalla porta di Kelso è morta.»

Bubi lo spinse da parte, corse per il corridoio fino all'imbocco delle scale, guardò giù e vide il cadavere del caporale. Era abbastanza. Tornò nella sua stanza, tolse la sua uniforme dal guardaroba e la gettò sul letto.

Mentre si toglieva la giacca del pigiama disse a Freiburg: «Dai l'allarme e fai portare la mia macchina davanti alla porta».

Cinque minuti dopo si precipitava giù dalle scale, passava in mezzo alle SS che già si stavano occupando dei cadaveri e balzava sul sedile posteriore della macchina d'ordinanza. «Alla pista», ordinò all'autista.

Doveva essere la pista d'atterraggio, l'unico posto dove Max poteva essere arrivato. Buon Dio, i due fratelli insieme, ancora una volta! Abbastanza da rendere felice persino Himmler. Questo potrebbe cambiare tutto.

Si piegò in avanti e batté l'autista su una spalla. «Accelera, dannazione, accelera!»

Zec gettò le sue carte sul tavolo. «Ecco qua, generale. Calcolo che lei ci sia costato una buona decina di sterline.»

«Non posso fare a meno di giocar meglio di tutti», ridacchiò Munro.

«Già, e io non posso fare a meno di sentire il mio naso. Là fuori, in mare, io sento l'odore del vento, generale, ma adesso sento anche odore di qualche altra cosa. Non posso star qui seduto, ho la sensazione che si abbia bisogno di noi. E se è così, è meglio che ci troviamo là fuori, a quindici o venti miglia dalla costa, e aspettiamo.»

Munro non esitò. «Mi piego al tuo giudizio superiore.»

«Allora partiamo.» Zec si rivolse agli uomini dell'equipaggio. «Muoversi!»

Gli uomini si affrettarono a uscire e Molly si alzò con la sua valigetta in mano. «Potresti aver bisogno di me, Jack.»

«Brava ragazza.»

«Dannazione, non permetto che mi lascino fuori!» Munro si alzò. «Resta a difendere la piazza Jack.»

«Non avrà certo bisogno di me là fuori, generale», rispose Carter. «Una motovedetta Watson non è posto per una gamba di legno.» Si rivolse a Molly e la baciò sulla guancia. «Buona fortuna, amor mio.»

Lei non disse una parola, si voltò e seguì gli altri. Ora tutto era silenzio, nel bar non c'erano che Jack e Julie. Lei disse: «È il momento di pregare, credo».

«Già, buona idea, e un buon whisky aiuterebbe», replicò Jack, «se non ti dispiace.»

Alla pista Bubi balzò giù dalla macchina e corse attraverso l'area di stazionamento. Aprì la porta della stanzetta del radiotelegrafista e Greiser si voltò, sorpreso.

«Standartenführer.»

«Il barone von Halder è stato qui?»

«Certo, Standartenführer. È atterrato con uno Storch, mi ha detto che era in missione speciale per il Reichsführer Himmler e ha preso una Kubelwagen. È tornato venti minuti fa con un passeggero ed è ripartito.»

«Imbecille!» imprecò Bubi e corse verso l'ME109 che stava nell'hangar. Lo Storch era lento, e l'ultimo modello del 109 era molto veloce. Tutto quel che doveva fare era raggiungerli e minacciare di farli esplodere in aria se non tornavano indietro. Poteva ancora riprendere il controllo della situazione.

Si arrampicò nella carlinga, senza preoccuparsi di prendere il paracadute, si infilò il casco di volo con il radiomicrofono e accese. Il rombo del motore dell'ME parve far vibrare l'hangar. Rullò fuori, arrivò all'estremità della pista, virò nel vento e si alzò.

Le previsioni meteorologiche di Julie risultarono esatte, perché quando lo Storch si trovò sul mare, la coltre di nubi si dissipò e comparve la luna e la sua chiara luce brillante. Max si voltò verso Harry, che si era infilato gli altri auricolari con il microfono. «Tutto bene?»

«Non mi sono mai sentito meglio.»

Max sorrise. «Ce l'abbiamo fatta, fratello. Mi spiace per Bubi, ma come mi piacerebbe vedere la faccia di Himmler!»

«Anche a me.» Harry controllò gli strumenti. «ETA in trenta minuti, direi.»

Ci fu un rombo improvviso e lo Storch barcollò nella turbolenza mentre l'ME109 gli passava sopra e virava per allinearsi a dritta. La voce di Bubi gracchiò negli auricolari.

«Torna indietro, Max, la festa è finita. Non posso lasciarti far questo. È la condanna a morte per me e per i miei.»

«E mia madre, Bubi? Tu mi hai mentito.»

«Non è stata colpa mia, lo giuro.»

«Spiacente», replicò Max «ma così è la vita. Suvvia, Bubi, seriamente mi chiedi di tornare indietro a Morlaix?»

«Se non lo fai, ti faccio saltare a cannonate.»

«Bubi, io ho sempre avuto simpatia per te ma tu non sei mai stato un pilota molto bravo nei vecchi giorni sulla Francia, prima della battaglia d'Inghilterra. Che dici tu, fratello?»

«Digli di andare a farsi fottere», rispose Harry.

«Hai sentito, Bubi? Culli la fantasia di abbatterci a cannonate? E provaci. Sarà molto più spiccio che penzolare da un gancio da macellaio con un fil di ferro al collo.»

Scese rapidamente e a quattrocentocinquanta metri Bubi gli fu addosso e sparò alla coda dello Storch. Frammenti della fusoliera e delle ali volarono per l'aria. Max continuò a scendere e Harry chiese: «Non quel vecchio trucco?»

«Ha salvato Eisenhower l'altro giorno, ricordami di raccontartelo più tardi.»

A duecento metri Bubi gli fu di nuovo addosso, lo Storch traballò e Max diede un gemito sentendo un colpo di martello nella schiena. Abbassò gli alettoni e lo Storch si arrestò quasi di colpo e Bubi Hartmann, non avendo dove andare, piombò a capofitto nel mare.

«Non fallisce mai, non trovi?» disse Max a fatica.

«Mi riporta a Rocky e alle sue prime lezioni. Dove saremmo noi due senza di lui?»

«Già andati, da molto tempo.» Max ebbe un singulto e gli uscì un fiotto di sangue dalla bocca.

«Gesù!» ansimò Harry.

«Chiama Cold Harbour, perché sto perdendo rapidamente potenza. Non ce la faremo.»

Harry chiamò: «Cold Harbour, qui colonnello Kelso con suo fratello, in uno Storch gravemente danneggiato».

Fu la motovedetta che rispose: «Qui Zec, colonnello. Siamo a venti miglia con la *Lively Jane*. Datemi la vostra posizione».

Harry lo fece. «Mio fratello è stato colpito. Sta male e il motore minaccia di mancare.»

«Saremo lì, ragazzo mio, siamo a non più di tre miglia.»

Lo Storch scendeva, un punto brillante nella luce della luna. Il mare era nero sotto di lui ma già l'alba schiariva il cielo a est. Sulla *Lively Jane* fu come se tutti gli uomini dell'equipaggio vedessero l'aereo nello stesso momento. Si alzò un urlo generale. Molly, nel quartiere di poppa, era appoggiata al parapetto con Munro mentre la motovedetta filava a tutta velocità sul mare agitato, sollevandosi sulle onde. Lo Storch era chiaramente visibile ora, un miglio a babordo, e lasciava una scia di fumo.

* * *

A centoventi metri il motore si spense e l'elica si arrestò. Tutto fu silenzio, si udiva solo il soffio del vento. Max tossì ancora. «Infilati il salvagente.»

Harry lo fece, poi ne tirò fuori un altro da sotto il sedile. «Ora a te, Max.»

«Non serve. Sto affogando nel mio sangue.»

Ora erano a trenta metri, e poi ancora più in basso, sfiorando le creste dei marosi. Max virò a sinistra e ammarò parallelamente alle onde. Lo Storch si fermò sul mare e l'acqua cominciò a entrare. Harry aprì il portello e slacciò la cintura di sicurezza che lo teneva legato al sedile. L'aereo stava affondando. Cercò di slacciare la cintura di Max, ma pareva inceppata.

Max tossì e un altro fiotto di sangue gli uscì dalla bocca. «Stupido bastardo, non vedi che sono finito? Gettati fuori di qui.»

«Max», gridò Harry, «per amor di Dio!»

Il barone Max von Halder chiamò a raccolta le sue ultime forze e gli diede un pugno sulla bocca. Harry cadde all'indietro attraverso il portello aperto, un'onda lo prese e lo portò lontano. Dietro di lui la *Lively Jane* virò presentandosi di fiancata, ma Harry aveva occhi solo per lo Storch, che si inclinava lentamente, con l'ala sinistra già sott'acqua. Harry ebbe un'ultima visione del fratello nella cabina di guida, solo un'ombra, poi l'aereo affondò nelle onde e scomparve per sempre.

I due uomini che si gettarono in mare per prendere Harry lo trainarono sotto la murata e mani volonterose si sporsero per issarlo a bordo. Harry si accasciò sul ponte e qualcuno gli gettò sulle spalle una coperta.

«Harry, sei tu, vero?» chiese Munro.

«Guardi un po' la mia faccia, dannazione!»

«Che è successo?»

«Max mi ha tirato fuori, Bubi Hartmann mi ha dato la caccia in un ME109. Ci ha presi a cannonate. Max è stato colpito nella schiena, poi ha fatto precipitare Bubi in mare. Ecco tutta la storia.»

«Mio Dio.»

Molly gli pose un braccio intorno alla vita. «Vieni di sotto, lascia che ti controlli.»

«E perché, per dirmi che dovrei essere morto? Lo so da molti anni. Credo che anche mio fratello lo sapesse, e ora è andato.» Il viso di Harry era duro come la pietra. «E sai una cosa, Molly, amor mio? La mia fortuna se n'è andata con Tarquin. Io sono un morto che cammina.» Si alzò e scese sotto coperta.

Cold Harbour

1998

18

PASSÒ quasi un anno prima che Denise e io tornassimo a Cold Harbour.

E che anno! Andando in cerca della verità su Harry e Max Kelso avevo visitato una quantità di paesi. Schedari del Pentagono, archivio nazionale di Londra, i documenti della Luftwaffe in Germania, e poi il Portogallo e Madera. Naturalmente ero stato molto aiutato da mio cugino Konrad Strasser, l'antico agente della Gestapo. Quel che riuscì a cavar fuori prima di morire è incredibile. Io ero sotto la pioggia al suo funerale in un cimitero di Amburgo e piangevo la sua scomparsa più di ogni altro.

Gli uffici dell'archivio nazionale a Londra hanno un regolamento assai severo per quel che riguarda informazioni segrete. Alcune sono bloccate per trent'anni, per cinquanta, persino per cento. D'altra parte, se si conoscono le persone giuste, è sorprendente quel che può venir fuori. Per esempio, rintracciai un sorprendente vecchio americano di ottantatré anni che aveva volato con la RAF, aveva finito la guerra come colonnello dell'Air Force americana e dopo una fortunata carriera di uomo d'affari internazionale, si era ritirato in Inghilterra. Aveva conosciuto bene Harry Kelso, e come lui aveva pilotato gli aerei dei servizi di collegamento.

Le sue informazioni mi furono molto preziose, soprattutto per quello che mi disse della personalità dell'uomo.

I protagonisti principali erano tutti morti, inutile dirlo. Il generale Dougal Munro, Jack Carter, che aveva finito la guerra con il grado di colonnello, Teddy West che era diventato maresciallo dell'aria e aveva ricevuto un cavalierato. Il generale Eisenhower era morto da molto tempo e il generale Tom Sobel era scomparso nella Manica alla barra di un Dakota, diretto in Normandia, due settimane dopo il D day.

Ebbi un incredibile colpo di fortuna a proposito del maggiore Vereker della polizia militare britannica. Era morto di cancro nel 1953, ma rintracciai sua figlia che era vedova e viveva a Falmouth. Fu così gentile da ricevermi e io le dissi quel che sapevo. Lei rimase là seduta nel suo comodo salotto, immersa nei suoi pensieri, poi andò alla scrivania e tirò fuori una busta.

«L'ho trovata tra le cose di mio padre, tanti anni fa. Credo che ormai non abbia importanza, la può leggere, se vuole.»

Lessi, e trovai un resoconto molto dettagliato di quanto era avvenuto quel giorno a Southwick, quando Vereker aveva arrestato Max per ordine di Dougal Munro.

E l'Isola di Madera? È semplice. Fernando e Joel Rodrigues furono espulsi dal servizio diplomatico portoghese. Aprirono un bar nell'Alfama, un vecchio quartiere di Lisbona, e un altro a Estoril. Alla fine della guerra Sarah Dixon uscì di prigione. Un lieto fine per qualcuno. Andò in Portogallo e sposò Fernando. Nel 1950 si trasferirono a Madera, dove aprirono un bar e un ristorante.

Sarah era scomparsa da qualche tempo quando visitai quella bellissima isola, ma Fernando era vivo, sugli ottantanove anni, ancora incredibilmente attivo e sempre a capo di un piccolo impero di ristoranti e bar, molti diretti dai membri della sua numerosa famiglia.

Ascoltò quello che avevo da dirgli e rise quando ebbi finito. «Ho letto i suoi libri in portoghese, sa, e questa è una buona trama.»

«Come le altre mie buone trame?» chiesi.

«Tranne che questa è vera.» Rise ancora. «Che diavolo, ho già un piede nella tomba, che importa ormai? Posso ancora chiarirle certi punti.»

Lo fece. Morì pochi mesi dopo.

L'aereo che Denise noleggiò all'aeroclub di Goodwood era un monomotore, un Archer. La ragione del viaggio era semplice. Avevo mandato un dattiloscritto del romanzo a Zec Acland a Cold Harbour. Non era ancora ultimato, c'erano delle lacune, ma volevo avere la sua opinione. Mi aveva telefonato il giorno prima nella nostra casa di Chichester, chiedendomi se potevamo andare da lui.

E così eravamo in viaggio nel cielo brumoso, in rotta verso ovest. Southampton, l'Isola di Wight, la nuvolaglia grigia con un sentore di pioggia. Ero immerso nelle vicende del libro, come lo ero ormai da molto tempo. Pensavo agli anni '40, le incursioni della Luftwaffe, la RAF che si alzava al contrattacco, la battaglia d'Inghilterra, Harry e Max e tutti i giovani prodi piloti di entrambe le parti, che in gran numero, più della metà, erano morti. Era un pensiero deprimente, tutti quegli aerei in fondo alla Manica. E in uno di essi c'erano le spoglie dell'Oberstleutnant barone Max von Halder,

Il tuono brontolava all'orizzonte quando Denise inclinò l'aereo in virata allontanandosi dal mare verso Cold Harbour. Sotto di noi si stendeva il villaggio, l'*Hanged Man*, le casette, la motovedetta *Lady Carter* attraccata alla banchina. Passammo sul castello, sul lago, sui boschi e atterrammo su quella pista d'erba. Denise rullò verso gli hangar del tempo di guerra dove ci aspettava una vecchia Land Rover con Zec Acland appoggiato al cofano. Denise spense i motori e scendemmo.

Zec ci venne incontro e Denise lo baciò su una guancia. «Lei è sempre uguale. Sembra che gli anni non passino per lei.»

«Lei ci sa fare con le parole, cara ragazza. Avete qui Tarquin, credo?»

«Oh, sicuro.»

«Portatelo con noi. Facciamo un salto all'*Hanged Man*, a prendere un panino e a bere qualcosa. Dobbiamo parlare.»

«Per me sta bene», annuii.

Si mise al volante della Land Rover e noi salimmo a bordo, con Tarquin nel suo nuovo zainetto impermeabile.

Mentre passavamo per la High Street, la *Lady Carter* si staccò dal molo e prese il largo.

«Che succede?» chiesi. «Una chiamata d'emergenza?»

«No, solo un'esercitazione. I ragazzi devono tenersi allenati. Simeon è un timoniere esigente.»

Si fermò davanti al pub e noi scendemmo ed entrammo. Non c'era ancora nessuno, ma erano solo le undici. Il fuoco però ardeva allegramente nel caminetto e io provai una strana sensazione di déjà-vu, e non solo perché Denise e io eravamo già stati alla locanda in circostanze drammatiche. Era tutto ciò che si era svolto fra quelle mura, Dougal Munro, Jack Carter e Molly, Julie Legrande e Max e Harry.

«Betsy?» chiamò Zec.

La ragazza uscì dalla cucina. «Eccomi.»

«Siamo pronti. Portaci qualcosa.» E rivolto a Denise: «Possiamo dargli un'occhiata?»

«Ma certo.» Denise aprì lo zainetto, tirò fuori Tarquin e lo pose sul banco del bar.

Zec sedette e lo fissò per un lungo momento e io mi accorsi all'improvviso che aveva le lacrime agli occhi. «Tu, magnifico piccolo bastardo!» mormorava.

Denise gli pose un braccio sulle spalle. «Va tutto bene, Zec, non si agiti.»

«Ha ragione, non ha senso commuoversi tanto.»

Betsy entrò con un enorme mucchio di panini su un vassoio e una terrina colma di insalata. «Il pane è fatto in casa e il prosciutto è nostra produzione ed è disossato. Che cosa volete bere?»

«Tè per me», rispose Denise. «Devo volare.»

Zec aggiunse: «Lui vuole il suo champagne, che è questo, così apri quella bottiglia che ho messo in frigo e ne berremo un po' anche noi».

Attaccammo i panini, che erano deliziosi. «Il dattiloscritto che le ho mandato» chiesi a Zec. «Che cosa ne pensa?»

«Be', passabile, fin dove arriva.» D'improvviso scoppiò in una gran risata. «No, dannazione, era davvero affascinante. Qualche lacuna, però.»

«Per esempio?»

«Non dice di Julie Legrande, di come è finita.»

«Non sono riuscito a rintracciarla e sapere che cosa le sia capitato.»

«Glielo dico io. Tornò in Francia dopo la guerra e morì di leucemia a Parigi. Andai al suo funerale.»

«Vedo.» Presi un sorso di champagne. «Lei ha detto qualche lacuna. Quali sono le altre?»

«Lascerò che vi informi lady Carter. Ci aspetta al castello a mezzogiorno.»

Denise si fermò con il panino in mano. «Lady Carter? Ma è il nome della motovedetta.»

«È logico. Suo marito ha finanziato l'acquisto della nuova barca dieci anni fa, poco prima di morire. L'ente nazionale soccorso marittimo ha dato il suo nome all'imbarcazione.»

«Lady Carter?» chiesi io.

«La moglie di Jack Carter. Sir Jack Carter, dopo la morte di suo padre. Terminò la guerra con il grado di colonnello. Tornò quaggiù e comperò Grandcest Manor.»

«E lady Carter?» chiesi ancora, anche se forse conoscevo già la risposta.

«Lady Molly la chiamano qui. Molly Sobel. Ha fatto il medico da queste parti per molti anni. È una santa.» Denise mi rivolse uno sguardo interrogativo, poi si rivolse di nuovo a Zec: «Avevano figli?»

«Dio buono, no. Jack era stato ferito a Dunquerque e aveva perduto una gamba, ed era rimasto anche menomato, lei m'intende. No, non potevano aver figli. Non che importasse, non dopo Harry.»

«Che è successo?»

«Lascerò che glielo racconti lei.» Si alzò e diede un'occhiata all'orologio. «Allora andiamo, ci starà aspettando. E portate Tarquin.»

A Grandcest Manor Zec non si diresse al portone, ma ci fece strada girando un angolo e attraversò una terrazza che si affacciava su uno splendido giardino di rose. Cadeva una pioggia leggera che picchiettava sulle lastre del pavimento. Le portefinestre erano aperte ed entrammo in un grande ambiente, che era ovviamente la biblioteca. Lei sedeva sul divano accanto al fuoco.

Aveva ottant'anni e un'aureola di capelli bianchi ma il viso ancora giovanile e il vestito semplice ma elegante. Alzò gli occhi dal dattiloscritto, il mio dattiloscritto, e lo mise da parte.

«È la terza volta che lo leggo. La riconosco dalla foto sulle copertine dei suoi libri.»

«Lady Molly.» Le strinsi la mano che mi porgeva. «Questa è mia moglie Denise.»

Fece sedere Denise accanto a sé. «Un'impresa straordinaria la sua, cara signora, ma mi dicono che lei è un eccellente pilota.»

«Grazie», rispose Denise.

«Lei probabilmente cammina sull'acqua. È quel che soleva dire Harry.» Batté un colpetto sulla mano di Denise. «Ma sono stata affascinata da questo libro. Tante cose che non sapevo!» Esitò. «Potrei vedere Tarquin?»

Denise aprì la borsa, ne tolse l'orsacchiotto e glielo offrì. Lady Molly lo guardò, estasiata. «Oh, Tarquin!» Lo strinse a sé, con gli occhi pieni di lacrime. «Dove l'avete trovato? Harry pensava che fosse andato distrutto nel disastro del Lysander in Francia.»

«A quanto pare Munro dopo la guerra fece qualche ricerca per ritrovare il suo agente Jacaud in Bretagna», spiegai. «Jacaud fra l'altro gli disse che avevano rinvenuto Tarquin sulla scena del disastro e la sua radiotelegrafista, una donna di nome Marie, l'aveva preso per la sua bambina.»

«E poi?»

«Marie perse la vita combattendo con la resistenza dopo lo sbarco. La bambina fu adottata da certi parenti e questa è l'ultima notizia che ho avuto di Tarquin.»

«Finché non lo abbiamo trovato sullo scaffale di un rigattiere a Brighton», aggiunse Denise. «Come ci sia arrivato, non lo sapremo mai. Il suo nome però ha viaggiato con lui.»

Ci fu una pausa. «C'è ancora una lacuna», osservai io con una certa esitazione. «Che cosa successe ad Harry in seguito? A questo proposito ho avuto delle difficoltà, ho trovato dei blocchi stradali.»

Lei sorrise. «Bene, era necessario informare Eisenhower. Si decise di tenere top secret l'intera vicenda. Voglio dire, era inconcepibile che il comandante supremo avesse corso un tale pericolo prima del D day. Si andò avanti come se niente fosse successo. Harry tenne la medaglia al valore di Max e continuò a volare per i servizi di collegamento e in qualche missione occasionale per Munro. Non lo faceva volentieri ma gli capitavano sempre nuovi compiti, anche quando fu nominato colonnello. Dopo l'incidente sulla Manica e la morte di Max non era più lo stesso uomo. Diceva di essere un morto che cammina. Io penso che volesse dimostrarlo. Penso che volesse essere con Max. Vede, quei due erano una cosa sola, intercambiabili in un modo che lei non potrebbe mai capire. Max era Harry o Harry era Max?»

Denise le prese gentilmente una mano e chiese: «Che cosa accadde?»

«Una cosa così stupida, così maledettamente stupida. La guerra era quasi finita. Mio zio era in contatto con un generale tedesco, dall'altra parte del Reno. Harry si offrì di compiere il volo da qui in un Arado con le insegne della Luftwaffe. Atterrò, prese a bordo il generale, tornò indietro sorvolando la Francia. Furono attaccati da un Mosquito della RAF e colpiti di brutto.»

«E precipitarono nella Manica?» chiesi.

«Oh, no. Il tempo era orribile. Harry scese in picchiata, si sottrasse al Mosquito e riuscì a raggiungere Cold Harbour. Io ero là con mio zio, Jack e Julie. Pioveva, c'era nebbia e l'Arado rullò, si fermò e il motore tacque. Quando aprimmo il portello il generale tedesco tremava e borbottava sul sedile posteriore, e Harry era ai comandi, morto.»

Lady Carter fissava lo sguardo nel passato e la sua voce era piena di angoscia. Denise la strinse a sé. Tarquin era in mezzo a loro. Infine lady Molly si riprese. «Per me significa molto rivedere Tarquin.»

«Tarquin è tornato a casa», replicò Denise. «È a lei che appartiene di diritto.»

«Oh, no! Le sono davvero grata.» Lady Molly esitò. «Se potessi prenderlo in prestito? Andrebbe bene? Un prestito temporaneo soltanto?»

«Ma certo», acconsentì Denise.

Molly annuì. «Le sono molto grata.» Si alzò. «Ora vorrei che veniste con me. C'è qualche cosa che dovreste vedere.»

Si gettò un impermeabile sulle spalle, stringendo Tarquin con il braccio sinistro, e Zec venne con noi. Prese due ombrelli dall'attaccapanni in anticamera, ce ne diede uno e si tirò da parte tenendo l'altro aperto su lady Molly, perché la pioggia leggera aveva ripreso a cadere. Denise mi diede il braccio e li seguimmo. C'era un muro di sassi, e dall'altra parte del muro una vecchia chiesa di pietra grigia, dei cipressi e un gruppo di faggi. Zec aprì il cancello ed entrammo in un modesto cimitero di campagna. Tutto era pace e a un tratto dai faggi si alzò starnazzando un branco di corvi fra strida rabbiose.

«Bastardi, chiassosi», borbottò Zec.

Seguimmo uno stretto sentiero fra le lapidi, molte assai vecchie, con un angelo della morte e qualche monumento gotico qua e là. Infine ci fermammo in un angolo, all'estremità del cimitero, sotto un cipresso. La tomba era ben curata, con fiori freschi e l'erba tagliata finemente. La lapide era una lastra di ardesia della Cornovaglia e l'iscrizione vi era incisa a lettere d'oro. Pareva che fosse stata rinfrescata di recente.

«Eccoci qui.» Lady Molly sorrise, stringendosi al petto Tarquin.

L'iscrizione diceva: *Con amore in memoria del colonnello Harry Kelso e di suo fratello, Oberstleutnant barone Max von Halder. Insieme al fine. Fratelli d'armi.*

La pioggia s'infittì e Zec si avvicinò tenendo l'ombrello aperto sulla vecchia signora. C'era qualcosa in lui che faceva pensare a una volontà indomabile, mentre stava lì ritto cingendole con un braccio le spalle. Denise e io ci stringevamo sotto l'ombrello e lei tratteneva a fatica le lacrime.

Lady Molly si voltò. «Non sia così afflitta, mia cara. È passato tanto tempo, e ora che non ha più importanza le dirò qualcosa che neppure il nostro Zec ha mai saputo.»

Zec corrugò la fronte, perplesso, e noi restammo lì sotto la pioggia, ora più fitta, in attesa.

«Come sapete, nel 1930, quando loro padre morì e i ragazzi avevano dodici anni, Elsa si accordò con Abe Kelso nel senso che lei sarebbe tornata in Germania con il figlio maggiore, Max il barone, mentre Harry sarebbe rimasto con suo nonno.»

«Esatto», confermai.

«Harry mi diede una versione diversa del fatto, me lo disse prima di morire. Sapevo dentro di me che lui sentiva la morte vicina. Mi diceva spesso che non avrebbe saputo che cosa fare di se stesso, senza una guerra.»

«Ma di che cosa sta parlando?» chiesi.

Eppure, Denise, con il suo intuito femminile, aveva già capito e fece un piccolo singhiozzo, stringendo più forte il mio braccio.

«Quando quella decisione fu comunicata ai due ragazzi», proseguì Molly, «sorse un problema. A loro non piaceva l'idea, e un secondo problema era Tarquin, l'orsacchiotto che aveva volato in Francia con loro padre. Chi avrebbe tenuto Tarquin? Tutto questo avveniva solo fra i due ragazzi, Abe e la loro madre non ne sapevano nulla.»

«E che fecero?» domandai ancora.

«Decisero che Tarquin doveva restare in America, nella casa dove era nato loro padre e dov'era tornato dopo la guerra. Poi gettarono in aria una moneta per vedere chi sarebbe andato in Germania con la madre.»

Zec la guardò stupito e Denise mormorò: «Oh, mio Dio!»

«Sì, miei cari», continuò Molly. «Harry Kelso era il barone von Halder e Max era Harry Kelso.»

Era la cosa più sorprendente che avessi mai sentito in tutta la mia vita. Rimasi senza fiato. Fu Denise che dopo una pausa di silenzio osservò: «Insieme alla fine, ma in un certo qual modo lo erano sempre stati».

«Esattamente.» Lady Molly sorrise. «Ora torniamo a casa.» Ci precedette con Zec, che teneva l'ombrello aperto per proteggerla.

Al castello si offrì di prepararci il tè, ma noi declinammo l'invito. «Il tempo va peggiorando», osservò Denise, «faremmo meglio ad andare.»

Salutammo, salimmo a bordo della Land Rover e Zec ci accompagnò alla pista d'atterraggio. Quando arrivammo mi strinse la mano e baciò Denise su una guancia.

«Arrivederci, cara ragazza.»

«È stato un choc per lei», osservai, «quella notizia.»

«Non proprio. Alla fin fine, che importanza poteva avere?»

Salimmo a bordo dell'Archer, Denise si mise ai comandi e io chiusi il portello. Quando accese e si udì il rombo dei motori, la pioggia scrosciava con violenza e c'era nebbia sul mare.

«Abbiamo fatto bene a partire subito», osservò Denise. «Il tempo si fa sempre più brutto.»

L'aereo ruggì lungo la pista e si sollevò nel cielo grigio. Salì a trecento metri, poi d'improvviso Denise virò a sinistra.

«Che stai facendo?» chiesi.

«Vado a dare un'ultima occhiata.»

Ma quando ci lasciammo il mare alle spalle e ci trovammo sulla terraferma, la nebbia aveva già coperto tutto. Di Cold Harbour non vi era più alcuna traccia. Era come se non fosse mai esistito.

FINE

Collana «Superbestseller»

Romanzi

868. S. Brown, *Il segreto di una donna*
869. J. Mitchard, *Il coraggio dell'innocenza*
870. C. Andrews, *Stato di salute*
871. M. Higgins Clark, *Ci incontreremo ancora*
872. J. Higgins, *L'anno della tigre*
873. J. Lindsey, *Dimmi che mi ami*
874. G. Magrini, *Come un diamante*
876. R. Cook, *Vector - Minaccia mortale*
877. M. Haran, *Una storia di famiglia*
878. J. McNaught, *Quando i sogni si avverano*
879. T. Hoag, *Giustizia negata*
880. M. Blake, *La danza dell'ultimo bisonte*
881. S. Coonts, *Destini di guerra*
883. S. King, *Insomnia*
885. I. Johansen, *Doppio volto*
886. B. Kingsolver, *Gli occhi negli alberi*
887. D. Koontz, *Tracce nel buio*
888. N. Sparks, *Le parole che non ti ho detto*
889. M. Binchy, *Ritorno a Tara Road*
890. A. Mark, *Le ragioni del cuore*
891. G. Pansa, *Il bambino che guardava le donne*
892. J. Michael, *Un certo sorriso*
893. S. Casati Modignani, *Vaniglia e cioccolato*
894. S. King, *Rose Madder*
895. B. Plain, *Il silenzio di una donna*
896. B. Bickmore, *La prima stella della sera*
897. O. Goldsmith, *I tre gusti della vendetta*
898. M. Gayle, *Avviso di chiamata*
899. L. Scott, *Giustizia sommaria*
900. D. Steel, *Un dono speciale*
901. R. Bachman (S. King), *L'uomo in fuga*
902. P. Margolin, *L'ultimo innocente*
903. S. Finnamore, *Prove tecniche di matrimonio*
904. B. Taylor Bradford, *Il potere di una donna*
905. K.C. McKinnon, *Le candele brillavano a Bay Street*
906. A. Vachss, *La seduzione del male*
907. B. Erskine, *La notte è un luogo solitario*
908. J. Lent, *Vento d'autunno*
909. J. Sandford, *Il punto debole*
910. D. Koontz, *Sopravvissuto*
911. M. Higgins Clark, *Accadde tutto in una notte*
912. A. Liu, *La casa delle colline dorate*
914. J. Fletcher & D. Bain, *La Signora in Giallo - Manhattan & omicidi*
915. J. Shields, *La mangiatrice di fichi*
916. J. Kellerman, *Buon viaggio bastardo*
917. D. Steel, *Dolceamaro*
918. R. Bachman (S. King), *La lunga marcia*
919. C. Lim, *Lacrime di cristallo*
921. F. Bardelli, *Ancora un tango*
922. J. Higgins, *Attacco al presidente*
923. B. Plain, *Un incontro, una svolta*
924. J. Archer, *L'undicesimo comandamento*
925. D. Bellomo, *L'ultima notte sul Normandie*
926. S. King, *La bambina che amava Tom Gordon*
927. M. Haran, *Qualcosa di mio*
928. R. Cook, *Invasion*
929. D. Kennedy, *Un amore senza fine*
930. J. Mitchard, *La relatività dell'amore*
931. J. McNaught, *Sussurri nella notte*
933. S. Coonts, *Cuba*
934. S. Sheldon, *L'amore non si arrende*
935. L. Forbes, *Tempesta su Bombay*
936. S. King, *Cuori in Atlantide*
937. N. Sparks, *Un cuore in silenzio*
938. M. Higgins Clark, *Prima di dirti addio*
939. B. Taylor Bradford, *L'uomo giusto*
940. D. Koontz, *Mezzanotte*
941. A. Trigiani, *Una stagione d'amore a Big Stone Gap*
942. S. Beauman, *Il segreto di Rebecca*
943. S. Brown, *Alibi di una notte*
944. C. Wilkins, *Il momento perfetto*
945. M. Binchy, *Come un dolce ben riuscito*
946. A. Linklater, *Il codice dell'amore*
947. M. Palmer, *Il paziente*
950. D. Steel, *Immagine allo specchio*
951. I. Johansen, *Occhi innocenti*

952. B. Bickmore, *Finalmente a casa*
953. L. Scottoline, *Il momento della verità*
954. P. Margolin, *La morte non ha fretta*
955. M. Allan Collins, *Era mio padre*
956. S. Coonts, *Hong Kong*
957. B. Kingsolver, *Una magnifica estate*
958. D. Steel, *Le nozze*
960. M. Higgins Clark e C. Higgins Clark, *L'appuntamento mancato*
961. J. Sandford, *Preda facile*
962. G. Magrini, *Il falò delle bugie*
963. J. Fletcher & D. Bain, *La Signora in Giallo - Omicidi & fantasmi*
965. D. Koontz, *Falsa memoria*
966. D. Steel, *Forze irresistibili*
967. J. Kellerman, *Una vittima scomoda*
968. S. King e P. Straub, *La casa del buio*
969. M. Higgins Clark, *Sapevo tutto di lei*
970. J. Higgins, *Vendetta privata*
971. J. Fletcher & D. Bain, *La Signora in Giallo - Rum & delitti*
972. R. Cook, *Shock*
973. P. Margolin, *Prova d'accusa*
974. B. Plain, *Un colpo di fortuna*
977. S. King, *L'acchiappasogni*
978. S. Casati Modignani, *Vicolo della Duchesca*
979. M. Tornar, *Niente più che l'amore*
980. B. Taylor Bradford, *Amore lontano*
981. J. Reardon, *Il diario di Ellen Rimbauer*
982. O. Goldsmith, *Nemici per amore*
983. J. Lindsey, *Il primo bacio*
984. T. Matsuoka, *Nube di passeri*
985. F. Sherwood, *Il Vicolo d'oro*
986. V.A. Chandra, *Missione Kashmir*
987. J. Stanton Hitchcock, *Sussurri e crimini*
988. M. Andrews, *La felicità che cercavo*
989. P. Cogan, *La bussola del cuore*
990. D. Koontz, *Il cattivo fratello*
991. L. Scottoline, *Legittima vendetta*
992. S. Brown, *Gioco pericoloso*
993. D. Steel, *Aquila solitaria*
994. B. Kingsolver, *L'albero dei fagioli*
996. J. Graham, *La stagione dei fiori selvatici*
997. M. Higgins Clark, *Dove sono i bambini?*
999. D. Steel, *Granny Dan - La ballerina dello zar*
1000. S. Casati Modignani, *6 Aprile '96*
1001. J. Kellerman, *Istantanee di morte*
1002. J. Higgins, *L'infiltrato*
1003. J. Fletcher & D. Bain, *La Signora in Giallo - Assassinio a bordo*
1004. I. Black, *Il predatore*
1005. S. Grea, *Saigon, addio*
1006. C. Higgins Clark, *Quattro diamanti per un delitto*
1007. R. Cook, *Esperimento*
1008. P. Cogan, *Il tempo delle due lune*
1009. L. Rice, *Incontro alle stelle*
1010. A. Liu, *Il posto delle lanterne colorate*
1011. D. Kennedy, *Storia di noi due*
1012. M. Binchy, *La ricetta di un sogno*
1013. N. Sparks, *I passi dell'amore*
1014. D. Steel, *La casa di Hope Street*
1015. O. Goldsmith, *La moglie di mio marito*
1016. J. Clark, *Figlia dell'oceano bianco*
1017. A. Soussan, *Il mistero del candelabro*
1018. D. Koontz, *L'ultima porta del cielo*
1019. B. Taylor Bradford, *Un posto per me nel tuo cuore*
1020. M. Lawson, *Il sentiero per Crow Lake*
1021. B. Plain, *Una finestra sul domani*
1022. D. Steel, *Un uomo quasi perfetto*
1023. T. Hoag, *La prova del fuoco*
1024. L. Scottoline, *Colpevole o innocente*
1025. J. Mitchard, *Forte come la vita*
1026. M. Higgins Clark, C. Higgins Clark, *Ti ho guardato dormire*
1027. J. Fletcher & D. Bain, *La Signora in Giallo - Gin & pugnali*
1028. S. King, *Tutto è fatidico*
1029. D. Steel, *Atto di fede*
1030. L. Schwartz, *Il cammino di Angels Crest*
1031. J. Siegel, *Derailed - Attrazione letale (Ultima corsa)*
1032. J. Kellerman, *Cuore freddo*
1033. I. Black, *Il fotografo*
1034. M. Higgins Clark, *La seconda volta*
1035. J. Higgins, *L'ultima sfida*
1036. R. Cook, *La cavia*
1037. J. Graham, *Quando sale la marea*

1038. J. Fletcher & D. Bain, *La Signora in Giallo - Omicidio in primo piano*
1039. G. Brayda, *L'anatra dalla testa bianca*
1040. F. Itani, *Il silenzio intorno*
1041. M. Binchy, *Notte di pioggia e stelle*
1042. J. Burdett, *L'uomo di Bangkok*
1043. S. Sheldon, *Hai paura del buio?*
1044. D. Koontz, *Il luogo delle ombre*
1045. T.C. Greene, *Per non dirle addio*
1046. L. Scottoline, *Processo alla difesa*
1047. L. Rice, *Un rifugio tra le tue braccia*
1048. T. Hoag, *Verità sospette*
1049. B. Taylor Bradford, *Una stella splende a Broadway*
1050. D. Steel, *Brilla una stella*
1051. D. Kennedy, *Polvere e stelle*
1052. AA.VV., *Giulia, Sofia, Caterina e le altre*
1053. J. Fletcher & D. Bain, *La Signora in Giallo - Delitto in maschera*
1054. B. Plain, *I nostri anni migliori*
1055. N. Sparks, *Come un uragano*
1057. M. Willett, *La spiaggia dei ricordi*
1058. S.K. Lynch, *Pane e cioccolato*
1059. M. Higgins Clark, *Una luce nella notte*
1060. J. Sandford, *Preda nuda*
1061. D. Kennedy, *Morte di un fotografo*
1062. R. McLarty, *Sognavo di correre lontano*
1063 S. King, *Buick 8*
1064 A. Grecchi, *L'età delle passioni*
1065. D. Steel, *Il bacio*
1066. B. Plain, *Solo per amore*
1067. K. Guilfoile, *Il creatore delle ombre*
1068. J. Kellerman, *Il lato oscuro*
1069. J. Fletcher & D. Bain, *La Signora in Giallo - Delitto à la carte*
1070. J. Higgins, *Atto finale*
1071. M. Guterson, *Qui tutto bene*
1072. I. Borrelli, *Tanto rumore per Tullia*
1073. B. Sherwood, *Ho sognato di te*
1074. G. Zevin, *Frammenti di una storia d'amore*
1075. S. Finnamore, *Prémaman a vita bassa*
1076. N. Sparks, *Un segreto nel cuore*
1077. S. Beauman, *Ritratto di ragazza*
1078. D. Kennedy, *Una donna tranquilla*
1079. D. Koontz, *Il volto*
1080. A. Appiano, *Scegli me*
1081. M. Binchy, *In viaggio verso casa*
1082. G. Magrini, *Amiche per sempre*
1083. B. Plain, *Il canto delle stelle*
1084. R. Cook, *Marker - Segnali d'allarme*
1085. J. Fletcher & D. Bain, *La Signora in Giallo - Assassinio in prima classe*
1086. D. Grespan, *Indagine su un amore*
1087. C. Higgins Clark, *Festa di nozze con brivido*
1088. M. Keyes, *Nemiche del cuore*
1089. S.-K. Lynch, *Latte e miele*
1090. L. Scottoline, *Il prezzo del silenzio*
1091. D. Steel, *Il Cottage*
1092. S. Casati Modignani, *Qualcosa di buono*
1093. B. Taylor Bradford, *Appuntamento a Parigi*
1094. C. Kelly, *Un posto tutto per noi*
1095. B. Samuel, *Il profumo delle ore*
1096. J. Sandford, *L'assassina*
1097. M. Higgins Clark, *Quattro volte domenica*
1098. P. Sykes, *Come divorziare da un miliardario*
1099. D. Steel, *Una preghiera esaudita*
1100. J. Sack, *Il sigillo di Dio*
1101. G. Heyer, *La carta vincente*
1102. G. Heyer, *Matrimonio alla moda*
1103. G. Heyer, *La pedina scambiata*
1104. G. Heyer, *Il Figlio del Diavolo*
1105. G. Heyer, *Il dandy della Reggenza*
1106. D. Heager, *L'anello di rubino*
1107. L. Moriarty, *Esprimi un desiderio, anzi tre*
1108. G. Heyer, *I cancelli dell'amore*
1109. J. Fletcher & D. Bain, *La Signora in Giallo - Dinner party con cadavere*
1111. S.-K. Lynch, *Zenzero e cannella*
1112. J. Higgins, *L'ira di Allah*
1114. T. Stimson, *Un amante non è per sempre*
1115. G. Heyer, *Scambio di cuori*
1117. M. Gayle, *Crisi di compleanno*
1118. J. Green, *Una di troppo*
1119. M. Keyes, *Speranze e bugie*
1120. S. Noort, *Il gusto amaro del tradimento*
1121. A. Grisendi, *Bellezze in bicicletta*
1122. B. Mills, N. Sparks, *Il bambino che colorò il buio*
1123. R.J. Waller, *La strada dei ricordi*

Finito di stampare nell'aprile 2008
presso la Mondadori Printing S.p.A.
Stabilimento N.S.M. di Cles (TN)
Printed in Italy

Gentile lettore,

la ringraziamo per aver scelto uno dei libri della linea Economica.

Per poter soddisfare sempre meglio le sue esigenze e i suoi gusti, le chiediamo di voler gentilmente compilare il seguente questionario. Se ci fornirà anche il suo indirizzo, le invieremo le informazioni relative alle nuove pubblicazioni del gruppo Sperling & Kupfer e alle iniziative speciali rivolte ai nostri lettori. Se invece preferisce registrarsi sul nostro sito www.sperling.it, riceverà nella sua casella e-mail la nostra newsletter informativa.

Ho trovato questo questionario nel volume dal titolo

....

Ho acquistato questo volume

☐ in libreria ☐ in edicola ☐ al supermercato

Numero libri acquistati in un anno: ....

Il mio autore preferito è: ....

Il mio genere preferito è

☐ Narrativa ☐ Narrativa per ragazzi
☐ Thriller ☐ Saggistica
☐ Narrativa al femminile ☐ Business

INFORMAZIONI ANAGRAFICHE

Età: Sesso: ☐ M ☐ F

Professione: ....

FACOLTATIVO

Nome ....
Cognome ....
Via .... n. ....
Città .... Provincia .... CAP ....
E-mail ....
....

Informativa ai sensi dell'art. 13 D. Lgs n. 196/2003
I suoi dati saranno trattati da Sperling & Kupfer Editori S.p.A. e dalle società con essa in rapporto di controllo e collegamento ai sensi dell'art. 2359 cod. civ. – titolari del trattamento – per evadere la sua richiesta di invio di materiale d'informazione libraria delle titolari e più in generale per finalità di marketing, attività promozionali, offerte commerciali e per indagini di mercato da parte delle stesse titolari.
Nome, cognome, indirizzo sono indispensabili per il suddetto fine. Il suo indirizzo di posta elettronica è necessario solo se desidera ricevere via mail i suddetti materiali.
Inoltre, previo suo consenso, i suoi dati potranno, altresì, essere comunicati a soggetti operanti nei settori editoriale, largo consumo e distribuzione, vendita a distanza, arredamento, telecomunicazioni, farmaceutico, finanziario, assicurativo, automobilistico, e a enti pubblici e Onlus, per propri utilizzi aventi le suddette medesime finalità.
Responsabile del trattamento è il Responsabile Dati presso Sperling & Kupfer Editori S.p.A. L'elenco completo e aggiornato delle società in rapporto di controllo e collegamento ai sensi dell'art. 2359 cod. civ. con Sperling & Kupfer Editori S.p.A., delle aziende terze a cui i dati possono essere comunicati e dei responsabili è disponibile al seguente indirizzo e-mail: privacy@mondadori.com.
I suoi dati saranno resi disponibili agli incaricati preposti alle operazioni di trattamento finalizzate all'elaborazione e gestione dei dati.
Ai sensi dell'art. 7 D. Lgs. n. 196/2003, potrà esercitare i relativi diritti, fra cui consultare, modificare e cancellare i suoi dati o opporsi al loro trattamento scrivendo a Sperling & Kupfer Editori S.p.A. Ufficio Promozione - Via Marco d'Aviano 2 - 20131 Milano.
Acconsente che i suoi dati siano comunicati ai suddetti soggetti terzi e da questi utilizzati per le finalità e secondo le modalità illustrate nell'informativa? sì ☐ no ☐

La preghiamo di tagliare lungo la linea tratteggiata e di inviare in busta chiusa e affrancata a:

Sperling & Kupfer Editori S.p.A. Ufficio Promozione
Via Marco d'Aviano 2 - 20131 Milano

Prova d'acquisto
978-88-6061-427
2008